Oskar ist Komponist moderner Stücke, wie etwa seinen Variationen über Trambahnfahrpläne, und mit einer amerikanischen Kunsthändlerin verheiratet. Er lebt in einer osteuropäischen Hauptstadt mit seinen beiden Katzen, die er nach russischen Komponisten benannt hat. Aber eigentlich geht es in diesem Buch nicht um Oskar, denn der ist gerade in Kalifornien, um sich scheiden zu lassen. Deshalb beauftragt er einen alten Freund aus Studienzeiten, in seiner Abwesenheit auf die exquisit eingerichtete Wohnung aufzupassen, auf dass seine Katzen und besonders der kostbare Holzboden keinen Schaden nehmen. Aber natürlich geht schief, was schiefgehen kann, eine Katastrophe reiht sich an die nächste, und trotzdem geht die Geschichte dann am Ende gut aus …

WILL WILES ist Journalist und Redakteur eines englischen Magazins. Er lebt in London, »Die nachhaltige Pflege von Holzböden« ist sein erster Roman.

WILL WILES

DIE NACHHALTIGE PFLEGE *von* HOLZBÖDEN

Roman

Aus dem Englischen
von Sabine Lohmann

btb

Die englische Originalausgabe erschien 2012
unter dem Titel »Care of Wooden Floors«
bei HarperPress, London.

FSC
www.fsc.org
MIX
Papier aus verantwortungsvollen Quellen
FSC® C083411

Verlagsgruppe Random House FSC® N001967
Das für dieses Buch verwendete FSC®-zertifizierte
Papier *Lux Cream* liefert Stora Enso, Finnland.

1. Auflage
Genehmigte Taschenbuchausgabe Februar 2015,
btb Verlag in der Verlagsgruppe Random House GmbH, München

Umschlaggestaltung: semper smile, München
Umschlagmotive: © Shutterstock / donatas1205, © Shutterstock /
WitchEra, © Shutterstock / PetraflerStudio
Druck und Einband: CPI – Clausen & Bosse, Leck
SL · Herstellung: sc
Printed in Germany
ISBN 978-3-442-74850-1

www.btb-verlag.de
www.facebook.com/btbverlag
Besuchen Sie auch unseren LiteraturBlog www.transatlantik.de

Für Dan Hemingway (1972–1991)

ERSTER TAG

Viele haben Angst vorm Fliegen, was ich nie verstanden habe. Es ist doch eine interessante Erfahrung, selbst auf den engen Sitzen der Holzklasse, in einer lauten Kabine, auf einem dreistündigen Billigflug ohne Verpflegung. Immerhin ist man in der Luft. Man schwebt DRÜBER. Das ist außergewöhnlich im wahrsten Sinne des Wortes: außerhalb des Gewöhnlichen. Das Gewöhnliche fällt nach unten weg, für Minuten in ein Mosaik aus Grün und Braun und Quecksilber verwandelt, und dann ist man in den Wolken.

Nie war das Leben besser als jetzt, und das nicht allein dank Penizillin, Wasserspülung und Zentralheizung, sondern weil wir nun auf die Wolken hinabblicken können. Wolken bleiben der Verheißung ätherischer Schönheit absolut treu. Als Kind stellte ich mir die Wolken warm und weich vor, weil ich wusste, dass sie aus Wasser waren, also Dampf sein mussten, denn so sahen sie ja aus, und Dampf war warm. Perfekte Logik. Natürlich sind sie nicht warm, doch im klimatisierten Zylinder unseres Billigfliegers erfüllen sie ihre alte Verheißung, weil sie von Sonnenlicht überflutet sind – egal, welches Wetter darunter herrscht, auf der Oberseite der Wolken ist es immer sonnig, garantiert, das ist ihr kleines Wunder.

Die Künstler der Renaissance müssen die Wolken sehr geliebt und ihre natürliche Pracht bewundert haben, und da sie sich von ihrer wahren Glorie abgeschieden fühlten, blieb ihnen nur, sie mit Putten und Seraphim zu bevölkern. Sie verliehen dem wunderbaren Gefühl, über den Wolken zu schweben, derart gekonnt Gestalt, dass man fast erwartet, diese Himmelsbewohner vorzufinden. Aber nein. Man ist allein über einer Landschaft, die sich ständig verändert, ewig einzigartig, ewig neu für den Betrachter, mit wogenden Zirrusfeldern und brodelnden Berggipfeln in endloser Weite. Man fühlt sich als Entdecker eines neu gefundenen Landes.

Doch trotz all dieser Schönheit und Weltabgeschiedenheit bleibt einem das Unvermeidliche nicht erspart – man muss zurück, muss wieder hinab in die Unvollkommenheit.

Landung, Flughafen, Passkontrolle, Gepäckabholung und Taxi verdichten sich in meiner Erinnerung zu einem Keil aus gelblichem Neonlicht, Schweiß und Stress. Es war einer jener grässlichen Momente, da einem auffällt, dass die einzigen Dinge, die einen mit dem verbinden, wer man ist, wo man herkommt und wo man hinfährt, ein kleines purpurfarbenes Büchlein und eine Adresse auf einem Blatt von einem Spiralblock sind. Der Block befindet sich in einer Reisetasche, die *hoffentlich* irgendwann halbwegs intakt auf dem Laufband zum Vorschein kommen wird. Sie enthält die restlichen Hinweise darauf, wer man ist. Wer ich bin. Die Adresse, falls nicht doch verkehrt notiert – war es 70 oder 17? –, ist die eines Mehrparteienhauses in einer mir vollkommen fremden Stadt, an die dreißig Kilometer von diesem Flughafen entfernt, und der Taxistand ist der Lebensnerv, der mir Unterkunft, Nahrung und Erholung in Aussicht stellt – *falls* ich nicht übers Ohr gehauen, ausgeraubt oder umgebracht werde, oder irgendeine groteske

Kombination aus allen drei. Solche Dinge passieren in fremden Städten, hatte man mich gewarnt, und in der behaglichen Wärme der Abendgesellschaft hatte ich versucht, das Lächeln eines erfahrenen Reisenden aufzusetzen, während die schauerlichsten Geschichten die Runde machten. Ich war alles andere als ein erfahrener Reisender.

Aber es gab keine Pannen, keine der befürchteten Unbilden ereignete sich, der Schlüssel passte, und so stand ich denn auf der Türschwelle von Oskars Wohnung und nahm sie zum ersten Mal in Augenschein.

Vielen Dank für Deine Hilfsbereitschaft; Du bist ein echter Freund. Mir ist nicht wohl dabei, die Wohnung so lange allein zu lassen, auch wegen der Katzen … es wird Dir dort gefallen, es ist eine sehr schöne Wohnung …

Die Wohnung, Hausnummer 17, befand sich im ersten Stock eines sechsstöckigen, bleigrauen modernistischen Wohnblocks aus der Zwischenkriegszeit, nahe der Stadtmitte, in einer mit ähnlich klobigen Bauten vollgepackten Straße, die der Taxifahrer mühelos fand. Und es war tatsächlich eine sehr schöne Wohnung.

An der Uni, erinnerte ich mich, war Oskar der donnernde Ruf guten Geschmacks vorausgeeilt. Die knisternde Spannung, die ihn umgab, war Ausdruck der ständigen Bereitschaft, einen Blitzstrahl zorniger Verdammnis auf alles Billige, Hingepfuschte oder – schlimmste aller Sünden – Vulgäre hinabzuschleudern. Während der Blitz auf sein Zielobjekt niederfuhr, verzog Oskars Oberlippe sich zu einer verächtlichen Grimasse in Form eines großen A für *Abscheulich.* Anscheinend hatte er diese Ideologie flächendeckend auf sein Zuhause übertragen, wie diese Wohnung zeigte.

Ein breiter Flur erstreckte sich von der Eingangstür zum nach Süden ausgerichteten Wohnzimmer. Der Flur war lichtdurchflutet, mit hellem Dielenboden und eisig weißen Wänden. Zwei dunkle Holztüren, wie Dominosteine auf einem Betttuch, gingen nach rechts ab, die eine in der Mitte, die andere fast am Ende des Flurs. Linker Hand zeigte sich eine vermutlich von Oskar vorgenommene Modernisierungsmaßnahme: eine lange Glaswand trennte die großzügig bemessene Küche vom Flur, an dessen Ende eine Stufe hinab ins Wohnzimmer führte. Der helle Dielenboden erstreckte sich über die ganze Wohnung, und die Glasscheibe, die wohl eine nicht tragende Wand ersetzt hatte, ließ das Tageslicht, das durch die breiten Südfenster fiel, gleichmäßig durch den gesamten Raum strömen.

Geschmack und Geld waren in diesem Raum zusammengetroffen. Holz, Stahl und Glas waren die veredelten Substanzen, die aus dieser Verbindung hervorgegangen waren.

Die Eingangstür fiel mit einem satten, Sicherheit verheißenden Wumm ins Schloss, und ich ging den Flur hinunter. Den Mittelpunkt des Wohnzimmers – Wohnareals? – bildeten ein Sofa und zwei Sessel, klobig und kastenförmig aus schwarzem Leder und Chrom, das Design eines toten Schweizer Architekten. An der linken Wand stand ein riesiges Bücherregal, größtenteils mit Büchern gefüllt, aber auch mit einigen ausgesuchten Objekten. Die Küche bestand gänzlich aus Aluminium und Stahl. Wohl alles Importware, nach den heimischen Produkten zu schließen, die ich am Flughafen gesehen hatte. In der Küche gab es einen Tisch mit drei Stühlen. Wie oft lud Oskar Gäste ein? An der Uni war er ein guter, aber nicht unbedingt eifriger Gastgeber gewesen. Er zog Restaurants vor, die wir Stipendiaten uns eigentlich nicht leisten konnten. Die Küche sah mehr nach einem Ausstellungsstück als nach einem Arbeitsraum aus. Alles war makellos sauber und ordentlich. Auf dem Tisch stand ein Krug mit sorgfältig arrangierten Zweigen, ebenso wie auf dem Couchtisch, neben ein paar fächerförmig angeordneten Zeitschriften – *New Yorker, Time, Economist* (über einen Monat alt), *Grammophone.* Noch mehr Zweige und eine vier Tage alte *International Herald Tribune* befanden sich auf einem Tischchen unter dem mittleren der drei Fenster.

In einer Art Besitzergeste stemmte ich die Hände in die Hüften und atmete tief aus, ein Seufzer der Erleichterung, angekommen zu sein, aber auch der Bewunderung. Wie befriedigend, wenn die Wirklichkeit sich so exakt mit den Erwartungen deckt, und wenn ein Mensch so absolut dem Bild entspricht, das man sich von ihm macht! Genau so hatte ich mir Oskars Wohnung vorgestellt – sie war einfach der passende Lebensraum für seine Mentalität, wie ich sie kannte. Oskar, der Vielsprachige. Oskar, der Design und Modernität und teure, extravagante Schlichtheit liebte. Der seidige Holzboden war nicht genagelt, sondern manikürt. Das Einzige, was fehlte, war ein Klavier.

Hätte ich nicht gewusst, dass Oskar Musiker war, hätte man es leicht an den Schwarzweißfotos erkennen können, die hinter rahmenlosem Glas an den Wänden verteilt waren: Oskar am Flügel, Oskar mit Dirigentenstab, ein jüngerer Oskar, der einem älteren Mann, den ich nicht kannte, die Hand schüttelte, Oskar beim Entgegennehmen eines Preises, Oskar … Oskar mit mir. Wir waren zu viert auf dem Bild, kurz vor dem Uni-Abschluss. Dichteres, dunkleres Haar, keine Bäuche. Ein anderes Ich. Ich versuchte mich an die Situation zu erinnern, in der das Foto gemacht worden war. Es gelang mir nicht.

Und … keine Fotos von Oskars Frau. Und kein Klavier. Keine Preisurkunden. Rätselhaft.

Die erste Tür, die ich öffnete – die den Fenstern am nächsten gelegene –, löste einen Teil des Rätsels. Die Wohnung befand sich an der Ecke des Hauses, und das Zimmer, das ich betrat, füllte die Ecke der Wohnung aus. Zwei weitere Südfenster setzten die Reihe aus dem Wohnzimmer fort, und in der rechten Wand gab es ebenfalls eins, wodurch das einströmende Licht, das jeden Winkel und jedes Staubkorn hervorhob – und selbst die Staubkörner wirkten ordentlich und geregelt in ihren Flugbahnen –, die schwarz gelackte Oberfläche des Pianos mit einer zahnpastaweißen Glasur überzog. Also doch ein Klavier, in der hintersten, äußersten Ecke der Wohnung. Noch weiter außen, und es hätte auf dem Bürgersteig an der Straßenkreuzung gestanden. Anders als die Küche besaß dieser Raum eine Aura zweckmäßiger Betätigung. Die eine Wand war bedeckt mit Regalen voller Ordner, Schallplatten, CDs, Kassetten, Notenhefte, gerahmter Urkunden, (weiterer) Fotos, Rezensionen, akademischer Ehrentitel. Ein Leben in Kurzform. Unter dem näheren der beiden Südfenster stand ein Schreibtisch mit Löschblatt-Schreibunterlage im Ledereinschub, Bechern mit Stiften und zwei Papierstößen – der eine unliniert, der andere mit Notenlinien versehen. Neben dem Schreibtisch stand ein Hi-Fi-Turm, der aussah wie das Produkt eines aufgegebenen skandinavischen Raumfahrtprogramms.

Während meines Aufenthalts hier, in dieser Open-end-Episode unfreiwilligen Müßiggangs, wollte ich schreiben. In London hatte ich mich mit einer bleiernen Schreibblockade herumgequält, und das hilflose Umhertigern zwischen den magnolienfarbenen Wänden meiner Claphamer Erdgeschosswohnung hatte jeglichen Ansatz von Inspiration erstickt. Was würde ich ohne diese Wände nicht alles vollbringen? Konnte in den drei bis vier Wochen, die ich hier abzusitzen hatte, womöglich ein ganzes Buch fertig werden? Vielleicht würde der

Durchbruch mir erhalten bleiben, wenn ich wieder heimkam. Wenn ich irgendwo schreiben konnte, sagte ich mir, dann hier. Während ich in London im eigenen Saft schmorte, hatte ich mir oft den idealen Schaffensplatz ausgemalt, und immer sah er so aus wie der Raum, in dem ich mich gerade befand. Er schien förmlich imprägniert zu sein von Oskars Talent und Produktivität. Optimal anregend. Kurzgeschichten könnten hier entstehen, Theaterstücke, vielleicht sogar der Anfang eines Romans.

Am linken Rand des Schreibtischs klemmte einer dieser Kurbelbleistiftspitzer, die mich immer an die Schule erinnerten. Direkt darunter stand ein Edelstahlpapierkorb. Ich spähte hinein und wurde mit dem Anblick einiger Bleistiftspäne und eines weggeworfenen Trambahnfahrplans belohnt. Abfall, Müll geradezu, offen sichtbar hinterlassen für jeden Dahergelaufenen. Oskar war offenbar nicht mehr ganz auf der Höhe. Für einen Zwangsneurotiker wie ihn war so etwas schon ein krasser Lapsus.

Wie auf Stichwort, siehe Fahrplan, rumpelte eine Trambahn unten durch die Straße. Hatte Oskar nicht ein Stück geschrieben, das *Variationen über Trambahnfahrpläne* hieß? Erfreut über mein gutes Gedächtnis schlenderte, ich zum Flügel und klappte den Deckel hoch. Dabei flatterte ein Zettel heraus und segelte in eleganter Kurve zu Boden. Ich hob ihn auf und las, was Oskar in seiner spitzen, pingeligen Handschrift vermerkt hatte:

Bitte NICHT mit dem Piano spielen.

Das würde mir nicht schwerfallen, da ich nicht Klavier spielen konnte. Vorsichtig, respektvoll ließ ich die Fingerspitzen über die Tasten gleiten. Die weißen hatten einen leichten Nikotingilb, die schwarzen waren einfach schwarz. Braunschwarz? Blauschwarz? Nein. *Schwarz*schwarz? Ich klimperte die beiden hohen Töne, die Musikbanausen immer klimpern, wenn sie sich bemüßigt fühlen, Klaviertasten anzuschlagen.

Aktenordner, alle mit Oskars spitziger Schrift markiert – *Solo #2, Comp 00-02, Halle Aug 01, Div 04*. Jeder war vollgestopft ... nein, gestopft natürlich nicht. Jeder war mit sorgsam gebündelten Zeitungsausschnitten, Faltblättern, Notenblättern, Kontoauszügen, Reiseunterlagen und Hotelrechnungen *bestückt*, in etwa so, wie man ein formelles Blumenbukett arrangieren würde. Oskar, der Gewissenhafte. Oskar, der durchorganisierte Musiker.

Fotos, Oskar mit Leuten, die ich nicht kannte, in Frack und Fliege.

Mein Gepäck, fiel mir ein, war immer noch an der Wohnungstür, und auspacken musste ich auch noch. Die Tür, die ich noch nicht geöffnet hatte, musste ins Schlafzimmer führen. Sie aufzubringen, geriet zu einer fast akrobatischen Aktion, die Reisetasche in der linken und die Laptoptasche an zwei Fingern der rechten Hand, um mit den übrigen zwei und dem Daumen den Knauf zu drehen.

Krallen auf dem Boden näher kommen zu hören und ein Tier, das springt, hat etwas Atavistisches. Es aktiviert etwas auf der tiefsten Ebene des Reptiliengehirns, lässt die Sicherheitsriegel aufspringen, löst einen Reflex aus, der aufs Überleben programmiert ist und noch immer einsatzbereit, obwohl er so gut wie nie gebraucht wird. Ohne Sinn und Zweck sandte es seine Botschaft an eine wehrlose Drüse aus wie ein Kneipenrowdy seine Bestellung – *'ne Halbe Adrenalin, und zwar ein bisschen plötzlich, du alte Vettel*. Unwillkürlich spannte ich mich abwehrbereit an, als zwei pelzige Pfeile zwischen meinen Beinen hindurch in Richtung Wohnzimmer schossen. Verspätet und beschämend manifestierte sich meine steinzeitliche Urangst als leichter Schweißausbruch.

Ah, dachte ich, *die Katzen.* Oskar hatte Katzen erwähnt, und hier waren sie, beziehungsweise da, wo auch immer sie gerade hin waren. Angst vor Katzen! Na ja, eigentlich mehr Überraschung, einfach bloß ein Schreck. *Und außerdem,* dachte ich, an ein deutlich neuzeitlicheres Gehirnareal appellierend, *es hat mich ja keiner vor den Katzen erschrecken sehen.*

Alles klar.

Bei ihnen einschmeicheln konnte ich mich später noch. Erst einmal ging ich ins Schlafzimmer und setzte meine Taschen neben dem weißleinenen Doppelbett ab. Hier gab es weniger zu sehen, eigentlich nur das Bett, einen Korbsessel und einen großen Schrank. Auf dem Sessel lag ein wollweißes Kissen, das dem Raum, der ansonsten so kühl modernistisch wie der Rest der Wohnung war, wohl etwas Heimeliges geben sollte. Der Sessel hatte eine Aura von trauriger Unbenutztheit, von Bedauern darüber, zum Sitzen geschaffen, doch meist der Würdelosigkeit ausgeliefert zu sein, nur als Kleiderablage zu dienen.

Möbel sind so. Mit Behagen benutzt, so wie sie gedacht waren, absorbieren sie diese Erfahrung und geben sie wieder an den Raum ab, doch wenn sie, nur für den Effekt gekauft, in einer Ecke vor sich hin kümmern, strahlen sie nichts als Melancholie aus. Möbel in Museen (NICHT AUF DIESEN SESSEL SETZEN) haben etwas ähnlich Trostloses wie die unbesuchten Insassen von Altersheimen. Die ungestimmten Geigen und verstaubten Bücher, die manchen Vorstadtkneipen etwas Stimmungsvolles verleihen sollen, fühlen sich in ihrer zweckentfremdeten Rolle ungefähr so wohl wie eingesperrte Pumas im Zoo. Die großartige Küche, die selten oder nie für opulente

Gastmahle genutzt wird, erstarrt in lebloser Kälte. Genau wie die Küche hier, dachte ich.

Im Schlafzimmer gab es noch einen weiteren Hinweis auf diese merkwürdige Psychologie der materiellen Güter: rechts und links vom Bett standen zwei Nachttische, und während der in der Nähe des Fensters eine Lampe, drei Bücher, einen Notizblock und eine Steinstatuette aufwies, war der andere leer bis auf eine identische Lampe. Also war klar, auf welcher Seite Oskar schlief und welche bis vor Kurzem noch die von seiner Frau gewesen war.

Diese Überlegungen waren kein Anzeichen von wachsendem Trübsinn, ganz im Gegenteil. Mein Lächeln wurde immer breiter. Ich hatte Oskars Einladung angenommen und war hier in diese Stadt gekommen, um Inspiration zum Schreiben zu finden, und ich war hocherfreut – geradezu begeistert –, dass ich mich nach so kurzer Zeit in ungewohnter Umgebung schon viel kreativer fühlte und mir Einsichten regelrecht zuflogen. Diese Euphorie wurde durch meine nächste Entdeckung noch verstärkt. Die Schlafzimmerwand bot eigentlich Platz für drei Fenster, aber es gab nur zwei, denn anstelle des mittleren ging eine Fenstertür auf einen schmalen Balkon hinaus. Sie war leicht zu öffnen und ließ einen Schwall von stickiger Stadtluft und Lärm ein. Ich trat hinaus.

Unten bebte das Straßenpflaster geradezu vor Verkehr. Wieder rumpelte eine Tram vorbei und schrillte sich durch einen Wust von verbeulten und altersschwachen Autos unvertrauter Marken: Ladas und Dacias und Oltcits. Die wenigen Passanten waren auf den prächtigen breiten Bürgersteigen mit schnellen, huschenden Schritten unterwegs zu fremden, unbekannten Zielen. Gegenüber lag ein weiterer, barock ausladender Wohnblock, so grau, dass er wie aus gepresster Asche errichtet schien. Überhaupt waren alle vier Straßen, die von der Kreuzung vor dem Haus abgingen, von klobigen grauen Vorkriegsbauten gesäumt, abgesehen von ein paar Mietskasernen im städtebaulichen Einheitslook der Neuzeit, die wohl ein halbes Jahrhundert alte Bombenkrater ausfüllten oder Teil einer verfehlten Modernisierungsinitiative der Sechzigerjahre waren. Wäsche hing auf Leinen zwischen den Balkonen, Topfpflanzen bildeten Farbflecke auf Fensterbrettern und Brüstungen, Tapeten in vier Dutzend verschiedenen Stilarten waren durch die Fenster zu erspähen. Diese exotische Heimeligkeit war eine wahre Wohltat nach dem Kältehauch von Oskars gutem Geschmack und klaren Linien.

Wieder versetzte ich mich im Geiste zurück zwischen meine vier Wände in Clapham. Wände, die von Stuhllehnen verschrammt und von Händen und Hinterköpfen angeschmuddelt waren. Teppiche, auf denen beschwipste Partygäste großzügig Brandlöcher und Rotweinflecken hinterlassen hatten. Eine ganze Landkarte der Makel und Abnutzungsspuren von namenlosen Missetätern. Die langsame, unaufhaltsame Versiffung durch Dutzende und Aberdutzende von Händen. Und war mir das aufgefallen? Nein. All die Kratzer bildeten nach und nach die Patina meines Lebens. Ich hatte einen Waffenstillstand mit der Entropie geschlossen, mich einfach damit abgefunden. Ich ließ es geschehen. Es war eine Mietwohnung – Eigentümer waren auf ein bestimmtes Maß an Herunterwohnen eingestellt, und das konnte ich locker erfüllen.

Aber wie sah Oskar das? Ihm gehörte die Wohnung, seit Jahren schon, und so picobello, wie er sie hielt …

Eigentlich wusste ich ganz genau, wie Oskars Einstellung dazu war. Er hatte nicht aufgegeben. Er würde diese Kleinigkeiten nicht übersehen. Er hatte sich der Entropie entgegengestemmt und ihr *seine* Bedingungen aufgezwungen.

Plötzlich empfand ich das alberne Bedürfnis, meine Anwesenheit vom Balkon aus bekannt zu geben, zu verkünden, dass ich angekommen sei und dass ich dableiben würde.

Natürlich hatte Oskar eine überaus sorgfältige Liste von Anweisungen auf dem Esstisch hinterlassen. Oskar war kein Chaot. Oskar war durchorganisiert. Unordnung war nicht sein Ding. An der Uni hatten wir uns immer über ihn lustig gemacht.

Frage: Was nimmt Oskar mit ins Grab?
Antwort: Einen Untersetzer.

Ha, ha. Das war eine Anspielung auf Oskars Angewohnheit – die wir Kommilitonen nur verulken konnten –, stets mit einem Untersetzer zur Stelle zu sein, wenn irgendwer ein frisch eingeschenktes Glas auf dem Tisch abstellen wollte. Das Verrückte daran war, dass das Mobiliar Eigentum des Colleges und ohnehin schon schwer gezeichnet war durch jahrzehntelangen Gebrauch wenig rücksichtsvoller Ableger der intellektuellen Blüte der Nation. Genauso verfuhr er sogar mit Bierdeckeln in *Kneipen.*

In der Wohnung war es totenstill, und die Katzen – schwarzweiß alle beide – putzten sich auf dem Sofa. Ich brauchte ein paar anregende Klänge, bevor ich mich Oskars Anweisungen widmen konnte, also ging ich zurück ins Arbeitszimmer, um mir eine CD auszusuchen.

An Auswahl herrschte jedenfalls kein Mangel: die Anzahl der CDs belief sich sicher auf eine vierstellige Ziffer. Wie zu erwarten, bestand die Mehrzahl davon aus klassischer Musik, mit deren Codes ich nicht sehr vertraut war – all die K sowieso und Deutschverzeichnisse waren böhmische Dörfer für mich –, und so stöberte ich nach etwas Neuerem, das mir vielleicht etwas sagte. In einer verschämten Ecke des Musikregals fand ich schließlich Oskars halbes Dutzend Popmusikplatten: David Bowie, Simon and Garfunkel, Queen, The Kinks und die »Best of« von Velvet Underground, die ich herauszog und einlegte. »Sunday Morning« in Lou Reeds wehmütigen Rausamttönen erfüllte die fremde Wohnung in der fernen Stadt, und auch mich, mit Gelassenheit.

Vier DIN-A4-Seiten, eng beschrieben in Oskars spinnenbeiniger Klaue, an eine Weinflasche gelehnt. Ich las:

Mein alter Freund,
danke noch mal für Deine Hilfe in dieser für mich leider so schwierigen Zeit. Die Wohnung ist nicht groß, und viel verlange ich nicht von Dir, es geht mehr um das Gefühl, jemand, dem ich vertraue, vor Ort zu wissen und keine Einbrüche oder Brände befürchten zu müssen. Ich hoffe, Du bist Dir bewusst, dass ich Dir diesen Gefallen jederzeit gerne erwidern würde.

Lass mich zunächst auf meine Freunde, die Katzen, zu sprechen kommen. Sie heißen Schossy und Strawy. Sie sind in erster Linie auf ihr Eigenleben fixiert und flitzen oft hektisch durch die Gegend, aber sie sind sehr lieb und lassen sich gern hochnehmen und streicheln. Bitte tu das, es tut allen gut, meine ich! Natürlich müssen sie auch gefüttert werden, und man muss sich um ihre Hygiene kümmern. Futterdosen, Schälchen, Katzenstreu und Katzenklo sind in der Kammer neben der Küche, wo sich auch die Waschmaschine befindet. Sie brauchen eine halbe Dose am Morgen und die andere Hälfte am Abend, mit etwas von ihrem Trockenfutter bestreut, die Tüte steht bei den Katzendosen im Schrank. Bitte säubere das Katzenklo täglich; es gibt extra ein Schäufelchen für diese nicht sehr angenehme Arbeit! Außerdem muss die Katzenstreu jede Woche gewechselt werden.

Wenn Du ins Bett gehst, lass sie bitte zur Wohnungstür raus, und am Morgen wirst Du sie dann mit Frühstückshunger wiederfinden! Sie dürfen aufs Bett, ABER KEINESFALLS AUFS SOFA und auch nicht auf die Sessel im Wohnzimmer.

Mist. Ich sah hinüber zum Sofa. Die Katzen flackten dort noch immer hochzufrieden und genossen die verbotenen Freuden. Kein guter Einstand. Nun ja, aber hieß es nicht, sie seien »auf ihr Eigenleben fixiert«? Ich unterbrach meine Lektüre, um sie aus der verbotenen Zone zu vertreiben, und sah zu, wie sie sich unwillig in Richtung Schlafzimmer trollten, bevor ich weiterlas.

Bitte sieh zu, dass die Fenster und die Tür verriegelt sind, wenn Du die Wohnung verlässt und wenn Du zu Bett gehst. Ich habe Dir die Nummern des Klempners und anderer Handwerker notiert ...

Ich fing an, die Zeilen zu überspringen. Notrufnummern, Ersatzschlüssel, nahe gelegene Apotheken, Supermärkte usw. Ein paar Details bezüglich der Stadt.

Während Du hier bist, nimm doch die Gelegenheit wahr, Dir etwas in der Philharmonie anzuhören. Das Orchester ist hervorragend, und das sage ich nicht nur, weil ich was damit zu tun habe! Die Sommerspielzeit hat gerade begonnen, und wenn ich sie schon selber nicht erleben kann, würde es mich freuen, mir vorzustellen, dass wenigstens Du etwas davon hast.

Ach ja, und schließlich noch das vielleicht Wichtigste, da die Katzen auf sich selbst aufpassen können und Dir schon zu verstehen geben werden, wenn sie etwas brauchen: BITTE GIB ACHT AUF DEN BODEN. Er ist aus französischer Eiche und hat mich eine Stange Geld gekostet, als ich ihn anstelle der alten Dielen habe legen lassen, und er muss wie das wertvollste Möbelstück in der Wohnung behandelt werden, abgesehen vom Piano natürlich.

Stell keine Getränke ohne Untersetzer darauf ab.

Putz Dir immer die Füße ab, wenn Du die Wohnung betrittst, und zieh die Schuhe aus, sobald Du drin bist.

Wenn Du irgendwas verschüttest, musst Du es SOFORT wegwischen!!! Damit der Boden keine Flecken bekommt. Bitte sei SEHR VORSICHTIG. Sollte aber doch ein Missgeschick (!) passieren, dann gibt es ein Buch auf dem Architekturregal, das Dir helfen könnte. RUF MICH AN, falls irgendwas passiert.

Die Putzfrau kommt zweimal die Woche (Du brauchst sie nicht zu bezahlen, es ist ein hauseigener Service, also keine Sorge).

Ich weiß nicht, wie lange ich in Los Angeles sein werde, keiner sagt mir was, vielleicht weiß es auch keiner. Aber ich glaube, in etwa drei Wochen werde ich zurück sein, oder weniger, wenn alles gut geht. Ich rufe Dich ab und zu an und lasse Dich wissen, wie es vorangeht.

Noch einmal vielen Dank. Der Wein ist für Dich. Bis bald, hoffentlich,

Dein alter Freund

OSKAR

Ich starrte noch eine Weile auf den Brief, nachdem ich ihn durchgelesen hatte, um zu sehen, ob sich irgendeine tiefere

Bedeutung herauskristallisieren lassen würde. War eine Mitteilung von solcher Länge und Detailliertheit normal? Normal für Oskar, nahm ich an. Wie sehr es ihm zuwider sein musste, sich von seiner Wohnung zu trennen, und sei's auch nur vorübergehend! »Jemand, dem ich vertraue«, hatte er geschrieben. Wirklich? Wohl doch nicht so vertrauenswürdig, dass ich nicht auf Schritt und Tritt durch Merkzettel gegängelt werden musste. Alles so sauber, so ordentlich. Ich dachte an die Bleistiftspäne im Papierkorb. Oskars Ordnungswahn trat durch geringfügige »Ausrutscher« wie diesen nur noch deutlicher zutage. Allerdings verfügte er auch über die Hilfe einer Putzfrau. Aber wie gründlich putzte die? London war voll von osteuropäischen Frauen, die Jobs als Reinigungskräfte suchten, doch ich hatte keine Ahnung, ob sie etwas taugten. Hatten wir es mit ihrem A-Team oder ihrem B-Team zu tun? Machten sich nur die besten und begabtesten Putzfrauen nach Westen auf? Oder nur solche, die in ihrem eigenen Land kein glückliches Händchen mit dem Staubwedel hatten?

Das Bücherregal, das die eine Wand des Zimmers einnahm, zog meinen Blick auf sich. Bücherregale sind teuflisch schwer sauber zu halten – der Staub sammelt sich überraschend schnell auf der Oberkante der Bücher an, und es ist mühsam und langweilig, diese Flächen gründlich zu reinigen. Ich schlenderte hinüber, um mir die Bücher genauer anzusehen. Außerdem suchte ich einen Stadtführer, der mir helfen würde, mich zurechtzufinden, wenigstens etwas besser als das rudimentäre Exemplar, das ich dabei hatte. Ich bezweifelte allerdings, einen zu finden, denn bei mir in London hatte ich auch nichts dergleichen zu bieten. Na, einen Versuch war es wert.

Wie der Rest der Wohnung waren auch Oskars Bücher überaus sorgfältig geordnet: erstens nach Kategorie, zweitens der Größe nach. Und sie waren in vier Sprachen präsent,

Deutsch, Französisch, Englisch und Oskars Muttersprache. Pflastersteingroße, teure Hochglanzbände über Kunst, Fotografie und »Designklassiker« – vieles darunter von der eher unverdaulichen Sorte, Konstruktivisten, Vortizisten, Futuristen. Diane Arbus und Nan Goldin und eine Explosion von Wärme und Licht in den Bänden über Warhol und Lichtenstein, die Art von Kunst, die mich nicht so einschüchterte. Auch die Architektur war zuhauf vertreten, natürlich in erster Linie wieder die moderne: Le Corbusier und Mies van der Rohe, Richard Neutra und Herzog & de Meuron. Der Neutra wie der Lichtenstein brachten einen Hauch von Kalifornien in das Sortiment. Hatte Oskars Frau irgendeinen Einfluss auf den Inhalt der Bücherregale? Wohl kaum.

Das Vermischen der Bücherregale ist in einer Beziehung ein ultimativer, ja tollkühner Vertrauensbeweis, und Oskar war noch nicht mal in der Lage, auf demselben Kontinent wie seine Frau zu leben, ganz zu schweigen davon, seine Bibliothek mit der ihren zusammenzuschmeißen. Allein der Gedanke, stellte ich mir vor, würde ihn schmerzlich das Gesicht verziehen lassen. Doch sie schien nicht mal ein einziges Regalbrett für sich zu haben. Keins der Bücher, die sie vermutlich lesen würde, Auktionskataloge und juristische Journale, dicke Bestseller für diese endlosen Flüge um die Welt, Westküsten-Selbstoptimierungsratgeber, meterweise Managerbibeln von selbst ernannten »Gurus«, die Einblicke in die Geheimnisse der Businesswelt zum Besten gaben, oder die Bekenntnisse stinkreicher Psychopathen, die Aussprüche erfolgreicher Geschäftsleute und Spekulanten – nichts davon war hier zu sehen. Ihre Interessen hatten in Oskars geistiger Welt keinen Brückenkopf errichtet. Wer konnte es ihr verdenken, dass sie gegangen war?

Auch der Rest des Regals bot keine Überraschungen – lauter Bücher, die typisch für Oskar waren, etliche Romane und historische Werke, mehr oder minder die Klassiker des zwanzigsten Jahrhunderts: Koestler, Camus, Salinger, Solschenizyn, Kulturgeschichte, Bücher über den Zweiten Weltkrieg, die Nazis und die Sowjetunion, *Schindlers Liste,* neuere Politik mit Schwerpunkt Amerika, Russland, Deutschland, Werke über Musik, Biografien von Komponisten und Musikern. Nirgends ein Staubkorn, also wieder ein Punkt für Oskar. Aber schon begann der Staub, sich überall um mich her niederzulassen.

Ein Buch erregte meine Aufmerksamkeit – ein dicker Band über Oskars Orchester, die Philharmoniker, auf Deutsch. Es war offenbar anlässlich eines kürzlich gefeierten Jubiläums herausgegeben worden – 150 Jahre von diesem oder jenem. Ich schlug es auf, um nach Oskars Namen in der Inhaltsangabe zu suchen, und fand ein Faltblatt darin vor – ein Programm der laufenden Konzertsaison. Ich musste über diese Eitelkeit grinsen – ein Blatt mit dem eigenen Foto als Lesezeichen zu verwenden. Auf dem Bild stand Oskar neben einem anderen Mann, größer als er, mit schütterem, flachsfarbenem Haar und kugelrundem Kopf. Beide trugen die formelle Abendgarderobe, von der die klassische Musik durchseucht ist, und Oskars Begleiter hielt eine Geige in der Hand. Ein gutes Foto – ein warmes Lächeln von Oskar, was schon einen gewissen Seltenheitswert hatte. Oskar wandte die gleichen Regeln auf die Mimik wie auf die Inneneinrichtung an: weniger ist mehr. Ein Lächeln war eine überflüssige Extravaganz, ein Strahlen ein barocker Exzess.

Auf dem Konzertprogramm stand etwas in Oskars Handschrift:

Vielleicht nützlich?

Wieso sollte er das auf ein Programm seines eigenen Orchesters schreiben? Niemand kannte die Konzerttermine besser als er. Oder war das Programm für mich gedacht? Dann war es aber doch seltsam, es in diesem Buch zu verbergen – es sei denn, er wusste, dass ich hineinschauen würde, was eher unwahrscheinlich war. Oder vielleicht dachte er, *wenn* ich hineinschaute, wäre ich an dem Orchester interessiert und daher auch für ein Konzert empfänglich? Oskars Foto lächelte mich an, mit leisem Spott, wie mir jetzt schien. Vielleicht war das Faltblatt für jemand anders gedacht gewesen (die Ehefrau?), oder aber Oskar hatte die Angewohnheit, sich selbst Notizen zu hinterlassen.

Ich nahm das Programm heraus, klappte das Buch zu und stellte es ins Regal zurück. Seltsam, seltsam. Im Faltblatt waren drei Konzerte angekreuzt, die Daten jeweils unterstrichen. Die Saison, sah ich, hatte vor drei Wochen begonnen, doch die speziell markierten Konzerte fanden alle in den nächsten zwei Wochen statt, als wären sie für mich als Anregungen gedacht, mich kulturell zu betätigen, während ich hier in der Stadt war, oder als legte Oskar besonderen Wert darauf, dass ich mir diese Konzerte anhörte, aus irgendwelchen musikalischen Gründen, die ich nicht nachvollziehen konnte. Der nächste Orchesterabend fand in zwei Tagen statt.

Ganz plötzlich wurde mir die Seltsamkeit dieser ganzen Situation bewusst. Hier, in Oskars Wohnung, war sein *ganzes Leben* angesammelt, seine gesammelten Werke sozusagen. Und Oskars gesammelte Werke, die mich umgaben, spiegelten nicht nur seine Persönlichkeit, seinen ordnungsliebenden, taxonomischen Geist, sie spiegelten auch die Rillen und Kerben in dieser Geisteslandschaft, die weggeworfenen Tramfahrkarten, die schiefen Ebenen, die Faltenwürfe.

Zugleich mit diesem etwas unheimlichen Gefühl von Allwissenheit überkam mich ein Bedürfnis nach Häuslichkeit, einer kleinen Verneigung vor den Herdgöttern. Ich wollte mir eine Tasse Kaffee machen, um die Küche auszuprobieren. Außerdem wusste ich ja nicht, wann die Katzen zuletzt gefüttert worden waren. Oskar hatte sich wahrscheinlich darum gekümmert, bevor er heute Morgen aufgebrochen war – zumindest hatte er sie hereingelassen –, aber sie waren sicher wieder hungrig, und sie zu füttern, würde mich auf jeden Fall gut dastehen lassen. Aha, würden sie denken, dieser Typ weiß mit dem Dosenöffner umzugehen.

Aber zuerst mal Kaffee. Der Mensch hier bedurfte der Stärkung, bevor die Tiere dran waren. Ein Blick in die Schränke würde außerdem Klarheit darüber schaffen, ob es irgendetwas Verlockendes zum Abendessen gab. Natürlich bestand die schaurige Möglichkeit, dass Oskar nur Kaffeebohnen vorrätig hatte, die man mahlen müsste und filtern und all solch lästigen Humbug. So etwas sähe ihm ähnlich, und auf der Arbeitsfläche thronte eine verchromte Espressomaschine, die mich herausfordernd anblitzte. Die Schraubgriffe der Kaffeepulverbehälter deuteten mit anklagendem Finger auf mich.

Der Ergonomie der Küche gemäß probierte ich es mit der Schranktür direkt über dem trügerisch schimmernden Ungetüm. Der Erfolg – ein würziger Duft von getrockneten Bohnen und Blättern, vakuumverpacktes, schockgefrostetes, von Kennern der Materie für gut befundenes, konzernimportiertes Koffein für die verschiedensten Zubereitungsarten – ließ nicht auf sich warten, aber zugleich mit diesem erleichternden Aroma wurde auch ein Zettel aufgewirbelt und segelte hinab auf die Arbeitsfläche.

In Oskars penibler schwarzer Handschrift stand da:

Bediene Dich nach Bedarf bei Tee und Kaffee,
aber ersetze bitte das Verbrauchte.

Eine Weile starrte ich verdattert auf den Zettel, nur ein kleiner, aus einem Block geschnittener Streifen Papier. Vielleicht war die Botschaft rücksichtsvoll gemeint, doch irgendwie war sie auch überflüssig. Fürchtete er etwa, ich würde die Wohnung sämtlicher Zutaten für ein Heißgetränk berauben, sodass er bei seiner Heimkehr Durst und Mangel leiden müsste? Wieso hielt er eine weitere Zettelnotiz für angebracht? Das Konzertprogramm lag noch auf dem Tisch, neben Oskars Anweisungen, die mir wirklich ausführlich genug erschienen. Nun ja, es war seine Wohnung, und er hatte nun mal seine ganz eigene Art, mit dem Leben klarzukommen. Das Gefühl, dass er bis vor Kurzem noch in der Wohnung anwesend war, hing als statische Spannung in der Luft. Er war eben ein Mensch mit sehr klaren Ansichten darüber, was sich in seinen vier Wänden abspielen sollte. Da war er immer schon eigen gewesen.

Vielleicht war es nur passend für einen Komponisten, dass er Dinge notierte. Schon an der Uni hatte Oskar unsere gemeinsame Treppe stets mit Zetteln übersät, Anweisungen, Verbote, Absichtserklärungen, Erinnerungen, Aufforderungen und Zurechtweisungen. In der ersten Woche des ersten Semesters tauchte eine kleine Notiz an der Rückseite der Tür unserer gemeinsamen Toilette auf: Bitte benutzt das Raumspray. O. Auf dem Spülkasten stand eine nagelneue Sprühdose: Kiefernduft. Keine der anderen Toiletten hatte Raumspray, aber diese war halt diejenige, die Oskar mitbenutzte. Er hatte die Dose selbst angeschafft. Da der Zettel an der Rückseite der Klotür hing, hatte ich unzählige Male die Gelegenheit, ihn in aller Ruhe zu studieren. Das O war hypnotisch – ein perfekter Kreis, ohne sichtbaren Anfang oder Ende.

Und das war erst der Anfang der Zettellawine. Meistens ging es darum, etwas NICHT zu tun. Bitte macht NICHT so viel Lärm nach ein Uhr morgens. Bitte lasst das Geschirr NICHT in der Spüle stehen. Auf unserer Etage teilten acht Leute sich eine Küche. Sie war der Anlass und Schauplatz endloser Streitigkeiten. Oskar war bei Weitem nicht der einzige Wohngenosse, der ständig etwas zu monieren hatte, und er tat es ausnahmslos auf die höflichste und maßvollste Weise. Doch seine kurz angebundene, frostige Art, die Förmlichkeit seiner Notizen und die pathologische Ordentlichkeit seines Zimmers trieben die Leute in die Defensive. Die anderen lieferten sich kreischende Szenen, die nach einer Stunde schon wieder vergessen waren. Sie warfen sich die wüstesten Beschimpfungen an den Kopf und gingen abends zusammen einen trinken. Oskar rastete nie aus, brüllte nie los. Er war oft ärgerlich, aber sein Zorn war so kontrolliert, moduliert und systematisch wie die Musik, die er später mal schreiben sollte. Natürlich brach er auch nie in überbordende Herzlichkeit oder haltloses Lachen aus. Richtig betrunken, also voll daneben, habe ich ihn nur dreimal erlebt.

Frage: Was trinkt Oskar am liebsten?
Antwort: Naturreinen Wodka.

Naturrein. Haha. Er mochte den Wodka eiskalt, direkt aus dem Tiefkühlfach – der hohe Alkoholgehalt bewirkt, dass er nicht gefriert. Die Flasche, die er für sich und seine Gäste kaufte, von der besten Marke, die er im Spirituosenladen kriegen konnte, verstaute er notgedrungen im Eisfach unseres gemeinsamen Kühlschranks. Für einen Studenten war das eine teure

Anschaffung, und die Flasche nahm das gesamte Fach ein, das durch eine dicke Permafrostschicht auf Briefkastengröße geschrumpft war. Die Freundin eines unserer Nachbarn sah nicht ein, dass Wodka eisgekühlt sein muss, und verbannte die Flasche in die Kühlschranktür, als sie eine halbe Packung Schokoeis unterzubringen suchte.

Aus ihrem kleinen, unbeachteten Nest gerissen und den Blicken eines Halbdutzend durstiger Studenten ausgesetzt, kann man sich vorstellen, wie es der Flasche erging. Ein Großteil des Inhalts verschwand innerhalb von drei Nächten. Oskar entdeckte diesen Tatbestand in der vierten, als er jemanden zu Gast hatte. Er war stocksauer, und nachdem er die Eisfrevlerin (»nicht mal jemand aus unserem Stockwerk!«) ausgekundschaftet hatte, wanderte die Flasche wieder zurück an ihren rechtmäßigen Platz – mit einem Zettel, auf dem stand: Bitte NICHT aus dem Eisfach nehmen.

Diese Auseinandersetzung setzte bei den anderen etwas Koboldhaftes frei. Sie machten es sich zur Mission, den Wodka herauszuholen, ein wenig davon zu trinken und die Flasche an einem ungewöhnlichen Ort zu bunkern. Das war der Moment, in dem Oskar und ich Freunde wurden. Er rekrutierte mich für die Aufgabe, die Flasche suchen zu helfen. Für die anderen war ich ein Niemand – nicht unbeliebt, einfach uninteressant, eine Figur am Rande. Dieser marginale Status war in Oskars Augen von Vorteil, denn dadurch wusste er, dass ich nicht zu den Verschwörern gehörte, und konnte mich auf seine Seite ziehen.

Wir suchten also gemeinsam. Das erste Mal fanden wir die Flasche im Toilettenspülkasten. Das zweite Mal wurde sie, an einer Neonröhre befestigt, im Treppenhaus entdeckt. Das dritte Mal konnten wir sie wochenlang nicht finden. Wir hatten sie schon für verloren gegeben, als Oskar sie doch noch fand. Jemand hatte sie an der Unterseite seines Schreibtischs festgeklebt. Die nervtötende Wiederholung des Diebstahls schien Oskar nicht zu verdrießen – er reagierte sogar von Mal zu Mal gelassener. Ein paar Tage nachdem die Flasche zum vierten Mal in den Kühlschrank zurückgelegt worden war, klopfte Oskar an meine Tür und meldete ruhig, dass sie schon wieder fehlte. Sonst blickte er bei diesen Gelegenheiten verärgert und enttäuscht drein – offenbar glaubte er, die beklagenswerte Mentalität unserer Mitbewohner durch seine kleinen Merkzettel und kühle Gleichmütigkeit verändern zu können, aber da war er auf dem Holzweg, wie ich ihm oft genug zu verstehen gab – doch an jenem Tag grinste er zufrieden vor sich hin. Ich fragte ihn, ob ich ihm wieder suchen helfen sollte.

»Nein«, sagte er. »Es ist fast nur Urin.«

Er hielt eine Einkaufstüte hoch: darin befand sich eine nagelneue Flasche Absolut, mit einem Beutel Supermarkteis. An jenem Abend sah ich ihn zum ersten Mal betrunken.

Nur jemand wie Oskar konnte sicher sein, absolut klaren Urin zu produzieren.

Naturreinen Urin.

Unter den verschiedenen Kaffeespezialitäten und Teesorten gab es auch ein vertrautes Schraubdeckelglas: Maxwell House. Der Wasserkessel brodelte. Milch war in der Kühlschranktür, brauner Zucker in einem Schüsselchen auf dem Tisch. Henkelbecher standen auf dem Regalbrett über den Getränkezubereitungsutensilien. Ein Geist von Effizienz beherrschte die Küche. Alles erinnerte an die sparsame Präzision von Oskars Kompositionen. Man konnte sich leicht vorstellen, wie dieses Hightechlabor seiner kalifornischen Ehefrau auf die Nerven ging, die von Haus aus wohl mehr daran gewöhnt war, Küchen als Aufwärmstationen für endlose

Portionen von Fertiggerichten zu betrachten. Mochte man auch noch so lange auf all dieses Edelstahl starren, nie würde es der Blutorangen-, Bluttransfusionsglut der kalifornischen Sonnenaufgänge gleichkommen. Der Himmel von Europa ist älter als der von Amerika; die Wolken Europas haben dort ihren Ursprung, und bis sie hier ankommen, sind sie müde und abgekämpft von der Reise.

Kochendes Wasser über Granulat, ein Schuss Milch, dann vertiefte ich mich in das Resultat. Blasse Wolken lebten und starben in unbekanntem Rhythmus unter der Oberfläche, Stürme pulsierten, wuchsen und schrumpften in der Atmosphäre eines Gasriesen, Aufwärtsströmungen und plötzliche Strudel gerannen zu einem komplexen Muster. Ein Löffel löschte das ganze System.

Während der dampfende Becher abkühlte, machte ich mich auf die Suche nach dem Katzenfutter. Auch diesmal dauerte es nicht lange, die Katzendosen waren in der Speisekammer, zusammen mit einem martialischen Aufgebot an haltbaren Vorräten in Dosen- und Tütenform.

Auf dem Boden neben den zwei Wassernäpfen und zwei pieksauberen Schälchen stand eine sechzehn Dosen fassende Palette gewürfelter tierischer Überreste in geheimnisvoller Soße, mit an einer Ecke aufgerissener Folie und vierzehn noch übrigen Dosen. Neben dem unverständlichen Slawisch auf dem Etikett (das wahrscheinlich die Begriffe wie »saftig«, »für kräftige Zahnsubstanz« und »mindestens soundsoviel Prozent Fleisch« enthielt) wies jede Dose das Bild einer Katze auf, deren Augen wie ausgestopft glänzten und deren Zunge, in der Illustration festgefroren, für immer und ewig die gleiche Ecke des lächelnden Mauls abschleckte. Die Katze als hirntoter Verbraucher, unisono mit dreizehn Klonen, die Zungen nach rechts gereckt, die Augen in ewiger Vorfreude auf eine Zukunft voll täglicher Zuteilungen dieses köstlichen Futters gerichtet. Daneben lag ein Sack Miniaturkekse, die dieser Pampe ein bisschen Substanz verleihen sollten. Und – wie auch anders – ein Zettel, den ich vorher übersehen hatte, sorgsam in einem der pieksauberen Schälchen gefaltet. Schneeweißes Papier auf schneeweißem Porzellan.

ANWEISUNGEN ZUM KATZENFÜTTERN, las ich.
Eine halbe Dose in jedes Schälchen am Morgen und das Gleiche am frühen Abend. Jedes Mal mit einer Handvoll von ihrem Crunchy Mix, und achte bitte darauf, dass sie immer frisches Wasser in ihrer Wasserschüssel haben. Stell das Tablett für S. & S. zu ihren Mahlzeiten in die Küche, und wenn sie fertig sind, spül die Schälchen und stell das Tablett zurück in die Speisekammer.
O.

So weit, so gut. Die allgemeine Anweisungsliste hatte keine Einzelheiten zum Thema Katzenfüttern enthalten, und offensichtlich war diese Tätigkeit wichtiger als das Tee- oder Kaffeemachen, weshalb sie auch mit einem ganzen Blatt Papier gewürdigt wurde. Oskar war der aufmerksamste abwesende Gastgeber, den man sich vorstellen konnte, selbst noch von der anderen Seite der Erdkugel aus. Der Dirigent, der Komponist von knappen, straffen Klavierstücken, der Herrscher über ein minimalistisches, durchgestyltes Ambiente hätte sicher nichts dem Zufall überlassen. Meine Verbindung mit seiner Wohnung, seiner Welt, musste mit weit mehr Sorgfalt organisiert worden sein als seine Verbindung mit einer marlboroblonden Kunstmarktmieze von der geschichtslosen Westküste der USA.

Ich befreite eine der Katzenfutterdosen aus der schrumpligen Plastikfolie und stellte sie aufs Tablett, das ich in die Küche trug und auf dem Boden absetzte.

Das war wohl der akustische Reiz, die Pawlow'sche Essensglocke – das gedämpfte Geräusch des auf dem matt schimmernden Holzboden abgesetzten Tabletts. Prompt, noch ehe ich mich wieder aufgerichtet hatte, ertönten zwei dumpfe Plopps aus dem Schlafzimmer, gefolgt von dem unverkennbaren Schlittern, Klicken und Kratzen von Krallen auf glattem Holz. Ich wandte mich um und sah etwas, das ich mir nie hätte träumen lassen: Bei ihrer wilden Jagd durch den Flur, der das Schlafzimmer mit der Küche verband, legten die Katzen ein solches Tempo vor, dass sie in der Kurve die Bodenhaftung verloren und schräg über die weiße Wand flitzten wie ein an Drähten schwebender Jackie Chan in einem billigen Kung-Fu-Film, getragen von den unsichtbaren Händen der Beschleunigung und der Zentrifugalkraft. Am Ende der Wand angelangt, liefen sie einfach weiter, scheinbar ohne ein Joule an Energie einzubüßen, um dann mitten in der Küche zum Stehen zu kommen, gut drei Meter vor ihrem Tablett. Aber sie hielten nicht an – geschmeidig rutschten sie weiter auf ihrer Bahn entlang, bis sie, vom Holzboden abgebremst, haarscharf vor ihrer erhofften Mahlzeit landeten, Kreise drehten und Klagelaute von sich gaben.

Mir blieb der Mund offen stehen vor Staunen über diese athletische Darbietung. Während Schossy und Strawy sich miauend und katzbuckelnd an meinen Beinen rieben, kämpfte ich gegen den Drang, das eben Erlebte noch einmal zu inszenieren, sie zurück ins Schlafzimmer zu befördern und das Tablett zurück in die Speisekammer, um das Phänomen zu wiederholen, aber das konnte ja nicht gut gehen. Schmetterlingsflügel können nicht im Rückwärtsgang flattern, Wolken werden nie mehr dieselbe Form annehmen. Vielleicht würden sie morgen noch mal das Gleiche tun, doch es würde nie mehr den gleichen Effekt haben wie eben. Es war vollbracht. Der Moment war vorbei und konnte nicht zurückgeholt werden.

Noch halb im Adrenalinschock hievte ich den Sack mit Trockenfutter aus der Speisekammer, holte eine Gabel aus der (einzig dafür infrage kommenden) Schublade, kratzte die klumpigen braunen Leckerbissen in die Schälchen und streute die Knusperbröckchen darüber. Die Katzen machten sich schon darüber her, während die Dekorationen noch hinzugefügt wurden.

Die eben bestaunte Luftnummer noch vor Augen, sah ich mir den Schauplatz einmal näher an. Der Boden schimmerte in goldener Perfektion – er war offensichtlich die Voraussetzung für diese Akrobatik. Einem spontanen Impuls folgend, ging ich zur Wohnungstür und zog die Schuhe aus. Unter den Fußsohlen waren nur die winzigsten Unebenheiten der Maserung zu spüren, der Boden fühlte sich praktisch reibungslos an.

Irgendeine übereifrige Unterabteilung meines Gehirns musste die Entscheidung getroffen haben, ohne dass sie die angemessenen Prüfverfahren durchlaufen hatte, bevor die Aktion im Gange war. Ich duckte mich in Startposition, versuchte kurz, die komplexen Bewegungsabläufe zu kalkulieren und katapultierte mich den Korridor hinab. Nach viereinhalb Anlaufschritten in maximaler Beschleunigung bremste ich abrupt, die strumpfsockenen Füße flach auf dem Holz, und schlitterte zur hinteren Wand.

Zwanzig bis dreißig Minuten später war der Schmerz in meinem linken Knie und großen Zeh – nicht zuletzt dank einer wortreichen Schimpfkanonade – von mörderisch zu nur mehr nervtötend abgeflaut.

Bis ich mich von meinem Sturz erholt und meine Taschen ausgepackt hatte, war es Abend geworden. Das Licht war noch nicht aus dem Himmel geschwunden, doch die Sonne stand tief. Ich machte mir ein Brot mit Käse und Salami aus dem Kühlschrank, öffnete die Weinflasche, die Oskar mir hingestellt hatte, und aß auf dem Sofa vor den BBC-News 24. Der monotone Dauerrhythmus globaler Nachrichten ist ein seltsamer Trostspender, aber so war die Wohnung wenigstens mit britischen Klängen und vertrauten Namen gefüllt. Die Wiederholung von Meldungen und Schlagzeilen wirkte eher betäubend als alarmierend, und bald versank ich in ein gemütliches Nickerchen.

Ich weiß nicht, wie lange ich auf dem Sofa geschlafen hatte, aber als ich aufwachte, war es draußen dunkel und der Raum vom orangenen Schummerlicht der Straßenlaternen erfüllt. Reisen und fremde Orte können ganz schön kräftezehrend sein; ich fühlte mich vollkommen geplättet. Eine der Katzen stand neben mir auf dem Sofa und sah mich fragend an.

»Miau?«, machte sie und legte den Kopf schief.

»Schon gut.« Ich rappelte mich langsam auf. »Du willst raus. Zeit, ins Bett zu gehen.« Mehrere Gelenke jaulten, als ich mich verdrehte, um meine linke Hand aus ihrer eingeklemmten Lage zu befreien. Ich saß weder, noch lag ich, musste wohl einfach so zusammengesackt sein. Ich hob die Mieze vom Sofa und ging mit ihr zur Tür, wo ihr Kumpel schon wartete, wie ein Partygänger, der ein Taxi für einen Freund aufhält. Sie brauchten keine Ermutigung, in die Nacht zu entschwinden.

ZWEITER TAG

Zwischen Schlafen und Wachen gibt es einen Moment, in dem man frei ist. Das Bewusstsein ist zurückgekehrt, aber die Wahrnehmung hat die schützende Membran zwischen dem Erwachenden und seiner Umgebung noch nicht zerrissen. Man schwebt frei von jedem Kontext, im Nirgendwo – nicht mehr schlafend, noch nicht ganz wach, nicht mehr den Tücken des Unterbewusstseins ausgeliefert, noch nicht wieder in die stumpfe Routine der Alltagssorgen zurückgefallen. An diesem Punkt, zwischen zwei Welten, bin ich wohl am glücklichsten.

Erst einmal war ich desorientiert, wusste nicht recht, wo ich mich befand. Ich war ganz von Weiß umgeben, eine Luftblase in einem Milchozean. Dann traten nach und nach die Details zutage. Mir fiel ein, dass ich in Oskars Wohnung war, unter seiner weißen Zimmerdecke, umhüllt von seiner weißen Daunendecke, auf seinem weißen Laken und Kissen.

Das Regime im Iran foltert mit Weiß. Die Gefängniswärter kleiden den Häftling in Weiß und stecken ihn in eine weiße Einzelzelle, die mit weißem Licht gefüllt ist. Das Essen – ebenfalls weiß – wird auf weißen Papptellern von Wächtern gebracht, die von Kopf bis Fuß weiß angezogen und maskiert sind. Dieser fast vollständige Entzug visueller Reize wird für den Gefangenen unerträglich. Wie Schneeblindheit. Eine Abspaltung von der eigenen Sensorik, ohne Maßstab und Perspektive – Kontextlosigkeit als Qual statt als Glück.

Eigentlich eine perverse Tortur für ein islamisches Land. Im Islam, heißt es, ist nur das Göttliche perfekt. Das Streben nach Vollkommenheit ist sündhafter Hochmut. Unvollkommenheiten werden absichtlich in Kunstwerke eingearbeitet, als Demutsgeste. In jedem dieser fantastisch dekorativen orientalischen Muster gibt es einen pietätvollen kleinen Makel.

Wie sehr jene Gefangenen sich nach so einem Makel sehnen müssen ... Ein Kratzer an der Wand, eine dunklere Spalte, eine fleckige Deckenfliese. Anscheinend reicht es aus, einen Menschen seelisch zu zerrütten – man würde alles tun, um aus dieser gesichtslosen Eintönigkeit herauszukommen.

»Warum mögen sie mich nicht?«

»Ach, Oskar, sie ...«

Ich wollte sagen: *Oskar, du bist halt nicht wie sie, und du machst es einem nicht leicht, dich zu mögen.* Aber das sagte ich nicht.

»Was ist das für eine Frage?«, antwortete ich stattdessen. »Sie haben doch nichts gegen dich.«

»Ich versteh nicht, was das soll mit dem Wodkastehlen.« Oskar deutete auf die Flasche, die er mitgebracht hatte und die inzwischen viel von ihrem Inhalt eingebüßt hatte. Wir hatten ein Glas nach dem anderen getrunken, und er schien einen unguten Hang zu alkoholisiertem Selbstmitleid zu entwickeln.

»Du solltest ihn eben nicht im gemeinsamen Kühlschrank aufbewahren«, meinte ich.

»Anders kann man ihn nicht kühl halten«, knurrte Oskar. Er wirkte fast komisch mit seiner Trübsalsmiene, wie ein trauriger Boxer, mit einem unvermuteten Anflug von Hängebacken.

»Ich weiß nicht, misch ihn mit Cola oder so.«

Oskar rümpfte die Nase. Seine Lippe kräuselte sich verächtlich. »Ich trink ihn lieber pur.«

Ich seufzte. »Das ist eine Gemeinschaftsküche. Du musst Kompromisse machen. Leben und leben lassen.«

»Aber die halten sich ja nicht dran, hinterlassen Unordnung, schmutziges Geschirr ...«

»Es sind Studenten«, sagte ich müde. »Genau wie du und ich. Sieh es doch mal entspannt.«

Oskar runzelte die Stirn. »Und das hier ist entspannt?«

Vom Wodka benebelt, brauchte ich einen Moment, um zu kapieren, dass er eine Frage gestellt hatte. »Was?«

»Na, das hier«, sagte er mit einer müden Armbewegung. »Das ist entspannt?«

Ich verstand immer noch nicht, auf was er anspielte. »Klar ist es entspannt, mit 'nem Freund was zu trinken ...« Oskar verunsicherte mich. Ich sah ihn zum ersten Mal betrunken und konnte ihn nicht einschätzen.

»Nein, nein, nein«, sagte Oskar mit zunehmend lauterer Stimme. Plötzlich sprang er auf und begann, energisch im Zimmer hin und her zu gehen. »Das hier! Dein Zimmer! Wie du lebst! Dieses Chaos!«

Ich war baff. In einer anderen Verfassung wäre ich vielleicht beleidigt gewesen, aber stattdessen blickte ich mich nur um und versuchte, den Raum mit Oskars Augen zu sehen. Die offene Wodkaflasche stand auf meinem Schreibtisch, oder vielmehr auf dem letzten Eckchen, das nicht unter einer Lawine von Büchern, Papieren und Mist begraben war. Lesezeichen standen kreuz und quer hervor wie zerfetzte Standarten aus vergessenen Kriegen, und die Bücher lagen aufgeschlagen auf dem Bauch, festgefroren in der Mitte eines Gedankens, der sich längst verflüchtigt hatte. Überall flogen Blätter herum, aber sie waren kaum beschrieben. Jedes enthielt nur ein paar unzusammenhängende Sätze oder eine kryptische Notiz. Eingetrocknete Kulis lagen bunt durcheinander wie Mikadostäbchen. Auf einem Haufen balancierte ein Teller mit Erdnussbutterschlieren und Toastkrümeln, unter einem anderen schaute ein Frisby vor, und ich entsann mich vage, dass es als Aschenbecher gedient hatte, bevor es mit Zetteln überhäuft worden war. Ein weiterer improvisierter Aschenbecher, vormals ein Gurkenglasdeckel, quoll über vor Kippen, die hinter dem Schreibtisch in das Medusenhaupt aus Verlängerungsschnüren rieselten. Und über alledem leuchtete das Zyklopenauge meiner Klemmlampe wie das Flutlicht der Feuerwehr bei einer nächtlichen Verkehrskatastrophe. Der Rest des Raumes zeigte Variationen des Schreibtischchaos in Form von weiterer Haufenbildung – Klamotten, Bücher, Poster, Bettzeug –, dazu der wertlose Plunder eines jungen Erwachsenenlebens: tanzende Colaflaschen, aufblasbare Gitarren, geklaute Biergläser, Räucherstäbchenhalter, kaputte CD-Hüllen, originelle Flaschenöffner, eine verkrüppelte Kaffeekanne.

Ich zuckte die Achseln. »Ich weiß, es ist ziemlich unordentlich …«

»Es ist nicht nur das Zimmer«, winkte Oskar ab. »Ein Raum ist nicht nur ein Raum. Ein Raum ist die Verkörperung eines Geisteszustands, das Produkt eines Gehirns. Entweder bewusst« – er ließ sich dramatisch in den Sessel fallen und wirbelte eine Staub- und Aschewolke auf –, »oder unbewusst. Wir erschaffen unsere Räume, und dann erschaffen unsere Räume uns.«

Ich wollte sagen: *Siehst du, so bist du immer. Deswegen können die Leute dich nicht leiden.* Aber ich sagte nichts. Ich hörte mit dem Rauchen auf. Vieles von dem, was der Raum enthielt, wanderte am Ende des Semesters in schwarze Abfallsäcke.

Nach dem Zimmer kamen andere Zimmer, dann gemeinsam gemietete Häuser, schließlich eine Reihe von Zweizimmerwohnungen. Ich habe sie alle mit der gleichen Unzufriedenheit betrachtet. Das hatte ich Oskar zu verdanken.

Während ich zur Decke von Oskars Schlafzimmer hochsah, die von einem Fächer aus Sonnenstrahlen erhellt war, fühlte ich mich überaus wohl in meiner Haut. Ich hörte zu, wie die Stadt sich nach und nach bemerkbar machte. Eine Trambahn rumpelte vorbei, mit bimmelndem Glöckchen und gellendem Kreischen in der Kreuzung. Auch der Ruf der Pflicht drang in mein schläfriges Hirn, in Gestalt von Miauen und Kratzen am Balkonfenster. Schossy und Strawy hatten Hunger.

Ich stieß die Fenstertüren weit auf in die prickelnde, strahlende Stadtluft. Die Katzen strichen mir um die Beine in ihrer seltsam felinen Art – warum streifen sie immer so dicht vorbei, wenn doch genug Platz ist? – und begaben sich schnurstracks in die Küche, mit der Zielstrebigkeit von Fabrikarbeitern beim Schrillen der Mittagssirene. Ich folgte ihnen gähnend.

Die Reste des vorigen Abends waren noch neben dem Sofa verstreut – die Zeitungen, das Weinglas. Ich kümmerte mich um die Katzen und setzte Kaffeewasser auf. Bis es kochte, räumte ich auf, die geleerte Flasche – mit der Notiz von Oskar –, die Zeitungen, das Weinglas …

Ich hielt inne. Ein oder zwei Tropfen Wein waren beim Nachschenken wohl auf den Boden des Glases gelaufen. Ich hatte keinen Untersetzer benutzt. (Im Geiste sah ich Oskar zusammenzucken.) Ein 45-Grad-Bogen in Weinrot zeichnete sich auf seinem kostbaren Boden ab, eine hässliche Narbe auf blasser Haut.

Wie gebannt starrte ich auf den Fleck. Mir lief es kalt über den Rücken. Rotweinflecken! Ich dachte an Oskars Mahnung.

Von irgendwoher stellte sich die Erinnerung ein, dass es bei diesen Dingen vor allem auf schnelles Reagieren ankam. Man müsse sofort etwas dagegen tun, insistierte mein Gehirn, ungeachtet der Tatsache, dass ich die vorigen Stunden ja sowieso schon verschlafen hatte.

Ohne Panik wandte ich mich zur Küche, ließ Wasser über einen Lappen laufen und kehrte an den Ort des Frevels zurück. Auf Knien liegend wie ein Bittsteller, fing ich an zu reiben. Augenblickliches Erfolgserlebnis: der Fleck schien recht schnell zu schrumpfen. Nach fünf Minuten konzentrierter Arbeit war keine Spur mehr von dem Wein zu entdecken. Ich wartete eine Weile, bis die Stelle getrocknet war, und inspizierte sie im unbarmherzigen Licht der Vormittagssonne.

Es war immer noch etwas zu sehen. Ein ganz leichter, gekrümmter Schatten, der sich kaum von der natürlichen Maserung des Bodens abhob. Ein kleines Muttermal, das noch einer letzten Laserbehandlung bedurfte. Aber jetzt wurde mein Blick unwiderstehlich davon angezogen – als wäre der Fleck so groß, so schwarz, so unübersehbar wie das Sofa.

Ich versuchte die Stelle objektiv zu betrachten, als wäre ich zum ersten Mal in dem Raum. Aber das klappte nicht. Mein Job – meine glorreiche Schriftstellerei – bestand ja in erster Linie darin, Broschüren für Kommunalverwaltungen zu verfassen. Einwohner von Ealing werden sich vielleicht noch an meinen hoch gepriesenen *Wegweiser durch die Stadtbibliothek* erinnern, doch für mein Meisterwerk halte ich *Ab in die Tonne: Wie, was und wann recyceln,* das in Southwark schon seine fünfte Auflage erlebt und in neun Sprachen übersetzt ist. (Was heißt Kompost auf Somali? Kein Problem.)

Immer wenn eins dieser bahnbrechenden Werke in Druck ging, schlich sich unweigerlich ein Fehler ein. Richtig bescheuerte, kabarettreife Druckfehler (Bezirksausschuss regt Alphatisierungsinitiative an) sind selten. Aber fast jedes Druckerzeugnis enthält irgendwo einen Fehler, der für das Laienauge unsichtbar bleibt – ein doppeltes Leerzeichen da, ein fälschlich kursiv gesetzter Punkt dort. Nur der Herausgeber sieht diese Dinge. Doch kaum hat er so einen Fehler im fertigen Druckwerk bemerkt, nimmt er nichts anderes mehr wahr. Die bestechende Klarheit, mit der die DIN-Normierung von Müllsäcken dargelegt wird, ist an ihn verschwendet – er sieht nur, dass die falsche Sorte von Bindestrich verwendet wurde.

Und so war es auch mit Oskars Boden.

Ich war auf das beschädigte Stückchen Holz fixiert, auch wenn ich noch so weit entfernt davon stand. Es war nichts, praktisch nicht zu sehen – und wenn, würde man es für eine natürliche Schattierung des Holzes halten. Aber für mich stach es hervor wie der europäische Weinsee.

Das Wasser hatte längst gekocht, und ich goss mir einen Kaffee auf. Die Katzen futterten schmatzend. Wieder versuchte ich zu erraten, welche Schossy und welche Strawy war. Das war natürlich unmöglich. Selbst wenn ich die Persönlichkeit einer Katze hätte einschätzen können, hätte ich nie zu sagen vermocht, was denn nun einem »Schossy« oder einem »Strawy« gemäß war.

Ich beschloss, mein ganzes Besichtigungsprogramm in einen einzigen Tag zu pressen, um mir die Mühe zu ersparen, jeden Morgen ein neues Ziel anzusteuern, wenn ich ebenso gut in der Wohnung bleiben und schreiben konnte. Dieses Land war so unbedeutend, dass ich keinen entsprechenden Reiseführer im Bookshop von Heathrow hatte auftreiben können, aber wenigstens hatte ich einen *Lonely Planet* gefunden, der diesen Schnipsel sinnloser Autonomie im Nachhinein einbezogen hatte und alles, was in der Hauptstadt und drumherum von Interesse war, auf gerade mal vierzig Seiten abhandelte.

Während ich von der Wohnung zum Alten Markt spazierte – »der traditionsreiche Mittelpunkt der Stadt« –, gewann ich den Eindruck, dass vierzig Seiten noch ziemlich großzügig waren. Mochte die Stadt auch auf römischen Grundmauern errichtet und im Mittelalter zu reicher Blüte gelangt sein, war ein Großteil der alten Substanz jedoch im neunzehnten Jahrhundert abgerissen worden, um für endlose pseudobarocke Gebäude Platz zu schaffen, die sich mittlerweile in so tristem Zustand befanden, dass sie wie bröckelnde, rußbedeckte Hochzeitstorten wirkten. Auch der Zweite Weltkrieg und der Ostblock hatten ihre unglückseligen Spuren hinterlassen. Ich ging an der gigantomanischen Akropolisfassade des Nationalmuseums vorbei, das ich mir für später aufhob, und betrat den Alten Markt.

In London hatten Menschenmengen mich nie gestört, sie waren mein Milieu, das vielsprachige Stimmengewirr der U-Bahn, die eigentliche Seele der Stadt. Hier war es anders. Vielleicht fühlte ich mich so beklommen, weil ich die Sprache nicht beherrschte (der Sprachführer beschwerte meine Tasche wie Blei) und weil ich so ein offensichtlicher Tourist war. »Das emsige Treiben auf dem Markt bildet einen charmanten Kontrast zur historischen Pracht seiner Umgebung«, informierte mich *Lonely Planet*. Mir kam es eher vor, als bilde der schwunghafte Handel, der auf dem Markt getrieben wurde, einen charmanten Kontrast zur kompletten Wertlosigkeit seiner Waren. Magere Büschel von schlaffem, erdigem Wurzelgemüse lagen aufgehäuft zwischen Tupperware, die schon jahrzehntelang im Einsatz zu sein schien; uralte, zerfledderte Taschenbücher türmten sich stapelweise neben abgeblätterten goldfarbenen Kerzenhaltern.

Ungeachtet der Tatsache, dass es hier nichts als Plunder gab, schien die gesamte Bevölkerung der Stadt auf dem Marktplatz versammelt zu sein. Nie zuvor hatte ich verstanden, wieso man in Bezug auf Menschenmassen von »wogend« spricht, aber der Markt wogte im wahrsten Sinne des Wortes: das eigene Fortkommen war absolut eingeschränkt vom Konsens der Menge, sodass ganze Abteilungen wegen des Gegenverkehrs unerreichbar blieben und man sich oft von der beabsichtigten Richtung abgedrängt sah, je nach den Windungen der kollektiven Peristaltik in den engen Lücken und Spalten, die der bedauernswerten Käuferschaft zwischen den Ständen blieb. Gottgleich über all dem prangten in den Bel-Etage-Fenstern des ehemaligen staatseigenen Kaufhauses die Plakate einer westlichen Kosmetikfirma, und die gigantischen Gesichter wunderschöner Filmstars und Models blickten selbstgefällig auf die wimmelnden Massen hinab. Die neuen, freien Männer und Frauen des vereinigten Europa waren von diesem Ideal ebenso weit entfernt, wie sie es von den kraftstrotzenden Heroen der damaligen Propaganda waren. Ich schwöre, ich habe dort keinen gesehen, der (wohlwollend geschätzt) unter sechzig war, und sie hatten alle etwas Geducktes und aggressiv Lauerndes, mit einem Glitzern von unbestimmter, unnötiger, unmotivierter Bösartigkeit in den Augen, das ich mir nicht erklären konnte.

Wenn ich nur etwas zu kaufen gehabt hätte, sagte ich mir, dann wäre ich mir nicht so buchstäblich wie ein Fremdkörper vorgekommen. Aber was *brauchte* ich denn? Was konnte ich hier überhaupt *wollen*? Mir fiel nichts ein, und während ich mich zur anderen Seite des Marktes durchkämpfte, erschien mir der Gedanke, sich all dem auszusetzen, nur um sich *umzusehen*, allmählich so absurd, wie er wohl auch den Ortsansässigen erschienen wäre. Es war nicht warm, aber ich war schweißgebadet; selten habe ich mich unwohler gefühlt, selbst in überfüllten U-Bahnen oder Supermärkten nicht so eingekeilt und ausgeliefert.

So stieß und schob es mich vorwärts, allseits von bösen Blicken aufgespießt, bis ich endlich zum Nationaldenkmal gelangte, wo das Gedränge etwas nachließ. Wie als Antwort auf die Feuchtigkeit in den Achselhöhlen und im Kreuz fing nun auch der Himmel an, Regen zu schwitzen vor lauter Mühe, seine Wischlappenwolken über das Firmament zu schleifen. Ich erklomm die Stufen zum Denkmal, einer auf das Zehnfache ihrer normalen Größe aufgeblasenen Kanonenkugel aus Granit, von felsbrockenhaften Soldaten gestemmt, deren Arme sich auf eine Weise verbogen, die sowohl der Ästhetik als auch der Anatomie Hohn sprach. Das Monument war ein Stumpf in Erwartung einer Prothese. Aber immerhin eine Insel der Ruhe, auf der man über die Menge hinweg den Marktplatz betrachten konnte.

Marmorglatte, von der Airbrushtechnik geheiligte Götter und Göttinnen spähten hinab auf die dumpf drängelnde Herde. Ihre Avatare starrten blicklos wie ägyptische Grabmalereien – das Krokodil, der Zentaur (mit drohend erhobenem Poloschläger). Sie verhießen Erlösung. Weil du es dir wert bist. Erlösung, von Calvin Klein.

Hinter den Bretterverschlägen bröckelte der Stuck. Die bleichen Steinwächter des Nationaldenkmals überschauten die Massen, die sie vor dem einen -ismus zugunsten eines anderen -ismus gerettet hatten.

Warum gefiel es Oskar hier? Gefiel es ihm hier überhaupt, abgesehen davon, dass es zufällig sein Geburtsort war? Bei seinem ungeheuren Talent und Erfolg hätte er überall arbeiten können, und trotzdem hatte er *das* hier gewählt, mit den Kopftüchern und den ockerfarbenen Geldscheinen mit den vielen Nullen.

Nahebei verkaufte jemand Wasserflaschen. Ich holte mir eine und setzte mich auf die Stufen des Denkmals. Das Summen der Menge und das allgegenwärtige, bimmelnde Rumpeln der Straßenbahnen verwob sich zu einem Klangteppich, und allmählich fühlte ich mich wieder wohler in meiner Haut.

Oskar hatte von seiner Heimat erzählt, als wir uns das erste Mal zusammen betranken, nach der großen Wodka-Suchaktion. Wir stießen auf seine Rache an und auf die Qualität des unverfälschten eiskalten Getränks. Nicht, dass ich etwas von seiner Qualität verstanden hätte – es brannte einfach nur in der Kehle und stumpfte ab. Zum Mixen hatte ich nur eine lauwarme Dose Cola da, die Oskar für ein Sakrileg hielt, obwohl er von Knoblauch sprach, den seine Landsleute manchmal dem kostbaren Alkohol beigaben. Ich fragte ihn nach seiner Herkunft, neugierig auf diesen Typen, der quasi aus Versehen zu meinem Freund geworden war. Eigentlich erwartete ich ja eine mitteleuropäische Heimwehschnulze, aber Oskar widmete sich der Frage mit seltsamer Ernsthaftigkeit und überlegte lange, bevor er sich dazu äußerte.

»Die Heimat ist mir wichtig.« Noch ein Schluck Wodka. Pause. Ich holte schon Luft, um das Schweigen zu brechen, als Oskar mir zuvorkam. »Wenn ich mein Studium hier beendet habe«, sagte er, »werde ich in Amerika weiterstudieren oder hier, oder ich suche mir hier oder dort eine Stellung. Vielleicht kehre ich auch nach Hause zurück. Aber ...«

Noch eine Pause. Noch ein Schluck.

»Ihr seid komisch, ihr Engländer. Immer macht ihr euch Sorgen, ihr könntet – wie sagt ihr? – ›Vor die Hunde gehen‹. Ewig diese Angst, und doch habt ihr immer ganz zufrieden auf eurer Insel gehockt, und keine Armada, keine Nazis konnten euch was anhaben. Mein Heimatland ist ein ständig veränderter Umriss auf der Landkarte, immer neue Herrscher und Armeen fegen darüber hinweg, es verschwindet und wandelt sich, nur ein Farbfleck, ein Spielball der Geschichte. Doch ich weiß, und mein Volk weiß, dass mein Land immer da sein wird. Ihr Engländer dagegen, ihr denkt, die Welt bricht zusammen, wenn eure roten Telefonkabinen verschwinden.«

Er leerte sein Glas und schenkte es wieder voll, ebenso wie meins, und trank mir mit sardonischem Lächeln zu.

»Auf unsere Vaterländer«, sagte er. »Saufen wir sie uns schön.«

Was wir taten.

Das Nationalmuseum war menschenleer bis auf eine Brigade finsterer alter Kopftuchweiber. Eine saß auf einem Holzstuhl in der Eingangshalle und verkaufte Tickets an einem Kartentisch. Andere schoben Wache in den hallenden Sälen, strickten, lasen Zeitung oder starrten mich an. Ihr Blick war eher abweisend, aber trotzdem war ich froh, dass sie da waren, denn sonst wäre ich ganz allein in dem Gebäude gewesen. Besucher gab es außer mir keine.

Anhand der Ausstellung erfuhr ich, welche Teile des Landes oolithisch oder präkambrisch waren. Ausgestopfte Fauna lauerte in unerwarteten Ecken mit böse schimmernden Glasaugen und staubigem Fell. Eine Wandkarte erläuterte die komplizierten Prozeduren des Braunkohle-Abbaus; eine andere klärte über die Funktionsweise eines Bauxitwerks auf. Beispielhaft ausgestellte Produkte der hiesigen Industrie schlossen die meisten Wunderwerke der modernen Welt ein: Waschmaschinen im Format von Kleinwagen, Telexgeräte, UKW-Radios, Aluminiumpfannen, bleihaltige Zahnpasta, Azetatpyjamas, Asbest-Steppdecken … wenige der erklärenden Datenangaben schafften es über 1975 hinaus. Als Konzession an das interaktive Touchscreen-Zeitalter war es immerhin vorgesehen, dass man den Staub von den Vitrinen wischen musste, um die darin ausgestellten Schätze betrachten zu können.

Ein Saal war dem traditionellen Bauernleben im Lauf der Zeiten gewidmet. Die Geschichte des Landes stellte sich dar als eine Abfolge von Knechtschaft, Monarchie, industrieller Revolution, versuchsweiser Republik, faschistischer Republik, Volksrepublik und demokratischer Republik. All diese Phasen waren ins zwanzigste Jahrhundert gestopft. Die vorhergehenden Epochen waren einfach nur eine grausige Routine von Invasionen, Pogromen und landeseigenen Schreckensherrschern mit Beinamen wie »der Pfähler«.

Die besondere Version der Hölle, die die Nazis und die Sowjets über Osteuropa hereinbrechen ließen, war dagegen eher bescheiden abgehandelt, mit wenig Bombast und Horror. Und die letzten drei Paneele der Ausstellung waren offenbar neueren Datums, wie die blassen Stellen ringsum verrieten; wahrscheinlich hatten die Originale die glorreichen Schritte der Volksrepublik in Richtung auf das von ihrem Anführer beschworene sozialistische Nirwana dargestellt, doch jetzt bildeten sie den Kollaps des Sowjetreichs ab. Mauern brachen ein. Komitees wurden gestürmt. Straßennamen geändert. Die Werbeleute traten auf den Plan.

Die Geschichte war das Neueste im ganzen Gebäude.

Als ich über den glänzenden Boden der Eingangshalle auf die wuchtigen Holztüren zuging, die auf die Straße hinausführten, sprang die Alte, die mir meine Eintrittskarte verkauft hatte, plötzlich von ihrem Stuhl auf. Starr vor Schreck blieb ich stehen, während sie auf mich zugestürzt kam, als wollte sie mich unbedingt am Verlassen des Gebäudes hindern. Der

Messingbeschlag der Tür war kalt unter meinen Fingern – nur zu gern hätte ich die Tür aufgeschoben, um in die Freiheit zu entschlüpfen, doch ich zögerte. Vielleicht musste man hier am Ausgang zahlen, obwohl ich doch schon beim Hereinkommen gezahlt hatte. Vielleicht musste man zweimal zahlen, oder es wurde noch ein Trinkgeld erwartet, oder sie verdächtigte mich, etwas unter meinem Mantel verborgen zu haben. Jedenfalls sah es ganz so aus, als hätte ich irgendetwas verkehrt gemacht.

Sie ruderte mit den Armen, wollte mich augenscheinlich hinauskomplimentieren, und redete in einem unverständlichen Wortschwall auf mich ein. Waren das bloße Abschiedsworte? Oder warf sie mich hinaus?

Nun waren wir schon durch die Tür, und sie redete immer noch, gestikulierte immer noch, als habe sie mir wirklich etwas mitzuteilen. Sie packte mich am Ärmel und führte mich mit schnellen, watschelnden Schritten links herum an dem Gebäude entlang, wo ein schmaler Zwischenweg es von dem benachbarten Steinquader trennte. Jahrzehnte der Emissionen von Braunkohle, verspäteten industriellen Initiativen und armseligen Automobilen hatten die Seitenwände des Museums mit einer fleckigen Patina überzogen, die ihrerseits mit Graffiti bedeckt war, die meisten davon kryptisch, manche international (ein Hakenkreuz, ein USA #1). Die ganze Scheußlichkeit war zusätzlich von Pockennarben übersät, tiefen Löchern, wie von herausgerissenen Halterungen.

Die Museumswärterin schaute mich erwartungsvoll an. Diese Mauer war es, die ich mir hatte ansehen sollen, aber ich hatte keine Ahnung, warum. Auch die Vorfreude in der Miene meiner Begleiterin bot keine erhellenden Hinweise. In den Neunzigern war ich einmal auf einer Geburtstagsparty gewesen, wo der Gastgeber unter anderem ein »Magisches

Auge« geschenkt bekam – ein buntes, krisseliges Rechteck, in dem man angeblich die New Yorker Skyline erkennen konnte, wenn man lange genug draufstarrte. Die anderen Gäste jubelten reihenweise begeistert, wenn der Trick funktionierte, aber für mich blieb es einfach nur ein polychromes Durcheinander. Geh näher ran, sagten die anderen, schau mal undeutlich, am Bild vorbei, schiel ein bisschen, versuch's nicht so verbissen. Ich starrte und starrte, und sie sahen mich alle mit der gleichen Miene an wie jetzt die Museumswärterin, so eine Art kultischer Eifer.

Ich deutete auf die Mauer. »Was soll ich denn da sehen?«

Noch ehe ich den Arm wieder senken konnte, packte die Alte mich am Handgelenk und zog mich zielstrebig näher. Ich ächzte entsetzt auf, doch sie trug immer noch dieses entschlossene, fast manische Grinsen zur Schau. Ihr Griff war wie Stahl, und um mich loszureißen, hätte es eines kraftvollen Rucks bedurft, zu dem ich mich absolut nicht in der Lage fühlte. Sie war vielleicht doppelt so alt wie ich, und doch konnte ich mir nicht vorstellen, wie ich mich aus diesem entsetzlichen Griff befreien sollte. Meine Muskeln waren wie Packen von nassem Klopapier. Sie zog meine Hand vorwärts, bis mein Zeigefinger sich in eins der Löcher im Stein bohrte. *Wie viele Jahrzehnte von Dreck sind da drin?*, fragte ich mich. Plötzlich war mein Handgelenk wieder frei – sie hatte meine Hand mit dem Finger in dem rauen kleinen Loch losgelassen. Das Loch war tief, mein Finger verschwand fast darin. Es konnte wohl kaum von irgendeinem natürlichen Erosionsprozess stammen, und es gab sehr viele von der Sorte.

»Peng!«, sagte die Frau plötzlich. »Peng, peng!« Sie mimte Gewehrschüsse. Das hätte komisch aussehen können, aber mir war nicht zum Lachen zumute.

»Peng!«

Jetzt kapierte ich und riss den Finger heraus, als hätte ich ihn mir verbrannt. Diese Pockennarben waren Einschusslöcher. Die Seitenwand des Museums war von Kugeln durchsiebt worden. In welchem Krieg oder Volksaufstand? Wer hatte gegen wen gekämpft? Hatte es überhaupt mit Kampf zu tun? Oder hatten sie da einfach Leute an die Wand gestellt? Revolutionsjustiz. Konterrevolutionsjustiz.

Die Museumswärterin grinste mich immer noch an. Sicher hatte sie gemerkt, dass ich jetzt wusste, was ich da ansah. Wahrscheinlich dachte sie, Touristen wollten so etwas sehen – original echte Geschichte. Sie hatte mich ganz klar als Ausländer erkannt. Vielleicht wusste sie aus Erfahrung, dass Touristen von den Ausstellungsstücken im Museum nicht sonderlich erbaut waren und dagegen ein morbides Interesse an der Geschichte zeigten, die in dessen steinernen Körper eingemeißelt war. Besonders alt kamen diese Narben mir nicht vor; überhaupt schien das meiste an Geschichte hierzulande neueren Datums zu sein. Fernsehsendungen wie *Ich ♥ die Achtziger* gab es hier sicher nicht viele, dafür die Erinnerung an Mangelwirtschaft, Ausgangssperren und Leute, die verschwanden. Die Löcher in der Wand waren ein sprechendes Zeichen jener Zeit. Sie machten mir Gänsehaut.

Ich strich mit den Fingerspitzen über ein Loch auf Brusthöhe. Am Grund dieses Lochs im massiven Stein war ein Bleiklumpen. Wo war er hindurchgegangen, bevor er in die Mauer einschlug? Erst die Luft voller Kommandorufe und Schreie, dann Haut und Muskeln, Knochen und Blut? War das Blut abgewaschen worden, oder war es ein Bestandteil der schwarzen Dreckschicht auf der Wand? Und wessen Blut überhaupt? Warum vergossen? Wofür? Faschisten? Kommunisten? Nationalisten? Dissidenten? Loyalisten? Monarchisten? Kollaborateure? Widerständler? Waren es die Blutzellen von Freiheitskämpfern oder von Terroristen? Wer damals gewonnen hatte, würde das jetzt bestimmen. Gesichtslose Idealisten – oder nichts als eine Kugel, die durch die von vergessenen Parolen widerhallende Luft peitschte, um sich in diesen toten Stein einzugraben, der sich noch an sie erinnert. Die Parolen sind der Stille gewichen, und ein Mann aus einem unbeteiligten Land sieht die Narbe, aber nicht den, der sie hinterließ, weder die Zeit, in der er lebte, noch die Sache, für die er kämpfte. Alles vergangen, und übrig ist Müll und Ruin.

Die Museumswärterin, diese seltsame Person, die mich hierher gebracht hatte, zog in augenscheinlicher Belustigung die Nase kraus und wandte sich brabbelnd zurück in Richtung Straße. Ich wartete ein paar Minuten, bis ich sicher war, ihr nicht wieder zu begegnen, bevor ich ihr folgte.

Ein leises Kneifen in der Magengegend signalisierte mit unwillkommener Pünktlichkeit, dass ich Hunger hatte. Es war längst Nachmittag, und vom vielen Rumlaufen tat mir das Kreuz weh. Doppelt unwillkommen daher die Erinnerung, dass ich noch einkaufen musste. Wenn ich mich nicht mit Vorräten eindeckte, würde ich jeden Abend essen gehen müssen, und da ich nicht wusste, wie lange ich hier noch bleiben würde, konnte das auf die Dauer zu teuer werden. Aber die Vorstellung, einkaufen gehen zu müssen, während man im Urlaub ist, erschien mir geradezu widersinnig.

Auf dem Rückweg zu Oskars Wohnung gab es einen kleinen Supermarkt – ich hatte ihn schon auf dem Hinweg entdeckt. Doch irgendwann im Lauf der Geschichte hatte ein absolut inkompetenter Spießgeselle von Baron Haussmann in dieser Stadt gewütet. Ihr historisches Straßenmuster war so gut wie vernichtet worden bei dem Versuch, es zu einer geraden Trassenführung zu systematisieren. Dieses Quasi-Schachbrett war des Weiteren durch eine Reihe von nicht gradwinkligen Boulevards verkompliziert worden, die von zwei Hauptplätzen ausgingen, dem Markt und der Nationalversammlung. Auf dem Stadtplan sah das Ganze aus wie eine bruchsichere Scheibe mit zwei Einschusslöchern, von denen aus sich gezackte Splitterlinien in alle Richtungen erstreckten. Auf dem Straßenpflaster verlief mein Rückweg via Supermarkt zu Oskars Wohnung in einer Zickzacklinie, wie ein schiefes W.

Der Supermarkt nahm das Erdgeschoss eines keilförmigen Eckhauses ein, das wie ein Schiffsbug wirkte. Eine schwere, antike Eisenuhr ragte an der spitzen Ecke des Gebäudes über den Eingang und beschwor mit ihrem pockennarbigen dunklen Anstrich und ihren klobigen römischen Ziffern ein anderes Zeitalter. Jetzt überragte sie eine emsig summende Masse von Neonleuchten und Fertiggerichten, eine Vorhölle aus pappigem Linoleum und radiumblauen Insektenkillern. Ich kaufte, was ich brauchte, und machte, dass ich wegkam.

Während ich mich unbeholfen, mit der Tüte vor dem Bauch, durch die nur widerwillig nachgebende Tür von Oskars Wohnhaus schob, vernahm ich ein eigenartiges Geräusch. Erst dachte ich, die Tür knarzte, aber das war nicht der Grund. Es klang mehr wie das Eisenblatt eines Spatens, das über Steinplatten gezogen wurde, nur kreischender. Dann war ein kurzes Rascheln zu hören, gefolgt von einem metallischen Krachen. Wie ein mechanischer Riese mit einem Hinkebein, der in böswilliger Absicht herangestampft kam. Und schon ertönte es wieder, das rostige Kreischen und das brutale Krachen. Es kam von oben.

Auf dem Treppenabsatz zwischen dem Erdgeschoss und dem ersten Stock stand eine Frau, natürlich mit Kopftuch, vom Alter her irgendwo zwischen Ende vierzig und siebzig. Ein Leben voll schlechter Ernährung und harter Arbeit hatte sie von Kopf bis Fuß zu Hornhaut werden lassen, und ihre Himmelfahrtsnase erinnerte mich unausweichlich an das spitze Gesicht einer Fledermaus. Sie stopfte Müllsäcke in die Metallklappe eines Müllschluckers, dessen Sprungfedermechanik altersstarr, aber trotzdem noch sehr kraftvoll war. Offensichtlich bedurfte es ziemlicher Mühe, die Klappe nach unten zu drücken, und sie schnappte mit bissiger Schnelligkeit wieder zu. Quietsch, krach. Als sie mich heraufkommen hörte, wandte die Frau sich zu mir um und fragte etwas, das ich nicht verstand.

Ich fasste eine augenblickliche Abneigung zu dieser neuen Person in meinem Leben, die mir hier den Weg versperrte. Nach dem verstörenden Zwischenspiel in der Seitengasse hatte ich keinen Bedarf an weiteren Begegnungen mit alten Weibern. Außerdem … ich sehe selber nach nichts aus und versuche, die Leute nicht nach ihrem Äußeren zu beurteilen, aber die abstoßende Hässlichkeit dieser Frau schien mir gleich auf den ersten Blick etwas Abstoßendem in ihrem Wesen zu entsprechen. Die Haare zurückgezurrt unter dem unvermeidlichen Kopftuch, diese Fledermausnase, der grimmige Blick dahinter … und dann war sie auch noch dick, aber nicht weich und schwabbelig, wie jemand, der es sich zu gut gehen ließ, sondern dick im Sinne von gepanzert wie ein Gürteltier. Die Einkaufstüten in meinen Händen hätten eigentlich darauf hindeuten können, dass ich kein Einbrecher oder Vergewaltiger war, aber ich fühlte mich trotzdem wie ein Eindringling. Ich setzte die Tüten auf dem Steinboden ab – die zwei Flaschen Rotwein klirrten und wurden prompt mit einem missbilligenden Blick bedacht –, und zeigte nach oben auf Oskars Stockwerk, während ich gleichzeitig seine Schlüssel aus der Tasche zog.

»Oskar, oben«, sagte ich, mehr als einmal, und ließ den Schlüsselbund hin und her baumeln wie ein Hypnotiseur. Sie fixierte ihn erst skeptisch, dann mit widerwilliger Zustimmung. Jetzt zeigte auch sie nach oben und sagte ein Wort, das ich (natürlich) nicht verstand. Ich setzte eine fragende Miene auf und zeigte ebenfalls nach oben. Sie wiederholte das Wort und nickte, dann wiederholte sie es noch mal in fragendem Ton. Hilflos tat ich es ihr nach und wiederholte das Wort ebenfalls, so gut ich konnte. Sie lächelte und wirkte vollauf zufrieden. Lächelnd und nickend wie ein japanischer Geschäftsmann floh ich die Treppe hoch.

Wenigstens hatte die Modernität sich in Oskars Wohnung radikal durchgesetzt. Die Küche glänzte wie ein Skalpell. Die Katzen lagen ineinander verschlungen auf dem Sofa – ich scheuchte sie herunter und wischte seufzend die Haare von der Sitzfläche. Mir war klar, warum sie das Sofa so mochten; direkte Sonneneinstrahlung heizte das schwarze Leder wunderbar auf. Sie waren hungrig und umkreisten mich mit routiniert bedauernswertem Gehabe. Ich sah zu ihnen hinab und entdeckte zwischen Couchtisch und Sofa plötzlich einen kleinen rötlichen Abdruck, den mein Weinglas hinterlassen hatte. Das Licht war jetzt anders, und der Fleck war unleugbar vorhanden. Undenkbar, dass Oskar ihn übersehen könnte. Auch wenn ich Experte darin war, mich aus der Verantwortung zu stehlen, das hier ging über meine Kräfte. Ich wusste, ich hatte mir einen Minuspunkt eingehandelt, gleich an meinem ersten Tag als Haushüter.

Einmal hatte Oskar mich bei einem Abendessen damit überrascht, sich mit erstaunlichem Blick fürs Detail über meine Fehler auszulassen. Meine damalige Freundin war alles andere als erbaut gewesen, und die Beziehung war dann auch bald in die Brüche gegangen. Oskars damalige Freundin wurde später seine Frau, ein Tatbestand, den ein halbes Dutzend kalifornischer Anwälte sich gerade rückgängig zu machen bemühten, wahrscheinlich mit beträchtlichem Profit.

Dieser Fleck … Ich ging zur Spüle, befeuchtete ein Schwämmchen mit Scheuerseite, gab einen Tropfen Spülmittel drauf und machte mich dann mit der ganzen Wut des zu Unrecht Verfolgten über den verdammten Fleck her. Einen Boden zu haben, der nicht den geringsten Makel zuließ, war doch einfach zu blöd. Ein Boden war dazu da, betreten zu werden! Es war unvermeidlich, dass ab und zu etwas darauf fiel, tropfte, krümelte, klebte … Ich scheuerte wie wild. Diese Einladung damals … es war ein seltsamer Abend gewesen. Einer der Gründe, weshalb ich Oskar mochte, war die erfrischende Direktheit, mit der er die Verfehlungen anderer aufs Korn nahm, ohne sich um konventionelle Rücksichten zu scheren. Das einzig Überraschende war eigentlich, dass er mich seine kompromisslose Ehrlichkeit nicht schon früher hatte spüren lassen. Allerdings hatte er auch schon zu Uni-Zeiten nichts als Verachtung für meine mangelnden häuslichen Fähigkeiten übrig. Und später hatte er sich sogar in aller Form bei mir entschuldigt. Überhaupt war jenes Abendessen der Beginn einer Kausalkette gewesen, die dazu geführt hatte, dass Oskar mich bat, seine Wohnung zu hüten.

Als mir die Schulter und der Ellbogen wehtaten, hörte ich schließlich auf zu schrubben. Ich spülte den Schwamm, wrang ihn sorgfältig aus und wischte den Seifenschaum weg. War der Fleck jetzt immer noch zu sehen? Der Boden war nass – man konnte nicht viel erkennen. Langsam kam es mir vor, als sei der Fleck nichts weiter als ein Schatten auf meiner Netzhaut, wie nach einem Fotoblitz, sonst aber nirgends erkennbar. Ich musste an Edgar Allan Poes »Das verräterische Herz« denken, in dem ein Mörder in den Wahnsinn getrieben wird, weil er sich einbildet, das Herz seines Opfer würde unter den Dielen seines Zimmers pochen. Aber ich war kein Mörder, sagte ich mir, und es würde weit mehr brauchen als einen kleinen Fleck auf dem Boden, um mich in den Wahnsinn zu treiben.

DRITTER TAG

Ich lag in Oskars Bett, noch ganz im Schlaf gefangen, als mir auffiel, dass meine Umgebung sich über Nacht auf ungute Weise verändert hatte. Das Bett wirkte auf einmal unendlich groß. Zuerst befürchtete ich, dass ich geschrumpft wäre, aber die Theorie hielt keiner genaueren Überprüfung stand. Die weiße Steppdecke war so dick, wie sie beim Einschlafen gewesen war, die Nähte im Gewebe hatten die gewohnte Größenordnung, nur die Matratze nahm kein Ende mehr. Wohin ich auch blickte, erstreckte sie sich in alle Richtungen auf einen unsichtbaren Fluchtpunkt zu, einen weißen Baumwollhorizont vor einem gipsweißen Himmel. Himmel oder Zimmerdecke? Man konnte es nicht erkennen, und es schien auch nicht wichtig zu sein. Unter mir, so stellte ich mir vor, dehnte sich eine unauslotbare Unterwelt aus staubigen Bettfedern. Über mir das irrelevante Nichts.

Allmählich setzte Panik ein. Ich sah mich schon über eine weglose Wüste aus Steppdaunen taumeln, in trügerischen Kopfkissensümpfen versinken, der Schneeblindheit anheimfallen und schließlich (in T-Shirt und Boxershorts, in denen ich schlief) jämmerlich erfrieren. Erst einmal wieder unter die Steppdecke zu kriechen, schien mir der bessere Plan, zumindest war der Kältetod dann abgewendet. Aber eine Steppdecke dieser Größe musste doch tausende, Millionen Tonnen wiegen, fiel mir ein, und wenn man zu tief drunterkroch, würde man unweigerlich im Dunkeln ersticken, noch ehe die erste Meile zurückgelegt war.

Ich hatte wirklich kein Glück. Meine unmittelbare Umgebung an ihrer angemessenen Stelle, in vernünftigen Proportionen, hätte bequemer nicht sein können – ich lag einfach im Bett. Aber dieses Bett war auf Weltgröße angeschwollen und dadurch zu einer Todesfalle geworden, ebenso menschenfeindlich und gnadenlos wie die Arktis oder die Taklamakkan. Jeder Ort, sagte ich mir, egal wie bequem und vordergründig einladend, ist letztlich nur behaglich, wenn die Aussicht auf andere Orte besteht, die man außerdem noch aufsuchen kann.

Da ich nichts anderes tun konnte, drehte ich mich um. Der Horizont, ein verschwommenes Grau, das eigentlich nur ein neues, fernes, horizontales Weiß war, kam in Sicht. Ein leichter Anflug von Seekrankheit ergriff mich und verging. Seekrankheit ohne den leisesten Hauch eines Ozeans; nicht mal ein einziger Tropfen Wasser. Wie lange konnte man ohne Wasser überleben? Nicht, dass ich die Zeit hätte messen können – ich konnte mir nicht vorstellen, dass dieser ascheweiße Dom über mir sein Erscheinungsbild je nach Tag oder Nacht veränderte. Ich würde meine eigenen Flüssigkeiten aufbewahren und recyceln müssen, überlegte ich mir. Die Vorstellung, meinen Urin zu trinken, war nicht eben angenehm. Und ich hatte nichts, womit ich ihn … auffangen konnte. Würde ich darauf angewiesen sein, meine Handfläche als Trinkschale zu benutzen, oder etwa … irgendwie zu *zielen*? Man mochte sich die ganze Vorgehensweise gar nicht ausmalen. Und danach würde ich an einen neuen Platz im Pioniergelände umziehen müssen, soviel war mal sicher. Ich wollte nicht auf einem feuchten Fleck liegen. Der sichere Tod in öder Wildnis war eine Sache, in meinen eigenen Absonderungen herumliegen eine andere. Zum Glück – und das war der einzige Lichtblick – gab es genug identische Orte, an die man sich verlagern konnte.

Unglaublich – seit höchstens zehn Minuten befand ich mich in dieser neuen Situation, und schon erwog ich, wie ich es am besten bewerkstelligen könnte, mich selber anzupissen. Natürlich meldete sich auf das Stichwort hin mein Unterleib mit mildem, unverkennbarem Druck, der von Minute zu Minute nur dringlicher werden konnte. Und noch etwas stimmte bedenklich: In der Ferne jenseits meiner Füße wuchs die Dunkelheit. Vielleicht hatte ich mich in der Tag-Nacht-Abfolge hier geirrt, und es war die Abenddämmerung. Eigentlich wirkte es aber eher wie eine steigende Flut, eine Sturmflut, dräuend und dunkel wie verschütteter Wein, Homers weinfarbenes Meer, das in die weiße Baumwolle der endlosen Steppdecke sickerte und im Vorankommen immer dunkler wurde. Zunächst erschien es wie ein wachsender See, der sich meinen Füßen näherte, aber dann wurde mir traumerisch bewusst, dass die Flut sich schon zu meiner Rechten und Linken ausbreitete, sodass es kein Entkommen mehr gab. Ich wollte gar nicht erst hinter mich schauen. Das war kein wachsender See. Ich war eine schrumpfende Insel.

In diesem Moment der akuter werdenden Krise verlangte meine Blase ebenfalls nach Beachtung. Vor einigen Sekunden noch ein leises Zirpen vom Frühwarnsystem, machte der Drang sich nun mit der Vehemenz einer Blaulichtsirene bemerkbar. Ich wurde allseits von unmittelbarer, unklarer Gefahr bedroht, dank des Weinflecks aus dem Nirgendwo und dem Drang, auf die Toilette zu müssen. Allerdings hatte dieses Bedürfnis auch etwas Tröstliches, Vertrautes – ein Element in diesem Szenario der Bedrängnis, das von außerhalb dieser wesenlosen, schleichenden Bedrohlichkeit von Decke und Dunkelheit kam. Es war real, dessen war ich mir sicher. Ich musste wirklich aufs Klo – das war empirisch beweisbar, durch frühere Erfahrungswerte abgesichert. Allmählich argwöhnte ich, dass alles andere ein Traum sein könnte. Und kaum war mir bewusst geworden, dass ich meiner neuen Realität nicht mehr traute, fühlte sie sich schon viel weniger real an.

Der dunkle Fleck hatte sich fast bis zu meinen Füßen ausgebreitet, als mein Bewusstsein plötzlich wie mit einer Plätzchenform den rechteckigen Umriss eines Doppelbetts in der unendlichen Baumwollsavanne ausstach, um dann die Wände von Oskars Zimmer ringsum zu offenbaren. Oskars Zimmer! Ich saß plötzlich aufrecht, und mein Herz hüpfte wie ein Gummiball, der aus großer Höhe herabgeschleudert worden war. Es war Morgen, die Sonne schien herein, Straßenlärm klang herauf. Ich war wach. Ich musste auf die Toilette. Draußen vor dem Balkonfenster hörte ich die Katzen jaulen. Die fordernden Viecher würden noch ein wenig warten müssen.

Ich schwang die Beine unter der Steppdecke hervor (die ich in Zukunft mit Vorsicht behandeln würde, nahm ich mir vor, auch wenn sie inzwischen wieder auf Normalmaß geschrumpft war) und stellte die Füße auf den Boden. Dieses Manöver löste ein hohles, hallendes Dröhnen im Innern der Matratze aus, das an Walgesänge in den Tiefen des Ozeans erinnerte. Der Boden war teppichlos und kühl, Stunden der Bettwärme sickerten von meinen Füßen in die Holzdielen. Ich stand auf, reckte mich und tappte in Richtung Klo, wobei ich einen Keil aus Sonnenlicht kreuzte, dessen Wärme mich überraschte.

Irgendwann in der Nacht hatte mich eine unerklärliche Trübsal erfasst, und die Aussicht auf einen strahlend sonnigen Tag verdüsterte meine Stimmung erst recht. Vielleicht hing die Trostlosigkeit meines Albtraums mir noch nach.

Wahrscheinlich aber war der Grund für die ganze Tristesse einfach folgender: Ich hatte nichts zu tun. Das stimmte zwar nicht ganz – immerhin gab es ja Verschiedenes zu erledigen, ich musste duschen, die Katzen füttern, mich selber verköstigen. Doch außer dem häuslichen Einerlei hatte ich nichts vor. Diese leere Zeit – die ich als »entspannen« oder »rumtrödeln« zu kategorisieren pflegte, was auf jeden Fall aber mehr beinhaltete als dumm dastehen oder wieder ins Bett gehen –, diese leere Zeit also machte ohnehin einen Großteil meines Stundenplans aus, und ich hatte mich ganz besonders darauf gefreut, als ich diese Reise ins Auge fasste. Jetzt endlich, sagte ich mir, würde mein besseres Selbst – das Bücher las, die der geistigen Entwicklung förderlich waren, und Gedichte schrieb – zum Vorschein kommen. Jetzt endlich würden alle Hindernisse wegfallen, denen ich in London immer die Schuld an meiner Stagnation und mangelnden Kreativität gab. Ich hatte keine Arbeit, keinen Termindruck, keine Ablenkung, dafür eine angenehme Umgebung und keine nennenswerten Sorgen. Meine sensible Autorenseele war nicht mehr mit den Ketten der Pflicht und Zerstreuung geknechtet – sie würde sich nun also (dachte ich) ganz von selbst in lichte Höhen aufschwingen. Stattdessen war ich wie von einer Angststarre befallen. Selbst unter den günstigsten Umständen gelang es mir nicht, der zu sein, der ich gern sein wollte. Ich kriegte es einfach nicht hin. Wenn mich nichts Äußerliches mehr blockierte, was blockierte mich dann? Denn blockiert war ich auf jeden Fall. Irgendetwas hielt mich mit eisernem Schraubgriff bei den Eingeweiden gepackt.

Unfaire Freunde fanden meine Ambitionen prätentiös. Doch ich war mir sicher, dass sie unrecht hatten. Oskar war schlimmer als unfair gewesen – gnadenlos fair. Ich wusste nicht, was ich davon halten sollte. »Ich möchte Schriftsteller sein«, das *klang* doch ganz gut, wäre da nicht das ungute Gefühl gewesen, sich und allen anderen etwas vorzumachen, seine Ambitionen als Vollbluthengst vorzuführen, wo es sich doch bloß um eine Schindmähre handelte. Auf ihrem Rücken war ich jedenfalls nicht weit gekommen. Hatte eigentlich nicht mal den Stall verlassen. Herrgott, hatte ich mir nicht vorgenommen, wenigstens eine annehmbare Stelle als Journalist zu finden, um mich dann nebenbei schriftstellerisch zu betätigen – aber nicht einmal das hatte ich geschafft! Was tat ich denn? Ich verfasste Broschüren für die Gemeindeverwaltung. Ich erläuterte dem geneigten Steuerzahler den wöchentlichen Turnus der Müllabfuhr … Nun, immerhin war die Dusche erfrischend und spülte einige der nächtlichen Ängste fort.

Haushaltsrituale. Ich stellte den Katzen das Futter hin, während ich darauf wartete, dass das Kaffeewasser kochte. Was sie wohl die ganze Nacht machten? Auf jeden Fall regte es ihren Appetit an, und sie verschlangen ihre braunen Fleischbröckchen mit Begeisterung. Was trieben sie in der schlafenden Stadt … lauern und herumpussieren, nahm ich an, genüsslich durch die stillen Straßen ohne Trambahnen und menschliche Füße streifen. In den dunkelsten Winkeln der Nacht waren sie höchst aktiv und suchten sich dann die hellsten Ecken des Zimmers zum Schlafen. Als speicherten sie die Energie des Tageslichts, um sie bei Nacht wieder abzugeben.

Kaffee für mich, *meine* Energiequelle. Hungrig war ich auch, aber zum Frühstücken war es zu spät, nach elf, fast schon Zeit zum Mittagessen. Ich schaltete den Fernseher ein und musste die Katzen schon wieder vom Sofa scheuchen. Warum verbannte Oskar sie von einem Platz, den sie nun gerade zu bevorzugen schienen? War das nicht willkürliche Grausamkeit? CNN spulte seinen üblichen Dauermonolog ab. Nachrichtensender, *amerikanische* Nachrichtensender zumal, werden wegen ihrer Sensationsgeilheit kritisiert, ihrer unentwegten Beschäftigung mit Krisen, Kalamitäten und Staatsstreichen, mir erscheint dieses Nachrichtenmaterial dagegen wie ein Mantra der Beständigkeit, das (für manche) beruhigende Surren des Schicksalsrads, das sich ewig weiterdreht. All diese Schrecken, sagt es, all diese Revolten und Tumulte, die machen gar nichts, liebe Kinder, sie ändern nichts an den stündlichen Meldungen, dem Auf und Ab des Aktienmarkts, dem Drumbeat des globalen Systems. Das geht einfach immer weiter, mit der sublimen, hermetischen Selbstgewissheit mittelalterlicher Mönchsorden. Es singt die Stunden, bei Tag wie bei Nacht, Matine und Komplet, Börsenkurse und planetarisches Wetter. Kein Wunder, dass es so gut in diese internationalen Zwischenzonen zu passen scheint, in Flughafen-Lounges und Hotelzimmer. Diese Räume gelten als gesichtslos, aber das sind sie nicht. Sie sind das Grundmuster, die Leinwand, das Testbild. Alles andere ist eine rein lokale Erscheinung.

Mir kam es so unfair vor, die Katzen nicht aufs Sofa zu lassen, und in meiner gedrückten Stimmung würde mir die Nähe dieser warmen kleinen Wesen gut tun. Ich hob die, die mir gerade am nächsten war, und deren weiße Schwanzspitze das Einzige war, das sie von der anderen unterschied, zu mir aufs Sofa. Sie drehte sich einmal um sich selbst und sprang wieder hinunter, anscheinend nur, um mir eins auszuwischen. Na gut, dann eben nicht, mir doch egal.

Mist – es *war* mir nicht egal. Ich war bei einem untergeordneten Säugetier abgeblitzt. Nichts kann einen so abblitzen lassen wie eine Katze. Welchen evolutionären Zweck sie wohl haben mochte, diese kunstvolle Verachtung, diese meisterliche Ignoranz? Die internationale Wetterkarte zeigte zu meinem Missvergnügen, dass es in London ebenfalls sonnig war. Der Schadenfreude des Urlaubers förderlicher wäre es gewesen, wenn es nur hier sonnig, dort aber schön scheußlich gewesen wäre. Aber immerhin würden sie in der U-Bahn schwitzen, und in der Mittagszeit würde kein Parkfleckchen frei vom Abdruck irgendeines breiten Sekretärinnenarschs sein.

Die Zeit schleppte sich dahin, Trambahnen rumpelten vorbei. Kein Wunder, dass sie Oskar als Muse gedient hatten. Sie prägten die Atmosphäre wie das Muhen von Kühen, dienten in ähnlich unbewusster Weise unbekannten Bedürfnissen. Eine Trambahn weiß nichts von ihrem Fahrplan, selbst ihr Fahrer, ihre leitende Instanz, ist nur mit seiner Route beschäftigt. Ich beschloss, heute wenigstens *einer* kulturell wertvollen Tätigkeit nachzugehen – ich würde mir die *Variationen über Trambahnfahrpläne* anhören, Oskars großen Erfolg.

Mittag war bereits vorbei. Der Tag war aufgebrochen, in der Mitte gespalten wie der Rücken eines Taschenbuchs. Ich machte mir einen schlichten Imbiss zurecht, dicke Scheiben Wurst in Doppeldeckerrot, Gurkenscheiben in Landrovergrün, Brot- und Käsescheiben, zurechtgeschnitten mit einem scharfen, spitzen Schälmesser, dem chirurgischsten Instrument aus Oskars chirurgischer Küche. Bewusst ignorierte ich die Konsequenzen meines Tuns, zog den Korken aus der halbvollen Weinflasche auf dem Küchentisch und goss mir ein Glas ein. Ein Glas kurz nach Mittag, eine Stunde nach dem Aufstehen, keine sehr gesunde Sache. Aber schließlich war ich ja im Urlaub, da musste man es mit den Alltagsgepflogenheiten nicht so genau nehmen. Hauptsache, ich sah mich vor, um nichts zu verschütten.

Der Fleck war natürlich noch da, verdammter Mist. Er war so klein und blass, ganz unscheinbar. Leider sah es so aus, als hätte mein heftiges Geschrubbe vom Vortag ihn nur noch mehr hervorgehoben. Die Scheuerseite des Schwämmchens hatte winzige Kratzer in der dünnen Politur des Bodens hinterlassen – einen matten, ovalen Fleck, mit dem fiesen kleinen Makel in der Mitte. Die Botschaft war überdeutlich – bloß kein Schrubben mehr. Es gab nichts, was ich da noch tun konnte. Ich musste es einfach ignorieren. Oskar würde es schon nicht merken.

Was fiel mir ein? Natürlich würde er es merken. Wehmütig an einer Wurstscheibe kauend, erinnerte ich mich an die Mühe, die ich mir gegeben hatte, meine Wohnung zu putzen, bevor Oskar damals zum Essen gekommen war. Einen großen Unterschied hatte es nicht gemacht.

Was wollte er denn überhaupt? Selbst er konnte nichts gegen die unvermeidliche Abnutzung der Dinge tun, all die Kratzer, Kleckse und Klebrigkeiten, die Fingerabdrücke des Lebens sozusagen. Fingerabdrücke sind die Visitenkarte der Menschheit. Im Fernsehen mochte ich am liebsten die Sendungen, in denen Forensiker und Kriminalisten akribisch den Tathergang anhand von Flecken und kaum sichtbaren Überresten rekonstruierten, Blutstropfen, Lippenstiftspuren und Textilflusen. Die schlimmsten Verbrecher hinterließen immer am wenigsten Spuren. Wenn ein Killer kein Haar, keine einzige Spur am Tatort hinterließ, wusste man, dass es ein ganz besonders Schlimmer war, ein gefühllos kalkulierender Psychopath, außerhalb aller menschlichen Maßstäbe. Staub dagegen ist etwas zutiefst Menschliches. Er besteht in erster Linie aus toten Hautzellen. Wir alle sind wandelnde Staubfabriken. Egal wie unsinnig, war Oskars Widerstand gegen diesen unvermeidlichen Schmutz doch irgendwie heroisch.

Für Wein war es noch zu früh. Ich trank mit Bedacht. Der Wein klebte an meinen Lippen und an den Innenseiten des Glases. Winzer nennen das den Körper, es ist ein Zeichen für hohen Alkoholgehalt – der Alkohol verändert die Oberflächenspannung der Flüssigkeit.

Oberflächenspannung – eine griffige Formel für meine Ängste in Bezug aufs Oskars Böden und all die anderen makellosen Flächen in seiner Wohnung. Was er wohl gerade machte? In Kalifornien war es drei Uhr nachts – er würde noch in seinem Hotelzimmer schlafen, in dieser Stadt aus Hotels und Stadtautobahnen. Meine Vorstellung von Los Angeles war ein sonnengedörrtes Wirrwarr von Asphaltklischees. L.A. war das Nest seiner Frau, und baldigen Exfrau, Laura. Ich hatte sie nur einmal getroffen, als sie mit zum Essen kam, und sie hatte mir auf Anhieb missfallen. Sie war bei einem großen Auktionshaus angestellt und verdiente ein Schweinegeld mit dem Verschachern teurer Kunst unter den Superreichen. Eine vollkommen respektable Art, seinen Lebensunterhalt zu bestreiten, die mir in meiner wolkigen Linkslastigkeit aber suspekt erschien. Sie trank Schnaps, hatte Oskar gesagt (vielleicht Wodka pur), und ich hatte das deutliche Gefühl, dass meine Abneigung auf Gegenseitigkeit beruhte. Obwohl mein Eindruck von ihr natürlich gerechtfertigt war, ihrer von mir dagegen eine groteske Fehleinschätzung, der pure Snobismus.

Bei unserem ersten Zusammentreffen hatte sie sich als »in Öl machend« vorgestellt. Mineral- oder Speiseöl?, fragte ich natürlich, aber – reingefallen! – es war nur ein Witz gewesen, doch nicht etwa, um das Eis zu brechen, sondern um mich zu verunsichern und gleich mal klarzumachen, wer hier den Ton angab. Die Kunst der Konversation im Sinne von Sun Tzu.

Nicht sehr hilfreich war, dass dieser kleine Wortwechsel im Eingangsbereich meiner Wohnung stattfand, wo es nach der

Chemiekeulen-Großoffensive roch, die ich im Bad zum Einsatz gebracht hatte. Das Bad war gleich neben der Wohnungstür, wie üblich in kleinen Londoner Wohnungen, die aus viktorianischen Reihenhäusern herausgeschnitzt worden sind. Willkommen in meinem bescheidenen Heim – es mag zwar wie nach einem Gasangriff im Schützengraben riechen, aber das ist immer noch besser als Latrinengestank. Wenn man die ungünstige Lage solcher Toiletten bedachte, erschien einem das Klohäuschen im Garten von anno dazumal doch viel vernünftiger.

Oskars Toilette roch nicht nach Chemie oder Latrine. In seinem Badezimmer roch es leicht nach Seife, vor allem aber nach Wasser. Nicht nach Brackwasser, wie aus alten Rohren, sondern nach dem reinen Eiswasser schäumender Gebirgsbäche. Was riecht man da eigentlich genau, wenn man solche Frische riecht? Ozon? Ionen? Wenn ich mehr auf Shampoo-Werbung achten würde, wüsste ich es vielleicht.

Ich hielt den Teller und das Schälmesser unter den Wasserhahn und ließ beides im Spülbecken. Dann trank ich mein Glas aus, wollte es schon unter den Hahn halten, wandte mich dann aber wieder zum Tisch um. Ohne groß darüber nachzudenken (*noch* ein Glas? Obwohl es nicht mal ein Uhr mittags ist?), griff ich nach der Flasche und stupste den Korken aus dem Hals. Mit frisch gefülltem Glas und entsprechend gebesserter Laune beschloss ich, mir Oskars Arbeitszimmer noch einmal anzusehen, zur Einstimmung auf irgendeine eigene sinnvolle Tätigkeit. Es zog mich unwiderstehlich an, weil es so eine perfekte Arbeitsatmosphäre hatte.

Natürlich war es noch genau so, wie ich es verlassen hatte, also fast exakt, wie Oskar es hinterlassen hatte, nur dass es inzwischen ein wenig nach altem Papier roch, vergilbenden Zeitungsausschnitten (dem Herbstlaub der Presse) und allmählich sich ansammelndem Staub. Im Moment konnte ich zwar noch keinen sehen, doch er strömte sein subtiles Aroma aus, als geisterhafte Spur unzähliger, unermüdlich tanzender Partikel in der Luft, eine Staub-Diaspora, von den Oberflächen verbannt. Aber nun, da Oskar schon seit zwei Tagen fort war, kamen die Partikel langsam zur Ruhe. Eine hauchfeine Schicht war schon auf dem Deckel des Stutzflügels gelandet. Bald würde die Putzfrau kommen und die Burschen wieder in Bewegung bringen. Putzmittel haben oft martialische Namen; es könnte leicht eins geben, das Pogrom heißt.

Ich stellte mein Glas auf der Schreibunterlage ab und fuhr mit dem Finger über den Pianodeckel, wo ein Strich im Staub sichtbar blieb. Als Nächstes versuchte ich, meinen Namen in die Schicht zu schreiben, aber sie war zu dünn, und ich wischte alles wieder aus. Ein seltsames Bedürfnis, das, überall seinen Namen schreiben zu wollen, auf beschlagene Fenster, in feuchten Zement, in den Schnee. Doch es scheint mir kein Akt der Besitzergreifung zu sein. Als wir noch eine junge Spezies waren, muss die Welt uns so unermesslich erschienen sein, dass wir wohl instinktiv versuchten, eine Spur zu hinterlassen, um Verbindung aufzunehmen mit anderen, mit Fremden, die immer Fremde bleiben würden. Ein Zeichen zu setzen war damals vor allem ein Ausdruck der Sehnsucht, die Zeichen anderer zu sehen.

Müßig schlug ich eine Note an (keine Ahnung, welche – irgendwo in der Mitte) und horchte auf den verklingenden Ton. Im Wohnzimmer lief noch der Fernseher, fast unhörbar, ein sanfter Rhythmus von Sprache und Jingles, ansonsten hörte man die Straße, Autos (nicht sehr viele), Trambahnen (regelmäßig) und Schritte.

Die Trambahnen erinnerten mich an mein Vorhaben. Ich sah mir die CD-Regale an mit ihren vielen Klassik-Titeln und fand eine kleine Reihe von Werken, die vom hiesigen Philharmonie-Orchester aufgenommen worden waren. Oskar hatte sicher bei vielen dieser Aufnahmen mitgewirkt, und tatsächlich fanden sich auch ein paar Exemplare der *Variationen über Trambahnfahrpläne*. Lou Reed lag noch im CD-Player; ich schmiss ihn raus und öffnete die Hülle, die Oskars Meisterwerk enthielt.

In der Hülle befand sich ein Zettel.

Hoffentlich gefällt es Dir! – O.
(Es wird Besseres geben, wenn Dewey fertig ist.)

Wie nett von ihm, dachte ich, bis mir unvermittelt einfiel – als würde die Nadel über eine alte Vinyl-LP schrammen –, dass es *überhaupt nicht nett* war, oder wenn, dann innerhalb eines sinistren Spektrums von Nettigkeit, das sich mir nicht erschloss. Wie viele dieser Zettel hatte er mir eigentlich hinterlegt? Kurzfristig befiel mich die Versuchung, die ganze Wohnung auf den Kopf zu stellen – aber wozu? Es war doch nur eine Marotte von ihm, nichts Bedrohliches, kein Grund, gleich durchzudrehen. In erster Linie gab Oskar hier nur eine Schwäche preis. Ich sollte mich also eher überlegen fühlen.

Das nackte CD-Fach stand noch aus der Stereo-Anlage heraus, pornografisch entblößt, eine herausgestreckte Zunge. Ich legte die *Variationen* ein und schloss das Fach, knüllte dann den Zettel zusammen und warf ihn in den Papierkorb. War das ein Fehler? Vielleicht hätte ich den Zettel an Ort und Stelle lassen sollen, sodass Oskar nicht wissen konnte, ob ich mir seine Musik angehört hatte. Aber die Botschaft klang doch eher so, als freute er sich über mein Interesse, und wenn ich den Zettel jetzt zurücklegte, würde er an den Falten sehen, dass ich ihn zusammengeknüllt hatte, um ihn dann doch nicht wegzuwerfen, eine ziemlich blödsinnige Vorgehensweise. Wahrscheinlich waren diese Zettel einfach nur Oskars Methode, zu verfolgen, wo genau ich in der Wohnung gewesen war. Wie sollte man sich am besten einem solchen Kontrollfreak gegenüber verhalten? Alle Spuren verwischen, oder sie erst recht offensichtlich hinterlassen?

Aber es war unmöglich, diese Art von Taktik korrekt zu entschlüsseln. Wenn es denn überhaupt Taktik war. Vielleicht war Oskars Zettelschreiberei ja bloß nett gemeint, ohne Hintergedanken, und nur meine Reaktion darauf war verquer. »Spinn ich?«, murmelte ich vor mich hin.

Ich drückte die Playtaste. Oskars Komposition sirrte los – sein Talent trat in Erscheinung. Die Einleitung war ganz schlicht, ein tiefer, lang ausklingender Akkord, doch mit einer plötzlich einsetzenden Dissonanz, die fast wie ein Trambahnbimmeln klang, wurde das Stück zunehmend komplexer. Was wie drei, oder sogar vier, verschiedene Elemente innerhalb der Melodie erschien, machte sich in verschiedene Richtungen auf, mit scheinbar chaotischem Effekt, um sich dann wieder zu treffen und zu überschneiden. Einfache, sich wiederholende Muster wie das stetige Rattern von Metallrädern über Schienenstränge, aber streckenweise kam man nicht dahinter, wie viele Klaviere dabei mitmischten.

Ursprünglich war natürlich nur der Stutzflügel in diesem Raum an der Komposition beteiligt gewesen. Wie machte man das – Musik hören, die nirgends war, nur im eigenen Kopf, und sie Note für Note einfangen? War Oskar ein Genie? Ich konnte es nicht beurteilen. Unmusikalisch, wie ich bin, ist selbst ein Werbe-Jingle aus sechs Tönen für mich schon ein Werk von epochaler Größe. Aber sicherlich war Oskar ein Ausnahmetalent, mit dem sich nur wenige messen konnten. Ein schreckliches Minderwertigkeitsgefühl überkam mich – was hatte ich denn je vollbracht? Hier entfaltete sich Oskars Talent, glasklar in Dolby-Stereo vernehmbar. Dank meines beruflichen Schaffens kannten etliche Londoner jetzt die Telefonnummer ihres jeweiligen Gemeindebeauftragten für Ungeziefervernichtung sowie die korrekte Vorgehensweise zur Entsorgung von Haushaltsgeräten. Gern redete ich mir ein, dass ich die trockene Materie mit schwungvollen Formulierungen aufgepeppt hatte, aber Tatsache war, ohne mich wären diese Broschüren halt von jemand anderem verfasst worden.

Ich betrachtete den Flügel mit einer Mischung aus Neugier und Ehrfurcht. Ein Riesentrumm aus geschwungenen und geraden Linien, verborgenen Flächen und Fähigkeiten, wie ein Tarnkappenbomber. Nicht mit dem Piano spielen, hatte Oskar mir anbefohlen. Dieses hochnäsige »mit« – natürlich kannst du nicht Klavier spielen, höchstens *mit* ihm spielen, wie ein Kind, und das solltest du gefälligst lassen.

So vorsichtig, wie ich nur konnte, öffnete ich den Deckel des Flügels und stellte ihn hoch. Dort lag also das Innenleben des Instruments, kompliziert, aber nicht gerade geheimnisvoll, Reihen von schlafenden Soldaten, eine liegende Harfe. Ich schlug eine Taste an, und einer der Hämmer sprang hoch wie Toast aus einem Toaster, eine Note, die sich ungebeten zu den Tönen von der noch laufenden CD gesellte. Solch ein reiner, schwebender Klang aus dem Zusammenwirken klobiger Elemente – Holz, Filz, Stahl. Noch eine Note, klar, schlicht, anachronistisch im Tongewitter der Musik.

Ein schrilles Klingeln zerriss die Harmonie und ließ mich zusammenfahren. Fast hätte ich mein Glas fallen lassen, und wäre es nicht leer gewesen, hätte ich sicher etwas verschüttet. Zur Sicherheit stellte ich es zurück auf den Schreibtisch, und schon ließ das Klingeln sich wieder vernehmen. Was macht man in so einem Fall? Bei jemand anderem ans Telefon gehen? Vielleicht war es Oskar – wie spät war es in Los Angeles? Meine größte Befürchtung war, dass die Person am anderen Ende, falls ich ans Telefon ging, nicht englisch spräche, mich für einen Einbrecher hielte und die Polizei rufen würde. Eher unwahrscheinlich, oder?

Das dritte Klingeln. Klingeln? Es klang wie der Todesschrei einer Robotermöwe. Ostblocktechnik, eine leicht abgewandelte Version des Störfallalarms auf einem Atom-U-Boot.

Das vierte Klingeln. Wenn es Oskar war, würde es sich besser machen, anwesend zu sein, brav am Wohnungshüten. Wenn es ein des Englischen Unkundiger war, würde ich einfach wie ein Idiot Oskars Namen wiederholen. Mitten im fünften Klingeln, einem abgewürgten Diskant, hob ich ab.

»Hallo?«

Zischelndes Fernleitungsrauschen aus alten, staubigen Kupferkabeln. »Hallo, hallo, hier ist Oskar.«

»Hallo, Oskar. Wie geht's?«

»Mir geht's gut, glaube ich.« Elektrische Leere lauerte hinter seinen Worten, drohte, sie in sich einzusaugen. Ich versuchte mich im Kopfrechnen; Los Angeles ist sieben Stunden hinter London, und hier war ich zwei Stunden weiter vorn, es war nach eins … da stimmte doch irgendwas nicht.

»Wie spät ist es bei dir?«

»Spät. Oder früh. Ich hab Jetlag. Hörst du dir meine Musik an?«

Die *Variationen* liefen noch. Ich konnte Oskars Frage also kaum verneinen. »Ja, ist echt gut.«

»Hm. Ist alles okay mit der Wohnung?«

Mein Blick wanderte zu den Katzen auf dem Sofa und dem Fleck auf dem Boden. Der Fleck war zwar vom Couchtisch verdeckt, aber sehen konnte ich ihn trotzdem, eingebrannt in die Netzhaut, immer im Mittelpunkt des Blickfelds, außer wenn man versuchte, ihn zu fixieren, dann verschwamm er.

»Jaja, alles klar. Ich wollte noch fragen …«

»Ja?«

»Du hast eine Putzfrau erwähnt – wann kommt die denn?«

»Muss irgendwas sauber gemacht werden?«

Ja, alles, dauernd. »Nein, ich dachte nur, falls ich dann gerade nackt bin oder so.«

Eine Trambahn ratterte vorbei, nahm jede Hoffnung mit sich, meinen letzten Satz ungesagt zu machen.

»Bist du jetzt gerade nackt?«

»Nein! Aber ich weiß ja nicht, ob ich dann da sein muss, um sie reinzulassen.«

»Sie hat einen Schlüssel.«

»Okay.« Vor mir auf dem Küchentisch lag ein Korken. Mit der freien Hand fing ich an, ihn hin und her zu rollen. War dieser Anruf wirklich notwendig? Verbarg sich da noch irgendeine Frage im Hintergrundrascheln der Leitung? Wartete Oskar auf eine Bestätigung von mir, dass er sich keine Sorgen zu machen brauchte?

»Du lässt es dir gut gehen?« Oskar hatte die Angewohnheit, Fragen als Feststellungen zu formulieren, also quasi das Gegenteil der nervtötenden kalifornischen Art, Feststellungen wie Fragen zu betonen; es wirkte meist so, als wäre er bestrebt, einen Konsens herzustellen, nach dem Motto: *Wir können natürlich davon ausgehen, dass* … Hier aber handelte es sich wirklich nur um eine Frage.

»Ja, ich hab mir gestern die Stadt angesehen, das Nationalmuseum …«

»Solange du da bist, solltest du unbedingt mal in die Philharmonie gehen. Das wirst du machen?«

»Ja, vielleicht, wenn ich Zeit habe …«

»Zeit? Was machst du denn sonst? Die Philharmonie ist mitten in der Sommersaison, und ich habe das Programm mitgestaltet. Es ist sehr gut. Du wirst morgen hingehen?«

»Morgen?« Ich wollte schon anderweitige Pläne vorschieben, aber das wäre eine allzu durchsichtige Lüge gewesen. Während ich krampfhaft nach einer besseren Ausrede suchte (fast hatte ich eine), ließ ich leider eine zu lange Pause entstehen.

»Morgen dann also«, entschied Oskar, hörbar beglückt von dem Gedanken, mich mit klassischer Musik zu traktieren. »Ich ruf dort an und lass dir eine Karte zurücklegen.«

»Oskar, das ist doch nicht …«

»Ach, ich kann jederzeit Freikarten kriegen, gar kein Problem. Sieben Uhr dreißig, Schubert, das *Forellenquintett* und *Der Tod und das Mädchen*. Sehr gut, sehr beliebt. Es wird dir gefallen.«

Ich presste die Finger um den Korken zu einer Faust. Trägheit und Langeweile kämpften in mir. Ausgehen schien so mühsam, aber wenigstens passierte dann mal was. Wieder dehnte sich ein langes Schweigen. »Ist *Der Tod und das Mädchen* nicht ein Film?«

Diesmal kehrte Schweigen an Oskars Ende der Leitung ein. »Ariel Dorfman hat ein Stück geschrieben, das *Der Tod und das Mädchen* heißt«, erklärte Oskar, als spräche er zu einem begriffsstutzigen Kind. »Es geht um dieses Musikstück.«

»Aber das wurde doch auch verfilmt«, insistierte ich, ein wenig betreten. Plötzlich tauchte eine Erinnerungsblase auf. »Mit Sigourney Weaver.«

»Jaja. Ich bestelle also die Karte. Mach's gut.«

»Ähm, alles klar, Oskar. Danke für den Anruf.«

Mein letztes Wort wurde abgewürgt. Der Anruf war beendet.

Ich legte den Hörer auf, warf den Korken hoch und versuchte ihn mit der anderen Hand aufzufangen. Er prallte ab und hüpfte über den Boden, was eine der Katzen aufmerken ließ. Sie erstarrte kurz und setzte zum Sprung an. Ha! Ich weiß nicht, wofür sie ihn hielt, aber die Entdeckung, dass sie nur einen Korken erbeutet hatte, schien die Katze nicht zu enttäuschen. Sie hielt ihren Fang zwischen den Vorderpfoten fest, die geduckten Hinterbeine bebend vor Anspannung. Dann ließ sie den Korken frei, stupste ihn an und sprang wieder auf ihn los. Zack!

Nachdem die Flasche geleert war, stellte ich mein frisch aufgefülltes Glas ab und kickte den Korken über den Boden. Die Katze fegte hinterdrein wie ein pelziger Kugelblitz. Man musste lachen bei dem Anblick, man konnte gar nicht anders. Ich streckte den Fuß aus, zog den Korken wieder zu mir hin, die Katze spannte sich an wie ein Sprinter, ich kickte wieder – ein geschweifter Komet flitzte über den Boden. (Die andere Katze lag auf dem Sofa und ignorierte das Geschehen total. Was mag während dieser müßigen Träumereien wohl in Katzen vorgehen? Wo driften sie hin?)

Ich hatte eine Idee. Zum dritten Mal holte ich mir den nun schon leicht zerfledderten Korken zurück und schoss ihn in die entfernteste Ecke. Dann zog ich eine der Schubladen auf, um nach einer Rolle Bindfaden zu suchen.

In der Schublade lag eine Notiz von Oskar.

Korkenzieher – in der Schublade bei der Spüle.
Taschenlampe, Batterien – Schublade unter der Spüle.
Verbandskasten, Aspirin – im Badezimmer.
Putzmittel, Kerzen – in der Vorratskammer.
In dieser Schublade – Gewürze.

Tatsächlich enthielt die Schublade, außer dem typischen Gewürzgeruch, auch noch Oskars Notiz. Würde ich in allen Schubladen auf solche Notizen stoßen? In der mit Besteck hatte kein Zettel gelegen. Neugierig zog ich die nächste Schublade auf und stieß prompt auf eine weitere Notiz, identisch mit der ersten, bis auf:

In dieser Schublade – Platzdeckchen, Untersetzer.

Untersetzer natürlich dick unterstrichen. Interessant, dass Oskar, selbst wenn er mich überraschte, in gewisser Weise doch auch berechenbar war. Die anderen Schubladen enthielten keine Zettel. Vielleicht hatte er sich überlegt, dass ich, wenn ich eilig alle Schubladen aufzog, vor allem nach einem der Dinge auf seiner kleinen Liste suchen würde.

Ich wollte aber Bindfaden. Wofür würde Oskar Bindfaden verwenden? Mir fiel ein, dass einige von den Papierstapeln in Oskars Arbeitszimmer mit Bindfaden verschürt waren, also sah ich in seinen Schreibtischschubladen nach, um nach einer Minute triumphierend mit einem an die drei Meter langen Stück Bindfaden zurückzukehren.

Mit etwas Mühe wurde nun der Korken an das Bindfadenende geknotet, und ich konnte mit meinem Experiment beginnen. Ich warf den angebundenen Korken auf mein Versuchskaninchen zu, in dem Fall also die immer noch aufmerksame Katze. Sie hatte ihre Mordlust noch nicht verloren und stürzte sich mit der gleichen Leidenschaft auf den Korken, mit der ein unscheinbares, unverheiratetes Mädchen sich den Brautstrauß zu schnappen versucht. Doch kurz bevor sie den Korken erreichte, riss ich ihn am Bindfaden zurück. Die Katze hinterher. Es war ein Spiel; ob die Katze das wusste? Sie konnte doch nicht wirklich glauben, dass sie irgendein Tier jagte, aus dem eine Mahlzeit werden könnte. Spielen – noch etwas, das uns nicht von den Tieren unterscheidet. Möglich allerdings, dass es mich von Oskar unterschied. Ob er wohl auch so mit den Katzen spielte? Schwer vorstellbar, doch ich hätte es ihm auch nicht zugetraut, überhaupt Haustiere zu haben. Höchstens Fische, weil die sich in ihrem eigenen Bereich aufhielten und klar abgegrenzte Bedürfnisse hatten, die seinem Ordnungssinn entgegenkamen. Stattdessen schuf er in seinem Leben, in seiner Wohnung, Raum für ein so autonomes und lästiges Wesen wie die Hauskatze. Sogar zwei.

Es kränkte mich ein bisschen, dass die Katze noch vor mir des Spiels überdrüssig wurde. Es war, als wäre die Illusion, dass es sich um eine lebende Beute handelte, wie eine Seifenblase geplatzt, und das Ganze hätte sich auf einmal als das offenbart, was es war – ein Mann, der eine Katze mit einem angebundenen Korken verulkt. Als ich den Korken zum fünfzehnten oder sechzehnten Mal warf, rührte meine Mitspielerin sich einfach nicht mehr. Sie beäugte das Projektil mit geologischem Gleichmut und wanderte ab, den Schwanz wie einen Mittelfinger hochgestreckt.

Diese sportliche Übung hatte mich ermüdet, und der Tag war warm geworden. Ich ließ mich tiefer ins Sofa sinken und nestelte an dem Knoten, der den Korken an dem Bindfaden hielt. Ein Anflug von Kopfweh stieg vom Nacken her hoch. Zu viel Wein, zu früh am Tag.

Emma hatte zu viel zu früh am Tag getrunken, als Oskar und Laura zum Essen kamen. Jemand in ihrer Firma – sie arbeitete bei einer Werbeagentur – hatte an jenem Freitag seinen Abschied gefeiert, und das Team war zusammen mittagessen gegangen und gar nicht wieder zur Arbeit zurückgekehrt, sondern vom Bistro gleich weiter ins Pub. Als Oskar und die in Öl machende Dame pünktlich um halb acht erschienen, war Emma noch nicht da. Mein besorgter Anruf um halb sieben hatte nur die Information erbracht, sie sei auf dem Weg. Kurz vor halb acht brachte ein weiterer, schon panischer Anruf die Tatsache ans Licht, dass sie immer noch auf dem Weg sei, obwohl sie die Kneipe noch gar nicht verlassen hatte, wie man deutlich an den Lachsalven erkennen konnte, die ihre Ausreden übertönten.

Oskar fragte sofort, wo sie denn sei.

»Sie ist auf dem Weg«, sagte ich. Das war ja praktisch nicht gelogen. Emma war Oskar noch nie begegnet; er war *mein* Freund, und sie war von der Essenseinladung nicht gerade begeistert gewesen. Doch ich hatte ihr versichert, Oskar sei »wirklich ein supernetter Typ«, was auch nur in einem sehr dehnbaren Sinne der Wahrheit entsprach.

»Ich weiß nicht, wie ihr Briten mit so kleinen Wohnungen klarkommt«, sagte Laura, nachdem wir uns im Wohnzimmer niedergelassen hatten. Vielleicht versuchte sie nur, höflich Konversation zu machen, ich aber klopfte jedes ihrer Worte auf verborgene Stacheln ab und fand sie auch.

»Für mich reicht es«, sagte ich, während ich den Wein entkorkte. »London ist halt sehr teuer.«

»Selbst Clapham?« Falsch ausgesprochen, Clap-Ham, nicht Clappam. Ich spürte eine Aufwallung von Anti-Amerikanismus, die prompt als Selbsthass-Boomerang zurückschnellte – die typisch vorhersehbare, doof-linksintellektuelle Reaktion. Wenn ich mich selbst schon als so langweilig empfand, wie sollte ich da als charmanter Gastgeber rüberkommen? Ich schenkte den vorhersehbaren Merlot aus und legte die vorhersehbare Easy-listening-Dinner-Jazz-CD auf.

»Das ist ein sehr angesagtes Viertel«, verteidigte ich meine Wahlheimat.

»*Tatsächlich?*«, wunderte sich Laura.

»Sollen wir jetzt über Schulen reden?«, warf Oskar ein, ganz kühl und kontinental. »Ich glaube, das ist das nächste Thema auf der Liste für solche Anlässe.«

Mein schwaches Kopfweh war immer noch schwach, aber es waren noch andere Symptome dazugekommen – ein saures Aufstoßen, ein allgemeines Unwohlsein. Ich fühlte mich einfach ein bisschen verkatert, mitten am Nachmittag, wo ich vor ein paar Stunden doch noch stocknüchtern gewesen war. Mir blieb nichts weiter übrig, als zwischen zwei relativ deprimierenden Alternativen zu wählen – entweder Wasser trinken und warten, bis es vorbeiging, vielleicht ein Nickerchen machen oder aber weitertrinken, das Ganze bis auf Weiteres erst einmal wegschwemmen, aggressive Vinotherapie sozusagen. Eine Hungerkatastrophe in Afrika wurde vom Fernsehen gerade häppchenweise durchgereicht – endgültig angeekelt schaltete ich ab.

Zuerst hatten wir vorgehabt, mit dem Essen auf Emma zu warten. Aber die Hühnerbrüste trockneten im Ofen aus, die Kartoffeln matschten im Topf, und die Unterhaltung perlte auch nicht so munter, wie ich mir erhofft hatte. Um Viertel nach acht gab ich mich schließlich geschlagen, öffnete noch eine Flasche, und wir machten uns ans Essen.

Emma kreuzte kurz nach neun auf. Sie konnte kaum noch stehen. Meine Wut auf sie half im Moment auch nicht weiter. Ich wollte nicht alles noch schlimmer machen, indem ich gleich an der Tür schon Krach mit ihr anfing; in ihrem Zustand hätte das nur zu hysterischem Gekreisch geführt. Stattdessen ertrug ich die Situation mit eisiger Ruhe und schlug ihr vor, ein Glas Wasser zu trinken und sich hinzulegen. Sie nickte stumm und war schon eingeschlafen, bevor ich ihr die Schuhe ausgezogen hatte.

Als ich an den Tisch zurückkam, blubberte die Wut, gemischt mit Verlegenheit, immer noch ziellos in mir herum. Ich hatte selber eine Menge getrunken, wie wir alle. »Tut mit leid«, sagte ich grimmig. »Der Abend ist nicht ganz so gelaufen wie geplant. Schöne Scheiße.«

»Nein, nein, mir gefällt es sehr gut«, lächelte Oskar.

Helle Wut loderte in mir hoch. Ich funkelte ihn an. »Natürlich gefällt es dir. Muss ja ein Bombenspaß für dich sein, zu sehen, dass ich immer noch nichts auf die Reihe kriege. Geht mir aber völlig am Arsch vorbei, was du davon hältst – nein, stimmt nicht, aber ich kann ja doch nichts dran machen. Ich kann's nicht leiden, wenn man auf mich herabsieht, echt, ich …« Oskar lächelte nicht mehr. Ich hatte das dringende Bedürfnis, meine Tirade schnellstmöglich zu beenden. »Ich *hasse* es, echt.«

»Tatsache ist«, sagte Oskar mit seiner üblichen pedantischen Ausländerbetonung, »ich meinte es ernst.«

Mir brannten schon die Backen vor Wut und Wein, doch ich spürte, wie ich noch eine Schattierung röter wurde. Noch nie hatte ich eine Freundschaft bewusst abgebrochen, meist verkümmerten sie einfach aus Nachlässigkeit.

»Ich habe nicht oft Gelegenheit, dich zu sehen«, fuhr Oskar fort, »und ich bin gern in deiner Gesellschaft. Emma ist mir egal. Ist halt dumm gelaufen. Und ich sehe nicht auf dich herab.«

»Scheiße, Mann, tut mir leid«, sagte ich. Laura starrte mich an, offensichtlich fasziniert.

»Offenheit …«, begann Oskar und hielt inne, als suchte er nach Worten. Mir fiel plötzlich auf, wie alt er aussah – nicht im geriatrischen Sinne, sondern reif, erwachsen. Vernünftig, nicht verschrumpelt. Wir sind gleich alt, und dennoch fühlte ich mich ihm gegenüber wie ein Halbwüchsiger. »Offenheit ist wichtig. Es ist interessant, Dinge über dich zu erfahren, zu wissen, was du empfindest.«

Das Drückende der Atmosphäre war damit nicht beseitigt. Sie war noch immer mit meinem Groll belastet. »Ich bin echt sauer auf Em. Es hätte ein netter Abend werden sollen.«

Oskar winkte ab. »Jetzt lass mich mal ganz offen sein. Ich vergleiche mich nicht mit dir. Du bist kein Musiker; ich messe mich nur als Musiker mit anderen Musikern. Früher war es mir wichtig, was andere von mir dachten, jetzt nicht mehr so. Als wir uns kennenlernten, warst du mir sympathisch, weil du so lässig warst und ich alles andere als lässig. Ich mochte deine Toleranz. Aber ich glaube, du merkst nicht, dass deine Toleranz inzwischen zu einem Gift für dich geworden ist. Du nimmst zu viel Rücksicht auf die Meinung der anderen, und du findest dich mit allem ab. Du lebst hier in dieser tristen kleinen Wohnung, die du nicht mal leiden kannst. Wahrscheinlich kannst du auch Emma gar nicht besonders leiden, aber du findest dich mit ihr ab, weil du meinst, man sollte eine Freundin haben. Und deinen Job, den kannst du erst recht nicht leiden, aber auch mit dem findest du dich ab – wieso eigentlich? Des Geldes wegen? Er wirft ja gar nichts ab! Oder weil du zu Hause arbeiten kannst? Aber wieso willst du denn hier arbeiten? Das Schlimme ist, dass du dich mit dir selbst abfindest. Du bist unordentlich und chaotisch und desorganisiert und ehrlich gesagt ziemlich faul, und es macht dich unglücklich, aber was tust du? Du findest dich damit ab. Wartest du darauf, dass etwas von außen kommt und dich zum Handeln zwingt? Das wird nicht passieren.«

Angesichts all dessen hatte ich langsam das Gefühl, dass meine Tirade doch nicht so unberechtigt gewesen war. Wie konnte er sein Leben denn nicht mit dem meinen vergleichen? Seit ich ihn kannte, hatte er stets die elegant ansteigende

Aufwärtsbahn seiner Ambition verfolgt. In jedem einzelnen Augenblick war er ein perfekt platziertes Ornament auf seinem Lebensplan. Ich hatte keinen Plan, nur Probleme und Ausflüchte. »Egal, was du sagst, es klingt immer, als hättest du keine sehr hohe Meinung von mir.«

»Nein«, sagte Oskar entschieden, »du missverstehst mich. Ich habe nur keine hohe Meinung von deinen Lebensumständen. Ich habe überhaupt keine andere Meinung von dir, als dass ich dich mag. Meine Meinung ist, dass du mein Freund bist.«

Er trank einen Schluck Wein. Keiner sagte mehr etwas. Die CD war längst zu Ende; ich hatte keine Lust, eine neue aufzulegen.

»Und was machen wir jetzt?«, fragte Laura plötzlich munter. »Scharade spielen?«

Sie blieben nicht mehr lange. Emma übrigens auch nicht. Wir lieferten uns ein längliches, passiv-aggressives Gekabbel wegen ihrer Verspätung an jenem beschickerten Samstag, das aber kaum noch von Belang war in der Serie von Konflikten, die der Beziehung alsbald den Rest gab. Keiner von uns hatte einen wirklichen Grund, Schluss zu machen, abgesehen davon, dass wir auch keinen wirklichen Grund hatten, zusammen zu sein. So trennte sie sich schließlich; mir machte es nichts aus. Wir haben keinen Kontakt mehr.

Das Kopfweh nervte, aber hinlegen wollte ich mich nicht. Das wäre eine Niederlage gewesen. Blieb nur weitertrinken.

VIERTER TAG

Ein Granateinschlag riss mich aus dem Schlaf. Mit klopfendem Herzen fuhr ich hoch, die Augen gegen das Licht zusammengekniffen, und meine Gedanken stoben auf wie erschreckte Sperlinge von einem Feld, flirrende schwarze Fetzen, die zu einem einzigen schwarzen Wirbel gerannen.

Irgendein Lärm in der Wohnung hatte mich geweckt, nur was für eine Art von Lärm, war aus meiner Benebelung heraus nicht zu ergründen. Was war passiert? Und da – schon wieder Geräusche, schlurfende Schritte im Flur, ein dumpfes *Rumms*, Flaschenklirren. Die Schlafzimmertür kam mir oblatendünn vor, und irgendjemand werkelte dahinter – wieder die schlurfenden Schritte, ein seufzendes Rascheln, wie von alten gewachsten Regenjacken, die in einem Schrank zusammengeschoben wurden.

In einer Wolke ausgedünsteten Alkohols sprang ich aus dem Bett, und prompt traf das heimtückische Schädelweh mich mit voller Wucht am Hinterkopf, wie ein Echo des plötzlichen Krachs, der mich geweckt hatte. Ein Knall – die Wohnungstür war ins Schloss gefallen, jemand war in die Wohnung gekommen. Ich war nur mit Boxershorts, T-Shirt und einem klebrigen Schweißfilm bekleidet; meine Hose lag mit spastisch verdrehten Beinen am Fußende des Bettes. Wie viel hatte ich gestern getrunken? Keine Ahnung, wann ich ins Bett gegangen war. Wer war da in der Wohnung? Wie spät war es?

Die Sonne stand schon hoch am Himmel, aber keine Spur von Katzen auf dem Balkon. Wahrscheinlich hatte ich sie nachts gar nicht rausgelassen. Es war besorgniserregend, in welchem Maße ich bei der Trinkerei gestern die Kontrolle verloren hatte. Als ich die Hose anzog, sagte ich mir, dass ich noch froh sein konnte, sie überhaupt ausgezogen zu haben. Eine bedrohliche Übelkeit pendelte mir unterhalb des Adamsapfels durch die Kehle. Und meine Blase spannte – ein Segen eigentlich, denn es bedeutete, dass ich sie nachts nicht aus Versehen an falscher Stelle geleert hatte. Auf einer Neujahrsparty hatte ein Freund sich einmal, von ungewohnten Wodkamengen mental geplättet, aus Unkenntnis der Örtlichkeit in einen Schrank hinein erleichtert. Doch anscheinend hatte er noch irgendwie gezielt, denn als der Hausbesitzer am nächsten Morgen zu einem erfrischenden Spaziergang in seine Gummistiefel stieg, erlebte er eine Überraschung. Na, wenigstens waren sie vorgewärmt.

Barfuß und im vollen Bewusstsein der Tatsache, dass meine zu Berge stehenden Haare nicht danach aussahen, als hätte ich seit sechs Uhr morgens Bibelverse studiert, wagte ich mich aus dem Schlafzimmer. In der Küche fand ich die fledermausgesichtige Alte, der ich gestern im Treppenhaus begegnet war – vorgestern, verbesserte mich mein langsam genesendes Hirn, offenbar entschlossen, seinen Besitzer zumindest über den neuesten Stand der Erdumdrehung auf dem Laufenden zu halten, nicht ohne mir die Mühe mit einem saftigen Schmerzstoß zu vergelten. Mit der methodischen Gründlichkeit eines Geheimdienstlers, der einen Dissidenten aufmischt, fuhrwerkte die Putzfrau in der Küche herum.

Als sie mich erblickte, zeigte sich Missbilligung in ihrer Miene, die dafür wie geschaffen war. Wortlos drehte sie sich zur Abstellkammer um, sodass mein »Guten Morgen« nur noch auf den biestigen kleinen Knoten traf, der an ihren Hinterkopf getackert war. Sie verschwand kurz und tauchte, zu meinem Ekel, mit dem Katzenklo im Arm wieder auf, das sie mir mit einem wütenden Grunzen unter die Nase hielt. Vier oder fünf kleine Katzenwürstchen rollten auf dem müffelnden Kies hin und her, und fast hätte ich auch noch draufgekotzt.

»Iiih«, sagte ich und wandte mich ab.

»—!«, entgegnete sie, um die Bemerkung dann mit zunehmender Schärfe zu wiederholen: »—! —!? —!!«

Die Bedeutung war nicht schwer zu verstehen – ich hätte das Katzenklo leeren, die Streu auffrischen und sie zu einem kleinen Zen-Garten zurechtharken sollen, den Schossy und Strawy während ihrer Meditationen betrachten konnten. Ich mochte die Katzen, auch wenn ich jetzt wieder daran erinnert wurde, wieso ich selbst keine hatte. Diese Alte dagegen mochte ich nicht und wäre sie gern losgeworden. Offensichtlich war sie hier sowohl Hausmeisterin als auch Putzfrau, und sie würde erst gehen, wenn sie ihre wie auch immer gearteten Pflichten erfüllt hatte. Wie lange würde das dauern? Eine Stunde? Zwei? Konnte ich mich im Schlaf- oder Arbeitszimmer verstecken, bis sie endlich Leine zog? Um das Bad zu putzen, würde sie durchs Schlafzimmer gehen müssen – ich dachte an die überschwappenden Gummistiefel. Besser, ich sah erst mal nach, ob alles in Ordnung war.

»—!«, ereiferte Fledermausgesicht sich weiter und schwenkte das Katzenklo durch die Küche. Im Geiste sah ich den Inhalt schon über den ganzen Boden rieseln und die

Katzen hinter den korkenähnlichen Röllchen herjagen ... wieder würgte es mich vor Ekel. Aber es wurde nichts verstreut. Die Katzen lagen auf dem Sofa (wusste sie von dem Sofa-Tabu?) und taten so, als schliefen sie, eine vernünftige Strategie, die auch ich hätte verfolgen sollen. Die Küche sah eigentlich gar nicht so schlimm aus – ein paar leere oder halbleere Weinflaschen, kaum Geschirr in der Spüle, aber natürlich blieb das weit hinter Oskars penibeln Ansprüchen zurück. Auf der Arbeitsplatte stand eine leere Thunfischdose mit ein paar Ölschlieren ringsum – mein Abendessen, erinnerte ich mich, dessen Reste die Katzen in der Nacht wohl noch weggeputzt hatten. Tief in meinen Eingeweiden fürchtete ich, der Thunfisch habe sich in Lachs verwandelt und versuche nun zielstrebig, gegen den Strom zu schwimmen.

Mit vielsagender Miene hob die Putzfrau eine zu zwei Dritteln geleerte Flasche hoch, stopfte den Korken in den Flaschenhals und schob sie rabiat ins Weinregal unter dem Küchentresen.

»Tut mir leid, dass es ein bisschen unordentlich ist«, sagte ich. »Ich hatte vor ...« Zwecklos, den Satz zu beenden, allein schon wegen der Sprachbarriere. Ich grinste dümmlich. Meine Blase, die sich höflich zurückgehalten hatte, verlangte nun nach Beachtung. Ich kehrte zurück ins Schlafzimmer, in Richtung Bad.

So furchtbar sah es doch alles gar nicht aus. Das Chaos im Wohnzimmer hielt sich in Grenzen, und ich verstand nicht, wieso Fledermausgesicht sich so aufregen musste. Vielleicht war es weniger der Zustand der Wohnung, der sie erboste, als die Tendenz, die sich darin ausdrückte – ein Hang zur Nachlässigkeit, die zwangsläufig immer weiter zunehmen musste, ein graduelles Versinken in Schmutz, Anarchie und Untersetzerverweigerung. Ich erleichterte mich, und in meinem restalkoholbenebelten Hirn verwandelte der Porzellanrand der Kloschüssel sich in wabbeliges grünes Gummi ... Das Komische an dem Vorfall auf der Neujahrsparty war, dass die Vorstellung, in Gummistiefel zu pullern, mir klammheimliche Sympathie abnötigte. Mein Freund hatte es getan und die Verantwortung dafür übernommen, obwohl er sich an nichts erinnern konnte, und auf irgendeiner unterschwelligen Ebene hatte ich das Gefühl, als wäre ich es gewesen. Nicht, dass ich mich konkret daran erinnerte, doch ich war mir sicher, sollte ich jetzt in einen Gummistiefel pinkeln, wäre es ein echtes Déjà-vu-Erlebnis. Natürlich hatte ich es nicht getan, sonst hätte ich mich ja wohl daran erinnern müssen. Allerdings behauptete mein Freund, der es getan hatte, ja ebenfalls, sich nicht zu erinnern.

Sehr gern wäre ich jetzt unter die Dusche gegangen, aber nicht, solange *sie* in der Wohnung war. Machte das denn so viel aus, wo man doch die Tür verriegeln konnte? Doch mir war einfach nicht wohl bei dem Gedanken. Lieber wartete ich, bis sie draußen war.

Nachdem ich mir die Hände gewaschen hatte, starrte ich in den Spiegel. Stoppelbart, dunkle Ringe unter den Augen. Das Neonlicht über dem Waschbecken war gnadenlos – meine Visage war ein Patchwork von Makeln. Der Lüftungsventilator surrte. Das war doch Wahnsinn – hier wie ein Karnickel in der Falle zu hocken, nur weil die Putzfrau da war. Ich fühlte mich entwurzelt. Wenn ich die Wohnung verließ, wusste ich nicht, wo ich hinsollte. Vielleicht in irgendein Café, irgendeinen Park, aber ich kannte mich ja nicht aus. Es war wieder ein warmer Tag, man hätte also einfach umherstreifen können – und sich womöglich verlaufen, aber zielloses Herumwandern war nicht mein Ding. Eine neue Facette von Paranoia blinkte auf – ungeduscht würde ich stinken. Die letzte Nacht war ein ziemlicher Hammer gewesen. Sicher sickerte mir der Alkoholdunst noch aus allen Poren.

Ich putzte mir die Zähne, viel länger als nötig, kämmte mich und platschte mir kaltes Wasser ins Gesicht, worauf das Kopfweh sich aus dem Hirn in die Schädeldecke zurückzog und die Übelkeit sich etwas verflüchtigte, auch wenn der Kampf noch nicht gewonnen war. Die banalen Handgriffe der Körperpflege brachten mich wieder so weit ins Lot, dass ich mich hinauswagen konnte.

Das Schlafzimmer wirkte auf sonderbare, minimale Weise geschrumpft, als hätte man eine weitere dicke Farbschicht auf die weißen Wände aufgetragen. Die Wände schienen meinen Grimm zu spiegeln, als habe mein verschwitztes Unbehagen sich auf sie übertragen. Ich schnappte mir mein leichtes Jackett – sicher war es zu warm, aber ohne Jacke loszuziehen, hätte mein Gefühl von Ziellosigkeit nur noch verstärkt. Mit eiligen Schritten durchquerte ich den Flur, verkündete: »Ich geh nur mal kurz an die Luft«, und stürzte fast mit einem Hechtsprung aus der Tür.

Es war warm, aber unbeständig. Gelegentlich rührten kühle Windböen die Luft über dem Asphalt auf, die ansonsten dick und klebrig war wie türkischer Honig. Der Himmel war von tiefdunklem Blau.

In der Absicht, Neuland zu erkunden, folgte ich den Trambahnschienen stadtauswärts. Nur wenige Menschen waren auf den Straßen, was die Stadt eigenartig geräumt und erwartungsvoll wirken ließ. Drei Trambahnen fuhren vorbei, alle in Richtung Innenstadt. Wegen dieser Leere um mich und der drückenden Schwüle kam es mir allmählich vor, als ballte sich in meinem Rücken etwas zusammen. Allerdings war ich auch froh, dass kaum Passanten meinen Weg kreuzten, da ich mich immer noch genierte, ungeduscht zu sein. Als ich in der Hitze zu schwitzen begann, empfand ich es sogar als Erleichterung. Wenigstens würde der frische Schweiß den alten, ranzigen überdecken. Ich hatte vor, in der Nähe der Trambahnschienen zu bleiben, um mich nicht zu verlaufen, aber nach drei Querstraßen kam ich unversehens an eine Brücke. Die Straße wurde von einem tiefen Kanal durchschnitten, einem ölschlierigen Band von stehendem Wasser, hie und da mit Inseln aus Müll garniert. Zwischen schwärzlichen Mauern lag das Wasser drei Meter tief unterhalb der Straße, und eine schauerlich steile Treppe, wie aus einer Kerkerfantasie von Piranesi, führte von der Brücke auf einen schmalen Saumpfad hinab. Die Szenerie war alles andere als einladend, aber ich stieg trotzdem hinunter.

Ein fauliger, morastiger Geruch stieg vom Wasser hoch. Der Gedanke an Ratten scheuchte irrationale Ängste auf, die sich sogleich vervielfältigten. Was, wenn das gar kein Kanal, sondern ein Abflussgraben war, und ein plötzlicher Gewitterguss (durchaus denkbar in dieser tropischen Hitze) überflutete ihn, ertränkte mich und schwemmte mich mit all dem anderen Müll aus der Stadt hinaus in irgendein obskures Hinterland … Aber dann meldete sich die Vernunft zurück. Abflussgräben hatten keine Saumpfade, und außerdem waren wir hier nicht in Los Angeles, wo extreme Dürre mit heftigen Stürmen wechselte und aus mageren Rinnsalen im Nu reißende Ströme wurden, ein bulimisches Auf und Ab von Überfülle und Auszehrung.

Unten am Kanal war es merklich kühler. Irgendwie gefiel mir diese Atmosphäre von Verfall, die Unkrautbüschel am Fuß der Mauer, das vermüllte Wasser, die verseuchte Luft, all das harmonierte mit meiner düsteren Stimmung und wirkte tröstlich. Es hatte etwas Romantisches, ähnlich wie die Romantik, die Piranesi im Kerker gefunden hatte. Der schleichende Verfall hatte etwas Sanftmütiges, das zur Sentimentalität anregte. Hier war die Zeit ungestört vorübergegangen; ich verbrachte hier ungestört die Zeit.

Als ich in die Wohnung zurückkam, war der Störfaktor weg. Ein leichter Putzmittelgeruch hing in der Luft, und die Katzen waren gefüttert. Alle Klamotten, die ich schon ausgepackt hatte, waren mit ostentativer Sorgfalt auf dem Korbsessel im Schlafzimmer zusammengelegt worden, saubere und schmutzige durcheinander. Diese Einmischung irritierte mich über die Maßen. Was bei anonymem Hotelpersonal vielleicht noch verzeihlich gewesen wäre, fühlte sich hier wie ein absichtlicher Übergriff an. Auch das Badezimmer roch nach Putzmitteln. Endlich kam ich zu meiner Dusche und konnte die letzte Nacht in den Ausguss spülen. Heute Abend würde es also ins Konzert gehen. Schubert.

»Schubert«, äffte ich Oskars Tonfall nach. »Sehr gut. Es wird dir gefallen.«

Das Wasser strudelte um meine Füße, die blass aussahen. Sie sahen nicht nach der Sorte Füße aus, die in Konzertsäle gingen. Sie sahen nicht nach der Sorte Füße aus, deren Eigentümer mit selbstsicherer Stimme sagen würde: »Ich hätte gern eine Karte für das Konzert heute Abend.« Nein, sicher war es nicht die Sorte Füße, die zwei Stunden unter einem unbequemen Sitz in einem abgedunkelten Raum stillhalten würden, während ihr Eigentümer nichts tat, rein gar nichts, außer klassischer Musik zu lauschen.

»Schubert«, murmelte ich vor mich hin. »Schuby-schuby Schubert.« Schossy, Strawy, Schuby. Konnte man aus dieser Schlinge noch irgendwie entkommen? Einfach nicht hingehen? Aber Oskar würde es sicher herauskriegen – und selbst wenn er dann nicht beleidigt war, hätte er jedes Recht, es zu sein, denn es wäre eine grobe Ungehörigkeit. Nein, ich musste mich mannhaft meiner Strafe stellen. Außerdem lag ja noch der ganze Nachmittag zum Verschwenden vor mir.

Die Dusche ließ meinen Kater noch weiter schwinden, löste ihn aber nicht ganz auf. Ein klebriger Überrest haftete mir irgendwo im Hinterkopf, und subversive Elemente trieben sich immer noch in meinen Gelenken und Eingeweiden herum. Der Tag wurde schwül und schwüler. Nach und nach fiel mir auf, dass die Qualität des Lichts sich verändert hatte, als ob das echte mit irgendeinem synthetischen Ersatz vertauscht worden wäre, in der Hoffnung, am Tageslicht zu sparen, ohne dass irgendwer es merkte. Aber ich merkte es, und ich blickte von meiner Beschäftigung – Katzenstreicheln auf dem Sofa – auf, fasziniert von der Beleuchtung der gegenüberliegenden Fassaden, deren Stuck und Stein unter den Schmutzschichten seltsam aufglomm im Widerschein der Abendsonne. Ein dramatischer Effekt, hervorgerufen durch den Kontrast zu dem unvermittelt verdunkelten Himmel, der schiefergrau mit violetten Schattierungen über den Dächern dräute. Eine Embolie von einem Himmel, ein Damm, hinter dem sich ein ungeheurer Druck aufgebaut hatte. Aber die Sonne ließ die Häuser noch immer erstrahlen wie vergoldete Lügen, Potemkinfassaden, die schönes Wetter vortäuschten, während ein Gewitter aufzog, von ganz und gar kompromissloser Unvermeidlichkeit.

Und dann brach das Donnerwetter los, mit sintflutartigem Regen. Ich lief ins Schlafzimmer, überzeugt, die Balkontür aufgelassen zu haben (sie war zu), so laut prasselte der Regen an die Fenster. Ein Blitzstrahl ließ die weiße Steppdecke aufgleißen wie einen riesigen, ultravioletten Insektenkiller, und im Arbeitszimmer (wo die Fenster ebenfalls zu waren) schien das Wasser, das an den Scheiben herablief, wie in einem Spiegel über den offenen Pianodeckel zu strömen.

Der plötzliche Regenguss war beglückend, endlich kam etwas in Bewegung, die Starre löste sich. Mein Herz schlug schneller nach der panischen Rennerei von Raum zu Raum, die Aufregung hatte mich belebt. Ich ertappte mich sogar dabei, dass ich mich darauf freute, am Abend auszugehen, hinaus in den Sturm, um mir das Konzert anzuhören, und das Tosen vor den Fenstern erfüllte mich mit geradezu wagnerianischem Hochgefühl. Götterdämmerung! *Der Tod und das Mädchen*, das klang gut, pathetisch, stürmisch … *Das Forellenquintett* allerdings weniger. Die Forelle war ja nicht mal ein Raubfisch, wie der Hecht oder der Hai, doch andererseits, was verstand ich schon von Fischen, ganz zu schweigen von klassischer Musik? Vielleicht war die Forelle auch so etwas wie eine Scherzfrage der Natur und, wie der Wal, gar kein richtiger Fisch, sondern eine Art Ratte oder Schwan oder was.

Die Katze, die ich auf dem Sofa gestreichelt hatte, war ebenfalls aufgeschreckt worden, vielleicht durch das Gewitter oder durch mein plötzliches Aufspringen. Jetzt stand sie da, machte einen Buckel, drehte sich träge um sich selbst, während der Schwanz mit der weißen Spitze wie in Zeitlupe hin und her peitschte. Unsere Blicke trafen sich, die Katze auf dem Schweizer Sofa, ich an der Tür zum Arbeitszimmer, und mir war, als springe ein Funken zwischen uns über, irgendeine Art von Verbindung, Einverständnis. In dieser ahnungsvollen Sekunde war mir klar, dass die Katze im Begriff war, etwas anzustellen.

Mit provokanter Langsamkeit dehnte die Katze sich, streckte die Pfoten vor und fuhr die Krallen aus, die sie dann mit einem entsetzlich reißenden Geräusch ins Leder schlug.

Ich musste wohl vor Entsetzen aufgejapst haben, denn die

Katze hielt mitten in diesem Akt des Vandalismus inne, die Klauen immer noch tief ins Leder gegraben. Sie sah mich an, ich sah sie an. Wie so oft kam es mir maßlos unfair vor, dass das Leben keinen Schalter besaß, mit dem man die Zeit ein Stück zurückdrehen konnte. Dreißig Sekunden hätten für die meisten Situationen wie die hier schon ausgereicht, das war ja nicht zu viel verlangt, aber offenbar mussten wir uns mit der gnadenlosen Tyrannei der linearen Zeit abfinden.

»Scheiße! Nein! Lass das! Weg da! Kschksch!«, schrie ich und stürzte zum Sofa. Die Katze begriff die Botschaft und schoss davon. Mir blieb nichts weiter, als den Schaden zu begutachten – jeweils zwei parallel angeordnete Risse im Leder, verbunden durch Kratzspuren. Mit Sicherheit nicht mehr zu reparieren, außer vielleicht durch die obskuren Fertigkeiten runzliger alter Handwerker, von denen ich nichts ahnte. Wieso konnte Leder nicht einfach wieder heilen? Eigentlich war es ja bloß Haut. Ich strich mit den Fingerspitzen über die Narben, fühlte sie unter meiner Berührung aber nicht verschorfen und zuheilen. Das Leder war nicht komplett aufgerissen, nur tief zerkratzt. Vielleicht gab es irgendwo da draußen ja begnadete Lederreparierer, aber so jemanden hätte ich selbst in London kaum zu finden gewusst und erst recht nicht hier in der Fremde. Wie ich da so über das Sofa gebeugt stand, glitt mein Blick natürlich auch hinüber zu dem Weinfleck in seinem hübschen, hell geschrubbten Rahmen. Falls er der Putzfrau aufgefallen war, hatte sie jedenfalls nichts dagegen unternommen, oder wenn doch, dann erfolglos.

Meine Großeltern hatten einen kleinen Teich in ihrem Garten, dessen schleimiges Innenleben mich faszinierte. Frösche paarten sich dort und hinterließen Wolken von Froschlaich. Das war die Serengeti meiner Kindheit. Der Teich war mit Steinplatten eingefasst. Meine Mutter warnte mich als

Fünf- oder Sechsjährigen immer, mich nicht zu weit über das Wasser zu lehnen, was ich aber nicht einsah. Ich kannte meinen Schwerpunkt, frühreifes Kind, das ich war, und wusste, dass ich nicht das Gleichgewicht verlieren würde. Doch die Platten waren nicht mit Zement befestigt, sie lagen nur am Rand, um die schwarze Plastikplane an Ort und Stelle zu halten, mit der man den Teich ausgelegt hatte. In Moos und Gras eingebettet, wirkten die Platten wie feste Bestandteile der Landschaft, aber sie waren lose, und eines Tages beugte ich mich zu weit vor, die Platte, auf der ich kniete, kippte um und beförderte mich ins Wasser.

Ich habe mal gehört, man verbrächte durchschnittlich vierundzwanzig Stunden seiner Lebenszeit damit, einen Orgasmus zu haben. Diese Weisheit mag anfechtbar sein, aber wenn man all diese explosiven Sekunden zusammenzählt, würde man wohl auf eine ziemlich ausgedehnte Zeitspanne kommen. Und ebenso viel Zeit, stelle ich mir vor, verbringen wir im Leben mit Unfällen – im Begriff, zu stolpern, zerbrechliche Sachen fallen zu lassen oder sonstwie slapstickhaft zu agieren. In der beachtlichen Zeitspanne zwischen dem Moment, in dem ich das Gleichgewicht verlor, und dem meiner Landung im Wasser, kam mir ein perfekt artikulierter Gedanke: *Deswegen hat Mami mich gewarnt, mich nicht so weit vorzubeugen.* Jetzt sah ich es ein. Schade nur, dass die Einsicht zu spät kam, als der Stein schon ins Kippen geraten war. Es war, als hätte der Gedanke die ganze Zeit bereits fertig formuliert unter dem Stein gewartet, um im Moment der Krise in die Hirnrinde eingespeist zu werden.

Deswegen also wollte Oskar die Katzen nicht auf dem Sofa dulden. Die Krallen, das war der Grund, nicht das Haaren, und erst jetzt, da der Schaden passiert war, begriff ich es. Reuige Einsicht im Nachhinein. Die Deutschen haben bestimmt ein

Wort dafür (und Oskar wüsste es) – wenn nicht, sollten sie aber. Schließlich verlassen wir uns in diesen Dingen auf sie.

Die Katzen waren runter vom Mobiliar, die Stalltür war ordnungsgemäß verschlossen, wie üblich, wenn das Pferd ausgebüxt war. Der Schaden war nicht mehr rückgängig zu machen, und ich war die Ruhe selbst, wie betäubt. Der Sturm war losgebrochen, die Sache war aus dem Ruder gelaufen, so war es nun mal. Aus Schaden wird man klug. Wir waren alle ein bisschen älter und weiser geworden. Ein Kratzer und ein kleiner Fleck, davon ging die Welt nicht unter. Draußen im Regen rumpelten die Trambahnen immer noch ihre eintönigen, beruhigenden Bassläufe, mit funkensprühender Oberleitung und dumpfem Räderrollen ein irdisches Echo auf das Gewitter.

Der Himmel hellte sich kurz wieder auf, nachdem das Gewitter abgeflaut war, aber die Wolken verzogen sich nicht, und der Regen ließ nicht nach, er wandelte sich nur von einem Sturzbach zu einer Dauerdusche. Gegen sieben schwand das Tageslicht erneut, und die Sonne versank irgendwo hinter dem dicken Daunenbett aus Wolken, das sich über den Kontinent gebreitet hatte.

Zum Konzertsaal war es nur ein kurzer Fußweg, wie ich sehr wohl wusste. Man hätte sich Oskar auch wirklich nicht allmorgendlich in einer überfüllten Trambahn vorstellen können, mit der *International Herald Tribune* unterm Arm und einem Aktenköfferchen voller Dirigentenstäbe, womöglich noch einzeln hygienisch verpackt wie die Essstäbchen und Zahnstocher in chinesischen Restaurants. Die Gehsteige waren glitschig und sprühten geradezu vor Regentropfen. Ich hatte einen Schirm aus dem Ständer unter den Mantelhaken mitgenommen, einen billigen Knirps, der wahrscheinlich für Gäste gedacht war – das bajonettsteife Exemplar daneben, mit Mahagonigriff, war offensichtlich Oskars erste Wahl. Für mich waren Regenschirme ja praktisch Wegwerfutensilien, nachdem ich über die Jahre so viele davon hatte stehen und liegen lassen, deswegen kaufte ich immer nur billige und versuchte, sie mir nicht allzu sehr ans Herz wachsen zu lassen, da sie doch bald ihren Weg in der Welt ohne mich machen mussten. Oskars Schirm wirkte zugleich brandneu, teuer und gediegen. Auf keinen Fall durfte der in meiner Gesellschaft die Wohnung verlassen. Es sollte keine Patzer mehr geben, nicht heute Abend. Heute Abend war ich ja nicht mal in der Wohnung, um irgendwas anzustellen.

Bäche rauschten an den Bordsteinen entlang, immer auf der Suche nach tieferen Rinnen. Der Kanal würde heute frisch aufgefüllt werden. Den größten Teil des Weges ging es eine schnurgerade, baumbestandene Allee entlang, die scheinbar nur dazu da war, zwei Kardinalpunkte zu verbinden – einen Triumphbogen ins Nirgendwo, zur Erinnerung an einen gänzlich imaginären Triumph errichtet, und einen unsinnigen Kreisverkehr. Das Bauwerk oder Monument, das den anderen Angelpunkt bildete, war entweder abgerissen worden – durchaus nichts Ungewöhnliches in einem Land, das nur funktionieren konnte, wenn es regelmäßig die kolonialen Widersprüche vergaß, die seiner Geschichte zugrunde lagen – oder es hatte ohnehin nie existiert.

Die Ära der Macht und Selbstgewissheit, die es erlaubte, solche Schneisen durch die eigene Hauptstadt zu schlagen, hatte offenbar davor Halt gemacht, sich auch noch Gott zurechtzustutzen. Wie die Orientteppiche, die in ihrem Muster einen absichtlichen Fehler enthalten, war die Allee aus geistlichen Gründen ihrer Einheitlichkeit beraubt. Eine orthodoxe Kirche thronte auf einem Platz, der von der Allee durchschnitten wurde, ein mit vielen Türmchen versehener Kubus, dessen schneeweißer Putz an allen Ecken und Enden straff gezogen wirkte, wie ein gestärktes Bettlaken, das eine zwangsneurotische Oberin unsinnig stramm eingeschlagen hatte, und obendrauf eine pilzartig wuchernde Masse von kupfergrünen Kuppeln. Opulente Vergoldungen schimmerten durch den Regenschleier, und selbst in der Düsternis leuchtete der weiße Putz, als erzeugte er seine eigene Energie und strahlte sie unablässig in das Kühlbecken der Stadt ab. Vielleicht war die Kirche uralt, aber so perfekt erhalten, dass sie ebenso gut erst gestern hätte erbaut sein können, ein frischer Tofuwürfel in der trüben Misosuppe der Stadt.

Auf der anderen Seite der Allee war der Platz erweitert worden, um den architektonischen Beitrag des zwanzigsten Jahrhunderts in die Szenerie einzufügen: eine Anhäufung von fleckigen, regengestreiften Betonquadern, die gleichzeitig einen Eindruck von ungeheurer Schwere und mottenzerfressener Fadenscheinigkeit vermittelten. Als wären die unschuldigen grauen Hallen am Südufer der Themse im Regen aufgequollen und zu Ungeheuern aus gedunsenem Zement und Asbesttumoren geworden, die plötzlich eine unsägliche Bösartigkeit in die Atmosphäre abgaben. Sie hätten gut als abschreckendes Beispiel in einer Kampagne gegen den Modernismus dienen können. Alles daran schrie förmlich: »Ein Geschenk vom sowjetischen Brudervolk.«

Einen Augenblick stand ich wie erstarrt im Regen, im Glauben, das hier wäre die Heimstatt der Philharmonie, Oskars Philharmonie. Aber die Adresse passte nicht. Als ich die Kirche umrundete, die glücklicherweise den Blick auf die Betonmonstrosität versperrte, gelangte ich in einer Seitenstraße zu einer bescheidenen Kulturtempel-Fassade. Trotz Oskars Vorliebe für den ultramodernen Minimalismus war dieses bildungsbürgerliche Ensemble aus Säulen und Karyatiden genau das, was ich mir unter Oskars Arbeitsplatz vorgestellt hatte. Mit all dem polierten Holz und dem glänzenden Messing an den Türen erinnerte das Gebäude selbst ein wenig an ein Musikinstrument. Drinnen gab einem das steile, gewundene Treppenhaus mit den goldglänzenden Geländern und Teppichstangen das Gefühl, man befände sich in einer Tuba, und die Bogenfenster mit dem halbmondförmigen Ausschnitt, hinter denen die Kartenverkäuferinnen saßen, ließen an Orgelpfeifen denken.

Ich war rechtzeitig da und stellte mich in die kurze Schlange am Kartenschalter. Die anderen Konzertbesucher standen meist einzeln oder zu zweit herum, ein Summen von erwartungsvollen Gesprächen hing in der Luft, aber sehr gedämpft. Die Leute waren eher älteren Semesters und konservativ gekleidet, fast alle in Schlips und Anzug, manche sogar mit Weste und Fliege. In ähnlicher Umgebung in London hätte ich mich vielleicht wegen meines legeren Outfits geniert, aber hier konnte ich den internationalen Touristenbonus für mich in Anspruch nehmen. Außerdem hatte ich absolut keinen Zweifel, dass Oskar es mich hätte wissen lassen, wenn hier Krawattenzwang geherrscht hätte.

Vielleicht bildete ich mir das ja ein, aber trotz all der Mühen, den Anschein zu wahren, haftete der Menge etwas Schäbiges an. Viele der Herrenjacketts hatten Flicken an den Ellbogen, nach Art von Polytechnikumsdozenten, und ihre Manschetten und Hemdkrägen hatten etwas Müdes, Abgenutztes. Viele der Damenkleider glänzten an den exponierten Stellen mehr als anderswo. Und was den Kleidungsstil betraf – auch wenn ich mich da nicht so auskenne –, hatte man das seltsame Gefühl, in die Vergangenheit zu blicken, als ob das graue Geriesel am Ende einer alten Videokassette einen noch viel älteren Film darunter offenbart hätte, ein Narnia jenseits aller Erinnerung, aus einer Ära, als die Berliner Mauer noch stand und die Welt sich im beruhigenden Gleichgewicht des Schreckens befand.

Die schlurfenden Schuhe vor mir in der Schlange waren sicherlich billig, aus recyceltem Bakelit und verendeten Tennisbällen gefertigt, und in der Luft hing ein leicht bittermandelartiger Staubgeruch, mit einem Hauch von inkontinenter Sterblichkeit. Aber vielleicht war es auch nur die Umgebung, die auf die Menge abfärbte, so wie grelles Neonlicht jedes noch so geringe Anzeichen von Erschöpfung in einem Gesicht hervorhebt und es jeglicher Farbe beraubt? Wahrscheinlich hatte das reich gefältelte Rokoko-Dekor noch nie einen Staubwedel gesehen; die schweren roten Portieren sahen so aus, als verschwänden die Schatten in ihren Falten nicht, wenn man den Stoff auseinanderzog, und die Vergoldungen hatten Ekzeme. Konnte es sein, dass das Foyer eine Art von negativem Dorian-Gray-Einfluss auf die Besucher ausübte, durch den die Cherubim und Seraphim an der Decke jung blieben, indem sie alles, was frisch, jugendlich und stilvoll war, aus den Musikliebhabern dort unten heraussogen?

Meine Konzertkarte war in ein blau liniertes Blatt Papier eingeschlagen, vielleicht aus einem Schulheft. Ich faltete es mit einem Gefühl müder Vertrautheit auseinander, aber die Handschrift darauf war nicht die von Oskar; sie war tapsig und ungestüm wie ein überfreundlicher Hund.

Treffen wir uns nachher in der Bar!
Michael (Freund von Oskar!)

Na, von mir aus.

Wie war das Konzert? Das bin ich auch früher schon gefragt worden, wenn ich, selten genug, mal ein Konzert besucht habe, und dann wusste ich nie, was ich sagen sollte. Normalerweise würde ich einfach antworten: »Ach, ganz gut«, mit anderen Worten, niemand hatte sich so krass verspielt, dass es mir aufgefallen wäre, keiner im Publikum war Amok gelaufen und nichts hatte Feuer gefangen. Musik war erklungen, und ich hatte mich gelangweilt *bis unter die Haarwurzeln.*

Wie war das Konzert? Nicht unerträglich. Ich überraschte mich selbst damit, dass ich die Musik wiedererkannte. Alle klassische Musik ist natürlich halbwegs wiedererkennbar, nach dem Motto: Das kenn ich doch von dem Sowieso-Jingle. Aber ich wusste, dass ich *Der Tod und das Mädchen* schon mal gehört hatte, vielleicht in diesem Sigourney-Weaver-Film, und das mit der Forelle entpuppte sich als die Intro-Melodie einer BBC-Serie aus den Neunzigern, an die ich mich nur noch schemenhaft erinnerte. Auf diese Weise kulturell verankert – und erleichtert, dass ich keiner zweistündigen Experimentalmusiktortur ausgesetzt sein würde, die klang wie ein schreiendes Baby und eine über Pflastersteine schleifende Schaufel – konnte ich mich entspannt zurücklehnen. Um dann allerdings gleich über die psychologischen Voraussetzungen nachzugrübeln, die andere hier im Gegensatz zu mir besaßen und die sie befähigten, der Musik mit intensivem Genuss zu lauschen, während mein Genuss daran bestenfalls sporadisch blieb. Bei klassischer Musik lese ich am liebsten die Zeitung oder erledige irgendwas im Haushalt. Wenn ich gezwungen bin, einfach nur zuzuhören, frage ich mich gleich, was mir wohl alles entgeht, ob es an einer Fehlbildung der Knöchelchen in meinem Innenohr liegt, dass klassische Musik für mich wenig mehr darstellt als ein Hintergrundgeräusch, eine gediegene akustische Tapete. Gezwungen, zwei

Stunden lang auf diese Tapete zu starren, wanderten meine Gedanken unwillkürlich ab.

Da mir die Höhen des ästhetischen Genusses offenbar nicht zugänglich sind, ließ ich mich von körperlichen Empfindungen ablenken. Ich dachte an meine Beine und ob der Sitz bequem war. Ich fragte mich, ob die Höhlenmenschen wohl schon so gesessen hatten oder ob es eine Erfindung der Neuzeit war. Meine Beine waren wie mürrische Gäste, die ich auf das Konzert mitgeschleppt hatte und jetzt nicht enttäuschen wollte, doch meine Besorgtheit um sie stimmte sie nur noch ungnädiger. Nach und nach verengte mein Blickwinkel sich auf mikroskopische Probleme. Ich wurde von der Furcht befallen, ein halbes Dutzend Blutzellen hätten sich zusammengeklumpt und wanderten durch die Beingefäße, auf der Suche nach einer Lebensader, die sie verstopfen könnten. Plötzlich wurde mir bewusst, dass ich ein pulsierender Sack voller Blut war, angewiesen auf die reibungslose Kooperation von Abermillionen einzelner Zellen. Diese wimmelnden Werktätigen hatten bisher wenig Gelegenheit gehabt, ihre Beschwerden und Forderungen bei der Kontrollinstanz vorzubringen, da sie nur in Form von unklarem Unwohlsein wahrgenommen wurden, das ich meiner Hypochondrie oder meinem Katzenjammer zuschrieb oder einfach verdrängte. Aber jetzt marschierte vielleicht gerade eine wütende Delegation von Blutzellen eine Hauptarterie empor und trug eine verkrustete Masse ihrer abgestorbenen Brüder vor sich her, um diesen Klumpen aus Protest ins Großhirn zu rammen und den Produktionsprozess endgültig zum Erliegen zu bringen. Streik, Gehirnschlag, Ende.

Doch die Musik brach nicht plötzlich ab, wie ich befürchtet hatte, eine abrupte Stille, weil mein Leben vorbei war. (»Rebellierende Beine«, würde es nach der Untersuchung der

Todesursache heißen. »Es war das lange Sitzen. Das konnten sie nicht ausstehen.«) Nach kaum mehr als einer Stunde kam die Vorstellung zu ihrem natürlichen Abschluss. Die Musiker standen auf, um sich für den Applaus zu verbeugen, und ich versuchte, einen möglichen Michael unter ihnen zu erspähen. Sie wirkten sehr mit sich zufrieden. Ich erinnerte mich, wie Oskar nach Konzerten aussah – angespannte Wangen, der Mund wie ein Strich, katzenhaft verengte Augen. Eine Maske, ein starres, gezwungenes Lächeln, das sich in einen Ausdruck von Wut, Betrübnis oder Belustigung hätte verwandeln können, wenn die Spannung von ihm abfiel. Aber die Spannung fiel nicht von ihm ab, und das Lächeln schnappte nur übergangslos zurück zu seinem normalen Gesichtsausdruck, wie die Türen eines Fernsehschranks vor der leeren Mattscheibe zufielen.

Die Bar war nicht im gleichen Thromboserot gehalten wie das übrige Gebäude, sondern mit dunkelgrünen, in Prägedruck gemusterten Tapeten ausgestattet. Grüne Räume in Theatern sind grün, weil es die erholsamste Farbe für die vom Scheinwerferlicht gestressten Augen der Schauspieler ist. Dieser hier, ein großzügiger, hoher Raum, wirkte seltsam klaustrophobisch, weil die grüne Tapete sich über die Decke hinweg fortsetzte und diverse Stuckaturen überzog, die sich als Wülste und Beulen darunter abhoben. Von der auffälligsten Beule in der Mitte der Decke hing ein Kronleuchter aus der Sowjetzeit herab und verbreitete kaltes, unruhiges Licht, ein Triumph proletarischer Ästhetik und Elektrik über die bourgeoisen Konventionen von Schönheit und Sicherheit. Das windschiefe, rautenförmige Amalgam aus Metallstreben und vergilbten Stoffstreifen ähnelte einem Kinderdrachen, der an einem Hochspannungsmast hängen geblieben war, und hätte viel besser in das brutale Bauwerk auf der anderen Straßenseite gepasst. Inmitten der grünen Tapeten wirkte das Ding wie ein abstrakter Eiswürfel in einem Glas Crème de menthe.

Der Tresen dagegen war eine stilvolle Angelegenheit, ein langes, edel ausgestattetes Teakboot im Trockendock, bemannt von den bestgekleideten Leuten im Raum, mit großen, goldgerahmten Spiegeln im Hintergrund. Allerdings war die Thekenfläche durch ein Plastiklaminat verunstaltet, das sich stellenweise schon wellte und ablöste. Ich bestellte einen Gin Tonic, auf Englisch, einer Sprache, die der Barkeeper offensichtlich verstand. Ein Handy klingelte hinter mir, die Kasse, in der mein Geld verschwand, war neu. Der Westen, die Heimat, rückte auf einmal näher, als während meines ganzen bisherigen Aufenthalts hier, und war zugleich doch sehr weit weg. Mir kam es so vor, als wäre Oskars Wohnung eine Tauchkapsel in fernen Meerestiefen, und ich wäre nur kurz aufgetaucht, eine isolierte Luftblase in fremder Atmosphäre. Eine schreckliche Welle von Heimweh spülte über mich hinweg und ließ mich als Häuflein Elend zurück. Wie viel länger würde ich es hier noch aushalten müssen? Mindestens eine Woche, hatte Oskar gesagt, aber wohl eher zwei oder mehr. Im Moment schien mir sogar das Ende der ersten Woche unmöglich weit entfernt, ebenso wie der Anfang; die Zeit dehnte sich endlos in beide Richtungen. Ich fand einen Sitzplatz und nippte an meinem Drink. War ich vielleicht immer noch verkatert? Sicher würde der Gin mich beleben. Den Teufel mit dem Beelzebub austreiben, das war die Devise, um den Kater abzuwehren, das klumpende Blut mit einem Schuss Hochprozentigem verdünnen, damit die Dinge wieder in Bewegung kamen.

Einige der Konzertbesucher, Ehepaare zumeist, hatten sich an den Tischen niedergelassen, und am Tresen war eine Reihe von Männern in Zwei- und Dreiergrüppchen vor Anker gegangen, in jener leicht vorgebeugten Haltung, die anzeigte, dass sie dort zu verweilen gedachten, nicht bloß, um eine Erfrischung zu bestellen. Die Stimmung war heiter und gelöst, kommunikativ und selbstzufrieden, alles, was ich nicht war. Ich genierte mich als einsamer Trinker, auch wenn das in diesem Land kein seltener Anblick war. Es war ein Land von Einzelgängern, in dem man politische Gefangene lieber erschoss, weil man argwöhnte, sie würden sich in der Einzelhaft zu wohlfühlen. Die Zinkplatte des Tischchens, an dem ich saß, war voll kleiner Dellen, als hätte ein Lilliputaner-Erschießungskommando sie als Zielscheibe benutzt. Die Dellen im roséfarbenen Metall verzerrten mein gespiegeltes Gesicht, zogen meine Kinnlade in die Länge und ließen es so aussehen, als schwelle ein zweiter Kopf hinter dem meinen hervor …

Mein Name wurde genannt, klar und deutlich in meinem Rücken, und ich zuckte zusammen, wie ertappt.

Ich drehte mich um. Hinter mir stand ein langer Kerl, der Besitzer des zweiten Kopfes, den ich hinter meinem Spiegelbild hatte aufschwellen sehen. Dieser Kopf war eiförmig, mit vorzeitig schütterem hellblondem Haar, das sorgfältig über die rosa durchschimmernde Kopfhaut gekämmt war. Die hohe Stirn dominierte die übrigen, kindlich-rosa Gesichtszüge, die ein freundliches Lächeln zeigten. Weiter südlich trug er eine schwarze Smokingjacke und ein weißes Hemd mit offenem Kragen, aus dem ein enormer Hals herausragte, schweißbedeckt wie ein Pferdehals.

»Haha!«, tönte es von oben. »Ich hab dich erschreckt!«

»Aber hallo«, sagte ich und wand mich von meinem Stuhl hoch, mit der lockeren Eleganz einer neugeborenen Giraffe.

»Ich bin Michael«, sagte der Eierkopf mit deutsch klingendem Akzent. Sein Lächeln wurde noch breiter und offenbarte eine Zahnreihe von amerikanischer Strahlkraft. Er streckte die Hand aus, und ich schüttelte sie.

»Möchtest du was trinken?« Ich deutete auf mein Glas, für den Fall, dass ihm das Konzept nicht geläufig war.

»Aber klar«, nickte Michael enthusiastisch, bevor seine Miene sich verdüsterte. Er warf einen finsteren Blick zum Tresen hinüber. »Aber nicht hier.«

»Okay.« Ich war im Begriff gewesen, mich wieder zu setzen, und stand stattdessen wieder auf.

Michael zeigte mit einer schnellen Handbewegung auf mein Glas. »Trink aus, trink aus.«

Ich langte nach meinem Drink und kippte ihn in einem Zug. Das Eis schmerzte an den Zähnen.

»Wie viel Geld hast du dabei?«, fragte Michael.

»Ungefähr hundert Euro.«

»Okay. Wir können mehr holen.«

»Okay«, sagte ich zerstreut, während ich die Jacke anzog. »Äh, *was?*«

Hinaus also, durch die Schleuse des Foyers, hinaus auf die regennasse Straße.

»Er schuldet mir Geld«, sagte Michael, »und es ist ihm – wie sagt man? – scheißegal. Ja, ist wirklich scheiße von ihm, wie egal ihm das ist, er scheißt drauf, sagt man das so?«

Dieser Monolog blubberte vor sich hin, seit wir die Bar verlassen hatten, aber da Michael mit langen Schritten vor mir herhastete, bekam ich nicht viel davon mit.

»Wer?«, fragte ich.

»Wer? Victor!« Auf dem Weg über den großen Platz kamen wir gerade an der Kirche vorbei. »Er schuldet mir Geld, und er ist so scheiße drauf, also trinke ich da nichts mehr. Ich will ihn nicht mehr sehen. Kein Geld mehr für den Scheißkerl!«

»Der Barkeeper«, füllte ich meine Wissenslücke selber.

Zu meiner Erleichterung blieb Michael am Rand der Allee stehen – ich hatte schon befürchtet, er würde sich mitten ins Verkehrsgetümmel stürzen, so blindwütig, wie er vor mir hergehetzt war.

»Klar, der Barmann.« Michael sah mich an, als wäre ich schwer von Begriff. »Von der Bar, Mann. Stopp jetzt mal!«

Ich wusste nicht, was er wollte, ich stand doch schon brav am Bordstein – aber der Ausruf war offenbar nicht an mich gerichtet, sondern an den Verkehrsstrom. Es war nach neun, die Stoßzeit war längst vorbei, und die Autofahrer konnten die triumphalen Schneisen durch die Stadt jetzt schön zum Rasen nutzen. Überhaupt schien mir der Abend mehr und mehr an Tempo zuzulegen, auch wenn ich mich viel lieber nur ausgeruht hätte. Einen Wildfremden in einer fremden Stadt treffen zu müssen, war schon stressig genug, doch anstatt bei einem bescheidenen Imbiss ein bisschen steife Konversation zu machen, schleppte dieser abgedrehte Typ mich hier wer weiß wohin.

»STOOOPP!«, brüllte Michael noch mal. Die Stadt hörte nicht hin. Unbeirrt rauschte der Verkehr vorbei, die Reifen zischten über den Asphalt und wirbelten feuchten Dunst auf. Auf der anderen Seite der Allee strömte das Wasser an verschiedenen Vorsprüngen des Betonmonsters herab, wo die Regenrinnen und Traufen versagten. Ich wunderte mich, dass es sich nicht schon völlig aufgelöst hatte wie ein grauer Zuckerwürfel. Endlich sprang die Ampel um, und der Verkehr kam zum Stehen.

»Interessantes Gebäude«, sagte ich, als wir dem brutalen Klotz näher kamen.

»Scheußlich!« Michael wedelte mit dem Arm, als wollte er den Anblick verscheuchen. »Ein Geschenk der sowjetischen

Waffenbrüder. Sie haben es auf dem Friedhof der Kirche errichtet. Auf den Körpern der Toten! Aber die Toten, die haben sich gerächt. Es ist zu schwer. Es sinkt ab.« Er blieb so abrupt stehen, dass ich fast gegen ihn stieß. »Risse im Boden«, sagte er mit gruseliger Grimasse. »Man riecht den Tod.«

Unvermutet fühlte ich mich zu Michael hingezogen. Er wurde mir sympathisch. Mit ihm versprach der Abend noch einiges an Überraschungen zu bieten.

»Wo gehen wir überhaupt hin?«, fragte ich.

»Um die Ecke«, sagte er.

Die Bar war eine Backsteingruft im Tiefparterre, aber trotzdem trocken und nicht zu stickig. Sie war angefüllt mit kakofonischem Jazz aus einem stotternden CD-Spieler, Stimmenlärm und Zigarettenqualm. Die Beleuchtung war gelblich-schummrig und durch den Rauch vernebelt, sodass man sich schon wieder wie in einer Taucherglocke vorkam. Wir saßen in einer Nische mit Kuppeldecke, und der Kellner brachte auf ein Handzeichen meines Begleiters hin eine Flasche Wein. Geld wurde ihm keines ausgehändigt, auch kein Preis genannt. Der Gedanke, dass Michael hundert Euro als unzureichend für die Abendgestaltung anzusehen schien, nagte an mir. Sollte ich für ihn mitzahlen? Betrachtete er sich als eingeladen? Ich ärgerte mich über meine Kleinlichkeit.

»Also, Freund von Oskar«, sagte Michael und goss die Gläser voll. Es irritierte mich, dass er mich nicht beim Namen nannte. »Erzähl mir von dir.«

»Ich bin Schriftsteller«, sagte ich.

»Aha! Du schreibst Bücher?«, erkundigte er sich eifrig.

»Ähm, n-nicht direkt«, sagte ich. Gespräche, die sich nach diesem Muster entwickelten, konnte ich nicht leiden. »Ich verfasse Broschüren, Pressemitteilungen, so was in der Art.«

Michael runzelte die Stirn. Er besaß eine ausdrucksvolle Stirn, die selbst dann noch aufgefallen wäre, wenn er volleres Haar gehabt hätte. »Was sind Broschüren?«

»Ähm … so was wie kleine Bücher.«

»Kurzgeschichten?«

»Nein! Nein, so … Infotexte, acht bis zwölf Seiten, für die Kommunalverwaltung.«

Ein Freudestrahlen ging über seine beweglichen Züge. »Aha-ha! Pamphlete! Politisch, wie? Jonathan Swift, Tom Paine …«

»Nein, nein«, wehrte ich genervt ab. »Broschüren … über Recycling und Umweltschutz und Lärmschutz und den besten Zahlungsmodus für die Gemeindeabgaben und wie man die Gemeindevertreter wählt … all so was halt.«

»Das macht man als Schriftsteller?«

»Na ja, man kann es auch Texter nennen.«

»Wie Werbetexter?«

»Nein, das kann man schlecht vergleichen, diese Broschüren enthalten alle dieselbe Sorte von Texten, ganz egal, um was es geht, immer das öde, eintönige Blabla, und online ist es noch schlimmer. Da ist man dann nur noch Textbausteinverwalter.«

»Verstehe«, lächelte Michael. »Das nennt man also Schreiben heutzutage. Dann wäre ich auch kein Musiker mehr, sondern ein Lärmorganisierer, ja?«

Ich lachte und hob das Glas. »Auf die Lärmorganisation!«

Michael stieß mit mir an, wir tranken, und er schenkte uns nach. »Das Konzert war gut«, sagte ich.

»Uff.« Michael rümpfte die Nase. »Manches davon … ich trinke, um zu vergessen.« Er leerte sein Glas mit erstaunlicher Geschwindigkeit, füllte es wieder auf und goss mein immer noch gut gefülltes bis zum Rand voll.

»Also, mir hat's gefallen.«

»Wenn wir spielen, imitieren wir die Toten«, sagte Michael. Er hatte sich mit überraschender Geschwindigkeit verdüstert. Die Schnelligkeit seiner Stimmungsschwankungen erinnerte mich an Oskar. »Lärmorganisation nach Art der Toten.«

Ich beschloss, nicht weiter darauf einzugehen. Das englische Konversationsmodell – in dem der Tod entweder nicht existiert oder höchstens als begrenztes Phänomen, das nur abwesende Dritte betrifft – war meiner Meinung nach bei Weitem vorzuziehen. »Wie ist es denn so, mit Oskar zu arbeiten?«, fragte ich mit einer, wie ich hoffte, mephistophelischen Miene. Ich trank einen großen Schluck von meinem Wein, um mit Michael Schritt zu halten und nicht als verweichlichter Westler dazustehen.

»Wie es ist, mit Oskar zu arbeiten?« Michael hellte sich merklich auf. »Haha! Und mit Oskar befreundet zu sein? Ich mag Oskar. Oskar ist fantastisch, er … ist ein Genie … Gut, dass er nach Los Angeles geht, das ist der richtige Horizont für ihn, da wird er berühmt werden.«

»Er ist doch nur für zwei Wochen dort«, sagte ich. »Für die Scheidung.«

»Ach ja, die Scheidung … Hast du sie mal kennengelernt?«

»Laura? Ja.«

Michael rümpfte schon wieder die Nase. »Und wie fandest du sie?«

Seiner Miene nach zu urteilen, konnte ich ruhig mit der Wahrheit herausrücken. »Ich mochte sie nicht.«

»Genau!« Michael strahlte. »Mein Gott, was für eine *Zimtzicke*, was?«

Er sagte das mit so genüsslicher Betonung, dass ich lachen musste. »Ah, ha, allerdings.«

»Sie kam hierher und hat alles runtergemacht, das Essen,

den Wein« – er tippte an die Flasche –, »immerhin haben wir italienischen, und französischen haben wir auch! Wir leben nicht mehr im Kommunismus! Wir haben australischen Wein, wir haben sogar« – jetzt wurde sein Tonfall wahrhaft ätzend – »kalifornischen Fruchtsaft, Château Minute Maid, Cuvée 7Up! Aber für sie war nichts gut genug, sie fand die Stadt schmutzig und die Leute unfreundlich.«

Allmählich bekam ich ein schlechtes Gewissen wegen meiner Einstellung zu Oskars Heimat, aber wenigstens hatte ich sie für mich behalten. Laura hatte Großbritannien ja schon als rückständigen, anarchistischen Sumpf bezeichnet, kaum auszudenken, was sie erst von diesem Ort hier gehalten haben musste.

»Ich konnte sie nicht leiden«, sagte Michael, »aber Oskar, den mag ich, und ich arbeite gern mit ihm. Bist du ein alter Freund von Oskar? Weil, manchmal denke ich, wir alle arbeiten mit Oskar. Wir sind alle seine Mitarbeiter. Sein Leben und seine Arbeit sind eins. Er macht einen sehr guten Job, er ist sehr effizient und erfolgreich. Verstehst du, er geht nicht abends von seinem Job nach Hause, er arbeitet auch, wenn er schläft.«

»Verstehe.« Mit Schrecken bemerkte ich, dass mein Glas schon wieder halb leer war. Das Schlimme daran war, dass Michael es auch bemerkt hatte und bereits wieder nach der Flasche griff, deren Pegel schon stark gesunken war. Doch plötzlich fiel der Schrecken vollkommen von mir ab, und ich fühlte mich … gut. Ich fühlte mich warm und entspannt. Die Atmosphäre in der Bar gefiel mir, sie umgab mich mit Geborgenheit. Der Rauch und der Lärm waren anheimelnd. Die Musik klang angenehm dekadent, mit Akkordeon und Klarinette und einem Gefühl von unausweichlichem Weltuntergang, der aber nicht allzu wichtig war. Hier kam ich mir vor, als könnte ich ein Dichter oder ein Intellektueller sein, der sich mit einem befreundeten Musiker eine Flasche teilte.

»Wie ist es denn so, Oskars Freund zu sein?«, warf Michael mir meine Frage spielerisch zurück.

»Ich hab ihn in letzter Zeit nicht mehr oft getroffen, seit er wieder hier lebt«, sagte ich. »Nur wenn er nach London kam. Aber ich kenne ihn von der Uni her. Früher waren wir oft zusammen.«

»Wieso magst du ihn?«, wollte Michael wissen. Zunächst klang die Frage ganz simpel. Ich setzte zu einer Antwort an, aber auf einmal verlor ich sie aus den Augen. Alles, was zurückblieb, war ein unentwirrbares Knäuel aus widersprüchlichen Gefühlen. Dann fiel mir ein, dass ich etwas sagen musste, irgendwas, um die peinliche Pause zu überbrücken.

»Na ja …« Ich gab mir einen Ruck. »Wieso mag man jemanden? Ich mag ihn, weil er so anders ist als ich … so intelligent und so treu – nein, nicht treu, das klingt, als ob er ein Hund wäre. Was ich meine, ist: Ich mag es, dass er mich mag, obwohl es eigentlich keinen rechten Grund dafür gibt, soweit ich sehe. Weißt du, er gibt mir das Gefühl, liebenswert zu sein. Und vielleicht geht es ihm mit mir genauso. Ich glaube, gegenseitige Anerkennung ist eine wichtige Komponente jeder Freundschaft, ich meine, man sucht sich seine Freunde ja nicht wirklich aus, es gibt wahrscheinlich gute Gründe dafür, dass man befreundet ist, aber sie sind einem nie so ganz bewusst. Man kann jemanden auch mögen, ohne zu wissen, warum.« *Wie dich, zum Beispiel,* setzte ich im Stillen hinzu. *Ich mag dich, Michael, keine Ahnung, wieso.*

Ich verstummte, besorgt, ich könnte ins Schwafeln geraten sein. Michael schien über meine Worte nachzudenken. Vielleicht hatte er auch einfach nicht richtig zugehört und wollte es sich nicht anmerken lassen. Ich trank zügig von meinem

Wein, der ein bisschen herb war, mir aber mit jedem Schluck besser schmeckte.

»Warum glaubst du, dass er dich mag?«, fragte Michael.

»Vielleicht tut er das ja gar nicht.« Mich selbst infrage zu stellen, schien mir der schnellste Weg, diese leicht beklemmende Analysesitzung zu beenden. *Leider ist unsere Zeit schon wieder abgelaufen …*

»Natürlich mag er dich«, sagte Michael mit Nachdruck. »Du bist ja schließlich hier, nicht? Er hat dir seine Wohnung überlassen.«

Da hatte er recht. Ich zuckte die Achseln. »Nur in seiner Abwesenheit. Auf meine Gesellschaft legt er keinen besonderen Wert.«

»Gut, aber du bist hier«, beharrte Michael. Ich fing wieder an, mich unbehaglich zu fühlen, nicht bedroht oder unter Druck, nur irgendwie aus der Wohlfühlzone gerutscht. Das störte mich aber nicht weiter. »Du hast ganz bestimmt Qualitäten«, fuhr Michael fort, »sonst hätte er dir seine Wohnung nicht anvertraut.«

Und man sieht ja, was er davon hat, dachte ich. In gewisser Weise war ich schon dabei, meine Freundschaft mit Oskar vorsorglich zu beenden. Ich wusste, dass es Ärger geben würde wegen des Bodens, wegen des Sofas, wegen der Katzen, und ich war mir ziemlich sicher, dass es sich negativ auf unsere Beziehung auswirken und sie für immer verändern würde. Im Prinzip war unsere Freundschaft noch völlig intakt, und Oskar hatte noch die gleiche Einstellung zu mir wie eh und je. Aber meine Einstellung zu ihm war nicht mehr die gleiche, seit ich in seiner Wohnung hauste, und es würde unausweichlich eine Zeit kommen, da er die Folgen meiner Anwesenheit gewahrte und von mir enttäuscht sein würde. Unsere Freundschaft war ein totes Ding, das noch atmete. Sie war wie Schrödingers Katze in dem Kasten, weder tot noch lebendig. Doch wenn Oskar die Tür zu seiner Wohnung öffnete, würde die Welle sich überschlagen, und alles würde zu Ende sein. Ich war mir da ganz sicher, und die Sicherheit war befreiend.

»Wir haben als Studenten zusammen in einer WG gewohnt«, sagte ich. »Er kennt meine Gewohnheiten.«

»WG?« Michaels Stirn zog sich in Falten.

»Ja, Wohngemeinschaft, enge Buden, alle dicht an dicht.«

Michael hörte gar nicht zu. Er winkte dem Kellner und deutete auf unsere fast leere Flasche. Ich erschrak. Noch eine Flasche? Mein Begleiter hatte schon weit mehr intus als ich, selbst wenn man den Gin in der Bar vorhin mitzählte, aber mit jedem Glas, das er trank, wirkte er entschiedener und artikulierter. Ich dagegen fühlte mich immer beduselter und zu langatmigem Gebrabbel aufgelegt. Ein immer schneller bröckelnder Damm hielt eine Flut von Peinlichkeiten und Fauxpas zurück. Immerhin war der Kater endlich verschwunden, und ich wurde lockerer.

»Wie ist es denn nun, mit Oskar zu arbeiten?«, fragte ich noch mal. Ich hatte nicht vor, den ganzen Abend nur uber unseren gemeinsamen Freund zu reden, aber es war eine einmalige Gelegenheit, mehr über die so sorgfältig im Verborgenen gehaltene Existenz meines abwesenden Gastgebers herauszufinden. Außerdem wollte ich das Gespräch gerne von mir ablenken.

»Er ist natürlich sehr anspruchsvoll. Alles muss immer perfekt sein. Wenn etwas schiefgeht, kann er sehr wütend werden. Unheimlich wütend. Aber wenn es gut geht … alles bestens. Du kennst die *Variationen über Trambahnfahrpläne?*«

Ich nickte, im Stillen dankbar, dass ich meine Trägheit überwunden und mir gestern die CD angehört hatte.

»Eine erstaunliche Partitur«, schwärmte Michael. »Sie muss

mit höchster Präzision ausgeführt werden, sonst ist der Effekt ruiniert. Das ist Oskars Methode, die Leute dazu zu bringen, dass sie so spielen wie er. Man muss es auf seine Art machen, verstehst du? Wie eine Tram muss seine Musik auf festgelegten Gleisen wiedergegeben werden. Wenn eine Tram verspätet ist, hält sie alle anderen auf, und wenn sie entgleist, ist es ein Desaster, und so gibt es auch in seiner Musik keinen Raum für Improvisation und schon gar nicht für – wie sagt man? – Schlamper?«

»Schlamperei«, sagte ich. »Er hat mir erzählt, dass er an etwas Neuem arbeitet, ähm, ›Dewey‹?«

»Ja, haha, dieser Oskar, nie zufrieden, immer will er mehr. Eine Symphonie nach dem Dewey-Dezimalsystem.«

»Was?« Ich musste grinsen. »Eine Symphonie, die auf Deweys Dezimalsystem beruht?«

»Genau.«

»Das Bibliotheken-Katalogisierungssystem?«

»Ja. Was gibt es da zu grinsen? Das ist kein Witz.«

»Kommt mir nur komisch vor, dass man da eine Symphonie drüber schreiben kann.«

Michael schüttelte den Kopf, lächelte nachsichtig über meine Naivität. »Das siehst du falsch. Es ist ein System zur Organisation von allem Wissen der Menschheit. Jedes Wissensgebiet hat seine Nummer, seinen festen Platz: 200 ist die Abteilung Religion, 220 die Bibel, 222 die Genesis, 228 die Offenbarung und die Apokalypse. 500 ist die Abteilung Naturwissenschaften, 520 die Astronomie, 550 die Geowissenschaften, 551 die Geologie, 570 die Biologie und 576 die Genetik und die Evolution. Alpha bis Omega, ein logisches System ohne Widersprüche, in Zehnerschritten. Das Dewey-System ordnet alles. Die ideale Muse für Oskar. Er wird die Welt in Ordnung bringen. Eine Symphonie, die alles umfasst. Eine große Symphonie der Einigung.«

Michaels Lächeln hatte mittlerweile etwas Messianisches. Er kam mir nicht unbedingt wie jemand vor, der Oskars fanatische Ordnungsliebe teilte, doch er wirkte überaus beeindruckt von dem Anspruch, der in der Dewey-Symphonie zutage trat. Der Traum war der von Oskar, aber Michael war offensichtlich zu seinem Apostel geworden. Die Welt, in heimelige Zehnerstufen eingeteilt. Auf den ersten Blick wirkte diese vereinheitlichende Vision großzügig und harmonisch, doch es gab auch eine dunklere Seite, denn die Möglichkeit eines Denkens außerhalb des Systems war darin nicht vorgesehen. Das System erzwang Konformität. Üble Ideen hatten in den Bierkellern Mitteleuropas ihren Ausgang genommen, sehr üble Ideen. Das Erdreich um uns her war vollgepackt mit kalten Knochen.

»Verstehst du?«, hakte Michael nach. Ich hatte eine Weile schweigend in meinen Wein gestarrt. Jetzt hob ich den Kopf und begegnete seinem Blick.

»Ja, es ist wirklich sehr clever.« Ich zwang mich zu einem Lächeln, von dem ich hoffte, dass es nicht gezwungen wirkte. Mein Lob klang schon halbherzig genug. Immerhin *war* es ja eine gescheite Idee. Ich fragte mich, wo Oskar wohl darauf gekommen war. Sicher in einer Bibliothek. Aber die reine Inspiration schien mir zu spontan für Oskar, zu ungeplant. Vielleicht hatte er die Idee schon immer gehabt, wie alle seine Gedanken, schön durchnummeriert, und hatte nur auf den richtigen Moment gewartet, mit dieser Nummer herauszurücken. Er war schon mit einem vorinstallierten Gedankeninventar zur Welt gekommen, wie ein gut sortierter Karteikasten, und zog dann, je nach Gelegenheit, die passenden Karten heraus. Manchmal wirkte jede Aktion, jede Errungenschaft, jede Beziehung von Oskar wie ein Ornament, das mit Bedacht an strategischen Punkten der Aufwärtsspirale seines Lebens platziert war. Ausbildung, Karriere, Ehe …

»Aber irgendwie versagt er ja auch in seinem Job«, merkte ich an.

»Wer?«, wunderte sich Michael. »Oskar?«

»Ja, Oskar. Hast du nicht gesagt, er organisiert sein Leben wie einen Job? Und ich finde, das stimmt, bei ihm läuft alles wie nach Fahrplan. Aber in letzter Zeit ist was schiefgelaufen, er hat die falsche Person eingestellt, und nun wirft er sie raus.«

Michael, der mir stirnrunzelnd zugehört hatte, lachte laut auf. »Sch-schon wahr«, prustete er und lief plötzlich feuerrot an. »Nur dass *sie* wohl *ihn* rauswirft.«

»Ja, kann sein«, nickte ich. Die genaueren Umstände der Scheidung waren mir nicht bekannt, doch Oskar schien mir deutlich in der Defensive. Die Scheidung war in Kalifornien eingereicht worden, was darauf hinwies, dass sie von *ihr* ausging. Oder musste man sich grundsätzlich in dem Land scheiden lassen, in dem man getraut worden war? »Sieht ganz so aus, als ob sie ihn loswerden will. Aber war er nicht doch der Chef in der Beziehung?«

»Wahrscheinlich. Was macht man in England, wenn der Arbeitgeber unfair zu einem war und man Geld von ihm einfordern will?«

»Man zitiert ihn vors Arbeitsgericht«, sagte ich.

Michael, noch immer hochrot im Gesicht, wollte sich ausschütten vor lautlosem Lachen. Er schnappte nach Luft und keuchte: »Vors Arbeitsgericht … wegen sexueller Belästigung!«

Ich stimmte in sein Lachen mit ein, aus reinem Spaß an der Albernheit.

Michael fing sich wieder. »Weißt du, warum sie sich wirklich scheiden lassen?«

»Tja …« Ich wusste nur, was Oskar mir an jenem schrecklichen Nachmittag damals im Pub erzählt hatte. »Es war zu schwierig mit der Fernbeziehung, er hier, sie in Kalifornien. Sie hockten dauernd im Flugzeug, und wenn sie zusammen waren, haben sie sich nur noch gestritten. Ihr gefiel es hier nicht, und ihm gefiel es vielleicht auch nicht besonders in Kalifornien. Das weißt du wohl besser als ich.«

»Ihm gefiel es nicht«, sagte Michael, »seine Arbeit ständig unterbrechen zu müssen. Er fühlte sich wohler, wenn die Ehefrau nicht da war. Wenn sie herkam oder er zu ihr fuhr, war er die Woche davor und danach schon gestresst. Die restliche Zeit existierte sie nicht für ihn, man konnte ganz vergessen, dass er verheiratet war. Und es wurde schlimmer und schlimmer, man konnte sich kaum mehr entsinnen, dass sie auch mal glücklich zusammen waren.«

»Stimmt«, warf ich ein. »Als ich sie damals in London sah, kamen sie mir eher glücklich vor.«

»Vielleicht hätten sie in London bleiben sollen«, meinte Michael. »Oskar mochte es zwar nicht so sehr, aber ihr hätte es vielleicht gefallen.«

»Sie mochte es auch nicht besonders«, sagte ich. »Aber dort wären sie wenigstens beide gleich unglücklich gewesen – ein guter Kompromiss. Ein ausgewogenes Opfer.«

»Ich glaube nicht, dass Oskar gern so ein Opfer gebracht hätte«, meinte Michael. »Er sah nämlich schon alles, sein ganzes Leben, als Opfer an die Musik.«

»Und die Ehefrau schien mir auch nicht gerade ein Muster an Selbstverleugnung zu sein«, warf ich ein.

»Aber du hast ganz recht«, sagte Michael. »Sein Plan ist schiefgegangen. Das muss verdammt schwer für ihn sein.«

»Sehr wahr«, nickte ich. Sicher ist es immer schwierig, wenn eine Ehe zerbricht, aber so jemanden wie Oskar musste es besonders treffen, wenn ein Teil seines Lebens außer Kontrolle geriet, denn es bedrohte die Sicherheit, die in seinem Leben einen so großen Stellenwert einzunehmen schien. Überhaupt zu heiraten, musste für ihn eine große emotionale Investition gewesen sein. Er hatte sich auf nie gekannte Weise einem anderen Menschen öffnen müssen – und nun war die Investition fehlgeschlagen. Meinen Vorurteilen über Oskar mochte es entgegenkommen, ihn als rein kopfgesteuerten Zeitgenossen zu sehen, dessen Ehe auf einer kühl kalkulierten Kosten-Nutzen-Analyse basierte, aber schließlich war er doch auch ein Mensch, der unglücklich war. Ich schämte mich fast ein bisschen, dass mir das nicht eher bewusst geworden war. Betroffenheit und Mitgefühl wallten in mir auf, und ich spürte, wie mir die Tränen in die Augen stiegen. Aber dann fiel mir ein, wie viel ich getrunken hatte, mittlerweile schon eine ganze Flasche, den Gin vorher nicht mitgerechnet; offenbar war ich jetzt im gefühlsduseligen Stadium der Trunkenheit angelangt. Um einen klareren Kopf zu bekommen, stand ich auf und ging erst einmal zur Toilette.

Die Klos stanken fürchterlich, das Ganze auch noch untermalt vom beißenden Dunst billiger Putzmittel, der in Augen und Nase zwickte und sich als pelziger Belag in die Kehle schlich. In der einzigen Kabine war ein Pärchen lautstark zugange, inmitten der Ammoniak- und Chlorgase, wahrscheinlich schon vollkommen abgedreht. Graffiti bedeckten sämtliche Wände, von vergilbten Zeitungsfotos durchsetzt, die auf die nackten Ziegel geklebt waren, meist Bilder von Mädchen, Starlets, in seltsam fetischistischer Aufmachung, Gummianzügen, Gasmasken. Die Krakeleien drum herum waren unverständlich bis auf die pfeildurchbohrten Herzen und die Initialien englischer Fußballclubs, die Hakenkreuze, Hammer und Sichel und FUCK ISLAM-Parolen, die wiederum von Gegenparolen wie FUCK THIS SHIT durchkreuzt waren. Stellenweise war die Kruste aus abgeblätterten Plakaten so dick, dass man nichts mehr von den Ziegeln sah, die sich als konkave Kuppel über die gruftartige Decke des Raums erstreckten. Auch dort gingen die Graffiti noch weiter, in Form von Schmauchstreifen aus Feuerzeugen.

Ich hielt die Hände unter den kalten Wasserstrahl aus dem Hahn am schmutzigen Waschbecken und fühlte mich allmählich etwas weniger benebelt. Doch auf dem Weg zum Tisch zurück hatte ich immer noch Schlagseite. Ich kam mir merkwürdig abgehoben vor, als wäre ich eigentlich woanders und steuerte meinen Körper mit einer wenig funktionstüchtigen Fernbedienung. Ich fürchtete mich übertrieben davor, mit anderen Betrunkenen zusammenzustoßen und verprügelt zu werden, obwohl das alles andere als wahrscheinlich erschien, denn die Atmosphäre im Lokal war zwar immer noch stickig von Rauchschwaden und menschlichen Ausdünstungen, aber auf lärmende Weise kumpelhaft.

Michael hatte inzwischen eine weitere Flasche bestellt, unsere dritte.

»Das muss aber die letzte bleiben«, sagte ich lahm.

»Jaja«, strahlte Michael. »Die letzte hier. Dann gehen wir woanders hin.«

»Ich weiß nicht ...« Verzweifelt versuchte ich, einen Kompromiss zu finden. Einen Moment lang erwog ich sogar, Michael auf einen Absacker in Oskars Wohnung einzuladen – dann hätte ich mich in Ruhe aufs Ohr hauen können. Aber wer weiß, was zwei dermaßen Betrunkene in der Wohnung hätten anrichten können. Besser, wir blieben draußen, dann konnten wenigstens keine Unfälle passieren.

»Wir gehen tanzen«, erklärte Michael. »Tanzt du gern?« Er rutschte auf seinem Sitz hin und her und mimte einen Boogiewoogie.

»Klar«, sagte ich. Wenn wir in einen Club gingen, würde

man nicht mehr so viel trinken müssen, und vielleicht könnte ich mich dann unauffällig verdrücken. Ich konnte Clubs nicht ausstehen, hatte seit zehn Jahren schon keinen mehr betreten. Aber schließlich wollten wir heute Abend ja mal einen draufmachen, und wenn ich mich ein bisschen gehen ließ, würde es vielleicht sogar Spaß machen.

Michael beugte sich zu mir vor. Er blickte ernst drein, fast streng. Ich blinzelte irritiert und fürchtete plötzlich, mein Gesicht könnte vom Wein und von der Hitze rot angelaufen sein.

»Weißt du«, sagte der Musiker, »Oskar hatte erst *mich* gebeten, auf seine Katzen aufzupassen.«

»Ach ja?« Ich fragte mich, ob Michael etwa gekränkt war, meinetwegen übergangen worden zu sein. Er konnte mich doch wohl kaum dafür verantwortlich machen?

»Ja. Ich hätte sie mit zu mir genommen. Das wär kein Problem, ich hab einen kleinen Garten. Wir haben es früher schon mal so gemacht, und Oskar war ganz zufrieden.«

Er war offensichtlich genauso betrunken wie ich, und ich fürchtete, es würde nun in Groll und Bitterkeit ausarten.

»Oskar hat mir gar nichts davon erzählt. Er hat mir bloß vorgeschlagen, für ein paar Wochen herzukommen, und ich hatte sowieso Urlaub, und so …« Ich wusste nicht, wie ich den Satz beenden sollte. »Ich wollte dadurch weder dich noch sonst jemanden kränken.«

Michael schaute verdutzt, doch seine verwirrte Miene wich bald einem unbefangenen Lächeln.

»Ach, ich bin nicht gekränkt«, sagte er. »Es macht ja auch Mühe, weißt du. Ich bin froh, dass es mir erspart bleibt. Aber es ist doch komisch, findest du nicht? Die Katzen sind das Einzige, um das man sich jeden Tag kümmern muss, und ich bin immer bereit, für die haarigen kleinen Viecher zu sorgen. Ich mag sie. Ohne sie kann der Wohnung nichts passieren, es gibt ja eine Hausmeisterin … Und trotzdem lässt er dich extra aus London anreisen, um bei ihm zu wohnen. Wieso?«

»Keine Ahnung.« Meine Kehle fühlte sich wie ausgedörrt an, und ich trank einen Schluck Wein. »Die Hausmeisterin hab ich schon gesehen. Sie kommt putzen.«

»Vielleicht traut er ihr nicht«, meinte Michael. »Die klauen manchmal. Aber ich hätte ja auch öfter vorbeikommen können, oder andere Freunde vom Orchester … Irgendwie ist es doch ein Rätsel, nicht?«

»Ja, schon irgendwie komisch«, stimmte ich zu.

»Also muss er dir wohl vertrauen. Seine kostbare Wohnung!«

Wein war vor mir auf die Tischplatte gekleckert. Ich tunkte den Finger in die Pfütze und zog eine Linie bis zur nächsten. Punkte verbinden. Zusammenhänge herstellen.

»Ich habe Wein verschüttet«, sagte ich schnell, überrumpelte mich selbst. »Auf dem Boden. Oskars Boden. Nicht viel, weniger als das da, aber ich hab's nicht rechtzeitig weggewischt, und es hat einen kleinen Fleck hinterlassen.«

Michael riss die Augen auf. Er grinste schadenfroh, was mich ärgerte. »Ha!«, sagte er. »Das wird Oskar aber nicht gefallen.«

»Vielleicht merkt er es ja gar nicht.«

»Kann sein.« Michael wirkte nicht überzeugt.

»Die Putzfrau hat den Fleck gesehen, glaube ich.«

»Dann wird sie's ihm sagen«, entschied Michael. »Sie wird sichergehen wollen, dass er nicht glaubt, sie wäre es gewesen. Die sind alle so. Im Kommunismus waren die Hausmeisterinnen alle Spitzel. Die schwärzten dich bei der Polizei an, wenn ihnen deine Nase nicht passte, und dann *pffft!* Weg warst du. Sie können mietfrei wohnen, kriegen aber kaum was bezahlt, und konnten sich durch Schmiergeld und Belohnungen was dazuverdienen …«

Sein Blick verlor sich irgendwo an der Ziegelkuppel der gruftartigen Kaschemme. »Wahrscheinlich vermissen sie die alten Zeiten.« Mit leisem Schaudern griff er nach der Flasche und füllte unsere Gläser auf.

Später, nachdem die dritte Flasche auch geleert war, standen wir wieder auf der Straße. Es regnete nicht mehr, doch die Straßenlaternen spiegelten sich in überbordenden Rinnsteinen. Die meisten Fenster waren dunkel. Die großen alten Stadtpaläste schliefen. Ich wusste nicht, wie spät es war, aber sicher nach Mitternacht. Wir liefen in Richtung Stadtzentrum, immer weiter weg von Oskars Wohnung, und Michael sang halblaut vor sich hin. Der Verkehr war abgeflaut bis auf einen gelegentlich durch die Nässe vorbeizischenden Wagen, dessen rote Rücklichter bald in der Ferne zerrannen. Trambahnen waren keine zu sehen, nur kleine Grüppchen von Regenmänteln im kalten Licht der Haltestellen, stumme Wachposten an strategischen Punkten. Als wir aus der Kneipe kamen, war ich auf eine lose Steinplatte getreten, unter der sich das Wasser gesammelt hatte wie eine flüssige Tellermine, und es schwappte mir eiskalt und matschig in den Schuh. Normalerweise hätte so ein Missgeschick mir gründlich die Laune verdorben, aber stattdessen fühlte ich mich unsinnig glücklich. Ich hatte den Durchbruch geschafft, neuen Atem gewonnen. Oskar war ein prima Kerl, das mit dem Boden würde ihm nichts ausmachen, alles würde gut werden – auch wenn das Kippen der Steinplatte, die plötzliche Nässe, mich momentan aus der Balance gebracht hatte …

Michael brach seinen Singsang ab und wandte sich zu mir. Platschend schloss ich zu ihm auf.

»Oskar kommt nicht mehr mit zum Tanzen«, sagte er, »seit er verheiratet ist.«

»Na, das scheint auch nicht so recht zu ihm zu passen.« Laufen und reden zugleich strapazierte meine verbleibende Koordinationsfähigkeit fast zu sehr. Der Wein kam mir sauer hoch.

»Er war sicher nicht so scharf darauf wie die meisten anderen.«

»Ich finde, tanzen ist was für junge Leute«, sagte ich. *Jünger als wir jedenfalls,* dachte ich.

»Wirklich? Nein, da kommen Typen jeden Alters hin.«

Wir kamen zu einer schwarzen Tür mit einem Neonschild darüber und einem vierschrötigen Lederjackentyp davor, der breitbeinig und mit verschränkten Armen dastand. STAR'S stand auf dem Neonschild, und dahinter wummerten laute, monotone Bässe. Michael nickte dem Türsteher zu und schob die Tür auf, hinter der eine schummrig beleuchtete Betontreppe abwärtsführte. Drinnen war es genauso feucht und dampfig wie draußen.

»Zurück im Untergrund«, murmelte ich.

»Was?«, fragte Michael.

»Ach, egal.«

Mit hallenden Schritten erreichten wir einen blutrot ausgeleuchteten Korridor, der an eine Vene oder Ader erinnerte. Auf halbem Wege ein Kartenschalter mit einer reichlich angejahrten, aber schulterfrei dekolletierten Wasserstoffblondine dahinter. Gegen Bares durften wir die Jacken abgeben und erhielten jeder vier Tickets – Eintritt, Garderobe, Gratisgetränk und Gratistanz. Letzteres kam mir vage unlogisch vor, auch wenn ich mit den Landessitten nicht so vertraut war.

»Ich glaube, ich tanze nicht«, sagte ich. »Mein Fuß ist nass ...« Das Blut in meinen Ohren pulsierte im Takt der Musik.

»Du brauchst gar nichts zu tun«, sagte Michael. In dem roten Licht hatte sein Grinsen etwas von einem Vampir, die

Augen in tiefen Schattenhöhlen. »Du sitzt einfach nur da und schaust zu.«

Mein Hirn fühlte sich schwer verkrustet an. Es war voll des guten Weins, es rotierte, kurz vorm Überlaufen. Michael verschwand durch den Perlenvorhang am Ende des Flurs. Ich folgte ihm ergeben.

Wir traten in einen überraschend großen, quadratischen Raum. Halbkreisförmige Sitznischen zogen sich an drei Wänden entlang, und kleine Tische füllten die Bodenfläche dazwischen, jeder mit einem oder zwei wackligen Stühlchen. Man konnte schwer erkennen, ob der Club hell erleuchtet oder in rötliches Halbdunkel getaucht war. Tatsächlich traf beides zu, denn in der Mitte des Raumes durchbrach ein greller Scheinwerferstrahl die Schummerbeleuchtung. Unter dem Lichtkegel gab es eine Bühne, auf der Bühne eine Stange, an der Stange ein Mädchen, an dem Mädchen wenig Textil. Sie zeigte die gelangweilte, routiniert konzentrierte Miene eines Gabelstaplerfahrers. Ihr Körper wand und schlängelte sich auf zugleich animalische und mechanische Weise um die Stange.

Ach, tanzen, dachte ich.

Michael wirkte überaus zufrieden mit sich. »Komm«, sagte er, »wir haben da hinten eine Nische.«

Im Club waren noch andere Mädchen unterwegs, trugen Tabletts, ließen in den Sitznischen die Hüften kreisen, küssten Männer, schmiegten sich an sie. Nur wenige Männer waren da, die meisten Tische und mehr als die Hälfte der Nischen waren leer. Die Tänzerinnen waren zahlreicher als die Gäste. Fast alle Gäste waren allein da, doch es gab auch zwei Gruppen, die eine lärmend und in Anzügen, die andere, noch lärmender und in Jeans und T-Shirts, sah mir ganz nach einem britischen Junggesellenabend aus. Seit dem Flughafen hatte ich keine Landsleute mehr gesehen. Die Luft roch nach vierzig

Prozent Raumspray, vierzig Prozent Zigarettenrauch, zehn Prozent schalem Bier, fünf Prozent Schweiß und fünf Prozent Gemeinheit.

Wir nahmen auf der roten Kunstlederbank Platz, hinter einem runden Tisch, auf den ein schwarzrotes Yin-Yang-Symbol laminiert war.

»Also, ich weiß nicht recht, Michael …« Vor meinem geistigen Auge wucherten Krebszellen, bildeten sich Klumpen, trockneten Weinflecken, hinterließen dunkle Flutränder. Vom Hinsetzen wurde mir schwindlig. Meine Muskeln kamen mir irgendwie unkoordiniert vor, als hätte ich eine Kiste aufgehoben, die ich für schwer hielt, um dann stolpernd zu merken, dass sie leer war. Ich fühlte mich machtlos und ausgeliefert.

»Was, was?«, meinte Michael versöhnlich. »Entspann dich. Wir werden Spaß haben.«

»Ich weiß nicht«, wiederholte ich. Die Küsserei störte mich. Eine Menge Dinge störten mich, aber die Küsserei führte die Liste an. »Gibt's da üblicherweise nicht eine Hände-weg-Regel?«

»Nein, nein.« Michael legte mir väterlich die Hand auf die Schulter. »Wenn du irgendwas anfassen willst, zahlst du einfach dafür. Wir trinken jetzt Champagner.«

Ein weiteres Bataillon von Einwänden kam aufmarschiert. Abzocke, Billiggesöff zu Fantasiepreisen, Schlagringe. Doch ein Mädchen in roten Hotpants und Satinbustier kam auf durchsichtigen Plastik-Highheels an unseren Tisch gestöckelt, und Michael bestellte bereits. Und nicht nur das, er schien sogar Konversation zu machen.

»Bist du hier bekannt?«, fragte ich, als das Mädchen hüftschwenkend davonstakste.

»Ja, klar«, erwiderte Michael. »Wir kommen oft hierher, also ein paar Kumpel vom Orchester.«

»Oskar auch?« Ihn sich in solcher Umgebung vorzustellen, war fast unmöglich.

»Sicher«, sagte Michael. »Aber, wie gesagt, nicht mehr so oft, seit er verheiratet ist.«

»Okay.« Mir drehte sich der Kopf.

Ein anderes Mädchen erschien, mit noch weniger an, nur einem rosa Bikini zu den üblichen Plastikstelzen. Sie brachte eine Flasche Schampus und vier Gläser. Ihre Brüste schwangen vor, als sie die Sachen auf dem Tisch abstellte, rund und prall. Ich ertappte mich dabei, dass ich hinsah, und wandte den Blick ab. Dann sah ich wieder hin. Ich dachte an Wasserballons und daran, dass sie mit Blut gefüllt waren. Ich fragte mich, ob ich überhaupt noch Blut in mir hatte, und spürte prompt, wie ein Teil von mir sich damit füllte.

»Hingucken ist okay«, sagte Michael ermunternd. Ich hatte gestarrt, und er hatte mich ertappt. Er stupste mich anzüglich in die Rippen.

»So was ist echt nicht mein Ding«, brachte ich mühsam hervor. Mein Hirn war offensichtlich dabei, den Kampf aufzugeben, vom Alkohol zerrüttet, von meinen eigenen Instinkten verraten, von allen guten Geistern verlassen. Ich wusste nicht, was passieren würde, wenn ich einfach losließ. Ich wollte nicht zu einem geilen Gaffer mutieren, aber auch nicht als politisch korrekte Spaßbremse dastehen.

»Du schaust ja ganz betreten!« Michael brüllte vor Lachen. »Wie ein kleines Mäuschen! Keine Panik, es ist okay.« Er drückte meine Schulter. Ich sehnte mich nach einer Hände-weg-Regel.

Die Bikini-Kellnerin öffnete die Flasche und quietschte, als der Korken rausflog und der Schaum ihr über die Finger rann. Wenigstens würde der Schampus erfrischend sein, sagte ich mir. Ich hob mein Glas. Es war nicht sehr kalt. Ich hatte wohl eine Grimasse geschnitten, denn die Kellnerin sah mich vorwurfsvoll an, mit einem komischen Schmollmund. Sie sagte etwas, das ich nicht verstand. Ihre Brüste waren wirklich großartig.

»Sie fürchtet, dass es dir nicht gefällt«, erklärte Michael.

»Sie hat eine gute Beobachtungsgabe«, entgegnete ich. »Meinst du, ich könnte ein Glas Wasser bekommen?«

»Aber wir trinken Champagner!«, rief Michael, als hätte mir das entgangen sein können. Er sagte etwas zu der Kellnerin, die sich verzog. Sofort tauchten zwei neue Mädchen auf, eine blond und üppig, in rotem Bustier und Hotpants, die andere mit kurzen dunklen Haaren und elfenhaften Zügen, in einem goldenen Schlauchtop und Shorts. Die Blonde quetschte sich neben Michael, ohne auf eine Einladung zu warten. Die Elfe verweilte an meiner Seite der Bank und versuchte, zugleich verlockend und gleichgültig zu wirken. Ein titanischer Widerspruch, den sie wie eine schnell schwingende Gitarrensaite verkörperte, die man nur noch verwischt wahrnimmt. Die Rolle, die mir dabei zukam, war offensichtlich. Ich winkte sie heran, bemüht, freundlich und harmlos zu wirken, was wohl nicht recht gelang, doch mir blieb der fragwürdige Trost, dass sie sicher schon viel schlimmeren Typen begegnet war als mir.

Die Blonde hatte den Arm um Michaels Schultern gelegt und strich ihm übers Haar. »Wenn du das Mädchen nicht magst, können wir ein anderes bestellen«, sagte er.

»Wollen lieber Blonde?«, fragte Michaels Mädchen. »Oder Schwarze? Oder Japanerin?«

»Wie heißt sie?«, fragte ich Michael. »Spricht sie Englisch?«

Michael – dessen Mädchen gerade sein Ohr küsste, so nass, dass es für keinen von beiden angenehm sein konnte – sagte etwas zu der Elfe, die daraufhin etwas wie »Connie« sagte und sich auf die schmale Brust klopfte.

»Connie?«, wiederholte ich. »Du heißt Connie?«

»Ja«, sagte sie. »Engliss?«

»Ja.«

»Ick spre-cken eng-liss«, artikulierte sie vorsichtig. Ich war erleichtert, dass wir uns wenigstens unterhalten konnten, bis mir einfiel, dass es ja gar nichts gab, worüber wir hätten reden können.

»Vielleicht möchte Connie was trinken«, half Michael mir auf die Sprünge. »Wir geben den Mädchen Champagner aus und sehen uns das Tanzen an. Wir können auch Bier oder Scotch trinken. Der Champagner ist sehr schwach, damit die Mädchen nicht betrunken werden.«

Ich schenkte Connie ein Glas ein, wohl wissend, dass all das hier fürchterlich teuer werden konnte. Sie legte mir die Hand aufs Knie und lächelte mich an. Wir stießen leicht befangen mit den Gläsern an und tranken. Die perlenden Bläschen kratzten mich in der Kehle. Ich fühlte mich wie gekautes Kaugummi. Connie streichelte mir die Brust, die sich ungefähr so kernig und maskulin anfühlen musste wie eine feuchte Badematte. Michael sagte irgendwas zu ihr.

»Ticket«, wandte sie sich an mich. Umständlich kramte ich die vier Kärtchen heraus, die man uns ausgehändigt hatte und die jetzt mit allerlei anderem Zeug vermischt waren – mit Geldscheinen, dem Abriss der Konzertkarte, einem verknitterten Trambahnfahrplan. Connie sortierte zwei der Kärtchen aus, die mich zu einem Gratisgetränk und einem Gratistanz berechtigten, und verschwand mit ihnen.

»Entspann dich«, redete Michael ermunternd auf mich ein. »Du kriegst deinen Tanz. Lass es dir einfach gut gehen. Lass uns noch was trinken.«

»Ich weiß nicht.« Ich fühlte mich alles andere als entspannt, versuchte die ganze Zeit auszurechnen, wie viel Geld schon ausgegeben worden und wie viel noch übrig war, ein Unterfangen, als wollte man eine Zeitung bei heftigem Wind zusammenfalten. Mein Herz raste wie ein aufziehbares Blechspielzeug. Ich schwitzte, und ich war mir sicher, dass ich nicht mehr sehr frisch roch. Schrecklich, der Gedanke, dass attraktive Unbekannte aus finanziellen Gründen verpflichtet wären, sich mir an den Hals zu werfen, wenn dieser nicht blitzsauber war. Fiebrige Hitzeschauer und Schüttelfrost überliefen mich abwechselnd, und ich fragte mich, ob mir langsam übel wurde, doch die Frage war von geringer Relevanz, ein Zwischentitel in einer akademischen Fachzeitschrift.

»Wie zahlen wir das alles?« Mir widerstrebte es, die merkantile Note anzuschlagen, da es mich unschön daran erinnerte, dass es hier um nichts anderes als rein wirtschaftliches Interesse ging. Mit Liebe oder mit echter Anziehung hatte es nichts zu tun, und eher wenig mit echtem Sex. Hier zählte nur die Profitspanne. Wir geilten uns an der Schnittstelle von zwei Einkommenskurven auf.

Connie kam mit noch einem weiteren Mädchen zurück, honigblond mit einem messerscharf gezogenen Pony über den Brauen, der ihr Haar wie einen Helm aussehen ließ. Ihre stark geschminkten Augen gaben ihr etwas Verruchtes. Sie trug ein hellblaues Top zum Minirock, beides aus Latex. Connie setzte sich wieder neben mich und stellte eine Flasche Bier vor mir ab, und die Neue begann mit einer routinierten, zeitlupenhaften Exhibitionsnummer. Sie war keine echte Blondine.

Eine Welle aus Übelkeit und Testosteron gischtete in mir hoch. Ich staunte über die Fähigkeit des männlichen Körpers, zugleich Ekel und Verlangen zu empfinden, in sekundenschnellem Wechsel von Scham und Schamlosigkeit. Ein Sexroboter in mir versuchte, meine Kontrollmechanismen schachmatt zu setzen. Ich dachte an Fleisch in kalten Kellern.

Ich dachte an Menschenhandel und Sklaverei, ein mentaler Gnadenstoß, der den Roboter außer Gefecht setzte. Mädchen wurden aus Ländern wie diesem verschleppt, um im Westen unvorstellbar geknechtet zu enden. Ich selber hatte Polizeiberichte darüber in meinen Broschüren verwendet. Und wie erging es diesen Mädchen hier? Waren sie froh über den Job? Machten sie ihn überhaupt freiwillig? Wo standen wir alle auf dem Gradmesser menschlichen Leidens?

Mit steigender Alkoholflut lösten all diese Argumente sich auf, verschwammen zu sinnlosen Rückkoppelungsschleifen, bar jeder Ethik, Rücksicht oder Furcht vor Konsequenzen. Die Honigblonde wippte und wiegte sich in den Hüften, und die Trunkenheit ließ auf dem fleckigen Palimpsest meines Hirns eine simple Formel aufscheinen: Suche Spaß. Connie schob die Hand zwischen meine Beine, und ich schämte mich plötzlich meiner abgeflauten Begeisterung, als ob ich es versäumt hätte, ein Trinkgeld zu hinterlassen. Zum Glück war die Begeisterung schnell wieder da. Ich kippte einen Schluck Bier.

»Nicht schlecht!«, kommentierte Michael, als die Honigblonde ihre Darbietungen zum Abschluss brachte.

»Toll«, sekundierte ich ohne Überzeugung und steckte ihr fünf Euro zu. Connie lehnte sich an mich und rubbelte zielstrebig. Sie leckte sich die Lippen. Im Unterschied zu mir roch sie frisch geduscht. Mit ihrer freien Hand kraulte sie mir das Haar im Nacken. Ich fühlte mich in dem Dilemma gefangen, weder interessiert noch desinteressiert erscheinen zu wollen. Mit einiger Mühe, eingekeilt, wie ich war, nahm ich noch einen Schluck von meinem nicht sehr kalten Bier. Doch sobald ich die Flasche absetzte, legte Connie sich richtig ins Zeug, saugte sich an meinen Lippen fest und stieß mit der Zunge nach. Ich schmeckte Bier, Schampus, Wein, Rauch, Metall, Blut. Meine Hand irrte über ihre magere Taille hinauf zu ihrer Brust.

Erneut unterlag ich der Tyrannei der Begierde. Schale Feuerwerke schwirrten mir durch den Kopf, und Hefe blubberte mir im Magen.

Ich drehte den Kopf weg. Connie war schön, ihre Lippen schimmerten feucht im suggestiv roten Licht. Sie war so schön, und wenn das alles hier sie abstieß, gelang es ihr hervorragend, es zu verbergen. Ich wollte mich frei fühlen. Ich wollte die Möglichkeit haben zu wählen. Stattdessen fühlte ich mich an viele Fäden geknüpft, jeder von ihnen an einer Handlung in der Vergangenheit und einem Resultat in der Zukunft befestigt. Das Bier half mir nicht so, wie ich gehofft hatte – es hatte mich angeschwindelt. Ich dachte an Fermentierung, Hefe, Gase, mikrobiologische Prozesse. Dazu noch der viele Wein, gefährlich nah am Überschwappen. Die Fäden zerrten alle zugleich an mir.

»O Gott«, murmelte ich, »Michael, ich glaube, ich …«

Mir war hundeelend. Meine Eingeweide verflüssigten sich. »O Gott«, ächzte ich noch mal, stand auf und schob mich an Connie vorbei aus der Nische. »Tut mir leid, ich muss gehen. War alles ganz super. Ich bin ziemlich betrunken. Und müde. Sehr, sehr müde …« Ich wollte nicht sprechen. Sprechen, etwas vorbringen, war ein Risiko. Ich ließ ein paar Scheine auf dem Tisch zurück, mehr als genug. Dann machte ich, dass ich rauskam.

Im Flur roch es nach Putzmitteln. Es roch nach Oskars Bad. Ich wollte auf der Stelle in diesem Bad sein. Panisch schnappte ich mir meine Jacke und wandte mich zur Treppe.

Ein munteres Bächlein floss die Stufen hinab in den Club und gluckerte in einen Gulli. Der Korridor war eine Art Überlaufrinne! Und oben tobte ein Regenguss von biblischen Ausmaßen, eine Sintflut, die Pflastersteine wegzuschwemmen und Straßenlaternen auszulöschen drohte. Sofort war ich durchnässt bis auf die Haut, und es war mir egal. Ich musste so schnell wie möglich in Oskars Wohnung zurück, alles andere war unwichtig. Die Fäden zerrten an mir, und zwar hauptsächlich an meinem Magen.

Ich schwankte und stolperte durch die Straßen, nur vom Instinkt geleitet, durchweicht, rutschte immer wieder auf den kippeligen Steinplatten der Gehsteige aus. Auf einmal gaben die Beine unter mir nach, und ich taumelte gegen eine raue Hauswand. In mir war eine furchtbare Schlacht verloren worden. Ich stieß entsetzlich auf, beugte mich vor und würgte. Ein roter Schwall schoss heraus und vermengte sich mit den Pfützen. Dann kam schon der nächste, heiß und sauer. Und noch mal. Ich stützte mich an der rauen Wand ab, umgeben von Wasser, die Füße fast bis zu den Knöcheln überflutet. Wie ein Reibeisen fühlte sich der Verputz unter meiner Hand an, die vor Kurzem noch warm und trocken auf Connies Brust geruht hatte. Wasser in meinen Schuhen, Wasser in meinen Ohren. War das alles wirklich erst vor Kurzem gewesen oder vor Stunden? Noch ein Würgen, zum letzten Mal, wie ich hoffte. Ich war völlig erledigt, aber der Kampf war vorbei, die Fäden zogen mich nur noch zum Bett hin und ließen meine Innereien in Ruhe.

Ich blickte auf. Geometrische Formen in Schwarz und Leuchtorange verflochten sich über mir. Der brutale Kulturpalast, eine Erkenntnis, die mir einen Freudenschluchzer abrang. Ich hatte gegen seine Mauer gekotzt, doch der Regen spülte schon alle Spuren meines Schwächeanfalls fort, löste alles in der Riesenpfütze auf, die den Palast wie ein Burggraben umgab. Mir fiel ein, was Michael über das allmähliches Absacken in den darunterliegenden Friedhofsgrund gesagt hatte.

Auf der anderen Straßenseite stand im Lichtkegel einer Trambahnhaltestelle eine schweigende, reglose Gruppe von Leuten und blickte zu mir herüber.

Ich erinnerte mich an Connies Gesicht, das verwundert und leicht besorgt zu mir hochsah, als ich so plötzlich aufgesprungen war. Die längst verstorbenen Stadtplaner, so erschien es mir in dem Moment, hatten ihre Allee nur für mich angelegt. Schnurgerade wies sie mir den Weg.

FÜNFTER TAG

Weißes Rauschen. Diffuse Wahrnehmung, weit unterhalb der Hörschwelle, wie das Blut sich durch enge Adernkanäle zwängt. Ein dumpf pochender Rhythmus, die gedämpften Trommelschläge des Sklaventreibers, während die todesmatten Ruderknechte ihre Galeere durch einen Ozean aus Sirup quälen. Das Herz pumpt heißen, dickflüssigen Glibber anstelle von Blut. Zellen mühen sich durchzuhalten und sterben ab. Die Reizleitungen des Gehirns sirren wie Insektenkiller. Eine Kaskade neuronaler Funken, knisternde Kettenreaktionen, feuernde Synapsen. Empfinden – aber was? – empfinden von Empfindungslosigkeit. Dann, allmählich, aufdämmerndes Bewusstsein.

Ein Kosmos aus Schmerz, Unwohlsein, Übelkeit und Schwäche. Ich war wach. Zuerst schien alles nur Schmerz zu sein, aber das war eine Illusion, hervorgerufen durch irgendeinen Schaden am sensorischen System. Das Hirn tat mir weh. Es war ein Trichter aus Schmerz, der alle anderen Sinne in sich einsog. Jeder Trommelschlag, jedes Eintauchen der Galeerenruder schaufelte nur noch mehr Empfinden auf diesen pulsierenden schwarzen Schmerzpunkt zu. Mein Herz würde schlappmachen und ich würde im Bett verenden.

Im Bett. Ich lag also im Bett. Ein gutes Zeichen. Im Bett zu liegen bedeutete, dass ich heil nach Hause gekommen war. Na, wenigstens hatte ich es noch bis ins Bett geschafft, ehe ich das Bewusstsein verlor, selbst wenn ich nicht zu Hause war. Das bedeutete einen gewissen Grad an Sicherheit, verringerte die unendliche Menge an grässlichen Dingen, die mir hätten passieren können, auf überschaubare zehntausend.

Mein Herz klopfte nach wie vor. Was auch immer damit los sein mochte, anscheinend würde es doch nicht gleich stehen bleiben, auch wenn es von vielen hundert klebrigen Gummibändern eingeschnürt war. Bewegen war offenbar keine gute Idee. Jede Bewegung löste ein Schädelweh aus wie ein Erdbeben in einem Porzellanladen. Die Schmerzen machten mir Sorgen. Grob geschätzt mussten sich wohl an die fünfzehn Tumore in meinem Kopf tummeln, und sie bekämpften sich in dem schwärenden Eiter wie wildwütige Hackbällchen in Mehlschwitze. Der Gedanke an Eiter und Mehlschwitze löste einen Schwall von Übelkeit aus. Mir ging auf, wie ungefestigt alles war, wie verletzlich, alles in so komplexen, undurchsichtigen Mustern ineinander verstrickt, dass die geringste falsche Bewegung eine katastrophale Kettenreaktion nach sich ziehen konnte.

Sensorische Informationen begannen nach und nach, in unstetem Strom zu fließen. Die Nachrichten waren nicht gut. Nach irgendeinem fürchterlichen, wenn auch nicht fatalen Trauma gingen die Systeme eins nach dem anderen wieder ans Netz. Ich erging mich in müßigen Spekulationen darüber, was wohl mit mir los sein könnte. Kopfschmerzen, Übelkeit, ein allgemeines Unwohlsein. Aber alles in so gigantischem, technicolorgrellem Ben-Hur-Maßstab. Ermittlungskomitees traten zusammen, um der Sache nachzugehen.

Schon möglich, dass ich einen Kater hatte. Ja, das schien

plausibel. Um einen Kater zu haben, musste ich betrunken gewesen sein. Hatte ich getrunken? Eine Salve von Erinnerungen. Die Details traten nicht klar zutage, aber Trinken war eindeutig daran beteiligt, befand das Komitee. Es war getrunken worden, und zwar in Gesellschaft.

Ein weiterer Schauder brachte das Porzellan zum Klirren und löste neue Schmerzwellen aus. Vielleicht hatte ich aufgestöhnt. Mein Körper bestand aus schlecht mit morschen Sehnen verschnürten, wattig feuchten Klumpen, die aus dem ekligsten Zeug zusammengepappt waren – saurer Milch, gekipptem Wein, gekautem Gummi, Ohrenschmalz, der schwarzen Schmiere, die sich auf Tastaturen absetzt. Und die morschen Sehnen schmerzten abscheulich. Der reinste Horrortrip.

Mein Empfinden expandierte langsam weiter auswärts. Schließlich erreichte es die klaffenden, öligen, Schweiß absondernden Poren meiner Haut und drängte hinaus in die Welt. Die Daunendecke von Oskars Bett war vom nächtlichen Hin- und Herwälzen zu einem Strang gezwirbelt und um meine Beine gewickelt. Meine Kehle und Bronchien fühlten sich an wie aufgeraspelt vom Rauchen. Um den Geschmack auf meiner Zunge zu bestimmen, hätte man Proben aus dem Raubtierkäfig entnehmen müssen. Eine Mixtur aus Zitronensaft und Briefumschlagkleister war mir über Nacht in die Augen gespritzt worden. Ich war von Kopf bis Fuß in verdunsteten Schweiß gehüllt.

Die Wahrnehmungsmuschel rings um meinen Körper öffnete sich mehr und mehr, und ich wünschte mir sehnlichst, es möge aufhören. Das Zimmer war hell, es war Tag, es war ein Tag in einer Folge von Tagen, es war der nächste Tag. Ich musste zunächst einmal mehr über den vorigen Tag in Erfahrung bringen. Neue Sinnesreize machten sich bemerkbar, von der Nase her. Der Eindruck war unangenehm, doch ich begriff nicht recht, wieso.

Es war also getrunken worden. Ich war mit Oskars Freund Michael unterwegs gewesen. Wir hatten ausgiebig gezecht. Ich hatte ihn in irgendeine Lapdance-Bar begleitet. Das waren die vorläufigen Erkenntnisse des hastig einberufenen Komitees, das mit der Ergründung der vorgefallenen Kalamitäten beauftragt war. Das Komitee kam zu dem Schluss, dass man noch weitere Untersuchungen würde anstellen müssen. Es bestand Grund zu der Annahme, ich hätte mich übergeben.

Ich atmete tief ein, und meine Nasenlöcher füllten sich mit dem unverkennbaren Geruch von Erbrochenem. Da war etwas sehr, sehr Übles im Raum. Ich sprang aus dem Bett, und ein heftiges Beben brachte die Geschirrstapel im Porzellanladen zum Klirren. Mein Hirn drückte gegen die Schädeldecke. Ich musste wieder Luft holen, und prompt sprang er mich wieder an, dieser grausige Geruch.

Rings um das Bett, wo meine Kleider verstreut lagen, war keine Lache zu entdecken. Mit den Fingern überprüfte ich mein Gesicht und ertastete nichts als eine dünne, ölige Schweißschicht. Die weiße Bettwäsche war nicht mehr ganz so weiß nach den vier Tagen meiner Anwesenheit, aber der Rotweinkonsum des Vorabends fand sich nicht darauf wieder. Ich hatte es wohl noch bis ins Bad geschafft. Doch das Bad war sogar noch sauberer, und ich stand dankbar da, sog die eisige Luft ein, um die Übelkeit zu vertreiben. Wenn hier gekotzt worden war, dann war ich wirklich sehr vorsichtig gewesen. Der Geruch, der aus dem Schlafzimmer sickerte, drehte mir den Magen um, aber das Risiko, mich übergeben zu müssen, schien nicht wirklich akut – was darauf schließen ließ, dass ich es schon getan hatte, irgendwann im Lauf der Nacht. Der Geruch ließ einen einfach nicht los. Eine andere Erklärung dafür gab es nicht. Er war der rauchende Colt. Aber es gab keine Leiche.

Duschen würde helfen, dachte ich, seltsam unbeteiligt. Mein Kopf wurde klarer, als das Wasser darüberrauschte, und weitere Erinnerungsfetzen kehrten zurück. Meine Kleider würden noch feucht sein, weil ich vom Regen überrascht worden war. Mir war speiübel gewesen, und ich hatte mich im Regen übergeben, also außerhalb der Wohnung. Etwas Riesenhaftes tauchte vor meinem inneren Auge auf, mit schwingenden Kronleuchtern, Särgen an Bord, und entschwand wie eine im Nebel vorüberziehende Kanalfähre. Ich erinnerte mich an halbverdauten Wein, der sich in eine Pfütze ergoss. Ich hielt das Gesicht in den Duschstrahl, ließ mir das Wasser über die Augen strömen. Ich war neu geboren, die Sünden weggewaschen. Das Kopfweh flaute ab, der garstige, schwarze Oktopus aus Schmerz verzog sich einstweilen in einen Schrankkoffer auf dem Dachboden.

Aber der gemeine Geruch war immer noch da und biss mir in die Nase, während ich mir die Zähne putzte. Zurück im Schlafzimmer, war er so penetrant wie zuvor.

Ich suchte die gestrigen Kleider nach Flecken ab, und obwohl der Geruch stärker zu werden schien, als ich mich nach ihnen bückte, fand sich nichts. Aber die Sachen waren tatsächlich noch klamm und hatten Feuchtigkeit auf dem Boden hinterlassen. Konnte ihm das etwas anhaben? Ich beugte mich vor, um die Stellen zu inspizieren, und wieder nahm der Gestank zu. Die Laken, dachte ich. Ich würde die Laken waschen. Ein Rest von Übelkeit saß mir noch in der Magengrube, und der Geruch ließ sie wiederaufleben. Die Wäsche würde warten müssen, bis ich mich erholt hatte.

Meine Schuhe waren durchweicht, das braune Leder fleckig aufgequollen. Ich hob sie auf und trug sie auf den Balkon, hinaus an den sonnigen, windigen Tag.

Von den Katzen war weit und breit nichts zu sehen. Eine kleine Erinnerungslawine staubte herab, verschob die mentale Szenerie und offenbarte … nichts. Ich konnte mich nicht entsinnen, die Viecher am Vorabend rausgelassen zu haben. Sie waren noch in der Wohnung gewesen, als ich zum Konzert aufbrach – ich hatte ja gedacht, ich würde um zehn zurück sein. War ich überhaupt noch koordiniert genug gewesen, sie vor die Tür zu setzen, als ich aus dem Club zurückgekommen war? Sehr unwahrscheinlich. Die Bilder vor meinem inneren Auge oszillierten wie in einem Zerrspiegel, als ich daran zurückdachte, dass ich gestern Abend in einer Lapdance-Bar gewesen war. Das schlechte Gewissen zwickte. Ich fühlte mich reduziert. Und bescheuert – warum hatte ich nicht die Gelegenheit ergriffen, mich zu amüsieren? Wohl weil ich fürchten musste, das arme Mädchen vollzukotzen. Ich erinnerte mich an die schwarzrote Fontäne, die in die Pfützen platschte, im fahlen Schein der Straßenlaterne, und an den Zustand der Toiletten in der Bar, den ätzenden Uringestank. Der Magen drehte sich mir um, und ein Krakenarm aus Schmerz schob sich aus dem Schrankkoffer. Eins stand jedenfalls fest – das Kopfweh würde mir den ganzen Tag erhalten bleiben, dieses dauernde dumpfe Bohren hinter den Augen, mit einem gelegentlichen Eispickelschlag auf den Hinterkopf. Ich stöhnte eine Weile vor mich hin.

Die Katzen! Wo waren die Katzen? Wenn nicht draußen, dann drinnen. Eilig fuhr ich in saubere Klamotten und machte, dass ich ins Wohnzimmer kam.

Vorigen Mai war Oskar in London gewesen, wegen eines Konzerts im Barbican – ein Quartett aus Solisten der Philharmonie hatte eins seiner Werke aufgeführt. Er rief mich an und lud mich zu dem Konzert ein, und ich errichtete einen Wall aus immer wilderen Ausflüchten, um bloß nicht dorthin zu müssen. Damals sah ich es so, dass selbst die beste klassische Musik – sagen wir mal, Bach – mich kaum interessierte. Um den Abend unterhaltsam zu gestalten, müsste Oskars Musik also besser als Bach sein, und auch bei wohlwollendster Einschätzung von Oskars Talent kam mir das dann doch nicht sehr wahrscheinlich vor. Ein Essen bei einer imaginären und furchtbar gebrechlichen Verwandten füllte schnell das fragliche Zeitfenster. Wir fanden es beide höchst bedauerlich. Noch ehe ich es selber ansprechen konnte, bestand Oskar darauf, sich am Abend vor dem Konzert mit mir zu treffen. Ich willigte sofort ein und schlug ein Pub in der Nachbarschaft vor, eine schäbige kleine Kneipe in der Whitecross Street, wo man halbwegs sicher sein konnte, seine Ruhe zu haben.

Oskar war vor mir da, obwohl ich zehn Minuten zu früh kam, nachdem ich einen ungeheuren logistischen Aufwand betrieben hatte, um pünktlich zu sein. Trotzdem war ich überzeugt, dass Oskar gleich einen Blick auf die Uhr werfen würde, wenn er mich reinkommen sah. Doch ich hatte mich geirrt. Er starrte in sein Glas, das er zwischen Daumen und Mittelfinger hin und her drehte, was die restliche Hälfte des Biers gegen die grauen Schaumschlieren an der Innenseite des Glases schwappen ließ.

Ich hatte Oskar auch früher schon niedergeschlagen erlebt, aber nicht mehr seit Uni-Zeiten. Die Erinnerung an sein gnadenloses Sezieren meiner Charakterschwächen brannte mir nicht mehr ganz so peinsam im Gedächtnis, doch wir hatten seither nur noch wenig Kontakt, sodass es die letzte nennenswerte Entwicklung in unserer Freundschaft geblieben war. Das hier war jedoch der unsichere Oskar aus den ersten Tagen unserer Bekanntschaft; als ich ihn so sah, vergaß ich die Ereignisse der jüngsten Vergangenheit und fühlte mich an unsere frühere Nähe erinnert. Wir waren nun fast zehn Jahre befreundet, und mir wurde bewusst, dass meine Zuneigung zu ihm die unschöne Episode damals bei dem Abendessen überlebt hatte.

»Alles in Ordnung?«, fragte ich. Wie schon zu Uni-Zeiten hatte seine Depression etwas Demonstratives, etwas, das bemerkt und kommentiert werden wollte. Als Antwort auf meine Frage zuckte er die Achseln und breitete die Hände aus.

»Die Proben laufen gut«, sagte er. »Die Musiker können das Stück perfekt. Und jetzt klingt es … ich weiß nicht. Vielleicht kennen sie es zu gut. Aber …« Er hielt inne. Das war keine seiner lakonischen Pausen, die auf Effekt abzielten. Er hatte Mühe, die richtigen Worte zu finden, in jedweder der Sprachen, die er kannte, man sah es an dem Anflug von Panik in seinen Augen. Er öffnete den Mund, und nichts geschah. Einer der hoffnungslosen Fälle, die am Tresen abhingen, hustete. Oskar sah hinüber und klappte den Mund zu. Dann sagte er mit Nachdruck: »Ich schreibe keinen *Jazz*.«

Ich wusste nicht, was er meinte, und war momentan perplex. »Ich bin sicher, es wird alles gut gehen«, sagte ich.

Er blickte mich an. In seiner Miene lag etwas sehr Verletzliches, eine untypische Wässrigkeit. Er hatte entweder getrunken oder geweint. Oder beides. »Wie steht's mit deiner Arbeit?«, fragte er.

»Ach, geht so«, sagte ich mit einem sorgsam bemessenen Quäntchen Ehrlichkeit. »Ist gerade nicht so viel los.« Tatsächlich manifestierte sich meine Langeweile bei der Arbeit längst als mangelnder Antrieb, neue Aufträge an Land zu ziehen.

Oskar nickte. »Bei deiner Arbeit …«, sagte er zögernd, »wie sieht es da mit Urlaub aus?«

»Als Freiberufler«, erklärte ich, »kann ich mir im Prinzip so viel Freizeit genehmigen, wie ich will, aber die kriege ich natürlich nicht bezahlt. Urlaub bedeutet also praktisch Arbeitslosigkeit.«

Oskar nickte wieder. »Hast du für diesen Sommer schon was geplant?«

»Nein.« Was mir bevorstand, war ein Urlaub allein, und ich war nicht begeistert von der Vorstellung, mich in irgendeiner kulturell wertvollen nordeuropäischen Stadt durch anspruchsvolle Bücher zu quälen und teure Kaffees oder Biere in teuren Cafés oder Kneipen zu trinken, nur um meinem teuren Hotelzimmer zu entkommen. Pflichtschuldige Kathedralenbesichtigungen. *Prix fixe.* »Noch nicht.«

Oskar spreizte die Hände auf dem schmuddeligen Tisch und sah mich mit ernster Miene an. Die Verletzlichkeit hatte sich momentan verflüchtigt. »Ich brauche jemanden, der meine Wohnung hütet, für zwei, drei, maximal vier Wochen. Im Sommer. Jetzt kann man billig Flüge buchen. Wärst du interessiert?«

Ich war interessiert.

Ein Miasma von verdunstetem Alkohol hing im Wohnzimmer, die ruhelose Erinnerung an längst zersetzten Zucker. Der Raum stank nach schalem Wein. Das war nicht die Schweißspur vorabendlicher Exzesse, das war etwas anderes – die unmittelbare Einwirkung der Substanz auf die Atmosphäre, ohne menschliche Beteiligung. Ich bewegte mich schnell, aber dennoch wie im Traum gefangen, zum willenlosen Zuschauer degradiert, während mein Körper erkundete, was geschehen war. Nichts Rätselhaftes oder Chaotisches – als ich das Desaster in der Küche sah, war sofort klar, was sich da zugetragen hatte. Es sah aus wie ein Tatort nach der Untersuchung durch kriminaltechnische Experten. Ähnlich wie die bunten Fäden, die sie zwischen den Einschusslöchern und dem dadurch ermittelten Standort des Schützen spannen, offenbarten sich mir die Erzählstränge, die alles, was ich hier vorfand, mit der Ursache der Katastrophe verbanden.

Eine Rotweinpfütze breitete sich auf dem Küchenboden aus, mit dunklen Rinnsalen, die an der Unterseite der Schränke und den Dielenfugen entlangliefen. Von weitem erinnerte die Form an eine Qualle – eine feindselige, amorphe Gequollenheit mit langen Nesselfäden, die nach Schwachstellen tasteten. Rings um diese Form, diese Lache, dieses Reservoir des Unheils strahlten lila Pfotenabdrücke in alle Richtungen aus. Aber dermaßen viele – man konnte gar nicht glauben, dass sie nur von zwei Katzen stammten.

Die Szene mutete an wie ein Stillleben. Aus dem Hals der Weinflasche, die im Flaschenregal unter dem Küchentresen lag, tropfte es nicht mehr. Die Weinlache war schon halb eingetrocknet, ein rötlicher Aralsee, der sich weit hinter seine einstige schwarzkirschdunkle Uferlinie zurückgezogen hatte. Der starke Alkoholgeruch bewies, dass ein Großteil der Flüssigkeit schon in der Luft hing und nur noch Pigmente hinterließ. So musste es schon seit Stunden ausgesehen haben.

Ich hatte ein klares Bild vor Augen, wie das passiert war. Nachdem ich gestern Abend die Wohnung verlassen hatte, waren die Katzen darauf verfallen, das Korkenfangspiel wieder aufzunehmen, das wir am Vorabend gespielt hatten. Eine von ihnen oder beide abwechselnd – in meiner Vorstellung kooperierten sie auch darin höchst effizient – hatten den Korken mit Zähnen und Krallen aus der liegenden Flasche geholt. Er war wohl nicht tief genug hineingedrückt gewesen, woran die Putzfrau schuld war. Dann ergoss sich ein gluckernder Sturzbach … Bei der Vorstellung glitt ein enger Glasring aus Übelkeit meine Speiseröhre auf und nieder. Der Rest der Szene war schnell abgespult: Die Katzen springen erschrocken zurück, kriegen vielleicht ein paar Spritzer ab, sie putzen sich, glätten ihr Nervenkostüm und tapsen zurück zu dem neugeborenen roten See, dessen Zulauf sich zu einem gelegentlichen Tröpfeln vermindert hat.

Wo war ich in dem entscheidenden Moment, als der Korken nicht mehr fest saß und vom Druck der Flüssigkeit, die dahinter aufgestaut war, herausgeschoben wurde? Im Konzert? Oder danach beim Weintrinken? Oder in der Lapdance-Bar oder draußen auf der Straße beim Auskotzen des Weins? Denkbar war sogar, dass alles noch ganz in Ordnung gewesen war, als ich in die Wohnung zurückkehrte, und die Überschwemmung erst stattfand, während ich schlief. Diese Vorstellung kam mir fast noch schlimmer vor, als hätte ich den ganzen Horror irgendwie verhindern können. Aber wie denn? Ich hätte die Flasche doch nur aus dem Regal genommen, wenn ich noch etwas hätte trinken wollen. Das war kaum vorstellbar – also war die Katastrophe ohnehin nicht aufzuhalten gewesen.

Ich starrte auf den ruinierten Boden. Ruiniert war er auf jeden Fall. Der Wein hatte genug Zeit gehabt, in den Boden einzusickern, einzutrocknen. Aber was hatte es mit diesen Pfotenabdrücken rings um die Pfütze auf sich? Was hatten die Katzen gemacht? Waren sie in dem ausgelaufenen Wein herumgetapst? Ein Bild drängte sich mir auf: das zertrampelte Ufer an einem Wasserloch in dürrer Steppe. Hatten die Katzen den Wein etwa *getrunken*? Tranken Katzen überhaupt Wein? Andererseits, warum nicht? Ich stellte mir zwei sturzbetrunkene Katzen vor, die in der Weinpfütze umherschlitterten und sich anmaunzten, während sie torkelnd den zerfledderten Korken hin und her schossen. Besoffene Halbstarke auf einem Londoner Bahngleis in den frühen Morgenstunden. Das Ganze nahm mehr und mehr die Gestalt eines aus dem

Ruder gelaufenen Schabernacks an: Alkoholexzess und krassester Vandalismus. Vermutlich schliefen die beiden Luder jetzt irgendwo ihren Rausch aus. Ich wünschte ihnen von ganzem Herzen einen schauerlichen Kater.

Ich sah im Wohnzimmer nach, und tatsächlich machte eine der Miezen sich dort auf dem Sessel breit. Ich weckte sie mit einem unsanften Streicheln. Sie blinzelte mich träge an. Fast erwartete ich, verräterische rötliche Flecken an der Schnauze oder den Pfoten zu sehen, aber da war nichts. Das Fell an den Pfoten war sowieso schwarz. Nichts deutete auf einen Katzenjammer hin, keine schmerzliche Miene, kein Zittern, kein Würgen, keine Pfützen von Erbrochenem.

Oje. Der Gedanke an ausgekotztes Futter löste einen neuerlichen Schwall von Übelkeit aus. Den Geruch, dachte ich, den Geruch kannte ich ganz genau.

Und da war er auch schon wieder. Im Schlafzimmer. Als hätte er hinter der verschlossenen Tür auf der Lauer gelegen. Mindestens eine Katze hatte sich hier verewigt, die Frage war nur, wo. Das Resultat war nirgends zu sehen.

Ich war schon so paranoid, was die vermeintliche Heimtücke der Katzen betraf, dass ich gleich mal einen Blick in meine Schuhe werfen wollte, aber sie standen noch zum Auslüften auf dem Balkon, und ich hätte es sicher bemerkt, wenn sie vollgekotzt gewesen wären, als ich sie vorhin rausgestellt hatte. Vielleicht im Schrank? Doch selbst wenn die Katze die Tür aufbekommen hätte, wäre sie wohl kaum in der Lage gewesen, sie hinterher wieder zuzumachen. Auch wäre der Geruch weit weniger aufgefallen, wenn die Ursache sich im Schrank befunden hätte.

Nein, ich wusste schon, wo ich suchen musste. Ich ließ mich auf alle viere nieder und spähte unters Bett. Das Blut, das mir beim Bücken in den Kopf stieg, verstärkte schlagartig das Schädelweh, wie eine Kollision mit einem Sandsack. Unterm Bett war es dunkel – ich konnte nur undeutlich einen Papierstapel erkennen –, doch da der Geruch sich deutlich verschlimmerte, sah ich mich in meinem Verdacht bestätigt. Dort unten hatte ein Katzenviech sich die Seele aus dem Leib gekotzt.

Ich richtete mich auf und wurde prompt mit einem Schwindelanfall belohnt, der mir eine Garbe von Wunderkerzen vor den Augen entzündete. Die Spannung in meinem Körper beengte mir die Brust. Ich hatte die letzten Minuten – eine winzige Zeitspanne, die sich auf Wochen auszudehnen schien, so fern lag nun die Ära von *vor* diesem Morgen – in ebenso irrealem wie ungerechtfertigtem Frieden verbracht. Was passiert war, war passiert und nicht mehr rückgängig zu machen. Aber dennoch musste ich irgendetwas unternehmen, mich irgendwie den Tatsachen stellen.

Zuerst mal die Küche. Vielleicht war der Fleck doch nicht so schlimm. Der Ärger unterm Bett konnte warten, der stach wenigstens nicht so ins Auge.

Der Anblick des Weinsees erfüllte mich mit namenlosem Grauen. Wie hatte ich mir das vorhin nur so ruhig ansehen können? Das war kein See, es war ein Ozean. Die Zeit vor dieser Sintflut lag noch gar nicht so lange zurück und war doch schon eine gänzlich versunkene Epoche, ein goldenes Zeitalter, in dem ich mich unwissentlich aufgehalten hatte.

Mit der ängstlichen Sorgfalt des Verkaterten, dem jede Bewegung schwerfällt, zog ich die offene Weinflasche aus dem Regal und stellte sie auf den Küchentresen. Ich zögerte kurz, ob ich nicht vielleicht den Korken suchen sollte, aber dann schüttete ich den Rest, von Wut und Reue übermannt, doch einfach weg.

Ich ließ Wasser über ein Geschirrtuch laufen, wrang es aus und wischte damit die immer noch feuchte Mitte der Lache aus. Eine ganze Menge von dem schon getrockneten Wein ging gleich mit ab. So tröstlich das auch war, gab es doch kein Entrinnen. Der Fleck war unauslöschlich. Ich spülte das Handtuch aus und wischte mit aller Kraft weiter, aber der zweite Anlauf machte keinen großen Unterschied mehr. Ich rieb und rubbelte über die strahlenförmigen Ausläufer, die sich entlang unsichtbarer Rillen und Senken im Boden gebildet hatten, durch die subtilen Schwankungen der Oberflächenspannung hie und da von ihrem Kurs abgelenkt. Alles, was an Wein wegzuwischen war, hatte ich jetzt entfernt, aber was blieb, war dieser bläulich rote Fleck, die physische Manifestation eines Geschehens, das mir nachgerade metaphysisch vorkam – der Kreideumriss um die Leiche meiner Freundschaft mit Oskar, der bedrohliche Schatten, den die kommende Konfrontation vorauswarf.

An sich wirkte der Fleck, dessen wahre Ausmaße noch durch den feuchten Rand verwischt waren, gar nicht so bösartig. Eher war es der Boden, der Feindseligkeit auszustrahlen schien, wie Radon oder Schimmelsporen. Er, nicht der Fleck, war gegen mich. Die Holzdielen lagen da und nahmen das Rot tiefer und tiefer in sich auf, scheinbar willenlos, wie passiv-aggressive Märtyrer. Wäre der Boden aus Linoleum gewesen oder auch einfach nur versiegelt, dann wäre das alles nicht passiert. Aber Oskar musste ja immer alles vom Feinsten haben. Es musste ja unbedingt dieses *Holz* sein, *pures Holz,* alles andere wäre so imageschädigend gewesen wie eine falsch angeschlagene Note. Alles musste stets am Rande des Desasters balancieren, auf Messers Schneide, ohne den kleinsten Freiraum für Fehler. War diese Art von Kalamität da nicht unausweichlich? Begriff er das denn nicht? Seine kostbaren, empfindlichen Holzdielen trugen ihr Schicksal schon von Anfang an in ihre saugfähige Maserung eingraviert.

Wenigstens wurde es jetzt nicht mehr schlimmer. Die Feuchtigkeit war beseitigt, das Holz konnte nichts mehr aufsaugen. Blieb noch der Ärger mit dem Schlafzimmer. Was mochte dort unter dem Bett lauern? Nach dem Saufgelage die Kotzorgie. Ich konnte mich immer noch nicht dazu aufraffen, dem Horror zu begegnen. Beine wie Blei. Ich schlurfte zum Sofa und setzte mich seufzend.

Das Kopfweh rührte sich jetzt wieder, und die Übelkeit schwappte wie Vanillesoße unter einer dicken Haut. Ich war müde, ich wollte nichts als schlafen. Aber dann hätte ich mich mit dem Ärger unter dem Bett befassen müssen. Ich war ins Exil getrieben. Mein Kopf sank herab und vergrub sich in meinen Händen. Die Liste der Dinge, die getan werden mussten, um das Chaos in den Griff zu bekommen, wurde immer länger. Doch mir fehlte die Energie. Und da war noch etwas – eine psychologische Barriere, wie ein Schott, das durch den Druck dahinter dicht versiegelt war. Ich mochte gar nichts mehr tun. Ich war es nicht, der diese Zerstörung verursacht hatte, und ich wollte nicht derjenige sein, der sie wieder in Ordnung bringen musste. Selbst wenn ich mir die größte Mühe gab, konnte ich keinen Erfolg damit haben. Der Schaden war nicht aus der Welt zu schaffen, die Brücken hinter mir abgebrannt. Ich war exiliert, aus dem Schlafzimmer, aus Oskars Freundschaft, aus dem Zustand der Gnade.

Ich konnte ihn anrufen. Das war immer noch möglich. Ich konnte Oskar anrufen und ihm erklären, was passiert war. *Oskar, es hat leider einen Unfall gegeben …*

»Vielen Dank für deine Hilfsbereitschaft. Du bist ein wahrer Freund.« Vor Erleichterung darüber, dass ich bereit war, seine Wohnung zu hüten, hatte Oskars Miene sich merklich aufgehellt. »Mir ist nicht wohl dabei, die Wohnung so lange allein zu lassen, nicht mit den Katzen ...« Er schwieg einen Moment, hing vielleicht Gedanken an die Katzen nach. Ich fragte mich, wie viel Mühe sie wohl machen konnten.

Ich lächelte geschmeichelt, genoss die Anerkennung für etwas, das keine große Überwindung zu kosten schien. »Ich helf dir doch gern«, sagte ich. »Fährst du zu Laura?«

Schlagartig verfinsterte sich seine Miene wieder, als wäre eine Sicherung durchgebrannt. »Mhm«, knurrte er.

Sein plötzlicher Stimmungsumschwung verunsicherte mich. War ich schon wieder ins Fettnäpfchen getreten? »Tut mir leid ...«, begann ich automatisch, auch wenn ich gar nicht wusste, was mir leid tun sollte.

»Nein, nein«, winkte Oskar ab und schenkte mir ein blasses Lächeln. »*Mir* tut es leid. Ich will es dir erklären. Ich fahre nach Los Angeles, weil wir uns scheiden lassen.«

Ich war sprachlos. »Aber, Oskar, das ist ja schrecklich! Das tut mir wirklich leid.« Tatsächlich waren meine Gefühle recht gemischter Natur. Nicht, dass ich überglücklich gewesen wäre, Laura aus Oskars Leben verschwinden zu sehen – es war eher eine Kombination aus brüderlichem Mitgefühl mit Oskar und jener Art von klammheimlich aufflackernder Schadenfreude, die man empfindet, wenn einem Freund etwas zustößt, Genugtuung ob der Gelegenheit, sich für die Dauer einer Unterhaltung auf emotionale Safari zu begeben, um sich dann ohne weitere Verstrickung in das mildere Klima der eigenen Langweiligkeit zurückzuziehen. Untergründig schwelte da außerdem noch die Befürchtung, meine Reaktion könnte als unpassend empfunden werden, gepaart mit dem üblichen britischen Horror davor, dass jemand in Tränen ausbrechen könnte.

»Ich weiß nicht, ob es schrecklich ist«, entgegnete Oskar. »Für mich ist es natürlich sehr traurig. Aber es war zu kompliziert, sie in dem einen Land, ich in dem anderen. Und die Entfernung macht das Zusammenleben schwierig. Wir streiten uns oft. Ich mag Los Angeles nicht. Es ist so unordentlich. Und sie hasst meine Wohnung. Das verstehe ich nicht – du wirst sehen, es ist eine sehr schöne Wohnung. Und so groß! Zu groß für mich allein, darum habe ich die Katzen. Und nun stellt sich raus, die Wohnung ist zu groß für mich, aber zu klein für uns beide. Allein ist es einsam, zu zweit ist es eng. Tja, so ist es wohl im Leben.«

»Ich hatte noch nie eine Fernbeziehung«, sagte ich, »aber ich weiß, wie schwierig das Zusammenleben sein kann.«

»Schwierig?« Oskar schien sich über das Wort zu ärgern. »Ja, das höre ich immer. Warum sollte es schwierig sein? Immer heißt es, dies ist schwierig, das ist schwierig. Aber das ist nur eine Ausrede für Versagen, für fehlerhaftes Handeln. Solange man sich an die Regeln hält, ist es nicht schwierig. Wenn man weiß, wie man sich zu verhalten hat, sollte alles einfach sein.«

Einer der hoffnungslosen Fälle am Tresen fing an, sich die Lunge aus dem Leib zu husten. Oskar hatte sein Glas geleert, und der Rest von meinem Bier war warm. Ich bot an, Nachschub zu holen, und er willigte ein.

»Oskar, es hat einen Unfall gegeben«, sagte ich laut. Die Katze auf dem Sessel blickte auf, als wollte sie sagen: »Ach? Was ist denn passiert?«

»Oskar, es hat einen Unfall gegeben«, begann ich erneut. »Wein … ziemlich viel Wein … wurde verschüttet …« Nein, das Passiv taugte nichts. Er würde es sofort *mir* anlasten. Und das war unfair – es war nicht meine Schuld.

»Oskar, es hat einen Unfall gegeben«, übte ich weiter. »Die Katzen haben Wein auf dem Boden verschüttet.« Aber das ging auch nicht. Es klang absurd. Ich sah förmlich, wie er die

Brauen hochzog, die Lippen verkniff. Ich konnte mir vorstellen, wie unsinnig das am Telefon klingen musste. »Ach«, würde er sagen, eine Silbe so voller Schärfe, dass sie die Isolierung von den Kupferdrähten der transatlantischen Telefonleitung wegätzen würde. Er würde es für eine Ausrede halten, und ich würde das Ganze in allen Einzelheiten erklären müssen – dass die Putzfrau den Korken nicht tief genug reingeschoben hatte, dass ich länger als vorgesehen aus gewesen war … Ich würde allen die Schuld an dem Debakel geben müssen, außer mir selbst, wie ein Pennäler, der nicht die Verantwortung für seine Taten übernehmen will. Aber es *war* doch ihre Schuld! Ich *war* doch nicht dafür verantwortlich!

Das war alles dermaßen *unfair.*

Ich straffte den Rücken, lockerte die Schultern. Wer auch immer die Schuld an dem Schlamassel trug, verantwortlich war jetzt ich. Ich war der Erwachsene hier. Die Katzen würden sich keine Gummihandschuhe anziehen und den Dreck wegputzen. Und wenn der Dreck unter dem Bett so schlimm war wie der in der Küche, konnte man ohnehin nicht viel dagegen ausrichten. Wenigstens war er dort unten nicht sichtbar.

Als ich aufstand, sah ich, dass die Katze meinem Beispiel folgte und sich streckte. Der Groll in mir ebbte ab. Ich strich ihr über den Rücken.

»Du bist trotzdem süß«, sagte ich. Die Katze blinzelte und wand sich vor Wonne. »Wo ist denn dein kleiner Kumpel abgeblieben?« Als einzige Antwort schnurrte sie unter meiner Hand.

Ich holte ein paar alte Zeitungen, Gummihandschuhe, das feuchte Geschirrtuch und eine Schüssel warmes Wasser mit einem Spritzer Spülmittel. Hinter der Schlafzimmertür lauerte der Gestank wie ein Raubmörder. Als Erstes öffnete ich mal die Balkontür, was ich längst hätte machen sollen. Aber vorhin war ich ja mit Sterben beschäftigt gewesen, nicht mit Denken. Frisch und belebend strömte die Stadtluft herein, vom Regen gewaschene Auspuffgase, süß wie Chanel Nr. 5. Ich streifte die Handschuhe über und zog das Bett am Fußende von der Wand weg, schön sachte, um den Boden nicht zu verkratzen. Sobald es von den Nachtkästchen abgerückt war, schob ich es an die gegenüberliegende Wand.

Darunter kam zu meiner Überraschung eine Ansammlung knalliger Farben zum Vorschein – blau, gelb, rot, lila, sehr viel rosa. Ein Lufthauch von der Straße, und Papier stellte sich auf wie fröhliche Windschutze an einem bunt gescheckten Strand. Ich sah auf einen verrutschten Stapel Pornohefte hinab, so an die vier bis fünf Dutzend.

Stupide Grinsegesichter in einem Meer von Fleischfarben, schlimme, schlängelnde Finger und schlampiges Layout. Ich stand da und glotzte, von einer völlig unerwarteten Furcht befallen, die ich seit meiner Schulzeit nicht mehr gekannt hatte, doch plötzlich war sie wieder da, frisch wie eh und je – die Furcht, meine Eltern könnten hereinplatzen. Dann, genauso unerwartet, Erheiterung. Ich lachte.

»Du alter Schlawiner«, schmunzelte ich. Einladend aufgeworfene Lippen lachten verständnislos mit.

Das rosagraue Pfützchen von Katzenkotze hatte nur vier oder fünf der Hefte bekleckert. Eine ebenso knappe wie präzise publizistische Kritik. Mit etwas Geschicklichkeit würde ich den ganzen Dreck in die besudelte Schmutzpresse einwickeln und zum Mülleimer schaffen können. Mit maximal ausgestrecktem Arm unterwegs zur Küche sprang mich der Geruch aus den eingerollten Sexpostillen von Neuem an. Ich stopfte das Bündel tief in den Eimer, hustend und würgend vor Ekel. Doch aus Angst, der Geruch könnte sich in der ganzen

Küche ausbreiten, zerrte ich die schwarze Mülltüte heraus, drehte ihr fest den Hals um und knotete sie zu.

Über dem Knoten öffnete der Tütenrand sich langsam wie eine zerknautschte schwarze Blume. Besonders fest verschlossen sah die Tüte nicht aus, sie wimmelte sicher schon von Darmbakterien, die sich zielstrebig an die Luft hocharbeiteten, die Designerkaffeeluft von Oskars zunehmend an Reinheit verlierender Edelstahlküche. Da fiel mir plötzlich der Müllschlucker im Treppenhaus ein.

Im Treppenhaus war es kühler als in der Wohnung, und als ich die Tür aufmachte, hatte ich das deutliche Gefühl von entweichender Druckluft. Fast erwartete ich ein Zischen wie bei einem Tupperwaredeckel. Der Luftunterschied von drinnen und draußen, das triste Unterwassergrün der Wandfarbe, das harte Echo der Fliesenböden und Steintreppen erinnerten mich an die Schule, an die Zeit vor Hightech und Fiberglas und buntem Laminat. Irgendwie hatte der Müllschlucker auch etwas Infantilisierendes – in der Art, wie er für größere, kräftigere Wesen gedacht zu sein schien, beim Öffnen so asthmatisch ächzte wie ein alter Mann und beim Schließen so biestig zuschnappte, dass ich jedes Mal versucht war, meine Finger zu zählen. Genau die Sorte von Gerät, mit dem zu spielen man Kindern immer verbietet. Und zusätzlich zum Reiz des Verbotenen konnte das Ding auch noch zaubern – es ließ alles verschwinden. Selbst das Geräusch der fallenden Tüte, falls es eins gab, wurde vom Scheppern der Müllschluckerklappe verschluckt.

Doch in dem stillen Treppenhaus machte sich ein anderes Geräusch bemerkbar, als ein Stockwerk weiter unten ein Schloss klickte und eine Tür aufging. Wie angewurzelt blieb ich stehen und wartete auf Schritte, Stimmen, Schlüsselklirren, nachbarschaftliche Laute. Es kam nichts. Ich merkte, dass ich die Luft anhielt. Dann hörte ich ganz leise eine Türangel quietschen und das Schloss wieder zuschnappen. Heftig schlug ich Oskars Tür zu, mit einem Knall wie ein Warnschuss.

Drinnen war die Luft besser geworden. Im Schlafzimmer war das Bett immer noch abgerückt, der Pornostapel nackt in der Mitte des Zimmers. Unartiger Knabe, dieser Oskar! Diesen Heftestapel entdeckt zu haben, gab mir ein gutes Gefühl. Normalerweise wäre mir so eine Entdeckung eher peinlich gewesen, und ich hätte mich beeilt, alles aufzuräumen und die Spuren zu verwischen, aber für Oskar war es mir nicht peinlich, im Gegenteil, es war mir hochwillkommen, zeigte es doch, dass auch er nur ein Mensch war. Konnten seine Nachtclubausflüge mit Michael noch als soziale Anpassung gedeutet werden, so war das hier eindeutig sein Privatvergnügen. Das Ganze sah ihm so gar nicht ähnlich. Seltsam, dass er überhaupt Zeitschriften hortete in dieser bildgesättigten, unermesslich breit gefächerten Internet-Ära. Obwohl es keinen Computer in der Wohnung gab, besaß er sicher einen Laptop, diskret und allzeit verfügbar. Zudem war diese Sammlung hier so unordentlich, die Darstellungen so unappetitlich – billig, grell, geschmacklos. Wenn schon Pornografie, konnte ich mir genau vorstellen, was zu Oskar gepasst hätte – exquisite Models, dekorativ über Designermöbel drapiert, in mattem Schwarz-Weiß von Künstlern ihres Fachs (Männern oder Frauen) abgelichtet, mit der gleichen professionellen Distanz, die sie auch dem Eifelturm oder einem Blumengesteck entgegenbringen würden. Und wenn schon Farbe, dann allenfalls Hochglanzfotos, schlüpfrige Szenen aus der Opernwelt, in dekadenter Ästhetik bebildert.

Aber nie und nimmer dieser notgeile, unverblümte Mist. Ich ging in die Hocke, um ihn mir genauer anzusehen, hob das nächstbeste Heft mit der Behutsamkeit eines Zoologen auf, der ein Exemplar einer neuen, ekligen und vielleicht giftigen Gattung unter die Lupe nimmt. Das Papier war dünn und haftete an den Fingern. Es wunderte mich nicht, dass es hieß, diese Art der Darstellung behandele die Frauen wie Fleischstücke. Das war keine Redewendung, sondern die buchstäbliche Wahrheit. Diese Figuren waren nichts als die schnellste Verbindung zwischen zwei Punkten, eine Art Instantfleisch, bar jeden Kontexts, auf den kleinsten gemeinsamen Nenner reduziert. Dieses Vorzeigefleisch wurde stets so krass wie möglich in die Kamera gereckt, während die Gesichter dazu exakt zwei Sorten von Ausdruck zu bieten hatten, grinsend oder gelangweilt. Zeigte sich hie und da mal eine dritte Sorte von Gesichtsausdruck, der dem Veto der Bildredaktion entgangen war, wirkte es wie ein zufällig aufblitzender Funken Ehrlichkeit, viel entlarvender als all die Nacktheit, und man sah Zweifel, Befangenheit, Sorge.

Wenn die Blicke der Mädchen einem begegneten und tatsächlich etwas Kommunikatives hatten, konnte man sie schwer aushalten. Und selbst die Ausdruckslosen mochte ich nicht anstarren. In all ihren rosa Posen wurden sie völlig austauschbar, ja geradezu unsichtbar. Das Auge rutschte ab, hielt sich an Einzelheiten im Hintergrund fest. Und diese Hintergrunddetails waren noch viel schauderhafter.

Diese drallen Damen räkelten sich auf dem Totenacker des guten Geschmacks. Die Szenerie, in der sie posierten, war voller Rattansessel, Velours, gepolsterter Kopfteile, Leopardenmuster, Kunstfell, Kunstleder, Stoffblumen. Das Layout glich einem Schlachtfeld. Als Mitverfasser amtlicher Broschüren hatte ich gedacht, ich hätte schon alles Unheil gesehen, das modernes Desktop-Publishing in unerfahrenen Händen anrichten kann, doch hier wurde ich eines Besseren belehrt.

Die Schrift bestand aus dürren, ungleichmäßigen Sans-sérif-Lettern, stellenweise so eng gesetzt, dass die Wörter zu einer Buchstabenschlange gerannen, während an anderen Stellen sich einzelne Wörter über eine ganze Spaltenbreite zerdehnten. Die Titelzeilen waren in kitschig lachsrosa Kursivschrift hervorgehoben, die auf weißem Hintergrund scheußlich aussah und auf den Fotos praktisch unleserlich war. All diese typografischen Absonderlichkeiten tummelten sich in einem Chaos aus wirren, windschiefen, knallig umrandeten Textkästchen. Die schiere Kunstlosigkeit nötigte einem fast so etwas wie Respekt ab für das verquere Genie, das es fertigbrachte, jedes Element der Gestaltung so vollständig zu verhunzen, bis hin zu dem schlampigen Flattersatz und der falschen Silbentrennung. Vielleicht war dies für Oskar das eigentlich Pornografische: der Reiz der entblößten Schönheiten maximal pervertiert durch die überwältigende Hässlichkeit ihrer Umgebung. Vielleicht war es das, worauf Oskar abfuhr – der matte Hauch von Schweiß auf glänzendem, avocadogrünem Vinyl.

Ob er die Hefte vermissen würde, die ich weggeworfen hatte? Womöglich hatte er seine kleine Schmuddelbibliothek penibelst archiviert? Typisch für ihn wäre es gewesen, die Hefte alphabetisch geordnet in Klarsichthüllen abzuheften, doch stattdessen waren sie ohne jede Sorgfalt oder Systematik unterm Bett gestapelt. Würde er es bemerken, dass ich vier davon entwendet hatte? Wenn ja, würde er sich wohl kaum dazu äußern können, ohne sich gleichzeitig als deren Besitzer kenntlich zu machen. Und außerdem, was war das Verschwinden dieser Hefte schon gegen die Zerstörung seines kostbaren Holzbodens?

Letztlich konnte ich mit dem Schmuddelkram also anstellen, was ich wollte. Wenn zwischen uns alles aus war, wenn wir nur noch die Stunden zählten, bis Oskar mich für meine Missetat – beziehungsweise für meine Nachlässigkeit – verachtete, wäre es doch eine Genugtuung, ihm einen Hinweis darauf zu hinterlassen, dass ich sein kleines Laster entdeckt hatte, diesen Makel in seiner Perfektion. Also begann ich, die Hefte nach Erscheinungsdatum zu sortieren.

Zwischen all den Nackedeis rutschte mir prompt ein Zettel entgegen, auf dem in Oskars Handschrift stand:

> Du solltest mein Privatleben respektieren. Aber ich hatte schon erwartet, dass Du ein bisschen herumschnüffeln würdest. Wir sind schließlich alle nur Menschen.
> Mach bitte hinterher sauber.
> Oskar

Mein Griff hatte sich wohl gelockert, denn der Zettel flatterte zu Boden und wirbelte ein paar träge Staubmäuse auf.

Ich wollte schlucken, aber mein Mund war eine einzige Wüste. Dehydrierung, die Folge des Alkoholmissbrauchs und der Grund für meinen schweren Kopf. Was ich brauchte, war ein Glas Wasser. Ich stand auf, und die Beine gaben fast unter mir nach. Ich taumelte. Meine Knie fühlten sich an wie aus Tapetenkleister.

Mit weit mehr Mühe, als normal gewesen wäre, schaffte ich es in die Küche. Die Katze sprang vom Stuhl, kam miauend auf mich zugelaufen und stupste mir mit dem Kopf gegen die plötzlich so wattigen Beine. Mit ging auf, dass es schon Spätnachmittag war, und die Katzen waren noch nicht gefüttert worden. Scheiß drauf, dachte ich, die können warten, ein bisschen Verzögerung vor dem Frühstück wird sie schon nicht umbringen.

Den Hahn am Spülbecken drehte ich so heftig auf, dass der

Wasserstrahl wie eine Fontäne aus dem Glas spritzte. Nachdem ich den Schwall abgedreht hatte, stand ich einen Moment schwer atmend da, mit zitternden Knien.

Das war nicht nur Dehydrierung, das war eine Überdosis Adrenalin. Ich war wütend, stinksauer, zittrig vor Zorn.

Wie konnte er es wagen? Wie konnte er einfach davon ausgehen, dass ich »herumschnüffeln« würde? Und dieser Unterton von müder Toleranz, wie ein Erwachsener, der sich zu einem Kind herablässt. Und von wegen hinterher sauber machen – ich hatte doch nur unters Bett geschaut, um den Dreck von *seinen* Miezen wegzuputzen. *Sie* waren hier die Ferkel, *er* war der Pornokonsument, aber *ich* sollte mich schuldig fühlen.

Die Katze strich mir immerzu um die Beine. Ich blickte zu ihr hinunter, und sie blickte kläglich zu mir auf. Plötzlich hasste ich sie. Ich verachtete ihre Abhängigkeit von mir. Doch trotz ihrer dreisten Anspruchshaltung war sie immer noch süß. Ich bückte mich, um sie zu streicheln, und sie stellte sich auf die Hinterbeine, schmiegte ihren Kopf in meine Hand.

»Bist du die, die unters Bett gekotzt hat?« Sie ignorierte die Frage. »Ich geb dir Futter, sobald ich im Schlafzimmer sauber gemacht habe«, vertröstete ich sie.

Mach hinterher sauber. Ja, da konnte er Gift drauf nehmen. Das Widerlichste an Oskars Zettelbotschaft war, dass er gar nicht wissen konnte, ob ich schnüffeln würde oder nicht. Er konnte mich ganz gemütlich beschuldigen, seine Privatsphäre zu verletzen, wohl wissend, dass seine Verachtung mir gegenüber unbemerkt bleiben würde, wenn ich die Pornohefte nicht entdeckte. Offenbar hatte er nicht in Betracht gezogen, dass ich sie auch unabsichtlich finden könnte. Tja, ich war in seine Falle getappt, ohne herumgestöbert zu haben, auch wenn er das anscheinend nicht für möglich hielt. Die befleckten Hefte waren weg, sodass ich meine Version der Ereignisse nicht mehr beweisen konnte, also konnte ich ebenso gut jeden Zweifel daran, ob ich die Hefte entdeckt hatte, aus der Welt schaffen. Sollte er doch ruhig wissen, dass ich es wusste.

Ich kehrte ins Schlafzimmer zurück und ordnete die Hefte methodisch zu einem halben Dutzend säuberlicher Stapel. Zuerst wollte ich sie einfach so in einer Reihe unterm Bett hinterlassen, befürchtete jedoch, Oskar könnte meine Mühe nicht bemerken. Was ich brauchte, waren Klarsichthüllen, und die würde ich sicher im Arbeitszimmer finden.

Die Tür zu dem Raum, in dem Oskar seine Musik komponierte, stand halb offen, und als ich sie aufstieß, hatte ich das Gefühl, die stille Luft aufzustören. Wieder beeindruckte mich der Frieden in diesem Raum, die Atmosphäre von konzentrierter Ruhe, die Isolation vom Rest der Wohnung. Hier war alles unberührt von meinen hektischen Aktivitäten in den übrigen Räumen, selbst der Straßenlärm wirkte gedämpft. Das Nachmittagslicht schien in zauberhaft schrägen Bahnen herein, blass und weich wie edles Velin, belebt von tanzenden Staubkörnern, die von den sauber auf Kante gestapelten Papierbögen aufwirbelten. Es war ruhevoll, aber hellwach.

Trotzdem beunruhigte mich irgendetwas, als ich den Raum betrat, irgendein loses Ende entrollte sich tief am Grunde meiner Erinnerung – aber was? Ich kam nicht darauf. Mein Puls schlug schneller. War ich letzte Nacht hier drin gewesen? Ich schnupperte. Irgendetwas Unbestimmtes lag in der Luft. Allmählich begann ich, die Details des Raumes ins Auge zu fassen. Ja – ich *war* hier gewesen, sturzbetrunken, denn offenbar hatte ich meine Socken im Piano hinterlassen. Ich streckte die Hand danach aus.

Doch es waren nicht meine Socken. Es waren Pfoten. Pfoten, Beine und ein Schwanz. Der Klavierdeckel stand ein Stück offen. Was ihn offen hielt, war der tote Körper einer der beiden Katzen, deren pelziges Hinterteil über den Rand hinabhing. Der Rest der Katze war nicht zu sehen, aber die schlaffen Beine, der schnurgerade hängende Schwanz, der ungute Knick des Rückgrats unter dem Klavierdeckel zeigten unmissverständlich, dass sie tot war.

Zaghaft strich ich mit dem Fingerknöchel an einem der Beine hinab. Das Fell war immer noch weich, aber kalt, selbst in dem hereinscheinenden Sonnenlicht. Mir war auch kalt. Ich fröstelte, gestreift von dem Schatten einer schweren, düster heraufziehenden Pflicht.

Eine Weile passierte gar nichts. Ich weiß es, denn ich stand da und sah zu, wie nichts passierte. Die Beine zuckten nicht plötzlich auf, der Schwanz ringelte sich nicht ein, keinerlei Wärme flutete in die traurigen Flanken zurück. Die Katze blieb tot. Keine Chance mehr, dieses Ende abzuwenden. Die weiße Schwanzspitze hing reglos herab wie das stehen gebliebene Pendel einer Standuhr.

Der Klavierdeckel war auf die Katze gefallen und hatte ihr das Rückgrat gebrochen. Also war der Deckel aufgeklappt gewesen – ich hatte ihn offen gelassen. Im Hinaufspringen hatte die Katze wohl die Halterung verschoben, war vielleicht daran entlanggestreift, wie der klassische Betrunkene, der sich an einem Laternenpfahl festhält. *Peng!* War es wenigstens schnell gegangen? Blut war keines zu sehen, auch sonst keine Spuren. Die tote Katze musste da wohl entfernt werden. Korrektur: *Ich* würde die tote Katze da entfernen müssen. So konnte sie ja schließlich nicht liegen bleiben. Aber wohin damit?

Und dann war da noch die Frage, was mit Oskar werden sollte. Er würde kaum erfreut darüber sein, dass ich … dass seine Katze tot war. Mit pedantischer Vorhersehbarkeit hatte er mal wieder recht gehabt: Ich hätte nicht mit dem Klavier herumspielen sollen. Und dabei war der Deckel doch nur deshalb offen geblieben, weil ich durch Oskars Anruf abgelenkt worden war. Hätte er nicht darauf bestanden, mich ins Konzert zu schicken, wäre das alles nicht passiert. Wenn die Katze bei ihrem Unfall betrunken gewesen war, dann hatte die Putzfrau auch ihren Anteil an der Schuld, da sie es versäumt hatte, die Flasche ordentlich zuzukorken. Ganz zu schweigen von den Katzen selbst, diesen schnurrbärtigen Saboteuren. Wenn man seine vier Wände schon mit dämlichen Viechern teilte, musste man eben darauf gefasst sein, dass sie Dummheiten machten.

Aber nun war das dämliche Viech tot. Mal abgesehen davon, was Oskar mir vielleicht würde antun wollen – was würde er wollen, dass man mit der Leiche täte? Begraben? Wo denn? Hier gab es keinen Garten, und ich würde mich garantiert nicht mit einer toten Katze und einer Schaufel in den Park begeben. Aber warum eigentlich ich? Vielleicht wollte Oskar die feierliche Beisetzung ja lieber selbst vornehmen. Dann musste die Mieze wohl einstweilen ins Tiefkühlfach wandern. Auf dem Küchentresen aufbahren kam jedenfalls nicht infrage. Doch die Vorstellung, wie er heimkam und einen diesmal von *mir* verfassten Zettel vorfand – »ein Unfall … wusste nicht, was ich tun soll … musste den Flieger erwischen« –, auf die Tüte mit dem Kadaver gepappt, als handelte es sich um ein aufgehobenes Frikassee … Diese Zettel blieben sowieso nie haften. Und irgendwie war mir der Gedanke zuwider, eine tiefgefrorene Katze in der Wohnung zu haben. War das überhaupt hygienisch vertretbar? Gut, sie wäre in eine Mülltüte gewickelt, aber wie verhielt es sich mit der Hygiene von Mülltüten?

Ich schüttelte mich, um dieser zunehmend vom Pfad der Vernunft abweichenden Grübelei zu entkommen, und trat ans Fenster, fort von den kleinen Pfoten mit ihren pelzigen kleinen Zehen. Natürlich konnte man eine Mülltüte ins Tiefkühlfach legen, sie waren ja nicht von vornherein verdreckt, nur weil sie für Müll bestimmt waren. Das war ja das Angenehme an so einem Gebäude, dass man sich nicht um den Müll kümmern musste …

Bingo! Ich konnte die Katze doch in den Müllschlucker werfen! Auf die Weise würde sie einfach verschwinden. Oskar würde gar nicht erfahren müssen, wie sie ums Leben gekommen war – vielleicht wusste *ich* es nicht einmal. Sie war halt eines Morgens nicht mehr zurückgekommen. Sehr traurig. Vielleicht war sie überfahren worden … Ich bräuchte sie nicht einmal in die Mülltüte zu stopfen. Besser nicht – falls der Kadaver tütenlos in der Tonne entdeckt würde, sähe es so aus, als wäre sie irgendwie hineingefallen oder von irgendwem aufgelesen und hineingeworfen worden. Wie viel forensischen Aufwand würde man dem Viech denn schon angedeihen lassen? Außerdem hatte ich ein reines Gewissen. Es war ja nicht so, als hätte ich es umgebracht.

Also ab in den Müllschlucker mit der Mieze. Es sei denn, sie hätte etwas im Piano hinterlassen, Blutspuren, Erbrochenes, irgendwelche Gruselrelikte. Dann wäre ich allerdings geliefert.

Ich schob den Daumen in die Lücke, in die der Kadaver eingekeilt war, und hob den Klavierdeckel an.

Die Katze bewegte sich. Ich sah sie die Vorderbeine recken und rücklings aus dem Piano gleiten. Ihr Kopf bog sich hoch. Von Panik erfasst, knallte ich den Deckel hinunter, auf die Vorderbeine der Katze und auf meinen Daumenballen. Ein jaulender Diskant aus den erschütterten Saiten begleitete den blitzartigen Schmerz, der mir wie ein Stromstoß den Arm hinaufschoss. Das Blut rauschte mir in den Ohren, die Knie knickten mir ein. Bestimmt hatte ich aufgeschrien, und Galle stieg mir die Kehle hoch.

Wieder hielt der Klavierdeckel die Katze an Ort und Stelle, weil ich mit meinem Gewicht darauf lehnte, den höllisch schmerzenden Daumen noch immer eingeklemmt. Sobald ich den Deckel anhob, würde die Katze herausfallen, was mir unvorstellbar pietätlos vorkam. Doch ich musste meinen Daumen befreien. Das Einzige, was mir übrig blieb, war, die Katze festzuhalten, wozu ich absolut keine Lust hatte. Aber die Schmerzwellen, die von dem gequetschten Daumen ausstrahlten, ließen mir keine Wahl.

Mit der freien Hand packte ich die Katze an den Hinterbeinen. Das Fell fühlte sich künstlich an, die Gliedmaßen darunter kalt und dürr. Grundlos befiel mich die Furcht, der Kadaver könnte mir in den Händen entzweigehen und sich zu einem Haufen von Gedärmen und Sehnensträngen entrollen. Ich befreite meinen Daumen, und die Katze rutschte unter dem Pianodeckel hervor, ein totes Gewicht an meinem Arm.

Mit untypischem Wagemut hob ich sie über meinen Kopf hoch, um ihr Gesicht zu inspizieren. Ein dunkler Blutstropfen war unter ihrer Nase getrocknet, und das kurze weiße Fell um die Schnauze zeigte Spuren von Weinrot. Ihre erste Sause, und schon war sie nicht mehr von dieser Welt.

Vorsichtig öffnete ich die Wohnungstür und horchte hinaus. Im Treppenhaus war es kalt und still. Falls meine Nachbarn zu Hause waren, verhielten sie sich wirklich sehr still. Man hörte weder Musik noch Fernseher, weder Geschirrklappern noch quengelnde Kinder. Seltsam, seit ich hier war, hatte ich noch nie jemanden im Haus gehört. Genauso gut hätte es leer stehen können. Bis auf die Hausmeisterin, die wöchentlich zum Putzen kam.

Sie war nirgends zu sehen. Gegenüber wartete der Müllschlucker mit seiner abgeblätterten Metallklappe, wie eine Gefängnistür oder das Bullauge einer Waschmaschine. Ich erinnerte mich an die Waschmaschinen bei uns damals am College, klobige Dinger, denen ein chemischer Geruch anhaftete und deren Rumpeln tief im Bauch des Gebäudes dröhnte. Sie gaben eine feuchte Hitze ab, die den engen Waschkeller in eine Sauna verwandelte. Ständig tropfte dort das Wasser von der Decke, die jedes Jahr einen neuen gelblich weißen Anstrich bekam und an jedem Jahresende einen Ausschlag aus schwarzem Schimmel hatte. Trockner gab es keine – die Wäsche wurde auf Ständern in den Zimmern aufgehängt, die dadurch ebenfalls feucht wurden. Meine Sachen blieben oft auch einfach in der Wäschetasche zusammengeknüllt, wo sie ihren eigenen Schimmel ansetzten. Oskar pflegte immer etwas misstrauisch nach dieser rosa-weiß gestreiften Tasche zu äugen und die Nase zu rümpfen.

Wieso dachte ich jetzt gerade daran? Proust'sche Verzögerungstaktik. Ich kam einfach nicht in Gang. Niemand im Treppenhaus, jetzt war der richtige Moment, mich von dem Kadaver zu befreien, dessen Fell in meiner Hand warm geworden war, während die Beinknochen darunter sich anfühlten wie etwas vom Metzger.

Also los. Wenn ich noch länger wartete, würde der richtige Moment vorbei sein. Oder etwa nicht?

Nein. Unschlüssig fixierte ich den Müllschlucker. Ich wusste genau, wie wenig Aufwand es kostete, dorthin zu gelangen. Ich konnte mir den ganzen Ablauf genau vorstellen – ein paar schnelle Schritte, Klappe auf, Katze rein, Katze loslassen, Klappe zu. Aber ich konnte natürlich auch ewig weiter so dastehen, mit dem toten Ding in der Hand.

Los los los.

Ein kleines Pendel in meiner Brust schlug den Takt, während ich auf den Treppenabsatz hinaustrat, und der Katzenkadaver pendelte im gleichen Takt an meiner Seite. Ich wollte das arme Ding nicht mehr ansehen müssen, in diesen letzten paar Sekunden unseres Zusammenseins, vor allem nicht mehr sein trauriges kleines Gesicht, während ich es dort hinunter zu dem anderen Abfall warf. Die Klappe des Müllschluckers öffnete sich mit einem einladenden Quietschen. Als ich die Katze hochhob, um sie auf die letzte Reise zu schicken, konnte ich es mir doch nicht verkneifen, noch mal hinzuschauen, und sei es nur der Pietät halber. Ich schloss den Müllschlucker noch mal ein Stück, um den Druck auf meinen anderen Arm zu verringern, der die starke Feder im Klappmechanismus am Zurückschnappen hindern musste, und warf einen Blick auf den mickrigen Leichnam. Das Fell wirkte stellenweise abgewetzt und ließ die graurosa Haut darunter durchschimmern. Die Augen waren fast geschlossen. Süß war die Katze nicht mehr.

Vorsichtig fädelte ich ihre Vorderpfoten unter der Klappe ein, schob den schlaff baumelnden Kopf nach, versetzte dem Ganzen noch einen kleinen Schubs und ließ los.

Ein paar Katzenhaare klebten noch an meinen Handflächen. Ich klatschte in die Hände, um sie abzustreifen, während ich mich zu Oskars Wohnungstür umwandte – da sah ich die Hausmeisterin unten an der Treppe stehen und zu mir hinaufstarren, Mund und Augen kreisrund aufgerissen.

Keiner von uns rührte sich. Wie viel hatte sie gesehen? Ihrer Miene nach musste sie es ziemlich schlimm gefunden haben. Aber hatte sie es überhaupt richtig erkennen können? Alles war sehr schnell gegangen, und sie hatte sicher noch nicht dort gestanden, als ich aus der Wohnung trat. Da sie kaum mehr als meinen Rücken erspäht haben konnte, würde es mir nicht schwerfallen, mich (wem gegenüber?) zu rechtfertigen: Sie habe nur eine Plastiktüte gesehen und nicht das, was *sie* behauptete (wem gegenüber? der Polizei?). Es sei bloß eine Katze, sie sei durch einen bedauerlichen Unfall umgekommen, die Frau da habe überhaupt nichts gesehen, eine Unverschämtheit sei das, sie habe kein Recht, mich anzuschwärzen ...

Sie starrte mich immer noch an, und ihr Mund klappte auf und zu wie bei einem Goldfisch. Dann kam sie langsam näher, die Treppe herauf, und ich zuckte unwillkürlich zurück. Sie hob die Hand, deutete anklagend auf mich, glotzte irr. Ich dachte an Donald Sutherland in der letzten Szene des 1978 gedrehten Remakes von *Invasion der Körperfresser* – den Arm erhoben wie ein Gewehr, das Gesicht hassverzerrt, fremd und abstoßend. Ich dachte an die grausige Erscheinung, die am Ende der Oper auf Don Giovanni zugewankt kommt. Und sie kam immer näher.

»Was ist los?«, stammelte ich und versuchte, unbekümmert zu tun. Ich war vollkommen erstarrt, unfähig, irgendeine Bewegung zu machen, die nicht einem augenblicklichen Schuldeingeständnis gleichkam. Doch genau diese Erstarrung wirkte wie das personifizierte schlechte Gewissen. Ich hatte keine Ahnung, wie ein unschuldiges Gebaren überhaupt aussehen könnte. »Irgendwas nicht in Ordnung?«, fragte ich.

Die Hausmeisterin hatte fast schon den Treppenabsatz erreicht, zeigte immer noch mit dem Finger auf mich und stieß unartikulierte Laute aus. Tatsächlich wirkte sie erstaunlich einschüchternd in ihrer Rüstung aus Fett und Schwarte und Kunstfasern, ein Panzer mit Kopftuch, der dicke, drohend gereckte Arm wie ein Kanonenrohr. Aber langsam wurde mir klar, dass sie gar nicht auf mich zeigte, sondern an mir vorbei, zum Müllschlucker hin.

Widerstrebend blickte ich mich um. Was da ihre Aufmerksamkeit erregt hatte, war nicht zu übersehen. Aus der Klappe ragte ein zehn Zentimeter langes Stück Schwanz hervor. Der Rest der Katze hing wohl auf der Innenseite, aus Versehen am

Absturz gehindert. Nun, da die schlaffe Masse des restlichen Körpers unsichtbar war, sah die kleine Fellzigarre irgendwie komisch aus, wie etwas, das besser an einer Autoantenne hätte hängen sollen. Ich musste kurz an die schrecklichen Plastikfinger denken, die es so aussehen ließen, als wäre jemand im Kofferraum eingesperrt, ein kurzlebiger Gag aus den Achtzigern.

Selber überrascht von meiner Tatkraft, schob ich hastig die Klappe auf, und das schwarz-weiße Schwanzstück verschwand wie ein aufgeschrecktes Mäuschen, von dem nur schwach vernehmbaren Geräusch des hinabrutschenden Körpers begleitet.

Die Hausmeisterin blieb oben an der Treppe stehen und ließ eine abgehackte, vielsilbige Wortkaskade auf mich niederprasseln. Ich verstand kein Wort, doch allein schon ihre Körpersprache machte deutlich, dass sie keine hohe Meinung von mir hatte. Ihre Haltung war angespannt, ihr Gesicht rot angelaufen, die Flügel ihrer hässlichen Fledermausnase weit gebläht.

»Sie ist gestorben«, sagte ich im Bemühen, ruhig und gefasst zu erscheinen. Es war zwar egal, was ich sagte, aber Ton und Haltung mochten vielleicht ins Gewicht fallen. Was immer ich sagte, die Frau hatte sich ohnehin schon ihren eigenen Reim auf das Gesehene gemacht, für sie stand der Schuldige fest. »Ein Unfall«, fuhr ich fort. »Ich war ausgegangen, es gab einen Unfall, und sie kam dabei um. Ich wusste nicht …«

Ich wusste nicht, was ich machen sollte. Ich hatte die Katze nicht umgebracht.

Wenigstens hatte die Putzfrau mittlerweile den Mund zugeklappt, presste ihn sogar so fest zusammen, als kämpfte sie gegen Brechreiz an. Ihre Augen quollen vor wie Pingpongbälle.

Plötzlich machte sie mit beiden Händen eine wegwerfende Bewegung, drehte sich um und stapfte brummelnd die Treppe hinab.

Eine Weile rührte ich mich nicht vom Fleck. Mir war, als hätte ich minutenlang nicht mehr geatmet, also holte ich tief Luft, plötzlich fröstelnd und zittrig. Wie kaltes, klares Wasser durchströmte es mich. Ich stürzte zu Oskars Wohnungstür und knallte sie hinter mir zu.

Eine Trambahn rumpelte vorbei, während ich an die Tür gelehnt nach Luft rang und auf Geräusche von der anderen Seite horchte. Da war nichts. Das Wort »Bestreitbarkeit« geisterte mir im Kopf herum, blies sich sinnlos auf, bis es den ganzen Raum zwischen meinen Ohren ausfüllte und alles andere verdrängte. Bestreitbarkeit. Ich brauchte Bestreitbarkeit. Das Wort surrte und summte und vervielfältigte sich. Was bedeutete es überhaupt? Ich hatte es mal in einem politischen Kontext gehört, in Bezug auf irgendeine Kontroverse. Die präzise Definition war mir nicht geläufig, aber mir war klar, dass es etwas mit der Kontrolle über die Wahrheit zu tun hatte. Die objektive Realität ist für niemanden je ganz durchschaubar, und um sie her weben wir unsere subjektiven Versionen. Was sich tatsächlich ereignet hatte, war irrelevant – wichtiger war, sich eine Geschichte zusammenzuzimmern, die alle konkurrierenden Geschichten aus dem Feld schlug. Zweifellos glaubte die Hausmeisterin felsenfest an ihre eigene, vollkommen falsche Version, der zufolge ich die Katze umgebracht und ihre Überreste in pietätloser und obendrein höchst ungeschickter Weise entsorgt hatte. Um diese Armada von Unwahrheiten zu versenken, wäre es sicher hilfreich, die historischen Tatsachen ein wenig zurechtzurücken. Das geschähe ja schließlich im Dienste einer umfassenderen Wahrheit, auch wenn es so scheinen mochte, als täte ich alles in meiner Macht Stehende, um ein echtes Verständnis des Vorgefallenen zu unterminieren. Gewiss war ein Fehlverhalten meinerseits absolut bestreitbar, und abstreiten würde ich es auf jeden Fall.

Ich atmete noch mal tief durch und unterzog meinen letzten Gedankengang einer kritischen Revision. Nur keine Panik. Im Moment bestand noch gar kein Anlass, irgendetwas abzustreiten oder sich auf eine heiße Dreiecksaffäre mit Wahrheit und Lüge einzulassen. Was ich im Moment brauchte, war etwas zu trinken und eine Verschnaufpause.

Zurück in der Küche, ließ ich mir ein Glas Wasser einlaufen und leerte es in zwei Schlucken. Es war nicht sehr erfrischend, nicht kalt genug, nur flüssig, nichts weiter, ohne das Klare und Belebende, das ich mir erhofft hatte. Kein Vergleich zu diesen strahlenden Models in der Werbung, die sich das kristallene Nass eimerweise ins Gesicht kippen ließen.

Vielleicht war hier nicht Wasser vonnöten, sondern Wein. Der Gedanke rief noch immer einen Anflug von Übelkeit hervor, ein mulmiges Aufschwappen der versifften Brühe, in der mein Hirn schwamm, aber keinen ernsthaften Protest. Ich entkorkte eine Flasche und schenkte mir ein Glas ein. Eine der Katzen – *die* Katze vielmehr, die eine, die noch übrig war – rieb sich unterdessen an meinen Waden und miaute.

»Tja, du hast Hunger, was?«, fragte ich. »Tut mir leid, ich geb dir gleich was.«

Ich stellte das Glas auf dem Küchentresen ab – weit weg von der Kante, dicht an der Wand – und ging in die kleine Abstellkammer.

Der Raum roch gesund und wohltuend. Nichts stach besonders aus diesem subtilen Aroma hervor, aber es war so angenehm und heimelig, dass ich nicht anders konnte, als den Versuch einer Analyse zu unternehmen. Trockenfutter trug sicher zu dem Duft bei, ebenso wie Putzmittel. Eine unerwartete Verbindung, hier aber geglückt. Zusammen ergaben sie eine Duftnote, die höchst ansprechend war, appetitlich, mit einem Hauch von reinlicher Schärfe. Und doch hatte die Atmosphäre der Kammer etwas an sich, das mich in meinen Ängsten bestärkte. Sie kündete nur allzu deutlich von einem gut geführten Haushalt – regelmäßig aufgestockte Vorräte, vernünftig vermiedene Engpässe, problemlos befriedigte Bedürfnisse. Wie man schon aus Oskars Zetteln ersehen konnte, war hier für jede Eventualität vorgesorgt. Im Falle eines Stromausfalls zum Beispiel, würde ich sicher Kerzen und Streichhölzer finden. Die Luft hier war gesättigt mit so bewundernswerten Qualitäten wie Gewissenhaftigkeit, Selbstdisziplin, Organisationstalent, kurz, all jenen, die mir fehlten. Ich hatte keinen richtigen Beruf, nur eine Reihe von recht beliebigen Jobs vorzuweisen. Ich war Junggeselle. Ich hatte es versäumt, mir ein eigenes Heim oder finanzielle Rücklagen zu sichern. Und hier stand ich nun, mitten im Revier all der nervtötend selbstzufriedenen Viecher, die in den Fabeln stets die Oberhand behielten – fleißige Ameisen, geschäftige Eichhörnchen, beharrliche Schildkröten.

Aber … der Gedanke an Oskars Zettel ließ mich nicht mehr los. Wie viele Varianten, Mist zu bauen, er mir doch zugetraut hatte! Von allen Dingen, die in den letzten Tagen schiefgegangen waren, würde ihn wohl nur der Tod der Katze überraschen. Dass der Boden Schaden nehmen könnte, hatte er jedenfalls einkalkuliert. Würde er da nicht auch auf seine typische Weise vorgesorgt haben, mit einer Versicherung, einem spezifischen Reinigungsmittel, vielleicht gar einem so effizienten, dass es einen Schaden des jüngst entstandenen Kalibers wiedergutmachen könnte?

Ich inspizierte die unteren Regalbretter auf beiden Seiten der Kammer und entdeckte mit aufkeimender Hoffnung ein gelbes Staubtuch, das aus einem beigen Plastikkorb hervorschaute, zwischen Glühbirnen, in Plastikfolie verpackten Spülschwämmchen und einer Flasche Spiritus. Der Korb glitt in einer Wolke aus sauberem, süßlich-chemischem Duft aus dem Regal hervor. Dominierend in dem Bouquet war ein kraftvoller, natürlicher Geruch, der die aufdringlich künstlichen Aromen der modernen Produkte souverän überlagerte. Ein unbeschreiblicher, urtümlicher Geruch, seltsamerweise jenem ähnlich, der einem Niesen folgt – der Geruch von Honig, und seine Quelle war offensichtlich: ein dunkelgelber Quader, so groß wie ein Goldbarren in einem Gangsterfilm. Ein Wort war in erhabenen Lettern daraufgeprägt: BIENENWACHS. Genau das Richtige, um Kratzer auf Möbeln und Böden zu reparieren. Und mittendrauf pappte ein Zettel.

> Reinigungsmittel für Böden und Wohnung. Sollte der Boden beschädigt sein, ist Eile geboten. Im Regal mit den Architekturbänden steht ein Buch über die *Pflege von Holzböden* mit detaillierten Anweisungen zur Behebung kleinerer Schäden. Falls der Boden Schaden nimmt, musst Du mich außerdem anrufen. Zu jeder Zeit! Lass es mich wissen! – Oskar

Selbstverständlich würde er es wissen wollen, in allen Einzelheiten – wie es kam, dass der Boden ruiniert, das Sofa zerkratzt, die Katze tot war. Und am Wohlergehen der überlebenden Katze wäre er ebenfalls interessiert. Ich nahm eine Dose Katzenfutter aus dem Regal und kehrte in die Küche zurück.

Die Katze war offensichtlich ausgehungert. Sie wand sich durch meine Beine, stellte sich an mir auf und beschwerte sich unablässig miauend. Als ich den Dosenöffner aus der Schublade holte, sprang sie vor Ungeduld auf den Tresen. Ich setzte sie vorsichtig wieder hinunter. Als es noch zwei Katzen gab, hatten sie so unverwüstlich gewirkt wie Gummibälle; jetzt schien mir die übrig gebliebene furchtbar zerbrechlich. Der

Öffner vollendete seine Umrundung der Dose, und der Deckel hob sich über einem bräunlichen Glibber. Eine Dose hatte für zwei Katzen gereicht – sollte ich jetzt nur noch die Hälfte austeilen und den Rest wegschmeißen? Oder den Rest im Kühlschrank aufheben, unter einem armseligen, junggesellenhaften Fetzen knittriger Klarsichtfolie? Wenn ich ihr die ganze Dose gab, würde sie sich dann überfressen? Eigentlich hätte ich ihr keine haltlose Völlerei zugetraut, doch angesichts dessen, was ihrem Kumpel passiert war … Begriff sie eigentlich etwas von den veränderten Umständen? Trauerte sie? Konnte es sein, dass ich Schock und Entsetzen als Hunger missverstand? Würde sie sich nun einsam fühlen?

Während ich den ganzen Inhalt der Dose in eins der Schälchen kippte, verschwamm mir alles vor den Augen, und ich merkte, dass ich weinte.

Als ich mit zwei frischen Biergläsern an unseren Tisch zurückkam, befürchtete ich immer noch, Oskar könnte in Tränen ausbrechen. Statt nachdenklich und zornig wirkte er jetzt vollkommen deprimiert. Ihm noch mehr Bier zu geben, war ein Risiko – es konnte ihn nur noch gefühlsduseliger machen. Doch er tat mir leid, so einsam und verlassen. Wie viele Freunde hatte er denn schon?

»Wo wirst du in L.A. wohnen? Kennst du da wen?«, fragte ich ihn.

»Im Hotel«, sagte Oskar. »Laura hat ein großes Haus, aber das wäre unpassend. Und die Leute, die ich dort kenne, sind alles ihre Freunde. Das macht nichts, ich geh gern ins Hotel. In L.A. gibt es sehr gute.«

»Hör mal«, versuchte ich ihn zu ermutigen, »wenn du mal mit jemandem reden willst, während du da drüben bist, kannst du mich jederzeit anrufen, ich möchte dir gerne helfen.«

Oskar presste sich ein Lächeln ab. »Du hilfst mir schon genug, wenn du die Wohnung hütest. Geredet worden ist schon zu viel, es bringt nichts, also müssen wir Schluss machen. Alles nur noch eine juristische Prozedur. Du mochtest sie nicht, stimmt's?«

Ich zögerte. Der Weg vor mir war mit Landminen gespickt. Hier war Vorsicht geboten. »Ihr beide seid ziemlich verschieden«, sagte ich. »Eure Beziehung hat mich überrascht, und eure Heirat erst recht. Manchmal geht es gut, und manchmal eben nicht.«

»Aber du mochtest sie nicht.«

Ich tastete mich vorsichtig näher. »Na ja, sie war ganz schön kratzbürstig zu mir.«

»Stimmt«, nickte Oskar. »Sie kümmert sich nicht sonderlich darum, was andere Leute denken.«

Das brachte mich zum Schmunzeln. »Du kannst selber manchmal ziemlich direkt sein, Oskar. Anderer Leute Gefühle sind dir doch auch nicht so wichtig.«

Oskar starrte in sein Glas. Er wirkte nicht gekränkt. »Ich weiß, ich bin gerne offen. Es wird allgemein zu viel Mist geredet. Vielleicht bin ich ein Pharisäer. Ich stelle sehr hohe Ansprüche an mich und meine Arbeit. Und ich stelle hohe Ansprüche an andere. Aber nicht übertrieben hohe, denke ich.«

»Deine Ansprüche sind tatsächlich sehr hoch, Oskar«, sagte ich. »Das ist an sich ja nichts Verwerfliches, aber es scheint dich nur unglücklich zu machen. Vielleicht solltest du sie ein bisschen runterschrauben.« Ich nahm einen tiefen Schluck von meinem Bier. Oskar sah mich nicht an. »Also«, fuhr ich fort, »mein Angebot steht. Wenn du mal reden willst, ruf mich ruhig an. Du weißt ja, wo du mich erreichen kannst.«

Tiefe Trostlosigkeit überschattete Oskars Miene. Es war, als würden ihre Konturen verschwimmen. Er sah blass aus. Wieder krampfte sich mir der Magen zusammen. *Wein jetzt bloß nicht,* beschwor ich ihn stumm.

Ich weinte. Wozu weinen? Aber was gab es sonst zu tun? Die Katze war fort, und ich fand keinen innerlichen Zugang zu dem seltsamen Pendel aus Fell und Knochen, das ich in den Müllschlucker geschmissen hatte. Doch die andere Katze blickte mich an, mit einem fragenden Glitzern in den Augen. Die Vorstellung, dass sie sich einsam fühlen könnte, erschien mir unendlich tragisch. Meine Augen brannten, die Kehle war mir wie zugeschnürt. Die Tränen brachten die wohlige Versuchung mit sich, einfach loszulassen und abzuwarten, wo es mich hinschwemmen würde. Aber ich riss mich zusammen und überwand die Gefühlsaufwallung.

Die Katze, die sich von der Trauer nicht den Appetit hatte verderben lassen, holte sich schon Happen von dem Futter, bevor das Schälchen auf dem Boden stand. Mir war immer noch wacklig zumute, also schenkte ich mir das Glas voll und begab mich zum Sofa. Im Vorbeigehen stellte ich fest, dass der Boden getrocknet war und der Fleck genauso unübersehbar leuchtete wie zuvor.

Durch die Fenster sah ich die Häuser auf der anderen Straßenseite im warmen, schrägen Licht der Nachmittagssonne dösen, hinter grauen Netzgardinen, die sich nie bewegten, als wären sie dort vor Urzeiten von einem längst verschollenen Volk aufgehängt worden. Ich versuchte mir auszumalen, was jenseits der Stadt liegen mochte – weich gewellte Ebenen, Buckelberge, die von rostigen Skiliften aufrecht gehalten wurden, dumpf knarzende Wälder? An der Westküste der USA wäre es jetzt erst Morgen. Was Oskar wohl gerade machte? Überlegte er, ob er anrufen sollte? Sofort erschien mir das

Telefon hier in der Wohnung wie eine Zeitbombe. Ich stellte ihn mir vor, wie er (zu dünnen) schwarzen Kaffee trinkend bei einem Teller Obst vom Frühstücksbuffet saß, im penetrant süßen Duft von Pfannkuchen mit Ahornsirup … Ich versuchte, mich an den Geruch zu erinnern, und prompt fiel mir das Bienenwachs wieder ein und der Korb voll vielversprechender Putzmittel.

Solange Oskar nichts von der Katze und dem Wein wusste, hatte ich noch ein paar Würfel im Becher. So gesehen war die Katze gar nicht tot, bis er es erfuhr, und der Moment der Wahrheit konnte aufgeschoben werden, bis ich mich bemüht hatte, den Boden wieder in Ordnung zu bringen. Sollte das gelingen, war immer noch Zeit, an irgendeine Wiedergutmachung für den Tod der Katze zu denken, der dann wie eine einzelne Tragödie aussehen würde, nicht, als wäre er Teil einer Zerstörungskampagne. Für den Boden gab es Mittel und Wege, doch wenn ich Oskar jetzt von der Katze erzählte, müsste ich auch das Piano erwähnen und folglich auch das Weindebakel. Und wie sollte ich ihm das Ganze beichten, ohne zu offenbaren, dass ich keine Ahnung hatte, welche Katze welche war – bei seinem letzten Anruf hätte ich noch danach fragen können, aber nun war die Chance vertan. Wenn ich noch abwartete, wäre es leichter, ihm weiszumachen, die Katze sei einfach verschwunden. Allerdings wurde die Sache durch das Auftauchen der Hausmeisterin erschwert, sollte sie Oskar hinterbringen, was sie gesehen zu haben glaubte. Doch sie hatte keine Beweise, ich dagegen hatte einige Elemente der Wahrheit auf meiner Seite, und das Wichtigste war, nicht als der Schuldige zu erscheinen. Besser also, ich versuchte gar nicht erst, ihr zuvorzukommen, sondern gäbe mich unbekümmert und überrascht von ihren Anschuldigungen. Schließlich hatte ich mir nichts vorzuwerfen. Die Beseitigung des Kadavers war eine

Frage der Hygiene, das würde Oskar sicher verstehen. Ich stand mit sauberen Händen da.

Das Missliche an der Sache war nur, dass meine Unschuld so wenig fassbar war. Kaum sah ich genauer hin, war sie mir wieder entschlüpft. Alle Fakten waren unstet, instabil.

Ein leises, emsiges Schmatzen ließ mich aufhorchen. Es war die Katze, die in der Küche fraß, ganz für sich allein.

SECHSTER TAG

Eine Tür schlug zu. Die Wohnungstür, dem Klirren der Sicherheitskette nach zu schließen. Meine Sinne lösten sich aus der Benommenheit, die knisternde Rückkehr zur Farbe nach dem Gleißen eines Blitzlichts. Eine sterbende weißorange Sonne. Nein, nicht sterbend, sondern heller, selbstgerechter Morgen.

Die Katze und ich sahen auf, dann sah ich die Katze an. Sie lag am Fußende wie eine wachende Sphinx. Am Abend zuvor hatte ich ihr Gelegenheit gegeben, auf Streifzug zu gehen, aber statt sofort zu verschwinden, hatte sie auf eine Weise gezögert, die mich tief verunsicherte. Müde und betrunken hatte ich beschlossen, sie drin zu lassen. Und hier waren wir nun beide.

Und noch jemand. Irgendwer war in der Wohnung. Sicher die Putzfrau, und der Gedanke widerte mich an. Hatte es schon mal einen Moment gegeben, in dem wir uns stressfrei begegnet waren? Nein – jedes Mal, wenn ich sie sah, hatte ich mich schrecklich gefühlt. Erstarrt wartete ich auf das nächste Geräusch, aber es kam keins. Die Zimmertür stand einen Spalt offen. Ein Streifen vom stillen Flur war zu sehen.

Ich schlug die Decke zurück, schlich barfuß zur Tür und horchte. Die Stille sirrte mir in den Ohren. Keine absolute Stille – da war das unentwegte Atmen der Stadt. Doch in der Wohnung regte sich nichts. Die Stille war raumgreifend, sickerte ins Schlafzimmer wie Trockeneis.

Die Katze auf dem Bett hatte die Augen meditativ geschlossen. Dann öffnete sie sie plötzlich, stand auf, sprang vom Bett und lief zur Balkontür, strich am Türrahmen hin und her.

Über die kalten Holzdielen tappte ich zu ihr hinüber.

»Willst du kein Frühstück?«, fragte ich leise. »Keine leckeren Dosenhäppchen?«

Sie sah fordernd zu mir auf. Ich drehte die schmiedeeisernen Griffe der Fenstertür, die sich, etwas verquollen, gegen das Öffnen sperrte und in meiner Hand vibrierte. Die Katze sprang auf die Balkonbrüstung und schlüpfte hinüber – zuerst dachte ich, sie spränge mit einem Satz die zwei Stockwerke hinab. Ich beugte mich vor und sah, dass sie auf einem Sims gelandet war, der sich zwischen den Stockwerken hinzog. Von dort aus sprang sie auf den Balkon direkt unterhalb und dann auf den Windfang des Hauseingangs.

Der frische Windzug machte mir bewusst, dass ich nur mit Boxershorts bekleidet auf dem Balkon stand. Prompt meinte ich schon, entrüstetes Frauengeschrei und Sirenen zu hören. Ein Paar Schuhe stand auch noch da, dasjenige, das im Regen durchweicht worden war. Ich duckte mich zurück ins Zimmer und zog die Hose an, die verknittert am Boden lag, und die Socken, die aus den Hosenbeinen fielen. Dann probierte ich die Schuhe an. Sie waren trocken.

Jetzt erinnerte ich mich deutlich an den Vorabend. Ich hatte getrunken, das schon, aber moderat im Vergleich zum Abend davor. Ich hatte auf dem Sofa gesessen, CNN geguckt, Wein genippt und Reste aus dem Kühlschrank verputzt. Die Katze hatte neben mir gelegen, auf der Seite, und ihr Katzenlächeln gelächelt. Vergangene Ereignisse fügten sich jetzt zu einem überschaubaren Ablauf zusammen. Es hatte zwei Katzen gegeben. Eine hatte eine weiße Schwanzspitze, die andere nicht. Eine war die aktive, unternehmungslustige gewesen, die gerne mit Korken spielte und Wein schleckte; die andere war braver, träger. Erst jetzt, nachdem eine tot war, erkannte ich die Unterschiede in ihren Persönlichkeiten und dass sie überhaupt Persönlichkeiten *hatten*, auch wenn sie keine Menschen waren; sie waren mehr als Automaten. Wie die übrig gebliebene Katze da eben rausgewollt hatte – so plötzlich, dringend, zur falschen Tageszeit –, das war seltsam, und es zeugte eindeutig von Persönlichkeit.

Sobald gestern die Sonne untergegangen war, hatte ich mich todmüde gefühlt, obwohl ich mich den ganzen Tag nicht aus der Wohnung gerührt hatte. Bevor ich schlafen ging, hatte ich mich aber noch an die Pornos und die Unordnung im Schlafzimmer erinnert. Ich verbrachte einen kathartischen Moment mit einem der Hefte und räumte sie dann auf, akkurat nach Datum geordnet. Als ich das Bett an die alte Stelle zurückgeschoben hatte – exakt auf die vier Abdrücke auf dem Holzboden justiert –, war ich so erschöpft, dass ich mich sofort hineinfallen lassen, in den Schlaf flüchten wollte. Doch ich musste ja noch die Katze rauslassen, die auch mit mir zur Tür kam, dann aber nicht gehen wollte, sondern in dieser typischen Katzenart zurückwich, so entschieden, wie Magneten einander abstoßen. Ich hatte keine Lust, mich auf einen Machtkampf mit dem Tier einzulassen, das sich so schmeichelnd um meine Beine wand, und ließ es einfach gewähren.

Ich war immer noch müde, aber der Adrenalinstoß vom Türenknallen hatte sich inzwischen verflüchtigt. Meine Muskeln und Gelenke fühlten sich wie ausgehöhlt an, schwach wie Strohhalme. Aus Küche und Wohnzimmer drang nach wie vor kein Laut. Entweder war die Putzfrau gegangen, und ich hatte nur ihren Abschiedsschuss gehört, oder sie war noch da und lag auf der Lauer.

Vorsichtig trat ich in den Flur hinaus. Die Wohnung war anscheinend leer. Ich schlich weiter zum Wohnzimmer. War sie überhaupt da gewesen? Besonders geputzt sah es nicht aus – das leere Weinglas stand noch auf dem Couchtisch, neben dem Teller mit den Käserinden und Wurstpellen.

Doch irgendwas war anders – ich war gerade daran vorbeigegangen, auf der anderen Seite der gläsernen Trennwand zur Küche. Zuerst fiel mir das Zeitungspapier auf, das über die Kante von Oskars Küchentresen herabhing. Das, was darauf drapiert war, hob sich so wenig ab, dass ich es beinah übersehen hätte – die Katzenleiche. Auferstanden, wenn schon nicht aus dem Grab, so doch aus dem Müllschlucker.

In einer Art Trance trat ich an den Küchentresen. Die Katze war jetzt mindestens vierundzwanzig Stunden tot, und ich wagte nicht, allzu tief einzuatmen. Wie weit war die Verwesung schon fortgeschritten? Vorsichtig testete ich die Luft. Ein schwacher Müllgeruch.

Gut, die Katze war noch nicht zerfallen, aber sie sah auch nicht so aus, als ob sie gleich aufspringen würde. Sie war schmutzig, mit Kaffeesatz gesprenkelt, das Fell struppig und zerdrückt, der Schwanz ein armseliger Fetzen. Eins der Hinterbeine war unbequem unter dem Bauch verdreht. Augen und Schnauze standen ein wenig offen. Sie wirkte viel kleiner, als ich sie in Erinnerung hatte, irgendwie platt. Die Schulterknochen ragten deutlich hervor, und der Bruch des Rückgrats hob sich in der unnatürlichen Linie der Wirbel hervor. Das Blut um die Nase war zu kleinen dunklen Kristallen geronnen, die in den kalten Härchen hingen.

»Jesus«, sagte ich. Beklommen dachte ich an religiöse Bilder, mit ihrer penetranten Detailbesessenheit in der Darstellung des Leidens Christi oder der Märtyrerqualen. Mit dem toten Ding vor mir konnte ich diese sadistische Pedanterie besser verstehen. All die grotesken Details – die hervorstehende Schulter, die Unzulänglichkeit des Fells, das die graue, papierene Haut darunter nicht mehr verbergen konnte –, all diese augenfälligen Merkmale der Zerstörung erschwerten den Blick auf das Wesentliche.

Wahrscheinlich war die Putzfrau am Auffangkübel des Müllschluckers gewesen – eine Vorstellung, die ich mir lieber nicht weiter ausmalen wollte –, um die Katze herauszufischen. Dann hatte sie sie in Zeitungspapier gewickelt und sie mir hierhin drapiert. Warum? Um mir eins auszuwischen? Oder weil diese Art von Müll nicht in den Müllschlucker gehörte? Wenn sie mich des Katzenmordes bezichtigen wollte, wieso machte sie mir dann keine Szene? Stattdessen hatte sie die Leiche einfach abgelegt und war geflüchtet. Normalerweise waren es die Katzen, die den Leuten tote Viecher hinterließen. Wie würde es einer Katze vorkommen, selber so behandelt zu werden? Vielleicht hätte sie das genau richtig gefunden.

Auf jeden Fall war diese neue Entwicklung wohl kaum als wohlmeinender Akt seitens der Putzfrau zu interpretieren. Sicher hatte sie mir keinen Dienst erweisen wollen (»Sie haben das hier fallen lassen«). Nein, das war ganz klar eine Rüge – entweder für den Mord an der Mieze oder für die pietätlose Entsorgung oder für irgendeine Missachtung der hiesigen Abfallbeseitigungsvorschriften. Allerdings lenkten all diese Überlegungen nur von der Tatsache ab, dass eine tote, aus der Mülltonne gefischte Katze auf Oskars Küchentresen lag. Und ich hatte so meine Zweifel, was die Herkunft und Sauberkeit der Zeitung betraf, auf der das Viech ausgebreitet war, ganz zu schweigen von ihrer Eignung als Unterlage. Und wenn da nun etwas … *durchsickerte*? Die Edelstahlplatte hatte zwar etwas Autopsietaugliches, aber so aseptisch sie auch wirken mochte, es war einem doch nicht ganz wohl dabei, sein Essen auf einem Sektionstisch zuzubereiten.

Keine Frage, der Kadaver musste verschwinden. Und das schnell. Natürliche Fäulnisprozesse, die Mikroben und Gase und Flüssigkeiten freisetzten, schritten unerbittlich voran. Zweifellos waren diese Prozesse faszinierend, vielleicht sogar ästhetisch, wenn von einem BBC-Team gefilmt und mir in mein Wohnzimmer gesendet, aber man konnte ihnen nicht erlauben, ihre Magie in Oskars Küche zu entfalten. Einen Moment lang war ich versucht, das Ding einfach noch mal in den Müllschlucker zu werfen, doch ich entschied mich dagegen, denn ich wollte es keinesfalls riskieren, dass die tote Katze hier noch einen weiteren Auftritt hinlegte. Diese Wiederkehr war schlimm genug, eine zweite durfte es nicht geben. Es galt, eine endgültige Lösung zu finden, außerhalb des Einflussbereichs der Putzfrau.

Zunächst einmal musste das Viech von der Arbeitsfläche runter. Ich holte eine Mülltüte aus dem Schrank und breitete sie am Boden aus. Dann packte ich die Zeitung an den Seiten, hob die Katze wie auf einer Trage an und setzte sie auf der Mülltüte ab. Dort wirkte sie auch nicht besser aufgehoben, die arme, vernichtete Kreatur, aber wenigstens musste ich kein Nässen mehr befürchten.

Was tun? Eine dunkle Gasse vielleicht, in der ohnehin schon genug Unrat herumlag und ein weiterer Müllsack nicht groß auffallen würde. Aber diese Gasse war vorerst rein abstrakt – ich kannte nur einen solchen Ort hier, die Seitengasse an der pockennarbigen Museumsmauer, doch die tote Katze bis ins Stadtzentrum zu tragen, kam gar nicht infrage. Ich hatte sowieso keine Lust, sie irgendwohin zu tragen, geschweige denn, lange mit ihr herumzuwandern, auf der Suche nach einem geeigneten Abladeplatz. Eigentlich kannte ich ja noch recht wenig von der Stadt, hatte noch kaum ihr öffentliches Gesicht erforscht, geschweige denn ihre verschwiegenen Winkel. Meine Exkursionen waren bisher immer eher hastige Angelegenheiten gewesen, ohne die Muße, alles zu beobachten und zu entdecken.

Abgesehen von meinem Spaziergang zum Kanal. Der Gedanke an den Kanal war wie das Anheben eines Riegels: eine Tür schwang auf. *Der Kanal.* Wie viele tote Katzen er wohl schon aufgenommen hatte? Und Hunde und Ratten und vermutlich auch Menschen. Ein Platsch, ein langsames Umwälzen, und dann hinab in das erinnerungslose dunkle Nass, mit ein paar kleinen Wellen zum Abschied. Ja, der Kanal erschien mir vielversprechend. Ich freute mich darauf, ihn wiederzusehen.

Ich nahm noch eine Mülltüte, um die Katzenleiche aufzuheben, ohne das leblose Fellbündel zu berühren. Seine schwere Kälte war noch durch das Plastik zu spüren. Dann stülpte ich die Tüte – sehr geschickt, wie ich fand – über den kleinen Körper. Vor lauter Selbstzufriedenheit ob dieses hygienischen Manövers unaufmerksam geworden, quetschte ich die Tüte zu, um die Luft hinauszulassen, und bekam einen vollen Schwall Müllschluckergestank direkt ins Gesicht, ein Gestank, dem jetzt noch etwas zusätzlich Ekliges anhaftete … Oder bildete ich mir das nur ein? Wie auch immer, es drehte mir den Magen um und trieb mir die Tränen in die Augen.

Die Tüte haftete jetzt dicht am Rückgrat der Katze – mit einem Knick an der Stelle, wo die Wirbel vom Klavierdeckel zerschmettert worden waren, einem Klavierdeckel, der nicht hätte offen stehen dürfen. Das war meine Schuld gewesen. Aber genau da hatte Oskar angerufen – ein bisschen früher oder später, und der Deckel wäre zu gewesen. Ich knotete die

Tüte fest zu. Dann sprühte ich eine großzügige Menge Reinigungsschaum auf die Arbeitsplatte und wischte sie blitzblank. Es kam mir vor, als hätte ich immer noch den schrecklichen Geruch aus der Tüte in der Nase, und ich war froh über die scharfen Zitrusdünste, die mir kribbelnd bis in die Nebenhöhlen stiegen. Wenn ich vom Kanal zurückkam, würde ich hier volle Kraft voraus mit der chemischen Keule über den Boden gehen, mit absolut allem, was Oskars Arsenal zu bieten hatte. Der Gedanke an Ausmerzung war tröstlich. Die Katze, die sachte ins Wasser glitt, der Fleck, der sich aufschäumend vom Holz löste, dank irgendeiner magischen Eigenschaft der Chemie.

Ich blickte auf die Tüte hinab. Konnte man von außen erkennen, was sie enthielt? Diese Rückgratkrümmung – sagte sie deutlich: »Katze«? Oder genauer: »Tote Katze«? Für mich sah es nach Katze aus, aber ich wusste ja schon, was drin war. Die Kopfform zeichnete sich nicht ab … Ich sah, dass ich die Tüte halb auf dem Weinfleck abgesetzt hatte, sodass der bläulichrote Fleck wie eine Blutlache wirkte – ein bisschen wie eine Szene aus einem Mafiafilm, komplett mit schwarzem Leichensack, in dem das Opfer geduldig auf die gemächliche Fahrt zum Leichenschauhaus wartete, während Experten die Blutspuren und die Flugbahnen der Kugeln begutachteten. Tja, Spuren: Sie würden die Vergangenheit aufleben lassen, die flüchtigen Momente zurückholen, das Geschehen anhand der Überbleibsel rekonstruieren. Die Vorstellung, reinen Tisch zu machen, war pures Wunschdenken, irgendetwas blieb immer zurück, irgendein sprechendes Detail, das nicht aufhören würde zu reden, bis die Wahrheit ans Licht kam. Wenn man diese Bahnen zurückverfolgte, erwartete man stets einen Schuldigen am anderen Ende. Selbst wenn es keinen Schuldigen gab.

Verrückt, dachte ich, während mir diese Dinge im Kopf herumgingen. Vielleicht war ich verrückt geworden vor Einsamkeit, heimgesucht von dem kleinen, pelzigen Schauergespenst des Todes. Auch dieser Gedanke zeugte nicht gerade von geistiger Gesundheit – wer wurde denn schon verrückt nach weniger als einer Woche Alleinsein? Und nicht mal vollkommen allein. Die tote Katze war es, die mir so morbide Gedanken eingab. Ihre Anwesenheit erfüllte den Raum mit einer Art karmischer Radioaktivität, welche die ganze Wohnung bis in die letzten Winkel durchdrang. Kein Wunder, dass die andere Katze so eilig geflüchtet war, als sie Wind davon bekam, was die Putzfrau hereingebracht hatte.

Ich holte tief Luft, doch es schnürte mir die Kehle zu, und das Ausatmen klang wie ein Winseln. Dann hob ich die Tüte an ihrem verknoteten schwarzen Hals auf und spürte wieder ihr eigenartiges Gewicht, nicht direkt schwer und doch bleiern, zu Boden ziehend. Noch einmal atmete ich durch, packte die Tüte, marschierte zur Tür hinaus, schlug sie hinter mir zu und hastete die Treppe hinab. Nicht noch einmal würde ich den Fehler machen, zu lange zu warten und den richtigen Moment zu versäumen. Wenn ich mich beeilte, würde ich aus dem Haus heraus sein, bevor die Putzfrau mich abfangen und die Tüte sehen konnte – die ich, wie mir erst jetzt einfiel, ebenso gut in meiner Reisetasche hätte verstecken können. Aber nun war ich schon draußen, auf dem abgetretenen Gehsteig, und die Haustür fiel hinter mir ins Schloss, während die Tüte mir in widerlicher Weise gegen die Beine schwang. Von der Putzfrau keine Spur. Sie hatte mich verpasst, oder ich sie. Es war ein strahlender Tag, die lackierte Tür glänzte in der Sonne, die Messingklinke blitzte, selbst das stumpfe graue Metall der Klingelanlage schimmerte wie die Knöpfe auf der Livree eines Hotelpagen.

Die Straße war momentan menschenleer, und doch spürte ich einen Anflug von Verfolgungswahn. Was stand ich hier herum? Erneut war ich ins Träumen geraten, anstatt zügig zu handeln. Je eher diese unerfreuliche Angelegenheit erledigt war, desto besser. Ich machte mich auf den Weg zum Kanal, und hin und wieder pendelte mir die Tüte seitlich ans Knie.

In meiner Erinnerung war der Kanal schwarz wie eine Pechsträhne in einem Kohleschacht. Jetzt, auf den zweiten Blick, sah das Wasser heller aus, aber nicht frischer – milchig grau, ungesund, gesäumt von regenbogenfarbenen Ölschlieren. Trotz des schönen Wetters war niemand auf dem Saumpfad – keiner der Jogger, Radler oder optimistischen Angler, die einen englischen Kanal beleben würden. Langsam ging ich den Pfad entlang und versuchte so zu tun, als wäre ich einfach nur ein Spaziergänger. Der Schweiß brach mir aus und ließ den schwarzen Plastikknoten in meiner Hand rutschig werden. Das einzig Lebende weit und breit waren die ruppigen Unkrautbüschel, die aus dem bröckelnden Mauerwerk und den geborstenen Steinplatten quollen, und der unbegreiflich algige Schaum, der sich am Ufer abgesetzt hatte. Ich suchte den Boden vor mir nach irgendetwas ab, mit dem ich den Sack beschweren könnte. Wenn ich mir vorstellte, wie ich ihn ins Wasser warf, sah ich ihn mit einem Platsch landen und sich langsam um sich selbst drehen, während er sich allmählich in seine neue Umgebung einfügte, seinem Gewicht nachgab und versank, von kleinen Wellen verschluckt … Dann wieder sah ich ihn auf der Oberfläche dahintrudeln, ein neues, schwarzes Inselchen, das in dem grauen Wasser schaukelte, ein Auswuchs der Schuld, der sich meiner Kontrolle entzog, ein Indiz … Natürlich waren die Chancen gering, dass jemand darauf stoßen könnte, doch ich verließ mich nicht auf mein Glück. Nein, der Sack musste sinken, ganz und gar abtauchen. Ich brauchte ein Gewicht.

Je länger ich dem Kanal folgte, desto klarer wurde mir, dass ich ihn in meiner Erinnerung idealisiert hatte. Ich dachte, der Pfad wäre mit Steinen übersät, stattdessen lag aber nur allerlei Unrat herum, nichts davon schwer genug, um den Sack zu versenken. Holzsplitter, altersbraune Styroporklümpchen, Joghurtbecher, Limodosen, gebrauchte Kondome. Der Arm einer Schaufensterpuppe, mit fingerloser Hand. Ein wurmstichiges Taschenbuch ohne Deckel.

Nach einiger Zeit stieß ich auf ein kurzes, rostiges Eisenrohr, das mir zweckdienlich schien. Es war sicher schwer genug, und es ließ sich leicht am Plastiksack festbinden. Kaum war das getan, konstatierte ich überrascht, dass alle Vorbereitungen abgeschlossen waren und diese Stelle sich so gut wie jede andere für den letzten Akt eignete. Schnell sah ich mich um, ob auch keiner zuschaute. Der Pfad war in beiden Richtungen leer, und die wenigen Fenster, die darauf hinabblickten, waren traurige tote Höhlen, vergittert, teils mit ausgeschlagenen Scheiben, wie Schachbretter des Ruins. Ich schleuderte die Eisenstange mit dem Sack in hohem Bogen in die Mitte des Kanals. Sie trafen mit einem größeren Platsch auf, als ich erwartet hatte, und der Sack versank, tauchte prompt als hässliche schwarze Blase wieder auf, ganz genau, wie ich es mir vorgestellt hatte, und wurde dann von der Eisenstange hinabgezogen. Ich sah zu, wie die konzentrischen Ringe sich auf dem Wasser ausbreiteten, und dachte an einen ekelhaften schwarzen Frosch mit einem auf- und abschwellenden Kropf unter dem Maul. Diese Blase war ein kleines Stückchen Atmosphäre, das im Kanal gefangen war. Wie lange würde es dauern, bis das Plastik sich zersetzte, die Luft heraussickerte und das kleine Tauchobjekt bis auf den Grund sank?

Ich hätte den Sack ja auch anstechen können, fiel mir ein, damit die Luft schneller austrat, aber damit hätte ich Geruch riskiert, und das ging gar nicht. Trotzdem befielen mich nun Zweifel, ob die Katzenleiche, allzu lange vor dem Wasser geschützt, überhaupt ordentlich verwesen würde. Oder würde sie vielleicht mumifizieren, wie ein ägyptisches Tempeltier in einem kleinen Haushaltshygienesarkophag? Doch so lange würde es wohl nicht dauern, bis das Wasser sie erreichte... Möglicherweise war der Kanal aber auch so vergiftet, dass er wie Einbalsamierungsflüssigkeit wirkte, sodass die Katze doch noch um die Chance betrogen würde, sich geruhsam in Mikrobenschleim aufzulösen.

All das Grübeln über den weiteren Fortgang der Katze erfüllte mich mit nagenden Schuldgefühlen. Besser, das ganze Debakel jetzt erst mal zu vergessen – die Katze war weg, keine Katze mehr, überhaupt nichts mehr, nur noch abstrakt vorhanden, als Erinnerung. Meine rechte Hand war immer noch feucht vom Umklammern der Tüte. Die Wellen hatten sich geglättet, der Kanal hatte seine stagnierende Ruhe wieder. Man konnte nicht mehr sehen, an welcher Stelle der Sack versunken war. Alles war still. Selbst das Hintergrundrauschen der Stadt war verstummt.

Ich gelobte mir, den Kanal nie wieder aufzusuchen. Ende, aus, amen. Für immer würde ich ihm den Rücken kehren. Weiter vorn erspähte ich eine Treppe in der Kanalmauer, die zur Straße hinaufführte. Obwohl ich am Kanal entlang zurückgehen würde – gezwungenermaßen, da ich mich sonst unweigerlich verlaufen würde –, brauchte ich wenigstens nicht mehr dem Saumpfad zu folgen.

Oben auf Straßenhöhe war keine Straße. Die Stufen führten hinauf zu einer ausgedehnten Brachfläche, auf der das Unkraut spross. Einen schrecklichen Moment lang dachte ich, die Stadt wäre verschwunden – wäre durch irgendeine Katastrophe von der Erde gefegt worden, während ich unten am Kanal war. Wie lange hatte ich mich dort aufgehalten? Wie weit war ich gelaufen – etwa bis jenseits der Stadtgrenze? Doch in der Ferne sah ich Gebäude, einen lang gestreckten, fabrikartigen Backsteinbau, dunkel und verfallen, dahinter eine Reihe Güterwagen. Weitere niedrige Gebäude verschwammen im Sommerdunst am Horizont. In der Richtung, aus der ich gekommen war, stand noch eine öde Industrieruine mit zerbrochenen Fenstern und wucherndem Grünzeug in den Rinnsteinen. Stille und Staub erfüllten die Luft.

Ich schlug den Rückweg ein, dem Lauf des Kanals folgend, ein Patchwork verschiedenster Materialien unter den Sohlen: wacklige Ziegel im Fischgrätmuster, Kopfsteinpflaster, schiefe graue Betonplatten, festgestampfte nackte Erde. Die Substanz der Stadt hatte sich verändert, während ich am ewig gleichen Kanal entlangwanderte, und ich hatte nichts davon gemerkt. Die Augen gesenkt, auf der Suche nach ballasttauglichem Abfall, hatte ich den Wandel der Stadtsilhouette verpasst.

Nichts bewegte sich, außer mir und den Staubwölkchen, die ich im Gehen aufwirbelte. Die Sonne stand im Zenit. Auf der anderen Seite des Kanals ragten drei Kräne auf, die Arme erhoben, als wollten sie die Augen vor dem grellen Licht abschirmen. Der alte Backsteinbau vor mir, sechs Stockwerke ausgeschlachtete Fabrik, von einem rohen Betongerippe abgestützt, reichte bis an den Kanal, sodass ich nicht weiter am Wasser entlanggehen konnte, ohne auf den Saumpfad abzusteigen. Die Alternative, für die ich mich entschied, bestand darin, vom Kanal abzubiegen und tiefer ins Industriegebiet vorzudringen. Eine Art Durchgang, parallel zum Kanal, öffnete sich in kurzer Entfernung; ich befürchtete nur, den

Wasserlauf aus den Augen zu verlieren und damit die Orientierung einzubüßen. Aber die Sonne schien hell, und die Stille hier wirkte wenig bedrohlich – Angreifer würden sich doch wohl einen Platz aussuchen, an dem es Leute anzugreifen gab. Und hier gab es niemanden.

Der parallele Durchgang war breit genug, um als Straße gelten zu können, nur dass das Wort »Straße« eine Art Leben oder Zielstrebigkeit voraussetzte, die hier gänzlich fehlten. In der Mitte verliefen Gleise, in das Kopfsteinpflaster eingelassen wie Trambahnschienen, aber völlig versandet, sicher jahrzehntelang nicht mehr in Betrieb. Die nüchternen Mauern der Gebäude waren mit Botschaften in mannshohen, abblätternden weißen Lettern verziert, die unterhalb der Dachtraufe entlangliefen. In England wären das die Namen der Firmeneigentümer gewesen – hier aber waren es vermutlich sozialistische Parolen, ihrer Bedeutung beraubt durch das Hinschwinden der Arbeiterschaft und der Produktion. Massenhaft Müll war zu beiden Seiten an den Wänden aufgestapelt – unidentifizierbare rostige Maschinenteile, zerbrochene Paletten, amorphe Haufen von Aktenordnern, die sich in zahllosen Regenfällen aufgelöst hatten. Ein Drehstuhl mit zerfetzter Polsterung lag mir quer im Weg wie ein Vergewaltigungsopfer. Vor weniger als einer Stunde noch hatte ich nichts anderes im Sinn gehabt, als einen passenden Ort zum Entsorgen der Katze zu finden. Und kaum war ich den Sack losgeworden, stellte sich heraus, dass diese Einöde die ganze Zeit da gewesen war, unweit von Oskars Wohnung. Endlose Hektar Brachland, auf denen eine tote Katze sich wie zu Hause gefühlt hätte.

»Mehr als genug Platz, um eine Katze zu schleudern«, murmelte ich vor mich hin und lachte laut auf, was sich in dieser Leere seltsam ungebärdig anfühlte, als ließe man die Klotür auf, wenn man allein zu Haus war.

Weiter vorn bewegte sich etwas. Ich erstarrte. Ein Mann in einem Plastikmantel erhob sich aus einem der Haufen – nein, es war ein großes Stück Plastikplane, das vom Wind aufgeweht worden war und sich träge umfaltete. Der gleiche Windstoß strich mir kalt über die Stirn.

Am Ende der Passage lag eine weitere leere Fläche, größtenteils mit brüchigen Betonplatten bedeckt, die aussahen, als wären sie aus großer Höhe herabgestürzt. Gigantische Unkrautbüschel machten sich in der Sonne breit. Zu beiden Seiten erstreckten sich Wellblechschuppen, das Profil der Dachkanten wie Sägeblätter im Gegenlicht. Das Blech war so von Rost durchsetzt, dass es förmlich zu sirren schien vor Verfall. Ich dachte an Asbest, an herumschwirrende Toxine, und sogleich schnürte es mir die Kehle zu. Dennoch war ich erleichtert zu sehen, dass es jenseits dieser offenen Fläche eine Reihe Backsteinmauern gab, durchsetzt mit Fenstern und mit schwarzen Abflussrohren gestreift. Die Rückseite einer Häuserzeile und damit die Rückkehr zum halbwegs vertrauten Stadtbild. Von jener Straße an, dachte ich, würde es mir unschwer gelingen, zu Oskars Wohnhaus zurückzufinden.

Ich blieb stehen. Der Beton unter meinen Füßen buckelte wie eine unter ihrer eigenen zunehmenden Masse immer kompakter werdende Eisscholle. Ich stand auf der Oberkante einer in Schräglage geratenen Platte, und von dort aus hatte ich einen guten Überblick auf das vor mir liegende Terrain.

Es war voll von streunenden Hunden. Vielleicht waren es weniger als ein Dutzend, aber sie trabten in so weiten Bögen durchs Gestrüpp, dass sie locker die gesamte Fläche einnahmen. Ihre Magerkeit, ihre nervöse Energie und ihr stumpfes Fell ließ auf den ersten Blick erkennen, dass sie herrenlos waren. Doch abgesehen davon warnte mich auch irgendein atavistischer Instinkt, dass von diesen Tieren eine unverkennbare Bedrohung ausging. Wenn ich in direkter Linie zu den Häusern am Rand des Kanals gelangen wollte, musste ich mitten durch ihr Revier hindurch.

Nachdem ich ein paar Sekunden dort gestanden und die Lage gepeilt hatte, wurde mir bewusst, dass die Hunde mich ebenso gut sehen konnten wie ich sie, und ich zog mich von meinem Aussichtspunkt zurück. Natürlich konnte ich nun den gleichen Weg einschlagen, den ich gekommen war, aber vielleicht war das Gebiet, das ich schon durchquert hatte, ebenfalls von Hunden verseucht, nur hatte ich sie eben noch nicht bemerkt. Der Gedanke, von Hunden umzingelt in dieser Industriebrache festgenagelt zu sein, war alles andere als ermutigend. Strategischer Rückzug aber würde bedeuten, zu der Stelle am Kanal zurückzukehren, an der ich die Katze versenkt hatte, und ihr womöglich noch einmal in ihrem schwarzen Leichensack zu begegnen. Vor mir dagegen lag eine überschaubare, relativ freie Strecke.

Entschlossen steuerte ich also auf die Reihe von Wellblechschuppen zu, die sich zwischen mir und dem Kanal befand. Direkt am Ufer entlangzugehen war anscheinend nicht möglich, aber wenigstens konnte ich mich am Rand des Geländes bewegen und hoffen, dass die Hunde mich entweder nicht bemerkten oder sich nicht für mich interessierten. Meine Gangart, hoffte ich, ähnelte weder dem Räuber noch der Beute, während ich mich mit angemessener Eile fortbewegte. Der Betonboden war braun gesprenkelt vom rostigen Wasser, das von den Schuppen tropfte; Rostflocken knirschten unter meinen Sohlen. Aus Sorge, zu viel Lärm zu machen, ging ich langsamer und blickte auf. Die Dächer der Schuppen waren nur noch schemenhaft vorhanden, wie das Gerippe eines Blattes, das die gleiche Fläche mit einem Bruchteil der Substanz auszufüllen strebt. Das Atmen fiel mir schwerer als sonst. Auf keinen Fall wollte ich zu den Hunden hinschauen – mir war, als würde allein mein Blick sie schon wachsam machen, als wäre Augenkontakt das, was sie anspringen ließ. Allerdings gab es wohl kein Tier, das seinen Räubern durch Nichtanschauen entkam. Hatte ich mich denn schon mit der Rolle des Beutetiers abgefunden? Konnte ich nicht einfach ein Passant sein, weiter nichts? Ich versuchte, einen unauffälligen Blick in Richtung der Hunde zu werfen.

Sie hatten mich gesehen. Sie beobachteten mich, hatten ihr träges Umhertrotten unterbrochen und schauten alle wachsam zu mir hin. Ich merkte, dass ich über die Schulter sah, um sie im Blick zu haben – sie waren schon ein Stück hinter mir, einen Großteil der Meute hatte ich bereits überholt. Der Boden war uneben, voll rostiger Wellblechstücke und Glasscherben, und ich musste den Blick von den Hunden lösen, wenn ich nicht stolpern wollte – stolpern wäre sicher keine gute Idee. Wie würden sie einen Angriff ankündigen? Mit Bellen? Alles, was ich hören konnte, war mein eigener keuchender Atem.

Ein Flackern in meinem Augenwinkel. Ich blickte zurück. Die Hunde hatten sich in Bewegung gesetzt. Drei oder vier von ihnen trabten parallel zu meinem Pfad, die Köpfe in meine Richtung gewandt. Sie hatten offenbar keine Sorge zu stolpern. Ihr entspannter Trab wirkte unverschämt, wie eine Verhöhnung meiner zunehmenden Angst. Mit trockener Kehle und einem sauren Geschmack im Mund beschleunigte ich den Schritt. Die Hunde passten sich meinem Tempo an, und ich merkte jetzt, dass sie nicht parallel zu mir liefen, sondern den Abstand zwischen uns unmerklich verringerten. An Rückzug war nicht mehr zu denken. Ich verfluchte mich dafür, dass ich nicht zum Kanal zurückgekehrt war, als ich noch die Gelegenheit dazu hatte, verfluchte mich dafür, dass ich banale Sentimentalität über jahrtausendealten Instinkt hatte triumphieren lassen.

Mein Fluchtweg lag klar vor mir. Die Häuserzeile weiter vorn war von einer schmalen Gasse durchbrochen, aus der es hin und wieder verlockend aufblitzte, wenn das Sonnenlicht sich auf dem Lack vorbeifahrender Autos spiegelte. Eine ungeheuer verheißungsvolle Aussicht, von der mich allerdings noch ein breiter Abgrund trennte. Mein Problem war jetzt nicht mehr so sehr die Entfernung, sondern das Verhältnis von Zeit und Geometrie. Die Hunde, vier an der Zahl, schwarz und braun, näherten sich mir in einer halbkreisförmigen Linie. Sie waren nur noch drei Meter entfernt, eine Leinenlänge, und wenn ich jetzt stehen blieb, würden sie in einer Sekunde über mich herfallen. Behielten wir unser gegenwärtiges Tempo bei, würde ihre Route die meine an irgendeinem Punkt in der unmittelbaren Zukunft kreuzen. Meine Sorge war, dass sie vor mir die rettende Gasse erreichen und mir den Weg abschneiden könnten. Ich beschleunigte meinen Schritt mehr und mehr, so schnell es eben ging, ohne zu rennen. Die Hunde blieben an meiner Seite. Die Gasse war nur noch zehn Meter entfernt, aber die Gleichung sah nicht vielversprechend aus. Meine Gangart wurde immer absurder, das reinste Renngehen, steifbeinig, an den Gelenken zerrend, doch ich vermied es immer noch, in Trab zu fallen. Es war quälend; ich wusste, wenn ich losrennen würde, könnte ich die restliche Strecke blitzschnell bewältigen. Aber meine Körpersprache würde Flucht bedeuten, und diese Sprache setzte sich unschwer über die Grenzen der Gattungen hinweg. Die Hunde würden die Botschaft verstehen, die da lautete: Angst, nackte Angst. Sicher wehte sie schon hinter mir her wie Signalflaggen. Was für eine Witterung schnappten sie von mir auf? Hafteten meinem Geruch noch Spuren von toter Katze an? Machte diese Todesaura mich als Beute eher mehr oder weniger begehrenswert?

Der Leithund, eine abenteuerliche Promenadenmischung mit drahtigem dunkelbraunem Fell, stumpfer Schnauze, runden Augen und grau meliertem Pennerbart, war mir um anderthalb Schritte voraus. Im Laufen sah er sich nach mir um. Seine Miene war gar nicht mal unfreundlich, eher forschend, fast mitfühlend. Aber dann verengten sich seine Augen, und er zeigte die Zähne. Seine Schnauze war feucht.

Ich rannte los. Die Hunde zögerten nicht, es mir gleichzutun. Mein Rennen war eine fuchtelnde, panische, atemlose Angelegenheit, ihres eine geschmeidige, fließende Bewegung mit minimalem Energieaufwand. Ich war jetzt in der Gasse, setzte über Müllsäcke, die dort großzügig verstreut lagen, und konnte nur hoffen, dass der Durchgang zu eng für die Meute um mich her wäre. Doch der Leithund blieb an meiner Seite, die Augen feurig, die Zunge heraushängend wie der grellrosa, faulig-klebrige Köder einer tropischen Blüte. Er hatte mich schon, wir wussten es beide. Er sprang mich an, stieß die Schnauze mit den Reißzähnen vor, wie ein Gangster seine Waffe zückt, und ich spürte einen Schlag an der Wade. Schwere Kiefer gruben sich in den Muskel oberhalb meines Knöchels, mit der gnadenlosen Wucht einer Maschine. Ein Zupacken und Reißen in einem, und vor lauter Verblüffung, dass der Hund mich tatsächlich gebissen hatte, wäre ich fast stehen geblieben, um nachzusehen, was passiert war (*Nicht stehen bleiben!*). Mit letzter Kraft warf ich mich nach vorn und spürte das Gewicht des Hundes wie einen Klotz am Bein, doch plötzlich brach das Gewicht weg, mein Bein war frei, aber irgendwas gab nach und riss beim Loslassen. Die ganze Zeit wartete ich schon auf den Schmerz, auf das Gefühl von rinnendem Blut, das von meinem hämmernden Herzen durch ein zerfetztes Loch am Schienbein hinausgetrieben wurde und auf den dreckigen Asphalt tropfte, doch ich merkte nichts, und als ich mit dem gebissenen Bein wieder auftrat, fühlte es sich ganz unversehrt an.

Ich riskierte einen schnellen Blick über die Schulter und sah, dass der Hund zurückblieb und in einem widerstrebenden, irgendwie majestätischen Halbkreis umkehrte, als hätte seine Zielrichtung sich gar nicht geändert. Der Rest der Meute hatte sich verzogen. Ich stand jetzt auf einer normalen Straße, mit Verkehr und Passanten in Sicht. Sie hatten ihre Chance verpasst. Nur wenige Meter trennten ein Gebiet, in dem einen streunende Hunden anfallen konnten, von einer Alltagswelt, wo so etwas undenkbar war, zumindest bei Tag. Oder ging von mir etwa eine Aura besonderer Verletzlichkeit aus, etwas, das mich zu einer Beute oder einer Bedrohung machte, während jemand anders, ein Hiesiger, unbehelligt durch die Brachlandschaft hätte wandern können?

Die dunklen Silhouetten der Hunde bewegten sich zum Ende der Gasse hin, verschmolzen zu einer einzigen geduckten Gestalt, ausgeblendet vom blauen Strahlen des Himmels im hohen Rahmen der Mauern.

Erst jetzt merkte ich, wie erschöpft ich war. Mir zitterten die Beine, meine Lunge brannte, ich war schweißgebadet. Ich schämte mich der Schweißflecken auf meinem Hemd – man meint ja immer, kühl und locker auftreten zu müssen. Ich lehnte mich an eine Straßenlaterne, um zu verschnaufen. Ein paar Passanten warfen mir verwunderte Blicke zu – ich war nicht zum Joggen angezogen. Mein linkes Hosenbein war zerrissen, und ein Stofffetzen hing herab. Ich bückte mich, um den Fetzen ganz abzureißen. Das Stück Jeansstoff fühlte sich feucht an, entweder vom Geifer des Hundes oder von meinem eigenen Schweiß. Ich warf es zu dem restlichen Müll in die Seitengasse.

Nahebei überbrückte die Straße den Kanal und kreuzte die Uferstraße, in die ich einbog. Der Kanal und die hohen, schmalen Häuser an seinem Rand verliehen der Straße etwas Holländisches, außerdem war sie von Bäumen gesäumt, die willkommenen Schatten spendeten. Die lauschige Allee schien Welten entfernt von dem verseuchten Graben, in dem ich die Katze entsorgt hatte, doch es war der gleiche Wasserlauf. Schockierend, wie lange her mir das Versenken des Müllsacks schon wieder vorkam. Die ganze Sache schien kaum noch wahr, vielleicht würde ich mich doch noch aus der Situation herauswinden können. Inzwischen aber pochte mir der Schädel vor Dehydrierung, und meine Beine waren noch immer nicht sonderlich standfest. Ich brauchte Wasser.

Über die nächste Brücke führten Trambahngleise – hier entlang ging es zurück zu Oskars Wohnung. An der Ecke befand sich ein kleiner Supermarkt, ein verirrter Keil aus Glas und Neonlicht in der monotonen grauen Stuckfassade, mit fluoreszierenden Sternchen gespickt, auf denen mit schwarzem Filzmarker hingekrakelte Preise standen. Ich brauchte Wasser, und der Kühlschrank in der Wohnung war leer.

Hinter den automatisch aufgleitenden Ladentüren lief die Klimaanlage auf vollen Touren, trocknete mir den Schweiß und kühlte mich bis auf die Knochen. Das Neonlicht sirrte wie die Radiowellenortung des Urknalls. Ich nahm einen Drahtkorb und belud ihn mit Mineralwasser, Käse, Tomaten, Salami, einem verdächtig kompakten, dunklen Brotlaib. Dann noch zwei Flaschen Wein – ich zögerte, stellte eine zurück, legte sie dann doch wieder in den Korb. Der Supermarkt machte einen seltsam provisorischen Eindruck – laminiertes Sperrholz, handgeschriebene Preise –, aber das Angebot war üppig. Ich nahm Spaghetti und ein Glas Pastasauce. Meine Einkäufe füllten zwei Tüten. Wieder spürte ich den Zug der

Mülltüte an den Fingern. Ich dachte an die Katze, still und kalt in ihrem Kanalbett, wo der Schlick sich in den schwarzen Falten ihres Leichensacks absetzte.

Vom Kanal zu Oskars Wohnung war es nur ein kurzer Weg – jetzt, beim zweiten Mal, kam er mir sogar noch kürzer vor. Dieser schmale Ausschnitt der Stadt schien mir nun ein bisschen schärfer konturiert als der Rest. Details in den Straßen hatten sich mir eingeprägt – ein handgemaltes Ladenschild, ein Balkon, der überschäumte vor rankenden Pflanzen. Ein Ort der Wohnblocks und Routen wurde langsam zu einem Ort der Erinnerungen. Wie lange dauerte es, bis ein Ort einem vertraut wurde? Ich fragte mich, wie lange ich wohl noch hierbleiben würde. Sicher würde ich mich hier nie heimisch fühlen. Die Putzfrau wusste von dem Weinfleck und von der Katze – hatte sie die Möglichkeit, Oskar anzurufen und es ihm zu petzen? Hatte sie es schon getan? Was würde Oskar tun? Anrufen oder gar zurückkommen? Ich war mir sicher, dass er mich zur Rede stellen würde, genau deshalb, weil ich es so unbedingt vermeiden wollte. Aber jetzt war die Katze weg, und bald würde der Weinfleck auch weg sein.

Beide Hände voller Einkäufe, schob ich die Haustür mit der Schulter auf und wäre fast mit der Putzfrau kollidiert. Der Fliesenboden des Hausflurs glänzte frisch gewischt, und sie fuhrwerkte gerade vor der Tür mit dem Mopp herum. Ihre Miene erstarrte zu einer Maske des Missmuts, als sie mich sah. Ich lächelte, ein hilfloser, automatischer Reflex, und spannte schon die Muskeln an, um an ihr vorbei die Stufen hinaufzueilen, als mir einfiel, dass meine Schuhe schmutzig waren. Um das Verhältnis zu dem alten Drachen nicht noch mehr einzutrüben, putzte ich sie auf der Matte ab, wobei ich mir peinlich meines zerrissenen Hosenbeins bewusst war.

»—!«, blaffte sie mich an. »—!«

»Hören Sie«, versuchte ich, einen versöhnlichen Ton anzuschlagen, noch immer wie ein Depp auf der Matte scharrend, »Sie wissen doch, dass ich nur Englisch spreche. Ich habe gesehen, dass Sie die Katze gefunden haben … Ich hatte nichts damit zu tun … Ich habe sie nur, ähm, zur letzten Ruhe gebettet … Ich werde Oskar alles erklären, also warten Sie doch einfach …«

Es hatte keinen Zweck. Nicht nur, dass sie mich nicht verstehen konnte, sie hörte auch gar nicht zu. Stattdessen starrte sie auf die Tüten in meinen Händen, mit Entsetzen, wie mir schien. Unsicher, was ihre Aufmerksamkeit erregt haben könnte, hob ich eine der Tüten hoch. Ich konnte nichts Besonderes an ihnen erkennen, abgesehen davon, dass sie aus schlichtem weißem Plastik waren, ohne irgendein marktschreierisches Emblem, wie es in England üblich war. Aber die Umrisse des Brots und der Salami in der Tüte – dachte sie vielleicht, die Katze wäre da drin? Dass ich ihr die Tüte entgegenstreckte, fachte ihre Aufregung nur noch mehr an.

»Das sind nur Einkäufe!«, sagte ich zu hastig, mit überkippender Stimme. »Sehen Sie doch!«

Ich setzte eine der Tüten ab – die Flaschen klirrten – und griff in die andere, löste die katzenartige Form auf, indem ich die Salami herauszog. »Hier, bitte!«

Sie wich zurück, mit unbeschreiblich entsetztem Gesichtsausdruck. Plötzlich wurde mir bewusst, dass dieses Herumgefuchtel mit der Wurst keineswegs beruhigend war, sondern mich eher wie einen Sittenstrolch wirken ließ.

»Sind nur Einkäufe«, brummelte ich vor mich hin, während ich die Salami in die Tüte zurückschob. Die Putzfrau hatte sich von ihrem Schrecken erholt und keifte erneut auf mich ein. Ich hob die zweite Tüte auf und hastete die Treppe hoch, wie gejagt von der zornig hallenden Stimme.

Zurück in Oskars Wohnung, legte ich gleich die Kette vor. Genug der Unterbrechungen. Meine Geduld mit dieser Stadt, diesem Haus, dieser Wohnung war langsam erschöpft. Ich ließ die Tüten in der Küche stehen und holte den Plastikkorb mit den Putzutensilien aus der Kammer. Oskars Zettel steckte noch immer unter dem Bienenwachsbarren.

Das sind Putzmittel für die Wohnung und den Boden, hatte Oskar geschrieben. Ja, Oskar, das war offensichtlich. Es gibt da ein Buch über die Pflege von Holzböden auf dem Regal bei den Architekturbänden. Das war schon hilfreicher.

Das Buch stand am hinteren Ende des untersten Bretts, fast unsichtbar neben den dicken Monografien über europäische und amerikanische Architektur. Auf der Schutzhülle war ein Mann abgebildet, der mit einer Miene von zenmäßigem Gleichmut ein Dielenbrett einsetzt. Allein schon das Buch in der Hand zu halten, wirkte ermutigend. So ein solides altes Handbuch wusste bestimmt, was zu tun war. Ich schlug es auf. Natürlich steckte ein Zettel von Oskar vorne drin – mehr als eine Notiz, ein richtiger Brief diesmal, der fast eine ganze DIN-A4-Seite füllte, in großzügigerer Schrift als auf den Notizzetteln, darüber eine Zeile in Großbuchstaben, die vielleicht hinterher angefügt worden war.

WENN NICHTS MIT DEM BODEN PASSIERT IST,
DANN IGNORIERE BITTE DIESE BOTSCHAFT.

Darunter stand:

Mein lieber Freund,
WENN DU GERADE ETWAS VERSCHÜTTET HAST, WISCH ES SOFORT MIT EINEM NASSEN LAPPEN AUF! LASS ES NICHT EINTROCKNEN!

Aber wenn Du diese Botschaft findest, hast Du auch das Buch gefunden, also ist es wahrscheinlich schon zu spät. Du hast es mit Wasser versucht, und es hat nicht funktioniert. Der Boden hat einen Fleck. Vielleicht kann dieses Buch Dir helfen, aber ich glaube nicht, dass Du den Schaden reparieren kannst.

Mein Magen krampfte sich zusammen, und mein Gesicht wurde heiß. Ich biss mir auf die Lippen. Hallo? Ich glaube nicht, dass Du den Schaden reparieren kannst? So eine Frechheit! Ich kannte Oskars Arroganz, sein hochmütiges Abqualifizieren, aber jede neue Kostprobe davon konnte noch immer verletzen. Am liebsten hätte ich zwei Flaschen Roten auf dem Boden zerschlagen und meinen Namen mit dem Flaschenhals in den Boden geritzt.

Aber das kam natürlich nicht infrage. Ich würde den Schaden beseitigen, spurlos, und ungeschoren davonkommen. Es würde ein geheimer Triumph werden, doch die Genugtuung wäre mir sicher. Und was die Katze betraf, würde ich standhaft lugen. Sie war eben einfach nicht zurückgekommen. Vielleicht wegen Oskars langer Abwesenheit, würde ich ihm noch ein bisschen schlechtes Gewissen machen. Wenn die Putzfrau mir widersprach, würde ich sie für verrückt erklären. Meine Geschichte war viel glaubwürdiger als die ihre. Keine Leiche, kein Verbrechen.

Der Brief ging weiter:

Der Boden war teuer. Die beste Art, so etwas zu pflegen, besteht darin, es nicht zu beschädigen. Wenn mit dem Boden etwas passiert ist, ruf mich bitte an und lass es mich wissen.

Wieso? Wozu wollte er es denn wissen, wenn alle Vorsicht nichts genützt hatte und der leider entstandene Schaden nicht mehr zu beheben war? Was konnte er mir dann noch raten, was nicht schon auf einem seiner zahllosen Zettel stand? Was wollte er dann tun? Nach Hause kommen, um das Desaster zu inspizieren und Vergeltung zu üben? Undenkbar war das nicht. Aber wahrscheinlich entsprang der Wunsch, angerufen zu werden, nur seiner üblichen Kontrollsucht. Abgesehen davon, dass er sich nicht die Gelegenheit entgehen lassen würde, mal wieder wen abzukanzeln.

Ich las weiter, innerlich kochend, verwundert über die Länge der Botschaft.

Wenn es eine Chance auf Abhilfe gibt, findest Du sie in dem Buch, doch es könnte mehr Schaden als Nutzen bringen. Es ist wirklich wichtig, dass Du mich anrufst, bevor Du irgendwas versuchst. Ich könnte Dir vielleicht helfen.

Jetzt wiederholte er sich nur noch.

Der Boden bedeutet mir viel. Als ich die Wohnung kaufte, entschied ich als Erstes, den neuen Boden verlegen zu lassen. Dazu musste alles umgemodelt werden: neuer Boden, neue Küche, neue Möbel, alles nach meinen Vorgaben ausgeführt. Es gab alte Holzdielen, knarzig und abgetreten. Viele Leute mögen das, Du bestimmt auch, aber ich wollte neue Dielen. Alles sollte vollkommen sein, ich konnte eine Insel der Vollkommenheit schaffen, und von da an würde der Rest des Lebens auch vollkommen werden. Ich weiß, man sagt immer gern: »Nichts ist vollkommen.« Aber das ist nicht wahr. Der Boden ist, war, vollkommen. Die Wohnung ebenso. Und das Leben auch. Vollkommenheit zu schaffen, bedarf einiger Mühe und weiterer, sie zu erhalten. Ich erinnere mich an unser Gespräch damals im Pub – dass ich zu viel von den Menschen erwarte. Seitdem steckt es wie ein Pfeil in mir. Ich bin Enttäuschungen gewohnt und glaubte, ich würde irgendwann Leute treffen, die mich nicht enttäuschen, und die anderen würde ich mir schon in meinem Sinne erziehen. Du sagtest, ich solle meine Erwartungen an die Menschheit herabschrauben. Du sagtest, ich solle weniger gut von den Menschen denken! Dabei ist es so einfach, eine Beschädigung der Böden zu vermeiden. Vielleicht gelingt es Dir. Doch ich schreibe diesen Brief, weil ich es für möglich halte, dass Dir ein Missgeschick passiert, also schraube ich wohl schon meine Erwartungen herab. Vielleicht ist es ein Test.

Im Buch gibt es Reparaturanweisungen, aber ruf mich auf jeden Fall vorher an.

Dein Freund Oskar.

Hatte Oskar sie nicht mehr alle? Die Botschaft war vor mehr als einer Woche verfasst worden. Ich versuchte ihn mir in der Wohnung vorzustellen, ein oder zwei Tage, bevor er nach Kalifornien aufbrach, um von Scheidungsanwälten gedemütigt und vielleicht auch ruiniert zu werden. Seine schöne Wohnung, seine vollkommene Zuflucht, hatte er in der Obhut von jemandem zurücklassen müssen, dem er nicht vertraute, und so hatte er sich alle möglichen Katastrophenszenarien ausgemalt und Anweisungen ersonnen, wie man sie zu verhindern oder damit umzugehen hätte. Er wollte die Dinge unter Kontrolle halten. Wie lange hatte er gebraucht, um das alles zu Papier zu bringen? Einen Tag? Zwei? Ich hatte Dutzende von Zetteln gefunden, und es gab sicher noch mehr davon.

Ich drehte den Zettel um, in der Absicht, mit dem Buch anzufangen, und fand noch mehr Text auf der Rückseite.

> Wenn irgendwas schiefgeht, kann man es bis zu dem Moment zurückverfolgen, an dem es anders hätte laufen können, wo ein Wort oder Schweigen oder Agieren oder Stillhalten alles hätte ändern können.
>
> Ich denke jetzt an die Böden und an dieses Buch.
>
> Dieses Buch ist voller Tipps, wie man Dinge »korrigieren« könnte, die schiefgelaufen sind, aber das stimmt alles nicht. Richtig ist vielmehr: »Tu von vornherein nicht das Falsche.« Wenn die falsche Taste auf dem Klavier angeschlagen worden ist, kann man es nicht mehr »korrigieren« – man kann sie nicht mehr un-angeschlagen machen. Man wird es immer merken.

Das war alles – kein Gruß, keine Unterschrift. Nachdem ich mir ein Glas Mineralwasser eingeschenkt hatte, nahm ich das Buch mit aufs Sofa. Neben mir prangten die Kratzspuren der verstorbenen Katze. Waren sie wirklich von der toten Katze oder von der lebenden? Die war noch nicht wieder aufgetaucht – sie musste doch hungrig sein? Der Tag ging schon zur Neige, und am Boden hatten sich die Rauten aus Licht, das durch die hohen Fenster fiel, zu langen, spitzen Dreiecken verengt.

Wieder schlug ich das Buch auf, nahm Oskars Brief heraus und legte ihn auf den Couchtisch. Die Einleitung war in großer, angenehmer Type gedruckt und mit einem Foto des Autors geschmückt, auch er eine große, angenehme Type, entspannt auf einem seidig schimmernden Boden hockend, der perfekt mit seinen goldenen Locken harmonierte.

Holz, so stand da zu lesen, ist ein magisches Material. Und munter-launig ging es weiter.

Anders als andere Bodenmaterialien hat echtes Holz ein echtes Eigenleben. Buchstäblich gelebt hat es einmal als Baum, bevor es zu Ihrem Boden wurde. Wenn Sie einen Holzboden aussuchen, bringen Sie etwas von diesem Leben in Ihr Zuhause. Als Handwerker kann ich Ihnen versichern, dass kein anderes Material so flexibel in der Bearbeitung ist und so angenehm zu handhaben. Jeder Baum, und jedes Stück Holz, ist einzigartig. Und jeder Holzboden erzählt seine eigene Geschichte. Sachgerecht gepflegt, wird Ihr Holzboden Ihnen jahrzehntelang Freude machen und ein Schatz sein, den Sie an die nächste Generation weitergeben.

Das ist der Schlüssel zur größtmöglichen Freude an Ihrem Holzboden: Pflege. Sie sollten Ihren Holzboden pflegen, wie Sie ein kostbares Möbelstück pflegen würden – vielleicht das wichtigste, das Sie besitzen. Behandeln Sie den Boden liebevoll, und er wird vor Liebe strahlen.

Oskars Boden war sicher wunderschön, aber strahlte er vor Liebe? Ich widerstand dem Impuls, zu dem Weinfleck am Sofa hinzusehen, und betrachtete die makellose Bodenfläche vor dem Bücherregal. Ein Hauch von Wachspolitur ließ das blasse Holz schimmern und hob die zarte Struktur der Maserung hervor. Wenn es Liebe ausstrahlte, dann auf einer Wellenlänge, die nur höher entwickelten Naturen zugänglich war. Atavistische Gewaltfantasien schwirrten mir durch den Kopf. Wie destruktiv konnte ich sein? Wie viel Tinte gab es in der Wohnung? Wein gab es genug, aber den brauchte ich selber. Wenn das Holz so schlecht vor Flecken geschützt war, dann war es wohl erst recht nicht feuerfest? Ich konnte natürlich auch einfach abreisen. Ich dachte an den Flughafen, die unendlichen Möglichkeiten, in die Freiheit zu entkommen, die er bot. Sicher gab es noch einen späten Flug nach London. Ich dachte an die endlosen Hektar von Terrazzoboden, dazu bestimmt, die Schritte von Millionen auszuhalten, ohne sich abzunutzen. Einfach nur die Tür abschließen und den Schlüssel in den Briefkasten werfen. Aber da war noch die Katze zu bedenken – selbst wenn ich mich der Wohnung gegenüber nicht mehr verpflichtet fühlte, war ich doch für die überlebende Katze verantwortlich. Wo sie auch sein mochte – hoffentlich immer noch am Leben.

Jeder Holzboden wird mit der Zeit Abnutzungsspuren aufweisen. Diese Patina ist Teil seines Charakters – sie zeugt vom lebendigen Geist des Holzes.

Ja, Holz besitzt Geist! Vor der christlichen Ära glaubten die Kelten in Europa, dass die Bäume von Geistern bewohnt wären. Dieser Glaube ist heute noch bei vielen Volksstämmen überall auf der Welt anzutreffen. Und Spuren davon finden sich auch in unserer modernen Kultur wieder. Klopft man nicht auf Holz, um Unglück abzuwenden? Das ist der Glaube an die spirituelle Kraft des Holzes. Für die Heiden waren Baumgeister oder Dryaden …

Das Buch sank in meiner Hand herab. Dieser esoterische Mumpitz war ganz und gar nicht, was ich erwartet hatte, was ich *brauchte,* nämlich eine nüchterne Gebrauchsanweisung, keinen so wolkigen New-Age-Blödsinn. Mit sinkendem Mut überflog ich die nächsten Seiten.

… Judentum und Christentum sprechen vom Baum der Erkenntnis, und der Buddhismus hat den »Bodhi«-Baum, den Feigenbaum, unter dem Siddhartha Gautama der Erleuchtung teilhaftig wurde …

... Yggdrasil, der nordische »Weltenbaum« ...

... die Totempfähle aus Zedernholz der amerikanischen Urvölker im Nordwesten ...

... Heilende Eigenschaften: Acetylsalicylsäure, besser bekannt als Aspirin, entstammt der Birkenrinde ...

... Druiden und Mistelzweig ...

... Der Goldene Ast, den Aeneas und die Sybille dem Torwächter der Unterwelt gaben ...

... Splitter des Kreuzes von Golgatha ...

Irgendwer hatte da ganz klar einen an der Waffel. Ich blätterte zurück zum Foto des Autors – das lockige Blondhaar, der mystische Schimmer in den Augen, das breite Lächeln voll strahlend weißer Zähne. Es sah Oskar gar nicht ähnlich, in Sachen Bodenpflege auf den Rat eines solchen Spinners zu vertrauen. Höchst untypisch für Oskar. Aber was war das nur mit diesem Autor, diesem langatmigen Gefasel, diesen Zähnen ... dieser klebrigen Volkstümelei, dem anbiedernden Stil, der Potpourri-Philosophie. Auf der Rückseite stand:

ÜBER DEN AUTOR: Chandler Novack ist Handwerker, Ausbilder, Schriftsteller und Lebensberater. Er ist der Verfasser von 20 Büchern, darunter *Pflege von Ehefrauen, Pflege von Ehemännern, Pflege von Kindern, Pflege des inneren Selbst, Pflege von Gemälden, Pflege von Oldtimern, Pflege von Antiquitäten* und *Pflege von Schwimmbädern.* Durch seine Bücher und Beratertätigkeit hat er seine einzigartige Lebensperspektive der ganzheitlichen Persönlichkeitspflege 10 Millionen Lesern weltweit nahegebracht. Chandler lebt in Kalifornien mit seiner Frau und fünf Kindern.

Kalifornien. Auf der Rückseite stand auch: »$ 21.95«. Kein Preis in Pfund oder Euro. Dieses Buch war in den USA gekauft worden, und zwar, darauf hätte ich mein ganzes Hab und Gut wetten können, nicht von Oskar. In Oskars Wesen gab es nicht den leisesten Anflug von diesem bescheuerten Brimborium, er würde nicht mal Räucherstäbchen tolerieren. Oskar war Empiriker – er beschäftigte sich mit dem, was sichtbar, messbar und verifizierbar war. Nein, dieses Buch musste von Laura sein, dieser unbekannten Größe. Ein Geschenk also, das allerdings einen atemberaubenden Mangel an Einfühlung in das Wesen ihres Mannes verriet. Die Gründe für die Scheidung zeichneten sich jetzt schon klarer ab – die gut gemeinten Versuche, Oskars Chakren zu stimulieren, waren auf kalte Ironie gestoßen, eine Flut von Yoga und Joghurt war an diesem steinernen Hochmut abgeprallt. Aber nach dem wenigen zu schließen, was ich von Laura wusste, passte das auch nicht so recht zu ihr. War es vielleicht ein zufälliges Mitbringsel, im Vorbeigehen am Flughafen erworben? Ein Witz, den ich nicht nachvollziehen konnte, wo man sich bei Wein und gedämpftem Licht kichernd einzelne Passagen vorlas? Vielleicht hatte Laura Mr. Novack in einer anderen Sache konsultiert – *Pflege von Gemälden? Pflege von Ehemännern? Pflege von ordnungsfanatischen europäischen Pianisten?* – und bei ihm Trost oder Hilfe gefunden. Auf Dauer aber nicht genug.

Kein Wunder, dass Oskars Botschaft so entmutigend war. Mit neu gestärktem Selbstvertrauen blickte ich ins Inhaltsverzeichnis und schlug das Kapitel über Flecken auf:

Unfälle passieren eben! Wir sind ja alle nur Menschen.

Etwas in mir, das Oskar am nächsten war, krampfte sich abwehrend zusammen.

Ich weiß noch, als ich mein erstes Haus mit Allegra baute …

Ein weiterer Tsunami von wattigem Gewaber, gefolgt von der onkelhaften Ermahnung, vorbeugen sei besser als heilen. Novacks selbstironische Art, seine Anekdoten zu erzählen, konnte seltsamerweise nicht über sein olympisches Ego hinwegtäuschen. Schließlich aber, im praktischen Teil seiner Ausführungen, wurde er doch noch konkret. Da gab es Punkt für Punkt aufgelistete Anweisungen, Skizzen, farblich abgesetzte Tipps.

Wenn der Fleck eingetrocknet ist, muss man ihn mit Scheuerpulver entfernen. Das feinkörnigste ist »Tripoli«, das auch zum Polieren von Steinen benutzt wird. Mischen Sie etwas Tripoli mit Leinöl zu einer glatten Paste und entfernen Sie damit den Fleck, indem Sie vorsichtig in Richtung der Maserung reiben.

Mit dem Buch in der Hand ging ich in die Küche, wo ich den Korb mit den Putzmitteln gelassen hatte. »Tripoli«, murmelte ich vor mich hin. »Dann wollen wir doch mal sehen.«

Eine schnelle Bestandsaufnahme förderte ein paar Lappen zutage, eine Spraydose mit Poliermittel, einige Blätter Sandpapier, drei Scheuerschwämmchen (eins davon abgenutzt), ein Paar Gummihandschuhe, zwei saubere Pinsel, eine Dose Bohnerwachs und ein kleines, unheimliches braunes Fläschchen mit kristallinem weißem Pulver und Totenkopfaufkleber. Nur von Tripoli keine Spur. Vielleicht war es bloß ein ausgedachter Name. Ich traute der Sache nicht. Novack würde sich schon etwas mehr einfallen lassen müssen.

Wenn Sie kein Tripoli haben, tun es auch gemahlener Bimsstein oder feines Sandpapier.

Sandpapier – das war wenigstens etwas Reelles, kein Parfümerie-Chichi. Ich holte ein sauberes Blatt Sandpapier aus dem Plastikkorb und sah mir den Fleck näher an. Am besten, ich probierte es erst einmal an einem der kleineren Spritzer.

Scheuern Sie den Boden sanft, aber nachdrücklich, mit gleichmäßigen Strichen in Richtung der Maserung.

Die Behandlung ließ den Fleck sofort blasser werden, aber auch den Boden drum herum. Der Fleck war nur noch ein rosa Schatten, der geisterhaft in einem beängstigend hellen Oval aus nacktem Holz schwebte. Dieser hellere Fleck fiel einem gleich ins Auge, im matten Glanz des Bodens ein stumpfes Intervall, das auch ohne den Farbunterschied aufgefallen wäre. Und wie verletzlich die Stelle jetzt aussah – ohne schützende Politur war sie ein Magnet für Staub, schutzlos gegen weitere Unfälle. Und der Fleck war zwar vermindert, aber keineswegs verschwunden. Ich scheuerte so lange daran herum, wie ich es wagte, wohl wissend, dass ich die Substanz des Bodens damit angriff, aber eine rosa Spur blieb trotzdem zurück. Im Licht, das durch das Fenster einfiel, kam es mir manchmal vor, als hätte ich den letzten Hauch von Rosa endlich beseitigt – nur um ihn wiederzusehen und wieder wegzuzwinkern, denn was ich sah, war ein rötlicher Fleck hinter den Augen, ein Eindruck auf der Netzhaut, nachdem ich zu lange ins Helle gestarrt hatte. Mein Kopf wummerte. Die Literflasche Wasser, die ich gekauft hatte, war schon leer. Mit der Vorsicht eines Nukleartechnikers, der spaltbares Material handhabt, öffnete ich eine Flasche Wein und schenkte mir ein Glas ein. Es war höchst willkommen. Ich stellte es auf der Abtropffläche der Spüle ab – woanders wollte ich es lieber nicht riskieren – und konsultierte Novack noch mal.

> Ein Fleck, der schon tief ins Holz eingezogen ist, wird sich vielleicht nicht allein durch Scheuern entfernen lassen. Lösen Sie Oxalsäurekristalle in Wasser auf, weichen Sie ein sauberes weißes Tuch darin ein und legen Sie es für etwa eine Stunde auf den Fleck. Hier ist ÄUSSERSTE VORSICHT geboten! Oxalsäure darf nicht mit der Haut in Berührung kommen. Tragen Sie während der ganzen Zubereitung und Anwendung Gummihandschuhe. Zum Schluss neutralisieren Sie die Säure mit Haushaltsessig.

Novack, du herrlicher kalifornischer Spinner, du hast's voll drauf. Dieser Vorschlag ersparte einem den Trip zum Baumarkt, es reichte schon ein Blick ins Periodensystem. Oxalsäure – das war die Art von unverfälschter Substanz, die mir Vertrauen einflößte. Mit neuer Zuversicht griff ich mir das braune Giftfläschchen aus Oskars Putzmittelkorb und warf einen Blick auf das Etikett – Oxalsäurekristalle.

Früher einmal hätte ich an diesem Punkt wohl den einen oder anderen Gedanken an die Umwelt verschwendet. Der Ozean oder die Wasserpflanzen hätten sich selbstsüchtig in den Vordergrund gedrängt. Jetzt aber nicht mehr. Wenn ich einen Knopf hätte drücken können, der gleichzeitig jeden Fleck auf dem Boden und jeden lebenden Panda auslöschen würde, hätte ich ihn ohne Zögern gedrückt. Mir war es sehr ernst mit der Säuberung des Bodens.

In Gummihandschuhen fertigte ich die empfohlene Lösung an und goss sie auf ein neues Spültuch aus dem Schrank. Dann drückte ich das Tuch fest zusammengeknüllt auf den Fleck, um möglichst wenig unbeschädigten Boden mit der Säure in Berührung zu bringen. Es gab kein dramatisches Zischen oder Flammenzüngeln, keinen beißenden Geruch – der Boden sah aus wie vorher, nur mit einem zerknautschten blauen Lappen drauf. Ich nippte vorsichtig am Wein und sah auf die Uhr. Inzwischen war es Abend geworden. Eine Stunde schien wie eine lange Zeit, die bleierne Wartezeit zwischen mehreren Gängen zum Herd, um ein kompliziertes Supermarktcurry aufzuwärmen.

Ich spülte die Handschuhe unterm Wasserhahn ab, zog sie aus und ging in die Vorratskammer, um nach dem Essig zu suchen. Als ich kurz darauf mit der passenden Flasche wiederkam, sah irgendetwas nicht ganz so aus, wie es sein sollte.

Ich kniete mich hin und sah mir das Tuch am Boden an. Es hatte ein schlichtes blaues Karomuster, wie jedes Spültuch, das ich je gesehen hatte. Aber das Muster hatte sich verändert. Die Streifen sahen seltsam verschwommen aus, und der Schatten am Rand des Tuchs war kein Schatten mehr, sondern ein Ring aus blauer Farbe. Der verdammte Lappen färbte auf den Boden darunter ab.

»Scheiße!«, schrie ich. »Scheiße! Scheiße!« Schon zuckte meine Hand vor, um das Tuch vom Boden zu reißen, als mir die Säure wieder einfiel. In fliegender Hast zog ich die Handschuhe an, schnappte mir das Tuch, schmiss es in die Spüle und drehte den Wasserhahn auf.

Auf dem Boden prangte ein marmorierter blauer Kreis, außen dunkler als innen, wo der Überrest des Weinflecks immer noch zu sehen war. Wieder spülte ich mir die Hände ab und zog die Handschuhe aus. Essig, Essig, jetzt musste dringend Essig her. Die Verschlusskappe saß stramm; meine Finger schienen alle Kraft verloren zu haben. Die Flasche rutschte mir fast aus der Hand. Ich hielt sie krampfhaft umklammert, während ich ihren Inhalt über die blaue Lagune schüttete. Hellblau überschwemmte es die Dielen. Fluchend feuchtete ich ein weiteres Spültuch an und wischte die ganze Sauerei auf.

Was auf dem nassen Boden zurückblieb, war ein bläulicher Fleck von der Größe eines Untersetzers, anstatt eines fast schon verblichenen rosa Schattens, nicht größer als ein Daumennagel. Mit benommenem Interesse registrierte ich die vielen Eigenschaften dieser neuen blauen Präsenz im Raum – ihr dunklerer Rand wie bei einer Qualle, das blaufleckige Innere, wo die Farbe in das frisch gescheuerte Holz eingesickert war, und das violette Mal in der Mitte, wo das Blau den rötlichen Weinfleck überlagerte, den die Säure noch nicht hatte auflösen können. An manchen Stellen konnte man sogar das Gittermuster des Spültuchs erkennen, das sich auf den Boden übertragen hatte.

Novack, dachte ich, du Mistkerl, warum hast du mich nicht gewarnt? Das hatte er natürlich – schließlich hatte er eigens betont, dass es ein weißes Tuch sein sollte, nur nicht erklärt, weshalb das wichtig war. Der Boden musste noch mal geschrubbt und mit Sandpapier bearbeitet werden – diesmal auf einer größeren Fläche –, dann noch mal mit Säure behandelt, und endlich, wenn kein weiteres Missgeschick mehr passierte, käme dann noch Wachsen und Polieren. Der Abend würde lang werden. Ein Glück, dass ich diese zweite Flasche gekauft hatte, sagte ich mir, während ich zum Glas griff.

Später würde ich die ganze Kette von Ereignissen noch mal gewissenhaft zurückspulen, um herauszufinden, wann genau ich das Weinglas mit Handschuhen angefasst hatte, an denen noch Säure klebte. Das Glas hatte kaum ein Drittel des Weges zwischen Spüle und Mund zurückgelegt, als Daumen und Zeigefinger zu kribbeln anfingen und immer heißer wurden. Ich hatte kaum Zeit, das seltsame Phänomen zu bemerken, als das Brennen schon zu einem unerträglichen Schmerz wurde.

Instinktiv tat ich das, was mir das einzig Richtige schien, und ließ das Glas fallen. Ließ es nicht nur fallen, sondern schleuderte es von mir wie eine giftige Schlange. Der Inhalt beschrieb einen schönen Bogen in der Luft, und das Glas zerbarst auf den Dielen. Es war noch fast voll gewesen.

Aber das war momentan nicht das Wichtigste in meinem Leben. An drei Stellen meiner linken Hand war die Haut feuerrot angelaufen und fing an zu schrumpeln. Ich stöhnte laut auf und stürzte zur Spüle.

Natürlich – wie das spätere Zurückspulen logisch ergab – musste man zum Abspülen der Gummihandschuhe erst den Hahn aufdrehen, sodass die Säure am Handschuh sich nun auch am Hahn befand. Und dort blieb sie, es sei denn, man wäre schlau genug gewesen, ihn abzuwischen. Sobald das Wasser meine linke Hand gekühlt hatte, war es just dieser Hahn, den ich mit meiner unverbrannten rechten Hand anlangte.

Inzwischen tröpfelte überall Rotwein über Glasscherben.

SIEBTER TAG

Ruhe bekam ich in dieser Nacht kaum. Das bisschen Schlaf, das mir vergönnt war, wurde gegen vier Uhr vom Schlagen des Fensters unterbrochen. Als ich nach einem Abend hektischer Schadensbegrenzung endlich so weit gewesen war, ins Bett zu gehen, war die Katze noch immer nicht zurück. Ich hatte ein Schälchen Futter bereitgestellt und die Balkontür offen gelassen für den Fall, dass sie nachts wieder auftauchen sollte. Doch ein kurzes Sommergewitter war in den frühen Morgenstunden niedergegangen, und die Windböen hatten die Fenstertür auf und zu schlagen lassen. Ich musste aufstehen und sie verriegeln, damit es nicht hereinregnete. Von der Katze weiterhin kein Spur.

Von der lebenden Katze, meine ich. Ihre tote Genossin war sehr wohl erschienen, nämlich mir im Traum. Schlammiges Wasser triefte ihr von Fell und Schnurrhaaren. Anklagend wie Banquos Geist hatte sie sich vor mir aufgebaut. Dann war sie verschwunden. Und reingeregnet hatte es auch, was mich kaum kümmerte. Ich erwog schon, es einfach so zu lassen, egal, ob die Feuchtigkeit den Boden angriff oder nicht. Aber dann regte sich doch noch ein Rest von Vernunft und Verantwortungsgefühl, und ich wischte mit dem Handtuch aus dem Bad auf.

Als ich mich wieder hinlegte, fand ich trotz meiner Erschöpfung keinen Schlaf. Meine verätzten Finger brannten nur noch leicht – aber das reichte, um die Erinnerung an die Katastrophe in der Küche wachzuhalten. Das Glas, das ich von mir geschleudert hatte, war auf dem Boden zerschellt, und der Wein darin hatte sich über eine schier unglaubliche Fläche verteilt. Nachdem ich mir die Säure von den Händen gewaschen hatte – Blasen waren schon an drei Fingern und beiden Daumen zu sehen –, war ich schockiert von der Ausdehnung der Spritzer, die sogar das Bücherregal erreicht hatten. Dicke dunkelrote Tropfen rannen an den Rücken von Oskars Kunstbänden hinab. Die musste ich mir als Erstes vornehmen. Ihre Fleckempfindlichkeit ließ den Boden dagegen wie teflonbeschichtetes PVC aussehen.

Den Wein von den Büchern zu entfernen erforderte Fingerspitzengefühl, womit ich gerade am wenigsten aufwarten konnte. Ein feuchter Lappen, so fest wie möglich ausgewrungen, zarte, tupfende Wischer. Ein paar der Bücher hatten Hochglanzumschläge, die den Flecken trotzten, andere hatten dunkle Einbände, auf denen man praktisch nichts sah. Von zwei Büchern jedoch waren die roten Flecken nicht mehr wegzukriegen, ohne Löcher in die cremefarbenen Einbände zu reiben. Das waren nur kleine Makel – doch auf ansonsten makellosen Büchern wirkten sie wie eine tragische Verschandelung.

Danach machte ich mich mit vielen Lappen über den Boden her. Der Wein war noch nicht lange eingezogen, nur ein paar Minuten, und ließ sich an manchen Stellen entfernen, ohne Spuren zu hinterlassen. Doch anderswo blieben rötliche Schlieren zurück, und die vielen Glassplitter erschwerten eine zügige Säuberung. Ich arbeitete mich von außen nach innen vor, von den Randbezirken zum Zentrum des Übels, einem augenbrauenförmigen, fußlangen roten Streifen. Der Schaden war sicher weniger gravierend als der über Nacht entstandene, aber dennoch hatte jene lila Qualle jetzt eine ganze Reihe rosiger Tentakel bekommen.

Trotz dieser unschönen neuen Entwicklung war ich noch nicht bereit aufzugeben. Abgesehen von den äußeren Spritzern war der Hauptschaden auf fünf bis sechs Bodendielen begrenzt. Das war viel, aber nicht irreparabel. Novacks Anweisungen waren ja noch nicht konsequent befolgt worden, und ebendas schickte ich mich jetzt an zu tun. Ich wählte ein neues Testgebiet – einen kurzen Streifen vor einem der Küchenschränke – und ging erneut mit Sandpapier und Säure zu Werke. Reinweiße Lappen gab es nicht, also musste ich eine von Oskars Leinenservietten opfern, und siehe da – es funktionierte. Als einzig Positives an diesem Tag hatte die Säure tatsächlich ihre Wirkung getan. Der Fleck war verschwunden.

Nachdem ich eine Stunde gewartet hatte, bis die gesäuberte Stelle trocken war, trug ich eine Schicht Holzpoliermittel aus der Büchse auf, die ich in dem Korb gefunden hatte. Feucht sah das Resultat recht überzeugend aus, aber es musste erst einziehen, ehe ich sicher sein konnte. Inzwischen war es schon nach elf, und es gab nichts mehr zu tun, als zu Bett zu gehen.

Beim Aufwachen galt mein erster Gedanke der rachsüchtigen Traumkatze mit den schmutzwassertriefenden Schnurrhaaren. Doch dann fiel mir der Boden wieder ein – wie er jetzt wohl aussah? Ich stand auf und fuhr in die Hosen. Im Schlafzimmer war es stickig, diffuses Licht filterte durch eine weißliche Wolkensuppe. Keine Katze auf dem Balkon, als ich die Tür aufriss, um etwas Durchzug zu schaffen. Meine Fußsohlen hafteten beim Auftreten leicht an den polierten Dielen, wie die Halterung eines Insekts.

Den Küchenboden mit objektiverem Blick zu sehen, ohne

die Panik des Vorabends, führte mir den wahren Ernst der Lage vor Augen. Eine Konstellation von Flecken, eine neue und unschöne Landschaft, die ich in Oskars Paradies erschaffen hatte. Mit dem letzten zerschmetterten Glas war der Horror ins Wohnzimmer vorgedrungen, bis hin zum Bücherregal. Die Unterschiede innerhalb dieses ausgedehnten Systems machten alles nur noch schlimmer. Wenn es nur ein einmaliger Ausrutscher gewesen wäre, hätte man es noch als Pech, Unfall, Missgeschick hinstellen können. Aber hier bestand Erklärungsbedarf für gleich mehrere Unfälle, eine ganze rostige Kausalkette aus Ursache und Wirkung. Das war zu viel für bloßes Pech, das roch nach Schlamperei, Trunksucht, fast schon Vandalismus. Aus dem Ruder gelaufene Partys, Wutausbrüche, Stürze im Vollrausch.

Ich suchte nach der Stelle, die ich auszubessern versucht hatte, und fand sie viel zu leicht. Wenn all das Scheuern und Nachpolieren funktioniert hätte, wäre die Stelle jetzt unsichtbar, höchstens noch an ihrer Position im Verhältnis zu den umliegenden Weinspritzern erkennbar. Stattdessen aber prangte dort ein deutlicher gelber Fleck am Boden, eine weitere Variation innerhalb eines Spektrums, das auch das Blau vom Spültuch und das Rosa, Rot, Lila und Gräulich des eingetrockneten Weins mit einschloss. Es sah aus, als hätte ich versucht, den Boden mit Orangensaft einzulassen. Das Poliermittel aus der Büchse war offenbar völlig verkehrt, aber ein anderes gab es in der Wohnung nicht, und ich hatte auch nicht die geringste Chance, etwas Geeigneteres in der Stadt zu finden. Das alles ließ sich schon aus der Entfernung feststellen. Im Näherkommen …

… ließ mich ein scharfer, stechender Schmerz in der Fußsohle zusammenzucken. Ich hielt mich am Küchentresen fest und hob den Fuß, um nachzusehen, was da passiert war.

Ein Glassplitter steckte in meinem Fußgewölbe, von einem kleinen dunklen Blutstropfen gekrönt. Schwankend griff ich nach der glitzernden Schneide, um sie herauszuziehen, und stellte mir vor, wie sie in mir abbrach oder am Knochen entlangschrappte. Der Magen drehte sich mir um. Doch der Splitter ließ sich ohne Gegenwehr entfernen – ein drei Zentimeter langes Stilett aus gekrümmtem Glas, sichtlich vom Bauch des Weinglases. An der Einstichstelle begann der Blutstropfen zu wachsen, schwoll schnell zu einer schwarzen Perle an, die als Kopf einer scharlachroten Spur zur Ferse rollte, in Richtung Boden. Noch ehe ich sie auffangen konnte, löste sie sich und zerplatzte auf dem Holz – eine perfekte rote Sonne.

Mein Fuß blutete heftiger – mehr und mehr Tropfen quollen hervor, um dem Pionier zu folgen, der schon entkommen war. Ich presste die Hand auf die schmerzende Fußsohle, konnte die Wunde aber nicht ganz abdecken, da ich ja noch den Splitter zwischen Daumen und Zeigefinger hielt. Das Blut quoll mir durch die Finger, füllte die Linien und Falten meiner Hand.

Ich musste weg vom Boden. Der Gedanke war so absurd, dass ich fast auflachte, doch es reichte nur zu einem erstickten Geräusch. Wie kommt man vom Boden weg? Ich konnte mich ja nicht mal mehr rühren. Wenn ich auftrat, würde ich Blut in die Bodendielen treten. Hilflos stand ich auf einem Bein, in der unentspanntesten Yogastellung der Welt.

Das Badezimmer. Der Fliesenboden des Badezimmers. Da musste ich hin. Da würde es fließendes Wasser und Pflaster geben und keinerlei Fleckenrisiko. Aber wie sollte ich durch den Flur und das Schlafzimmer kommen, wo ich doch keinen einzigen Schritt machen konnte? Ich erinnerte mich an den tollen, über die Schwerkraft triumphierenden Sprint der Katzen quer über die Flurwand. *Sie* kamen auch ohne den Boden aus. Mir aber blieb nichts anderes übrig, als auf einem Bein zu hüpfen.

Nach drei Hüpfern hatte ich den Flur erreicht, aber die Nachteile dieser Art der Fortbewegung machten sich immer deutlicher bemerkbar. Mit dem Fuß in der Hand war es schier unmöglich, die Balance zu halten. Und bei jedem Hüpfer drohte das Blut herauszulaufen, das sich unter meinen Fingern sammelte. Beim dritten Hüpfer fiel ein Tropfen; beim vierten fiel ich fast selbst. Meine Arme schossen vor, um das Gleichgewicht wiederzufinden, und die blutbeschmierte Hand hinterließ eine Spur auf Oskars weißer Wand, während mein verletzter Fuß in seiner eigenen Blutspur ausrutschte. Vor Schmerz stöhnte ich auf.

Geschwindigkeit, sagte ich mir, war in diesem Fall wichtiger als Vorsicht. Auf der Ferse auftretend, humpelte ich unbeholfen zum Bad. Endlich dort angekommen, konnte ich dankbar auf die kalten Fliesen treten, ganz egal, was für Abdrücke es gab. Im Neonlicht wirkte die kleine Wunde jämmerlich – unfassbar, dass so viel Blut aus einem so kleinen Schnitt austreten konnte. Natürlich war Oskar bestens mit antiseptischen Tinkturen und Pflastern ausgestattet. Ich verarztete mich schnell mit beidem und hinkte durch den Flur zurück, einen feuchten Lappen in der Hand, um mich den Blutflecken zu widmen.

Auf dem Schlafzimmerboden gab es ein paar kleinere Streifen, die sich, da frisch, mühelos wegwischen ließen. Der Flur war schon gruseliger – Tatort-gruselig. Sowohl der Fußabdruck auf dem Boden, als auch der halbe Handabdruck an der Wand hinterließen gelblich braune Spuren, nachdem ich mit dem Lappen drübergegangen war. Der Fußabdruck war unauffällig genug, dass man ihn übersehen konnte – er verschwamm praktisch mit der Maserung. Aber die Spur der Hand hob sich deutlich, fast in Augenhöhe, von Oskars reinweißer Wand ab: ein klarer Abdruck des kleinen Fingers und des Ringfingers über einer breiten Schleifspur meiner Handkante. Alles Wiedererkennbare zieht den Blick auf sich, und das hier war deutlich als Teil einer Hand zu erkennen. Die beiden Tropfen, die in der Küche hervorgequollen waren, hatten ebenfalls Flecken hinterlassen.

Während ich den Lappen im Bad ausspülte, sah ich den Glassplitter in der Seifenschale liegen. Er war immer noch blutbeschmiert – mit meinem Blut. Wie hatte er sich überhaupt derartig in meinen Fuß bohren können? Er hatte doch einfach nur am Boden gelegen. Sicher hätte ich mich daran schneiden können, aber warum gleich so tief? Hatte der Splitter irgendwie senkrecht gestanden, vielleicht aus einer Ritze im Boden geragt? Ein Anflug von Paranoia streifte mich mit dem Gedanken, dass es der Boden selbst war, der zornig, rachedurstig nach Blut verlangte. Ich wickelte den Splitter in Klopapier und warf ihn in den Müll. Zur Sicherheit zog ich dann erst mal Socken und Schuhe an.

Zurück in der Küche, trat ich ganz vorsichtig auf, in der Erwartung, bei jedem Schritt das Knirschen von Glas zu hören. Ich erinnerte mich an eine Geschichte, die ich in einem Horrorcomic gelesen hatte – einer Neuauflage von irgendeiner amerikanischen Groschenblattserie aus den Fünfzigern. Nachdem er einen Mord begangen hat, wird einem Mann bewusst, dass er seine Fingerabdrücke am Tatort hinterlassen hat. Er wischt also alles ab, was er angefasst zu haben glaubt, eine mühselige und langwierige Angelegenheit. Genervt zerschmeißt er eine Tasse – und gewahrt zu seinem Entsetzen, dass seine Abdrücke jetzt auf jedem der tausend Scherben sein könnten. Also versucht er, sie alle zu finden und abzuwischen, denn er will nicht das Risiko eingehen, auch nur einen halben Abdruck zu hinterlassen. Am nächsten Morgen findet die

Polizei ihn auf dem Dachboden, damit beschäftigt, akribisch alles alte Spielzeug und Gerümpel abzuwischen, völlig durchgeknallt. Allmählich konnte ich den Mann verstehen.

Aus der Nähe sah die reparierte Stelle schlimmer aus als von Weitem. Nicht nur war es ganz offensichtlich eine andere Schattierung als der Rest des Bodens – zu gelb und zu braun –, außerdem hatten sich über Nacht auch Staub und Katzenhaare darauf gesammelt. Und mittendrin ein Fleckchen, das in der seidenglatten Fläche durch eigentümliche Rauheit hervorstach, als hätte jemand seinen Daumen in die Politur gedrückt, bevor sie getrocknet war, nur war der Rand viel zu ungleichmäßig für einen Daumenabdruck …

Ein Pfotenabdruck. Ein Katzenpfotenabdruck. Ich richtete mich so schnell auf, dass mir schwindlig wurde. Die Stille in der Wohnung bekam plötzlich etwas Fremdes, Lauerndes. Das Sofa war leer, die Tür zum Arbeitszimmer stand offen, und dahinter regte sich nichts.

»Miez Miez«, rief ich, leicht geniert. »Komm schon, Schossy … Strawy.« Ich schnalzte mit der Zunge und machte all die Nonsensgeräusche, die man macht, um Katzen anzulocken – schnalzen, pfeifen, Küsschenschmatzen. Keine Antwort. Konnte es sein, dass die Katze in der Nacht zurückgekehrt war? Aber wo war sie jetzt? War sie wieder hinausgeschlüpft, bevor ich aufstand, um das Fenster zu schließen, oder war sie immer noch – irgendwo?

Ich fühlte mich gedrängt, das Piano zu überprüfen. Es war noch genau so, wie ich es hinterlassen hatte, geschlossen, still. Unfähig, mich zu entspannen, hob ich den Deckel an. Nichts war hier ungewöhnlich, bis auf den einzelnen, jetzt schwarz getrockneten Tropfen Katzenblut. Wie anders als der Rest der Wohnung dieses Zimmer wirkte – zwar die gleiche minimalistische Einrichtung, die gleichen weißen Wände und Holzdielen, aber nichts von der pingeligen Keimfreiheit, die Küche und Wohnzimmer beherrschte. Das Zimmer war angenehm, ruhevoll, persönlich. Dieser Unterschied erstreckte sich auch auf den Boden. Eine breite Fläche am Schreibtisch war sichtlich abgenutzt von den Rädern des Drehstuhls. Nachdem ich nun ein Fachmann in Sachen Bodenpflege geworden war, sah ich es sofort. Es überraschte mich nicht – auch ich würde die meiste Zeit im Arbeitszimmer verbringen, wenn dies meine Wohnung wäre. Am Anfang hatte ich das auch vorgehabt, fiel mir jetzt wieder ein – in diesem Zimmer zu sitzen und zu schreiben, etwas zu schaffen. Die Erinnerung schien aus einer anderen Ära zu stammen, einer anderen Phase meines Lebens. Vielleicht war ja noch Zeit, sagte ich mir, aber ich würde Ruhe und Gelassenheit dazu brauchen und keine Ablenkung, was unmöglich war, bis ich alles nur irgend Machbare getan hatte, um den Boden in Ordnung zu bringen.

Doch jetzt ging es um die Frage, wo die Katze geblieben war. Sie musste nachts da gewesen sein – eine *Katze* hatte ihre Spuren hinterlassen, auch wenn es nicht *die* Katze war. Ein abergläubischer Reflex gab mir das Wort *Geist* ein, was ich schnell wieder abschüttelte. Immerhin hatte es ja etwas Passendes, eine moralische Symmetrie, wenn eine Geisterkatze zurückkam, um meine Reparaturanstrengungen zu vereiteln, auch wenn sie ohnehin nichts fruchten würden. Die ganze Wohnung schien sich gegen mich aufzulehnen, sich vielleicht gar rächen zu wollen – auf jeden Fall war sie nicht mehr neutral.

Aber neutral war sie ja nie gewesen, sondern immer auf subtile Weise feindselig. Das sah ich jetzt in jedem klar umrissenen Detail. Ich war schon eingeschüchtert gewesen, als ich zum ersten Mal durch die Tür kam. Vielleicht war das auch Ziel und Zweck der Wohnung. Vollkommenheit ist aggressiv, vorwurfsvoll.

Die Katze. Ich wusste nicht, ob Geister aßen, auf jeden Fall aber würde Oskars Katze nach vierundzwanzig Stunden in freier Wildbahn hungrig sein. Wenn sie nachts zu Besuch gekommen war, hatte sie vielleicht etwas von dem Futter gefressen, das ich ihr hingestellt hatte.

Ehe ich das Arbeitszimmer verließ, überprüfte ich lieber noch mal, ob der Pianodeckel wirklich geschlossen war. Die schwarz lackierte, schwungvolle Kurve des Flügels reflektierte das Sonnenlicht in senkrechten Linien, hilflos der Ordnung untertan.

Ob das Katzenfutter angerührt worden war oder nicht, war schwer zu erkennen. Die Schale war noch gut gefüllt, aber ich teilte ja nach wie vor ganze Dosen aus, genug für zwei. Sicher konnte man nur sein, wenn man die leere Dose aus dem Müll holte und den Inhalt der Schale wieder hineinschaufelte. Das widerstrebte mir.

Auf dem Küchentisch standen eine drittelvolle Flasche Wein, ein gebrauchtes Glas und ein Teller, von dem ich gestern mein frugales Nachtmahl gegessen hatte. *Pflege von Holzböden* lag daneben. Chandler Novacks Hollywoodgrinsen strahlte mich vom Buchdeckel her an.

Ich warf einen Blick auf die erfolglos reparierte Stelle am Boden. Sie war immer noch genauso auffällig, eher noch gelber geworden. Die Oberfläche war allzu glänzend, ein billiger, ordinärer Glanz, der von dem dezenten Seidenmatt der unbeschädigten Dielen abstach. Was hatte Novack dazu zu sagen? In seinem Buch musste doch wohl noch mehr drinstehen als Geschwafel über Yggdrasil und inneres Einssein.

Im Falle von sehr weitreichenden Schäden wird man vielleicht den gesamten Boden neu abschleifen müssen.

Nein, völlig unmöglich. Ich blätterte vor, durch endlose Seiten über Schleifmaschinen und Staub und Atemmasken, lauter Dinge, die mich nicht interessierten. Aber dann:

> Je nach Qualität des Bodens wäre es andernfalls auch möglich, eine beschädigte Bodendiele herauszuheben und umzudrehen, um die Problemzone zu verbergen.

Das klang interessant, nein, besser noch, es klang nach der perfekten Lösung, ebenso effektiv wie elegant. Die Flecken brauchten gar nicht zu verschwinden – Oskar konnte mit ihnen leben, ohne sie je zu bemerken.

Aber wie konnte man die Holzdielen anheben? Oskar besaß zwar Werkzeug, doch die Dielen waren sorgfältig verlegt, ohne Rillen, in die auch nur ein Zigarettenpapier gepasst hätte. Die kleinen Nägel, mit denen die Dielen fixiert waren, wirkten eher wie chirurgisches Gerät – ihre mattsilbernen Köpfe waren winzige, organisch mit dem Holz verschmolzene Punkte. Es war unverkennbar, dass man weder die Dielen hochstemmen noch die Nägel mit der Zange herausziehen konnte, ohne Kerben im Holz zu hinterlassen.

Perplex suchte ich den Boden nach irgendeiner Stelle ab, an der man Schraubenzieher oder Stemmeisen ansetzen könnte, und schließlich fiel mir die Schwelle zwischen Küche und Wohnzimmer ins Auge. An deren Kante befand sich eine Schutzleiste, die mit einfachen Kreuzschlitzschrauben befestigt war. Wenn man diese Schrauben und die Leiste entfernte, würden die Enden der Bodendielen bloßliegen, sodass man sie leicht hochstemmen und umdrehen konnte. Wahrscheinlich hatten die Unterseiten nicht den gleichen seidenmatten Schliff wie die Oberseiten – wozu auch? Aber einen Versuch war es allemal wert.

Ich legte mir das passende Werkzeug auf einem Blatt Papier neben der Schwelle zurecht und hielt erst einmal inne. Wieso, weiß ich nicht, vielleicht, weil ich dort nun schon kniete – plötzlich war mir danach, um gutes Gelingen zu beten. Dieser Versuch musste unbedingt gelingen. Wenn die Dielen sich nicht umdrehen ließen oder wieder irgendein Missgeschick dabei passierte, hatte ich alle Möglichkeiten erschöpft, den Boden instand zu setzen. Ich würde aufgeben müssen und entweder Oskar die Wahrheit gestehen oder außer Landes flüchten. Ersteres war keine reizvolle Aussicht, Letzteres schon eher. Ich war noch nie aus einem Land geflüchtet, wie wohl auch sonst keiner meiner Bekannten. Das hatte etwas Abenteuerliches, ließ mich an die Aufregung denken, die mich angesichts der Abflugtafel am Flughafen erfasste, diese endlos erfrischende Namensliste – La Paz, Riga, Lagos, Djakarta … Bei dem Anblick fächerte sich die gerade Route meiner geplanten Reise wie ein Lichtstrahl, der durch ein Prisma fällt, zu einem bunten Spektrum auf; jeder Ort der Welt schien gleich nah und leicht erreichbar.

Aber ich würde nirgendwohin reisen – ich würde nach Hause flüchten, zurück nach London, zurück zu den Rissen und dem Grauschleier an den Wänden und einem neuen Stapel Rechnungen auf der Fußmatte. Seltsam, wie wenig wir uns die Räume aussuchen können, in denen wir unser Leben verbringen – mir war nur eine dürftige Bleibe mit Klo neben der Wohnungstür vergönnt, in der ich mich mit ebenso dürftigen Aufträgen abmühte, um die Miete zu zahlen. Oskar dagegen hatte – was? Talent, Können, Glück? – die *Fortüne,* die es ihm ermöglichte, völlige Kontrolle über seine Umgebung auszuüben, sein privates Paradies aufzubauen. Und als er mir die Chance geboten hatte, sein Paradies zu hüten, hatte es ausgesehen, als könnte ich dadurch aus unguten alten Mustern in meiner unbefriedigenden Lebenswelt ausbrechen. Nun war eine Woche vergangen, und alles, was ich vorzuweisen hatte, war eine Spur der Verwüstung. Durch die Beschädigung von Oskars Wohnung machte ich mir auch die Chance zunichte, sie als Sprungbrett zur Selbstoptimierung zu nutzen. Wenn es irgendeine Möglichkeit gab, den Schaden zu beheben, musste ich sie unbedingt wahrnehmen. Und ich musste sofort herausfinden, ob mein Plan aufging. Am Ende dieses Tages, schwor ich mir, würde ich entweder den Boden repariert haben oder Oskar anrufen und ihm alles beichten: nicht nur das mit dem Boden, sondern auch das mit dem Sofa, der Putzfrau, der Katze … den Katzen, falls die andere nicht wieder aufgetaucht war.

Ich machte mich ans Werk. Die Schrauben an der Leiste waren schnell entfernt, und ein Stück von gut einem halben Meter ließ sich leicht abheben und ebenso leicht wieder an Ort und Stelle anbringen.

Jetzt lagen die Enden der Küchendielen frei. Sie mit den bloßen Fingern hochzustemmen, war nicht möglich – ich musste etwas zwischen die Dielen und die Trägerbalken schieben. Sie lagen sehr dicht auf, festgetreten von all denen, die je durch Oskars Küche gelaufen waren. Die Schraubenzieher waren nicht dünn genug, um dazwischenzupassen, und so etwas wie ein Stemmeisen besaß Oskar nicht.

Also sah ich mich nach dem Küchenmesser um, das ich am Vorabend zum Salamischneiden genommen hatte. Es hatte eine schmale Klinge und eine scharfe Spitze. Doch es war auch noch fettig, und ich fürchtete, es könnte stumpf werden oder abbrechen, wenn ich es zweckentfremdet benutzte. Ich öffnete die Spülmaschine, zog das Geschirrfach auf Rollen hervor und räumte das Messer und die anderen Sachen vom Tisch ein, mit Ausnahme des Weinglases. Dann nahm ich die Suche nach einem passenden Werkzeug wieder auf und fand bald ein biegsames Pfannenmesser in der Schublade.

Zu meiner Überraschung glitt das Messer butterweich zwischen Brett und Balken, und die Holzdiele ließ sich ohne große Mühe nach oben drücken. Als die Lücke breit genug war, schob ich die Finger hinein und zog die Diele hoch. Ihre Unterseite fühlte sich glatt und kühl an, genau wie die obere Fläche. Meine Fingerspitzen kribbelten vor Erregung – es fühlte sich genau gleich an! Die Seiten waren gleich!

Aus dem Flur kam ein Geräusch – ein gedämpftes Klirren, vielleicht von einer Katze, die etwas umgeworfen hatte. Ich horchte. Nichts.

»Miez?«

Wieder klirrte es, unverkennbar diesmal: ein Schlüssel im Türschloss. Das Herz rutschte mir in die Hose.

»Oskar?«

Keine Antwort. Die Tür sprang auf, ich hörte Füße schlurfen. In einem schrecklichen Schwindelanfall sah ich mich selbst, sah, was ich im Begriff war zu tun, sah, wie es anderen Augen erscheinen musste. Die Flecken, die abgeschraubte Leiste, die verschobenen Dielen. Panik befiel mich – ich wollte alles in Sekundenschnelle wieder herrichten oder verdecken, aber das war unmöglich, dazu blieb keine Zeit mehr. Ich stand auf, ganz instinktiv, ohne Plan. Meine Knie schmerzten, und die Wunde am Fuß machte sich wieder bemerkbar.

Durch die gläserne Trennwand sah ich die Putzfrau den Flur entlangkommen. Und sie sah mich, fixierte mich mit mürrischer Miene. Sie trug einen Mopp, die schlackernden grauen Fransen oben wie der aufgespießte Kopf eines ihrer Opfer. In verzweifelter Hast stürzte ich ihr entgegen, um sie aufzuhalten, bevor sie den Küchenboden sah. In der Hand ohne Mopp trug sie einen Eimer mit Putzmitteln.

»Hey!«, rief ich, es sollte munter klingen, doch ich brachte nur ein Quieken hervor. »Hey, das passt gerade nicht so – könnten Sie vielleicht morgen wiederkommen?«

Sie bremste nicht einmal ab, sondern marschierte, den Todesstrahlblick stur nach vorn gerichtet, geradewegs in meine Privatsphäre ein. Ich musste mich platt an die Wand drücken, um einen Zusammenstoß zu vermeiden. Die Tür zum Schlafzimmer stand offen – es war so verlockend, einfach hindurchzuschlüpfen, sie hinter mir zu verbarrikadieren, meine Sachen zu packen und zu sehen, ob ich durchs Fenster abhauen konnte wie die Katzen. Aber die Putzfrau war schon in der Küche. Ich hörte ein theatralisches Ächzen, gefolgt von einem explosiven Ausruf und einem metallischen Krachen, als sie den schweren Schlüsselbund auf den Tresen knallte. Sie hatte den Boden gesehen.

Ich hastete hinter ihr her in die Küche. Sie drehte sich nach mir um und ließ den Eimer fallen, schwarz lodernden Zorn in den Augen. Ihre Fledermausnase blähte sich wie der Doppellauf einer Flinte.

»—!«, kreischte sie und fuchtelte mit dem Mopp in Richtung der Weinflecken. »—!«, legte sie noch mal los, auf die herausgestemmte Diele deutend.

Verhandlungen waren hier offensichtlich zwecklos, und die Besänftigungsversuche hatte ich ohnehin längst aufgegeben. Ich wollte sie nur noch aus der Wohnung raushaben.

»Hören Sie mal«, sagte ich und trat auf sie zu. »Das ist jetzt nicht der Moment. Bitte gehen Sie.« Ich streckte den Arm aus und deutete entschieden zur Wohnungstür. »Gehen Sie!«

Zwischen uns war nicht mehr viel Platz, doch sie kam trotzdem auf mich zu, die Augen hysterisch aufgerissen, und redete auf mich ein, wobei sie jede – Silbe – einzeln – betonte. Dabei reckte sie mir drohend den Mopp entgegen.

»Ich meine es ernst«, sagte ich. Trotz meines festen Willens, standhaft zu bleiben, sah ich mich gezwungen, einen Schritt zurückzuweichen. Doch ich zeigte weiter zur Tür hin. »Raus jetzt! Verlassen Sie meine Wohnung!«

Moment, dachte ich, *was soll das heißen, meine Wohnung?*

Ich wurde von dem Zottelmopp unterbrochen, der mir rabiat in den Bauch fuhr. Das Ding war feucht und roch muffig. Fledermausgesicht wiederholte ihr Stakkato-Gebrabbel und knuffte mich im Takt dazu mit dem Mopp. Wieder musste ich einen Schritt zurückweichen, vorsichtig, um nicht über das lose Dielenbrett zu stolpern, doch sie fuchtelte immer heftiger auf mich ein. Der Mopp war mit einem Metallreifen am Stiel befestigt, und die Püffe taten richtig weh.

Das war Wahnsinn. Wollte sie mich zusammenschlagen? Mich aus der Wohnung treiben? Mit *Gewalt*?

Das Blut brauste mir in den Ohren. Alles in mir bebte vor Empörung.

»Aufhören!«, brüllte ich sie an. »Schluss jetzt!« Ich packte den Mopp oben am Stiel, um das Gefuchtel zu unterbinden. Ihr wütender Blick flackerte verdutzt; sie war aus dem Tritt gekommen. Mit einem bellenden Ausruf, der sicher ein Fluch war, rüttelte sie an dem Mopp. Fast hätte sie ihn mir entrissen, also packte ich ihn auch noch mit der Linken an dem Stück des Griffs zwischen ihren Händen.

»Geben Sie her!« Ich versuchte, ihr den Mopp zu entwinden, aber sie war stärker als erwartet und kaum vom Fleck zu bewegen. Wir starrten uns an. Mit neuem Schwung stieß sie wieder zu, als wollte sie mich umrammen. Ich taumelte, und nun zerrte sie an dem Mopp, um den Moment zu nutzen, solange ich aus der Balance war. Doch anstatt loszulassen, ging ich zum Gegenangriff über und drängte sie zurück.

Sie japste überrascht auf, stolperte, ließ unwillkürlich los.

Der Mopp war mein. Im Versuch, das Gleichgewicht wiederzuerlangen, trat sie, die Arme schwenkend, noch einen Schritt zurück, und stieß gegen die offene Tür der Spülmaschine hinter ihr. Mein Warnruf blieb mir im Halse stecken: Obwohl sie gezwungenermaßen stehen blieb, bewegte ihr gewichtiger Körper sich nach dem Gesetz der Schwerkraft weiter in der eingeschlagenen Richtung, und sie fiel mit einem grässlichen Krachen auf die herausgezogene Lade.

»Mein Gott, ist alles in Ordnung?«, fragte ich und trat auf sie zu, den Mopp noch in der Hand.

Sie antwortete nicht, natürlich nicht, starrte mich nur an, Mund und Augen aufgerissen, aber im Schock, nicht im Zorn. Die Farbe war ihr aus dem Gesicht gewichen. Mit rudernden Armen stemmte sie sich langsam wieder auf die Füße, unter sichtlichen Mühen und Schmerzen. Ich wollte den Mopp fallen lassen und hinstürzen, um ihr aufzuhelfen, konnte mich aber nicht rühren. Ich wusste selbst nicht, was mich lähmte – dann wurde mir klar, dass ich starr vor Angst war.

Die Putzfrau war wieder auf den Beinen, aber unsicher. Undefinierbare Gefühle zeigten sich in ihrer Miene. Die ganze Wut im Raum war einer klammen, grauen Furcht gewichen. Die Haltung, in der die Putzfrau da vor sich hin schwankte, wirkte irgendwie seltsam. Sie schien es selbst zu bemerken, denn sie hob die Arme an und blickte auf ihr rechtes Bein hinab. Es sah aus wie ein Baumstamm in einem Plastikschlauch, aber ansonsten konnte ich nichts Ungewöhnliches daran entdecken. Sie offenbar auch nicht. Immer noch mit suchender Miene drehte sie sich langsam um.

Ich glaube, ich sah es noch vor ihr, was da aus der Rückseite ihres rechten Schenkels ragte: der silberne Griff von Oskars kleinem Küchenmesser. Es hatte mit der Spitze nach oben im Besteckfach gesteckt – und nun war es tief in die Fett- und

Muskelschichten des voluminösen Putzfrauenschenkels gebettet.

Einen Moment lang regten wir uns beide nicht, und kein Laut war zu hören, obwohl unsere Münder offen standen. Diese Klinge, dieser metallische Auswuchs, war so absurd, so roboterhaft, dass man schon eine Weile brauchte, um sich daran zu gewöhnen. Ich zwinkerte irritiert: *daran gewöhnen*? Sie hatte ein Messer im Bein, das war wohl nichts, was man in seinen normalen Tagesablauf integrieren konnte, oder?

Schuldgefühle beschlichen mich. Hatte ich sie quasi per Fernsteuerung attackiert? Ich ließ die gerade vergangenen Ereignisse noch einmal Revue passieren wie ein von hinten nach vorn geblättertes Daumenkino und prüfte jedes Bild auf sein mögliches Schuldpotenzial.

»Herrgott«, sagte ich. »Sind Sie okay?«

Blöde Frage. Wenn irgendjemand *nicht* okay war, dann sie. Was ich meinte, war: Wie schlimm ist es denn? Soll ich den Notarzt rufen? Und wenn ja, unter welcher Nummer?

Die Putzfrau kam wieder in Bewegung. Nur Sekunden waren vergangen, seit wir beide das Messer gesehen hatten, doch es hätten auch Wochen sein können. Farbe und Mimik waren in ihr Gesicht zurückgekehrt. Sie klappte den Mund zu und fasste nach dem Silbergriff. Ohne jedes Zögern zog sie die Klinge aus ihrem Bein. Wir zuckten beide zusammen. Sie gab keinen Laut von sich. Blut bedeckte die Klinge, signalrot, und tropfte – natürlich – auf den Boden.

Sie blickte auf das rote Messer. Ich blickte auf die roten Tropfen, die da nebeneinander prangten wie ein Vampirbiss, und dachte daran, wie schnell mein Blut im Holz eingetrocknet war.

Der Gedanke an neue Flecken weckte mich aus der seltsamen Trance, die uns beide gefangen hielt. Ich musste handeln.

Ich tat einen Schritt vorwärts und senkte den Mopp, um das Blut damit wegzuwischen. Aber die Putzfrau kam auch in Bewegung, ging plötzlich wieder in Kampfstellung, und die Wut flackerte erneut in ihren Augen auf. Sie hielt das Messer jetzt anders – nicht mehr als bloßen Gegenstand, den sie zufällig zu fassen bekommen hatte, sondern als Waffe. Sie war wütend, und sie war bewaffnet.

Benommen versuchte ich, den Verrücktheitspegel im Raum abzuschätzen. Hoch? Niedrig? Steigend? Fallend? Ein blutiges Messer war auf mich gerichtet, in den Fingern von jemandem, der mich hasserfüllt anstierte. Und doch wirkte die Möglichkeit, von diesem Messer, dieser Person erstochen zu werden, vollkommen abstrakt, ein Szenario von äußerster Unwahrscheinlichkeit.

»Das Blut«, sagte ich, an sie als Putzfrau appellierend, »ich will nur das Blut aufwischen …« Ich schob den Mopp am Boden vor, erreichte die roten Tropfen, und die Putzfrau ging auf mich los.

Eine unbeholfene Attacke, der anzusehen war, dass sie von Messerstecherei genauso wenig verstand wie ich – erst halbherzig ausgeholt, dann fahrig in die Luft gepiekt, war es dennoch gefährlich, und ich machte einen Satz zurück wie ein elektrisierter Frosch. Wild mit dem Messer fuchtelnd kam sie mir nach und schrie aus Leibeskräften, oder vielleicht war ich es, der schrie, oder alle beide. Instinktiv wehrte ich die Klinge mit dem Mopp ab und hatte Erfolg – die Messerspitze schrammte zwischen meinen verkrampft klammernden Händen über den Holzstiel. Ein weiterer Blutstropfen flog auf den Boden.

Die Putzfrau zog ihre Waffe zurück, und auch ich trat zurück, um mehr Abstand zu gewinnen und zu sehen, wo der letzte Blutstropfen hingeflogen war. Durch die Wucht des

Schlages war er ziemlich weit geschleudert worden, und ich drehte mich halb mit dem Mopp, wollte ihn wegwischen. Die Putzfrau nutzte ihre Chance, sobald meine Wachsamkeit nachgelassen hatte, aber sie war schwerfällig, und ich hatte einen Moment, mich auf den Angriff einzustellen. Doch was sollte ich tun? Versuchen, ihr das Messer zu entwinden? Sie kampfunfähig machen? Wie denn? Und wenn sie auch noch so verrückt war, sie war eine alte Frau, eine *verwundete* alte Frau. Ihr mit dem Mopp den Schädel zu spalten, schien der Deeskalation auch nicht gerade förderlich.

Diesmal stach sie von unten nach oben zu, und wieder parierte ich mit dem Mopp. Unsere Blicke trafen sich – ich erwartete animalische Mordlust, fand aber nur grimmige Verwunderung, als wäre sie enttäuscht, dass ich mich nicht einfach passiv abschlachten ließ. Eine dunkelrote Blume blühte auf der Rückseite ihres Schenkels – ich sah sie immer weiter wachsen und stellte mir vor, wie das Blut, der Schwerkraft gehorchend, langsam gen Boden rann. Wir umkreisten uns lauernd; ihrer Miene war nichts anzusehen. Seltsam, sie musste doch Schmerz empfinden – so gut gepolstert konnte sie gar nicht sein.

Gewaltiger Lärm brach plötzlich in die gespannte Stille ein. Wir zuckten gleichzeitig zusammen und drehten uns nach seiner Quelle um: das Telefon. Oskar? Nicht sehr wahrscheinlich – in Kalifornien war es nach Mitternacht. Es klingelte und klingelte, ein penetrantes, Aufmerksamkeit heischendes elektronisches Baby.

In diesem Moment der Ablenkung holte die Putzfrau wieder mit dem Messer aus und zielte auf die linke Seite meines Brustkorbs. Langsam, wie sie war, fiel es mir nicht schwer, ihre Attacke zu parieren. Sie schrie auf vor Bestürzung. Ich versuchte, den Mopp so zu manövrieren, dass ich die Angreiferin mit dem einen Ende abwehren und mit dem anderen zugleich das von der Klinge fliegende Blut aufwischen konnte. Aber es ging nicht, es war nicht möglich, den Boden zu erreichen, ohne meine Verteidigung aufzugeben, zumal die Putzfrau die Taktik geändert hatte und inzwischen auf meine Hand einstach. Überrascht schrie ich auf, wich zurück, stolperte über die Schwelle und schlug längelang hin.

Ich lag rücklings auf dem Küchenboden, zappelte mit Armen und Beinen, und mein Becken fühlte sich an, als wäre es ausgerenkt. Zum ersten Mal im Leben hätte ich mir gewünscht, dicker zu sein. Mein Kopf hatte die offene Klappe der Spülmaschine wohl nur um wenige Zentimeter verfehlt. Ich schmeckte Blut, hatte mir auf die Lippe gebissen.

Trotz ihrer bescheidenen Größe brachte die Putzfrau es fertig, turmhoch über mir aufzuragen. Sie atmete schwer und brummelte auf mich ein. Mein Blick glitt von ihrem Gesicht zu dem Messer in ihrer Hand. Auch sie sah sich das Messer an, als hätte sie es gerade auf dem Boden gefunden. Schnaufend und murmelnd machte sie Miene, sich über mich zu beugen. Ich zuckte zurück und presste mich gegen den kalten Stahl von Oskars Küchenschränken. Das war es jetzt – sie würde mich abstechen. Doch anstatt das Messer in mir zu versenken wie ein Aztekenpriester, warf sie es mit der Spitze voran ins Spülbecken. Ich rappelte mich auf. Die Putzfrau stand immer noch seltsam vornübergebeugt da und atmete rasselnd. Wie in Trance schlurfte sie zur Spüle und ließ Wasser über ihre blutige rechte Hand laufen. Dann drehte sie sich um, den Blick zum fleckigen Boden gesenkt.

»Ich kann das alles reparieren«, sagte ich. »Es wird aussehen, als ob nie was passiert wäre.«

Kopfschüttelnd setzte sie den unartikulierten Monolog fort, den nur sie verstehen konnte, knickte langsam in den Knien ein und spreizte die Hände flach auf dem Holzboden. Ihr Gesicht war rot angelaufen, und ihr Atem ging immer keuchender.

»Ehrlich«, sagte ich, und meine Stimme klang merkwürdig hoch, »es ist nicht weiter schlimm. Ich krieg das wieder hin. Kein Grund zur Aufregung.«

Das Gemurmel brach ab, ebenso wie der pfeifende Atem. Die kauernde Gestalt der Putzfrau schien sich zu entspannen. Langsam sackte sie in sich zusammen wie ein Ballon, der die Luft verliert. Sie rutschte mit dem Gesicht zu Boden, die Arme ausgestreckt.

Auf einmal war es so still, dass ich meinen eigenen Atem hören konnte, meinen eigenen Herzschlag, aber nichts mehr von ihr.

Mit großer Vorsicht – meine Gelenke knackten, als hätten sie sich jahrelang nicht bewegt – streckte ich den Fuß vor und tippte sie an der Schulter an. Keine Reaktion. Der Blutfleck an ihrem Schenkel trocknete schon. Erleichtert stellte ich fest, dass der Fleck nicht den Boden berührte, also keinen weiteren Schaden mehr anrichten konnte. Aber – das war im Moment wohl kaum das Wichtigste. Es war schon mehr als genug passiert.

Ich bückte mich und tastete nach ihrem Puls. Die Haut war blass und feucht. Ein Pulsschlag ließ sich nicht fühlen.

»Scheiße!«, stieß ich zischend hervor. Versehentlich hatte ich den Atem angehalten. Meine Lunge brannte.

»Scheiße«, sagte ich noch mal. Das Gesicht der Putzfrau war leicht von mir weggedreht. Ich ging um sie herum und sah es mir an. Ihre Augen standen offen und starrten glasig ins Nichts.

Neben dem Telefon lag ein Zettel mit den Nummern für Notfälle. War dies ein Notfall? War hier noch irgendwas durch schnelles Eingreifen zu retten?

Da war auch eine Nummer für die Polizei. Ich ließ erst einmal Zeit vergehen.

Mein Becken schmerzte vom Sturz, meine Knie fühlten sich wattig an. Ich setzte mich auf Oskars Sofa, das unter mir seufzte. Im Sitzen konnte ich den Körper in der Küche nicht mehr sehen. Umso besser.

War der Körper eine Leiche? Hatte ich sie umgebracht?

Ich hatte sie umgebracht.

All das mäanderte mir durchs Hirn, ohne dass ich es sonderlich beachtete, wie Fernsehwerbung, und es war ja auch ebensolcher Blödsinn. Ich hatte niemanden umgebracht. Es war ein Unfall. Sie war alt. Das war ein natürlicher Tod. Ich hatte versucht, dem Ganzen mit Vernunft zu begegnen. Es war einfach Pech, meins und ihrs. Ein Irrtum. Nein, kein Irrtum – ein Unfall. Wenn sie den Korken fester in die Flasche gedrückt hätte … und das war jetzt dabei herausgekommen.

Doch ich sah mir nicht an, was dabei herausgekommen war. Stattdessen gingen mir verschiedene Szenarien durch den Kopf. In einem davon rief ich die Polizei und erklärte alles … und dann wurde es irgendwie verschwommen. Sie verstanden es, oder ich wanderte in den Knast. Selbst wenn mir der Knast erspart blieb – und ich war mir nicht sicher, ob meine Erklärung wie die reine Wahrheit klang –, würde ich mich eine Zeit lang in einer sehr ungemütlichen Lage befinden. Oskar würde es erfahren. Wie viel musste ich der Polizei offenbaren? Eine Erklärung für den Streit wäre sicher vonnöten, aber würden sie auch das mit dem Boden wissen wollen? Wie würde es aussehen? Man würde allen möglichen Leuten geduldig Rede und Antwort stehen müssen oder in furchtbaren, gefliesten Räumen warten, im schnöden Neonlicht von Krankenhäusern, Leichenschauhäusern, Polizeirevieren, Botschaften, Arrestzellen gar?

Wenn ich Oskar jetzt anrief, was würde er dann sagen? Was konnte er sagen? Vielleicht war er das vorhin am Telefon gewesen, während meines Handgemenges mit der Putzfrau. Noch hatte er von alldem keine Ahnung – in seinem Universum war dem Boden noch nichts passiert, beide Katzen lebten und die Putzfrau auch. Wie gern hätte ich mich in dieses Universum zurückversetzt … Oskar anzurufen, würde mir nicht weiterhelfen. Der Einzige, der mir helfen konnte, war ich selbst.

Ein paar Minuten lang hatte ich auf dem Sofa gesessen, die Ellbogen auf den Knien, und auf die Geräusche gehorcht, die von draußen kamen. Lieber hätte ich irgendein Geräusch von der Putzfrau gehört – ein Seufzen, ein Stöhnen, ein Schrei von mir aus. Ich schloss die Augen, kniff mir in die Nasenwurzel mit Daumen und Zeigefinger, versuchte mich zu konzentrieren. Das Summen der Stadt mischte sich mit dem wirbelnden Chaos in meinem Hirn, einem Chaos, das sich manchmal wie ein Vorhang teilte, um einen eingefrorenen, unumkehrbaren Moment der Gewalt zu zeigen. Die Erinnerung an das Geschehene war ein Irrsinnsanfall, eine krakenarmige Anarchie, alles, nur keine klare Folge von Abläufen. Ich wollte mir ein schlüssiges Bild machen, zusammenhängend wie eine Choreografie, aber ich bekam immer wieder das gleiche Bild belichtet, viele Zeitsegmente übereinander geschichtet zu einer sinnlosen Projektion. Sie kam auf mich zugestürzt, ich stürzte, sie stürzte – ein Moment, als risse ein Faden, und dann war ich hier. Hinter mir in der Küche befand sich das Problem, das mir den Kopf sprengte und drohte, alles zu zerstören. Die Tatsache, dass die Putzfrau tot war, nahm langsam in mir Gestalt an, breitete sich aus, und ihr toter Körper schwoll wie der Beutel eines alten Staubsaugers, prall verpackt in das gleiche, wächserne Material. Ich dachte daran, was passierte, wenn man starb, an das Bankett der Bakterien, das einen aufblies wie einen Ballon … dachte an die Katze in ihrem schwarzen Sack unten im Kanal, dachte an alles, was passiert und nicht mehr rückgängig zu machen war, dreißig Lebensjahre, die sich sinnlos abspulten bis zu diesem trostlosen Moment in einer fremden Wohnung, mit einer Leiche, die nichts mit mir zu tun hatte – sie ging mich gar nichts an! Ich war nicht für ihren Tod verantwortlich! Ich hatte ihr nichts getan!

Ein Laut brach aus mir hervor, halb Schluchzen, halb Wutschrei. Dieses Geräusch war so laut und so rau in meiner Kehle, dass es mich verblüffte und mir die Augen aufriss. Ich holte tief Luft, versuchte, den Kopf klar zu bekommen. Das Problem, die Frage, was zu tun sei, hatte sich mir beim Grübeln zu einem Knäuel von Abstraktionen verzwirbelt. Ich musste das Ganze auf seinen simpelsten Nenner reduzieren, nämlich, dass eine Leiche auf Oskars Küchenboden lag.

Ich stand auf und ging sie mir ansehen. Sie hatte sich nicht gerührt, wie ich etwas enttäuscht feststellte. Das war also eine Leiche, die erste, die ich je gesehen hatte. Meine Familie bevorzugte geschlossene Särge und Einäscherungen. Der Körper kam mir kleiner vor, als ich ihn in Erinnerung hatte, doch seine ungeheure Stille verlieh ihm eine Aura von Feierlichkeit. Welch eine Stille! Ich kniete mich hin und legte der Putzfrau die Hand auf die Schulter. Sie war warm – oder jedenfalls nicht so gruselig kalt, wie ich erwartet hatte. Ich schüttelte sie, versuchte noch einmal, sie zum Leben zu erwecken.

»Aufwachen«, sagte ich und kam mir sofort blöd vor, kindisch, weil ich den Tatsachen nicht ins Auge sah. Also gut, *noch* nicht kalt. Was hier lag, waren die sterblichen Überreste eines Menschen.

Ich stand auf. »Scheiße.« Meine Kehle wurde eng, und es brannte in den Augen. *Tränen?* Ich blinzelte heftig, holte tief

Luft und hielt den Atem an. *Nicht drandenken, nicht drandenken.* Die Krise ging vorüber. Es war wieder gut – alles war gut.

Trotzdem machte ich mir Sorgen, wie die Szene einem hypothetischen Beobachter erscheinen musste – würde man da nicht sofort an Schuld, Verbrechen, Mord denken? Die Leiche lag mit dem Gesicht am Boden, umgeben von Weinflecken, die ein Blutbad suggerierten, obwohl an Blut ja nur das auf der Klinge im Spülbecken und das auf ihrem Bein vorhanden war. Der Wein, das Messer, die Leiche – gut sah das nicht aus.

Vielleicht ließ es sich ja verbessern. Ich drückte mich um die Leiche herum zur Spülmaschine und schob die Lade zu. Zwei Blutstropfen waren auf die Innenseite der Klappe gefallen. Ich dachte an den einzelnen schwarzen Tropfen, den die Katze im Piano hinterlassen hatte, schloss die Klappe und schaltete die Maschine ein. Sie klickte und rauschte. Ich lächelte. Ein selbstreinigender Tatort. Nur ein paar simple Handbewegungen, und die Beweise waren verschwunden, in einer geheimen, lichtlosen Welt aus kraftvollen Spülmitteln und kochendem Wasser aufgelöst. Die Fernseh-Kriminalisten würden im Dunkeln tappen.

Wenn doch alles andere auch so einfach wäre. Die Leiche lag immer noch da, unumgänglich. Am liebsten hätte ich sie auch einfach per Knopfdruck weggeputzt.

Vielleicht war das gar nicht so unrealistisch. Das Messer war weggeräumt, und mit dem Mopp war ich flink genug gewesen, sodass es kein Blut mehr am Boden gab. Was hatte sie sonst noch an Spuren hinterlassen? Abgesehen von der Leiche waren da nur noch die Putzmittel im Eimer, der Mopp und der Schlüsselbund auf der Arbeitsfläche. Diese Sachen konnte man problemlos entfernen.

Blieb nur noch die Leiche selbst, das elementare Problem. Die musste ich irgendwie loswerden. Sie war zwar eines natürlichen Todes gestorben – aber in Oskars Wohnung konnte sie nicht liegen bleiben, ohne dass es mich aufs Peinlichste mit ihrem Ableben in Verbindung gebracht hätte. Vielleicht war es ja gegen das Gesetz, die Meldung eines Todesfalls zu unterlassen – aber aus der Wohnung verschwinden musste sie, allein schon zur Vermeidung eines tragischen Justizirrtums.

Ein Chaos von Ideen, eine katastrophaler als die nächste, jagte mir durch den Kopf. Die Leiche irgendwo außerhalb des Hauses abzulegen war unmöglich. Sie war klein, aber fett. Zu der Katze im Kanal würde sie sich definitiv nicht gesellen. Mit Schaudern dachte ich an den Müllschlucker. Nein, ein Begräbnis im Müll war unmenschlich, abgesehen davon, dass sie gar nicht hineinpassen würde. Sogar der schmale Katzenkadaver war schon problematisch genug gewesen. Ebenso undenkbar war die Vernichtung der Leiche durch Verbrennen, Zerstückeln oder Auflösen in Säure – alles viel zu grausig. Was auch immer ich unternahm, schwor ich mir, es sollte einigermaßen respektvoll geschehen.

Mein Blick fiel auf den Schlüsselbund, ein Igel aus schmuddeligem Metall auf Oskars blitzblankem Edelstahl. Viele Schlüssel – genug, um jede Tür des Gebäudes zu öffnen. Und natürlich waren auch die Schlüssel zu ihrer eigenen Wohnung dabei, im ersten Stock, direkt unter Oskars. Wenn ich sie dorthin schleppte, würde ihr Tod wie ein Unfall aussehen.

Es war ja auch ein Unfall gewesen – nur musste es wie einer aussehen, an dem ich nicht beteiligt war.

Ich zog die Gummihandschuhe aus ihrer Klammer über der Spüle und stieg über die Leiche. Je mehr Zeit ich in ihrer Gesellschaft verbrachte, desto weniger machte es mir aus. Sie als bloße Sache zu betrachten, wurde immer leichter. Während ich die Gummihandschuhe überstreifte, musste ich wieder an den Comic-Mörder denken, der so zwanghaft versuchte, seine

Fingerabdrücke zu entfernen – das durfte mir nicht passieren. Ich musste von vornherein vorsichtig sein. Einen Mord hatte es nicht gegeben, doch ich beging trotzdem ein Verbrechen – besser, ich sorgte dafür, dass es ein unsichtbares, unbemerktes Verbrechen wurde. Ohne jede Spur.

Oskars Wohnungstür sprang mit einem leisen Klicken auf, und ich spähte hinaus auf den Treppenabsatz. Alles leer. Wie viele Wohnungen gab es überhaupt in dem Gebäude? Ein Dutzend? Und doch war die Putzfrau die einzige Person, die ich hier je gesehen hatte. Dennoch bestand ein gewisses Risiko, überraschend auf einen von Oskars Nachbarn zu treffen, während ich mich mit der Leiche abschleppte.

Die Wohnung einen Stock tiefer lag verlockend nah – keinen halben Meter tiefer, senkrecht gesehen. Aber die solide Qualität des Bodens entmutigte mich. Selbst wenn es mir gelang, genug Dielen in der Küche hochzustemmen, um eine Leiche hinabzulassen, gab es ja noch weitere Schichten unterhalb des Holzbodens. Ich sah hoch. Die Decke war schlicht weiß verputzt, die würde man, falls man unten durchbrach, auch noch neu verputzen und streichen müssen – unmöglich. Selbst ein Oskar oder Novack würde an solch einer Aufgabe scheitern, und ich war schon mit der Bodenpflege überfordert, die sie kinderleicht fanden.

Zurück in der Wohnung, zögerte ich kurz an der Schlafzimmertür. Vielleicht konnte man die Leiche in ein Bettlaken wickeln, sie irgendwie verhüllen ... aber eine verhüllte Leiche hat eine unverkennbare Sperrigkeit, und dank Film und Fernsehen sind wir gut darin geschult, sie zu erkennen. Wenn ich sie so transportierte, wie sie war, würde es weniger verdächtig wirken, falls man mich ertappte – natürlich würde es immer noch eine unschöne Szene geben und eine Menge Fragen, doch zumindest würde es nicht aussehen, als hätte ich versucht, etwas zu vertuschen. Ich würde so tun, als hätte ich sie auf die Straße schleppen wollen, um Hilfe zu holen. Allerdings würde es besser sein, unentdeckt zu bleiben. Wenn ich in Erklärungsnot geriet, war es ohnehin zu spät. Der Sinn der Sache war, jegliche Erklärung zu vermeiden.

Ich schnappte mir den Schlüsselbund und warf ihn in den Eimer zu den Schwämmen und Putzmitteln. Dann trug ich den Eimer die zwei Treppen hinunter und stellte ihn vor die Wohnung der Putzfrau. Absolut harmlos sah er dort aus, als wäre seine Besitzerin nur kurz anderswo im Haus beschäftigt. Noch immer war kein Mensch zu sehen. Zeit, zur Tat zu schreiten. Einen günstigeren Moment würde es nicht geben.

Die Etikette im Umgang mit Leichen ist nicht gerade Allgemeingut, aber ein paar grundlegende Dinge verstanden sich hier von selbst. Es war pietätvoller, die Putzfrau unter den Achseln zu packen als an den Füßen. Sie war schwer, rutschte aber leicht auf dem glatten Boden entlang, und ich hatte sie schneller als gehofft aus der Wohnung geschleppt. Die Treppe hinab ging es schon mühsamer. Das Gesicht der Putzfrau war noch immer zum Boden gewandt, und ihre Füße schlackerten hin und her, während wir Stufe um Stufe hinunterpolterten. Ihr Kopf baumelte schrecklich zwischen den Schultern und pendelte bei jedem Aufprall. Einen Moment lang fürchtete ich sogar, das ganze Gerüttel könnte sie aufwecken, sie könnte plötzlich den Kopf heben und mich ansehen, aber sie tat es nicht. Ich war froh, dass ich ihr Gesicht nicht sehen konnte.

Auf dem Stockwerk der Putzfrau waren die Geräusche von der Straße lauter, deutlicher. Autobremsen quietschten an der Kreuzung, und eine Trambahn rumpelte vorbei. Die Schritte der Passanten hallten vom Gehsteig herauf. Ich nahm den Schlüsselbund aus dem Eimer und erstarrte. Etwa drei Dutzend Schlüssel baumelten an einer Serie ineinanderhängender

Ringe, ohne erkennbares Ordnungsprinzip. Manche waren mit roten Wollfäden oder Farbtupfern markiert, trugen Nummern, ins Metall gekratzt oder mit Filzstift daraufgeschrieben. Ich sah mir die Tür an – zu, abgeschlossen, robust. Das Schlüsselloch sah genauso wie Oskars aus, blank poliertes Messing, nur dass hier die Jahre der Politur das Holz ringsum geschwärzt und sich als graugrüne Substanz in den Ritzen abgesetzt hatten. Viele der Schlüssel im Bund sahen dem von Oskar ähnlich. Ich probierte einen auf gut Glück. Er glitt leicht hinein, ließ sich aber nicht drehen. Der zweite blieb auf halbem Wege stecken.

Ich fühlte eine Ader am Hals pochen und schluckte. Meine Finger schwitzten im Handschuh. Die Schritte der Passanten kamen mir immer lauter vor, jedes Mal schnürte sich mir die Kehle zusammen, und ich wartete atemlos, ob unten die Haustür aufging. Ich fummelte einen dritten Schlüssel hervor, doch er rutschte mir aus der Hand – der Bund fiel klirrend zu Boden. Der Krach ging mir durch und durch. Als ich mich bückte, um die Schlüssel aufzuheben, unbeholfen und lächerlich in den gelben Handschuhen, sah ich mit neuen Augen, was mir dort zu Füßen lag – ein totes Etwas, unleugbar, endgültig, ein wahrhaftiger menschlicher Leichnam, mit einer außerordentlichen Macht, mein Leben auf den Kopf zu stellen und meine Freiheit zu gefährden, wenn ich in seiner Anwesenheit ertappt oder auch nur mit ihm in Zusammenhang gebracht wurde. Und doch nahm er gar nicht so viel Raum ein, war kaum sperriger als eine Truhe oder eine schwere Matratze. Vielleicht war genau das der Schrecken, das unsagbare Geheimnis, das wir alle nicht wahrhaben wollten: dass es gar kein so furchtbarer Albtraum war, sich neben einer fremden Leiche aufzuhalten; es konnte sich sogar normal anfühlen. Einfach nicht zu viel drandenken, sagte ich mir. Ich *würde* einfach nicht drandenken.

Der vierte Schlüssel ließ sich nicht drehen. Der fünfte drehte sich glatt im Schloss, und die Tür ging auf, gab den Blick frei auf einen Streifen roten Teppich, gelbgrüne Tapete und haufenweise verblichene Winter- und Regenmäntel an einer Reihe vergrabener Kleiderhaken. Ich stieß die Tür weit auf und zog die Putzfrau in die Wohnung, so schnell ich konnte, holte auch noch den Eimer rein und schlug die Tür hinter mir zu.

Aufatmend, schweißüberströmt, lehnte ich mich an die Wand. Mir kam es immer noch so vor, als hörte ich Schritte näher kommen, die Treppe heraufkommen, um mich mit der Leiche zu ertappen. Wieder und wieder versicherte ich mir, dass alles in Ordnung sei, keine Gefahr mehr drohe. Die Wohnung der Putzfrau hatte den gleichen Grundriss wie die von Oskar, war aber viel dunkler. Wo Oskar zwischen Flur und Küche eine Glaswand eingezogen hatte, war die Wand hier noch aus Stein, sodass der Flur im Dauerdämmer lag, mit ein paar Bildern an den Wänden und einem Perlenvorhang am Ende.

Ich drückte mich an die Wand und horchte angestrengt. Nichts. Der dicke Flor des Teppichs machte es einem leicht, geräuschlos aufzutreten, nur der Perlenvorhang klimperte, als ich ihn teilte. Das rote Teppichmeer floss lückenlos weiter ins Wohnzimmer, wo ein Sofa mit Plastiküberzug vor einem Fernseher stand, metallene Klappstühle an einem kleinen Esstisch lehnten und Schränke und Kommoden mit Nippes vollgestellt waren. Voll war es hier, doch von einem Mitbewohner keine Spur.

Ich kehrte zu der Leiche zurück – eine undeutliche Masse im Dämmerlicht des Flurs, vielleicht ein vom Haken gefallener Mantel. Es war überraschend schwer, sie den Flur entlangzuziehen – der dicke Teppich bot weit mehr Widerstand als Holz oder Fliesen. Die zusätzliche Mühe ließ eine tiefe Müdigkeit in mir aufkommen, den grimmigen Wunsch, endlich befreit zu sein von der Leiche, dem Ärger mit dem Boden und Oskars Wohnung, aber die Schwere, die Mühe schien mir auch angemessen für den Ernst, die Gewichtigkeit meines Unterfangens.

Im Wohnzimmer sah ich mich unvermittelt mit der Frage konfrontiert, wo ich die Leiche eigentlich lassen sollte. Mit dem Gesicht am Boden liegend, das kam mir irgendwie unnatürlich vor. Es sollte so aussehen, als wäre sie nicht bewegt worden – als wäre sie einfach an Ort und Stelle zusammengebrochen. Ich zog sie in die Mitte des Zimmers und drehte sie um. Ihr Kopf mit den blicklos starrenden Augen kippte zur Seite, als könnte sie es nicht ertragen, mich zu sehen. Ihr Arm, an dem ich sie umgedreht hatte, war kühl, und die Farbe war ihr aus dem Gesicht gewichen, was die Härchen auf ihren Wangen und die bläulichen Lippen betonte. Die Blutrose auf ihrem Schenkel war jetzt verborgen; ich erinnerte mich schaudernd an die unfertige Arbeit oben, das Wenden der Holzdielen. Nun erschien mir die Anstrengung sogar noch sinnvoller, da in irgendwelchen Ritzen noch Blutstropfen von der Putzfrau zurückgeblieben sein konnten und nur darauf warteten, mich bei eventuellen Ermittlern anzuschwärzen. Würde es so weit kommen? Nicht, wenn es mir gelang, sie hier in glaubwürdiger Form abzulegen.

Ich setzte mich aufs Sofa. Die Plastikhülle quietschte unter mir. Vor dieser Woche hätte ich sie für überflüssige Pingeligkeit gehalten, jetzt erschien sie mir als äußerst vernünftige Schutzmaßnahme. Und dieser rote Teppich wirkte geradezu ideal, um Flecken zu verbergen. Triste Unordnung, war mein erster Eindruck von der Wohnung gewesen, doch bei näherem Hinsehen musste ich zugeben, dass sie gut gepflegt war. Die kitschigen Porzellanschäferinnen waren sorgfältig aufgestellt. Auf dem Lacktischchen vor dem Sofa lag kein Hauch von Staub. Neben der abgegriffenen Fernbedienung stand ein Schwarz-weiß-Foto von einem Mann in altmodischer Uniform mit drei Orden auf der Brust. Ein Ehemann? Vater? Bruder? Verflossener? Das Bild hätte aus irgendeinem Jahr zwischen 1930 und 1970 stammen können, aber ich war mir sicher, dass der Mann darauf tot war. Er blickte weg von der Kamera, verloren in der Zeit. Sie würde natürlich Verwandte haben, Freunde, Bekannte, Nachbarn hier im Haus – ein ganzer persönlicher Kosmos, den es jetzt nicht mehr gab. Sie würde vermisst werden, wie dieser Mann in der Uniform – würde ihn jetzt noch jemand vermissen? Verzweifelte Traurigkeit stieg in mir auf, und ich schluckte sie hinunter, konzentrierte mich auf meinen Atem, dachte, *ich will nicht darüber nachdenken.*

Ein Bogendurchgang mit einem weiteren Perlenvorhang führte in die Küche, wo schlecht schließende Schranktüren aus altersdunkler Fichte vor sich hin schmollten. Noch etwas, das Oskars Renovierung hinweggefegt hatte, all das Schwere, Düstere, Rustikale ersetzt durch Glas, Offenheit, natürliches Licht und geschickt verborgene Stahlträger. Die Seitenwand des Wohnzimmers, an der Oskar sein Bücherregal hatte, war hier mit einer Landschaftstapete bedeckt, die einen Wasserfall im Wald darstellte, bläulich verblichen mit den Jahren. Ein Hirsch blickte edel aus der Szenerie, über eine Kommode voller Keramiktiere hinweg.

Viel Zeit, Mühe und Pflege waren für diese Wohnung aufgewendet worden – ähnlich der, die Oskar für die seine aufbrachte. Folglich musste ich die Putzfrau in einem Zustand dalassen, der von Respekt zeugte, auch wenn ich ihr bislang nichts als Respektlosigkeit entgegengebracht hatte. Wieder musste ich einen Anfall von Melancholie bekämpfen, oder vielleicht war es auch das Schuldgefühl. Ich blickte auf meine Hände in den albernen gelben Gummihandschuhen hinab, dann hinüber zu der Leiche. Sie sah noch immer nicht so aus, als wäre sie dort an der Stelle zusammengebrochen – sie lag zu gerade, und ihre Beine waren ungeschickt an den Knöcheln überkreuzt. Doch ich hatte keine Ahnung, wie sie aussehen würde, wenn sie bei einem Herzinfarkt zu Boden gegangen wäre – selbst der Bauchplatscher in Oskars Küche hatte nicht unbedingt natürlich gewirkt. Mir fiel nur ein, sie auf das Sofa zu setzen, als ob sie sich unwohl gefühlt und zum Sterben niedergesetzt hätte.

Den Versuch war es wert. Ich packte sie wieder unter den Achseln, um sie aufzurichten, aber meine Arme waren schon müde von all der Schlepperei. Ich schaffte es nur, sie bis zum Sofa zu zerren, dann verließen mich meine Kräfte.

Mit ausgestreckten Armen ging gar nichts mehr. Ich holte tief Luft, beugte mich über sie, verhakte die Arme unter ihren Achseln und hievte sie mit letzter Kraft vom Boden hoch, in einer Art Umarmung, ihr auskühlendes Gewicht an mich gedrückt, ihr Gesicht gefährlich nah dem meinen. Eine falsche Bewegung, und ihr Kopf könnte sich drehen, ihre kalte Wange an der meinen entlangstreifen.

Ihr Rumpf glitt auf die quietschenden Sofapolster, und ich ließ sie los, trat zurück und wischte mir reflexartig über Brust und Oberarme. Sie war auf dem Sofa, ihre Pose wirkte glaubwürdig, mit dem Kopf auf der Rückenlehne, ein Arm schlaff über der Armlehne, die Beine auseinander, aber nicht zu weit. Ein Anflug von Übelkeit überkam mich, doch ich fing mich schnell wieder – alles war in Ordnung, sie war auf dem Sofa, ich konnte jetzt gehen.

Vorher musste der Eimer mit Putzmitteln noch in die Küche zurück, ebenso wie der Mopp, der noch oben in der Wohnung war.

Als ich mich mit dem Eimer in der Hand umdrehte, fiel mein Blick auf den Boden. Draußen waren die Wolken aufgerissen, ein Sonnenstrahl fiel durchs Fenster und beleuchtete zwei tiefe Rillen im dicken Teppichflor, parallele Linien, die vom Flur ins Wohnzimmer führten, bis vor das Sofa, auf dem die Putzfrau zusammengesackt war. Deutlich erkennbare Schleifspuren.

Ohne den Eimer abzusetzen, rubbelte ich mit der Schuhspitze über die Vertiefung. Man konnte sie zwar verwischen, aber auch das hinterließ einen Abdruck, nur etwas weniger offensichtlich. Verzweifelt sah ich mich nach einem Stück unversehrten Teppich um. Dort sah der Flor auch nicht gerade wie neu aus, eher abgetreten, aber auf eine normale Art. Nachdem ich den Eimer in die Küche gestellt hatte, arbeitete ich mich langsam den Flur entlang und versuchte, die Spuren mit den Schuhsohlen zu glätten. Besonders gut gelang es mir nicht, statt der Rillen sah man jetzt ein Streifenmuster aus verwischten Fußabdrücken. Immer wieder wanderte ich den Flur auf und ab, um auffällige Stellen einzuebnen. Ich kam mir vor wie ein Gärtner bei der Rasenpflege, nur ohne die Freude und den Stolz. Am Ende war kein Muster mehr zu erkennen, obwohl ich immer noch das Gefühl hatte, dass dem Weg von der Tür zum Sofa etwas Verdächtiges anhaftete. Oder war das nur meine Einbildung, weil ich *wusste,* wo die Spuren gewesen waren, die außer mir keiner sehen würde?

Mehr konnte ich hier jedenfalls nicht tun. Ich griff mir die Schlüssel und machte, dass ich rauskam. Wieder war das Treppenhaus leer. Ich schloss die Tür der Putzfrau ab und stieg mit gewollter Lässigkeit die Treppe hoch.

Der Schlüsselbund machte mir Kopfzerbrechen. Er musste natürlich in der Wohnung der Putzfrau bleiben, und um die Illusion perfekt zu machen, sollte ihre Tür von innen abgeschlossen sein. Doch wie würde ich dann rauskommen?

Zurück in Oskars Wohnung, wischte ich den Moppstiel mit

einem Geschirrtuch ab, um meine Fingerabdrücke zu entfernen, und grübelte über das Problem mit dem Schlüssel nach. Die Tatsache, dass es mir so leicht gelungen war, die Leiche abzutransportieren, hatte mir neues Selbstvertrauen verliehen. Wenn es mir zum krönenden Abschluss auch noch gelänge, die Tür von innen abgesperrt zu hinterlassen, würde mir eine eventuelle Ermittlung kaum noch etwas anhaben können. Wie immer war der Boden das Hindernis – die direkte Route wäre die senkrechte gewesen, durch den Putz und die Balken. Vielleicht gab es ja irgendwo auch noch eine Hintertreppe, einen Geheimgang, einen Lastenaufzug – aber so eng mein Verhältnis zu Oskars Boden und Besitztum auch war, kannte ich mich doch überhaupt nicht in dem Haus aus, das er bewohnte. Da hätte ich die Putzfrau fragen müssen.

Es war schwül geworden, und die Wohnung hatte sich aufgewärmt. Ich ging ins Bad, riss mir die Gummihandschuhe herunter, hielt die Hände unters kalte Wasser und kühlte mir das Gesicht. Prüfend schaute ich in den Spiegel: diese Augen hatten jetzt eine Leiche gesehen, aus nächster Nähe. Sahen sie anders aus? War etwas hinzugekommen oder verschwunden?

Im Wohnzimmer hatte das Licht abgenommen, aufgesogen von schweren lilagrauen Wolkenballen. Ein Windstoß schleuderte Regentropfen ans Fenster. Der Donner rumpelte, als würden in der Wohnung oben drüber Möbel verrückt. Ich musste hier weg. Wenn nicht heute, dann morgen. Es gab nichts mehr, wofür es sich noch zu bleiben lohnte. Ich rief bei der Fluggesellschaft an. Heute sei nichts mehr frei, hieß es, aber für morgen Nachmittag könne ich einen Platz buchen. Ich gab meine Kreditkartennummern an, achtete aber kaum auf den gesalzenen Preis, den man mir nannte. Dann rief ich die Nummer von Oskars Hotelzimmer an, die auf einem der Zettel stand. In Los Angeles würde es schon sehr spät sein, aber vielleicht nicht zu spät. Doch niemand hob ab. Ich legte auf und wählte die andere Nummer, die der Hotelrezeption. Die ruhige amerikanische Stimme, die den Namen der internationalen Kette nannte, war so wohltuend, dass sie fast engelhaft klang.

Ob Oskar in seinem Zimmer sei? Man rief vom Empfang aus an; keine Antwort. Ich ließ ausrichten, Oskar solle mich anrufen, bedankte mich und legte auf.

Oskar schien mir kein so überaus tiefer Schläfer zu sein, es sei denn, er hatte eine Tablette genommen oder war betrunken. Doch ich glaubte eher, dass er nicht in seinem Zimmer war. Kalte Angst durchfuhr mich: vielleicht war er abgereist und bereits auf dem Flug nach Frankfurt. Nein, Moment mal – sicher hätte man es mir gesagt, wenn er schon ausgecheckt hatte. Aber Schatten der Angst hingen mir noch nach. Oskar nicht dort vorzufinden, wo er hingehörte, war einfach irritierend.

Schwerer, gleichmäßiger Regen rauschte herab. Ich wusste nicht mehr, ob ich die Balkontür aufgelassen hatte, und ging schnell nachsehen. Sie war zugesperrt, und von der Katze fehlte nach wie vor jede Spur.

Der Balkon. Die Katze. Das war die Lösung, wie ich dort unten aus der Wohnung kommen konnte. Ich öffnete die Tür und trat hinaus. Draußen prasselte der Regen, und die Reifen zischten auf dem Asphalt. Direkt unter Oskars Balkon lag der, der zur Wohnung der Putzfrau gehörte, und darunter befand sich der nasse Gehsteig.

Jetzt oder nie, während es regnete und wenig Leute draußen waren. Nachdem ich die Gummihandschuhe wieder übergestreift hatte – ein Akt, der mir als solcher schon kriminell vorkam –, nahm ich den Mopp und die Schlüssel und verließ Oskars Wohnung. Der Flur war wie üblich leer und hallte vom prasselnden Regen wieder. Irgendwo gurgelte eine unsichtbare Regenrinne.

Schnell schlüpfte ich in die Wohnung der Putzfrau – zu schnell, da unvorbereitet auf den Anblick, der sich mir im grauen Dämmerlicht bot, kaum dass ich durch die Tür trat. Die Leiche auf dem Sofa sah aus wie eine unförmige Stoffpuppe und jagte mir einen gehörigen Schreck ein. Im Lärm des Regens stand ich verdattert da, starrte auf den seltsam schiefen Kopf der Leiche und fragte mich, ob sie bewegt worden war, seit ich die Wohnung verlassen hatte.

Aber der Plan war der Plan. Ich durchforstete den Schlüsselbund, fand den richtigen und sperrte die Tür ab. Nun war ich eingeschlossen. Den Mopp lehnte ich an die Küchenwand, die Schlüssel legte ich auf die Arbeitsfläche. Auf dem Weg zurück durchs Wohnzimmer musste ich wohl oder übel einen Blick auf die Leiche werfen. Die Art, wie sie da auf dem Sofa hing, widerte mich irgendwie an – sie sah so unnatürlich aus, wie eine Karikatur von etwas, das einmal am Leben gewesen war. Diese Totheit, die endgültige, unumkehrbare Tatsache, dass das Leben aus diesem Körper gewichen war, erschien mir wie ein Hohn. Jetzt gab es kein Zurück mehr, die innere Erneuerung hatte aufgehört, alles, was blieb, war Verfall und Auflösung.

Meine Kehle war trocken; ich schluckte. Draußen goss es weiter, und obwohl die Leiche noch nicht begonnen hatte, die Luft zu verpesten, wirkte die Atmosphäre im Raum ungesund. Das Schlafzimmer der Putzfrau zu betreten, fachte mein schlechtes Gewissen von Neuem an – als ungeladener Fremder kam ich mir vor, als beginge ich eine weitere Entwürdigung. Die Leiche zu transportieren, war nun mal nicht zu vermeiden gewesen – immerhin hatte ich sie gekannt, als sie noch lebte, war in ihr Ableben verwickelt (wie indirekt und unverschuldet auch immer) und hatte sie nicht ohne Respekt behandelt. Aber in ihrem Privatbereich hatte ich nichts zu suchen, hier war ich nur ein Eindringling. Ich beeilte mich, zur Balkontür zu kommen, ohne mich mehr als nötig umzusehen, registrierte nur eine Bettdecke, festgestopft wie im Hotel, ein Kreuz an der Wand, eine Frisierkommode, einen Morgenrock auf einem Kleiderbügel am Schrank. Die Balkontür war nicht verriegelt, ein gutes Zeichen. Sobald ich draußen war, zog ich sie schnell hinter mir zu, damit kein Regen hereinkam.

Wie gehofft hatte der Regen die Leute von der Straße vertrieben. Als ich mich über die Brüstung beugte, lief unten gerade jemand unter einem Regenschirm vorbei, ohne wahrzunehmen, was sich oberhalb seiner Augenhöhe abspielte. Trotzdem duckte ich mich, um nur ja nicht aufzufallen. Sobald die Luft rein war, schwang ich ein Bein über die Brüstung und stützte mich auf einem schmalen Ziersims außen ab. Dann schwang ich das andere Bein nach. In dieser ungeschützten Position wirkte die Straße gleich viel weiter entfernt. Mein Hemd war schnell durchweicht. Bei den Katzen sah das alles so einfach aus, so anmutig, aber für mich gab es keine Zwischenstation zwischen dieser luftigen Höhe und dem Boden.

Vorsichtig ging ich in die Hocke und hielt mich dabei an der Brüstung fest. Zum ersten Mal war ich dankbar für die Gummihandschuhe – ohne sie hätte ich mich in der Nässe viel schlechter halten können. Ich nahm einen Fuß vom Sims und ließ ihn ins Leere hängen, senkte meinen Schwerpunkt dann so weit wie möglich, ehe ich auch mit dem zweiten Fuß vom Sims glitt. Jetzt hing ich mit meinem ganzen Gewicht an den Armen. Es zerrte so in den Schultern, dass ich fürchtete, sie mir auszurenken, und mich schon auf den grauenhaften Schmerz gefasst machte. Dicke Tropfen fielen von den oberen Balkons und rannen mir eisig in den Nacken. Die glänzenden Gehsteigplatten schienen mir immer noch weit entfernt. Aber jede Sekunde des Zögerns erhöhte die Gefahr, entdeckt zu werden. Ich ließ los.

Die Landung war ein harter Schlag für die Gelenke und ließ mir schmerzhaft die Zähne zusammenkrachen. Während ich nach Luft schnappte, fuhr eine Trambahn über die Kreuzung. Drinnen war das Licht an – Reihen von blassen Gesichtern starrten reglos durch die beschlagenen Scheiben wie Baguettes hinter einer Glastheke. Sie starrten, doch ich weiß nicht, ob sie mich im Vorbeifahren sahen, eine triefende Figur in unpassender Kleidung und gelben Plastikhandschuhen, die mit angeklatschten Haaren und benommener Miene am Straßenrand stand. Mit dem Balkon über mir verband mich nichts, und niemand konnte wissen, was sich dort oben hinter dem Fenster befand; niemand würde sich das siegreiche Grinsen erklären können, das über mein Gesicht zog.

Das leise Brummen der Spülmaschine, die fleißig dabei war, Beweismaterial zu entsorgen, durchdrang immer noch Oskars Wohnung. Ihr gurgelndes Pulsieren war ein heimeliges Geräusch, und ich dachte an zu Hause. Ruhelos drehte und wendete ich den Erdball in meinem Kopf, musterte seine helle und dunkle Hälfte, schätzte Flugzeiten ab; wenn Oskar am Morgen in Kalifornien abgereist war … wenn ich jetzt aufbrach …

Minuten gerannen zu Stunden, und ich quälte mich unentwegt mit der Befürchtung, gleich würde die Polizei an die Tür hämmern. Meine Arme und Beine zitterten und zuckten in den trockenen Kleidern, die ich angezogen hatte, eine verzögerte Reaktion auf all die Schlepperei, den Sprung vom Balkon und all das angestaute Adrenalin. Ich goss Wein in das Glas, aus dem ich am Vorabend getrunken hatte, nachdem ich die Scherben seines zersplitterten Bruders aufgesammelt hatte.

Die Bodendiele in der Küche war immer noch lose, aus ihrem Bett gehoben, wie um ein Versteck zu offenbaren, eine geheime Schatztruhe. So eine lose Diele übt einen ganz eigenen Reiz aus – ähnlich wie ein dunkler Tunneleingang oder ein Loch im Bretterzaun. Wenn es wirklich möglich war, die Flecken dadurch zu kaschieren, dass man die Dielen umdrehte, konnte ich mir die Chance nicht entgehen lassen, bevor ich mich davonmachte. Oskar zu übertölpeln, den Schaden *fast* sichtbar zu hinterlassen, und doch so, dass er niemals darauf kommen würde, war einfach zu verlockend.

Die übrigen Nägel aus den Halteplanken zu ziehen, um das Dielenbrett abzulösen, war nicht weiter schwierig. Darunter wartete eine Enttäuschung – eine dicke Schicht Isoliermaterial und ein Draht, der an die Schwelle getackert war. Es war nicht einmal schön staubig – die Isolierung sah neu aus.

Ich musterte das lose Brett und wunderte mich über die Weinflecken. Seltsamerweise waren sie auf der falschen Seite, dort, wo die Nägel herausragten, der Unterseite. Ich drehte es um und sah mir die Oberseite an. Weinflecken.

Das war alarmierend. Konnte der Wein durch die Ritzen gesickert sein, wie Grundwasser in eine lichtlose Höhle? Die Dielen waren so dicht zusammengefügt, dass höchstens der eine oder andere Tropfen hindurchgelangt sein konnte, und eigentlich nicht mal das. Die Dielenbretter waren auf beiden Seiten gleich glatt poliert, konnten also gewendet werden – es sei denn, sie waren auf beiden Seiten fleckig.

Nach einem Schluck Wein machte ich mich an das nächste Brett, schob behutsam das Pfannenmesser darunter und stemmte es hoch. Wieder gaben die Nägel erstaunlich leicht nach, und das Brett ließ sich hochheben. Wenn dieses hier auch nicht umgedreht werden konnte, dann war es wohl an der Zeit, aufzugeben. Ich zog das Brett mit bloßen Händen heraus und drehte es um.

Alles war vorbei. Hier sah die Unterseite sogar noch übler aus, ein riesiger roter Streifen, wie ein Feuermal, und außerdem auch noch eine Einkerbung, als wäre irgendetwas Schweres, Kantiges auf das Holz gekracht. Seufzend ließ ich das Brett sinken und ließ mich im Schneidersitz auf dem Boden nieder. Endlich unbesorgt, was den Boden betraf, stellte ich die offene Weinflasche und das Glas auf den Fleck neben mir und sah mir die lose Diele genauer an.

Der Schaden ergab keinen Sinn. Wie konnte so viel Wein durch das Holz gesickert sein? Und wieso hatte der Wein sich auf der Unterseite ausgebreitet, anstatt einfach auf die Isolierung hinabzutropfen? Gut, es mochte kleine Wunder im Zusammenhang mit Oberflächenspannung und Kapillareffekt geben, und selbst wenn ich sie nicht verstand, konnte ich mir vorstellen, dass sie einiges bewirkten. Aber das hier schien doch weit über solche Wunder hinauszugehen.

Und noch etwas, das mich schon die ganze Zeit irritiert hatte, stach mir plötzlich mit solcher Klarheit ins Auge, dass ich mich fragte, wieso ich nicht schon eher darauf gekommen war: Die Flecken im Holz hatten auf beiden Seiten die gleichen Eigenschaften.

Jemand hatte versucht, die andere Seite der Holzdiele zu säubern.

Oskar hatte seinen eigenen Boden ruiniert.

Ich zog noch ein drittes Brett heraus, und es erzählte die gleiche Geschichte, ein spektakuläres Rotweindesaster. Die vertrauten Muster von Spritzern und Platschern mit einer neuen Variation: einem Sohlenabdruck. Auf dem vierten Brett, das ich anhob, gab es Spuren von Sandpapier und hilflosen Polierversuchen. Da waren meine eigenen Mühen schon etwas erfolgreicher gewesen. Ich fühlte eine leise Euphorie in mir aufsteigen – eine ungläubige, kichernde Schadenfreude. Diese Dielen waren nach allen Regeln der Kunst versaut – die vierte wies auch noch Zeichen von fehlgeschlagener Säurebehandlung auf, die das Holz hatte ausbleichen lassen und die Maserung aufquellen wie eine allergische Reaktion. Kein Wunder, dass Oskar sich so vor einer Beschädigung des Bodens fürchtete. Er wusste aus erster Hand, wie schwer es war, ihn auszubessern, wusste, dass manche Dielen schon einmal gewendet worden waren und ihr Recht auf Rettung verwirkt hatten. Was für eine Genugtuung! Ich hätte mich kringeln können vor Vergnügen.

Im Boden klaffte jetzt ein breiter Graben, der die hochmütige, nahtlose Perfektion verdarb. Seine Mystik war entweiht. Ich beugte mich vor, um eine fünfte Diele hochzuheben – und hielt inne.

Unter den Dielen, auf dem Bett aus Isolierwolle, lag ein Zettel mit Oskars Handschrift. Ich zog ihn hervor.

Mein lieber Freund,
in dem Buch über die Pflege von Holzböden wird geraten, schwer beschädigte Dielen einfach zu wenden. Sehr einfach – wie eine zweite Chance. Aber eine dritte Chance gibt es nicht. Wenn die gleichen Dielen noch mal beschädigt werden, ist der Boden zerstört. Wenn Du also diesen Brief findest, ist alles klar. Du siehst den Schaden.

Vielleicht freut es Dich. Ich weiß noch, wie Du immer die Augen verdreht hast, wenn ich Dich bat, die Schuhe auszuziehen oder einen Untersetzer zu benutzen – ihr alle habt es übertrieben gefunden, aber mir schien es völlig vernünftig, dafür zu sorgen, dass alles vollkommen bleibt.

Jetzt muss ich Dich aber enttäuschen. Ich habe die Weinflasche nicht zerbrochen. Ich habe meinen Boden nicht beschädigt. Es war Laura. Wir hatten uns gestritten. Bei einem ihrer Besuche hatte sie etwas Wein verschüttet, den ich nicht mehr ganz wegbekam, und ich glaube, ich habe etwas zu viel darüber geredet.

Das konnte man sich leicht vorstellen. Oskar, der nicht mehr aufhörte, zu seufzen und missbilligend den Kopf zu schütteln.

Als sie das nächste Mal kam, brachte sie mir das Buch mit, über die Pflege von Holzböden. Das war der Grund für den Streit. Ich dachte, sie mache sich über mich lustig, und sie schwor, es sei ernst gemeint. Vor Wut warf sie mir die Weinflasche vor die Füße und reiste noch am selben Tag ab, zurück nach Amerika.

Wie es wohl sein mochte, einem Wutanfall von Oskar ausgeliefert zu sein? Die ganze Zeit hatte ich seinen Zorn gefürchtet, obwohl ich ihn eigentlich nie außer sich erlebt hatte. Sein Zorn war stets gegen andere gerichtet gewesen, und er war heftig, aber schwelend, wie das Lauffeuer in Kohleadern. Ich hatte noch nie einen Streit gesehen, der so außer Kontrolle geriet, dass mit Weinflaschen geworfen wurde. Ich nippte an meinem Glas und stellte mir den Krach vor, das Klirren, die Explosion von Wein und Glas.

Der Boden war natürlich ruiniert, und die Dielen mussten gewendet werden. Sie weigerte sich zurückzukommen. Wir hatten uns oft wegen meines Ordnungssinns gezankt, und sie fand die Wohnung ungastlich. Ihr Haus in Los Angeles ist wunderschön, riesengroß, und für alles gibt es Personal. Unsere Putzfrau hier ist nicht besonders kooperativ.

Meine Schadenfreude verpuffte.

Die Leute behaupten, Katzen in der Wohnung machen Dreck und Unordnung. Das habe ich nie gefunden. Die Menschen sind die Quelle von allem Chaos.

Ich habe Laura zu überzeugen versucht, dass es nicht schwierig sei, die Wohnung in Ordnung zu halten, wenn man sich nur etwas vorsehen würde. Sie hat mich ausgelacht. Sie sagte, es sei unmöglich, so hohen Ansprüchen zu genügen. Es sei unvermeidlich, dass der Boden beschädigt würde.

Hast Du es schwierig gefunden? Wenn Du das hier liest, bist Du schon unter die Dielen gelangt. Besser, Du rufst mich an.

In Freundschaft

Oskar

Wieder schweifte mein Blick über den aufgerissenen Boden. Man konnte nicht mehr erkennen, wer welchen Fleck verursacht hatte. Wein und Blut sahen gleich aus. Das Loch im Boden erinnerte mich an das verräterische Herz, das unter den Dielen vor sich hin pocht – natürlich eine reine Schuldmetapher, wie das obsessive Säubern der Porzellanscherben in dem Mörder-Comic. Den Killer kannte ich, aber nun sah ich, dass es auch Oskar hätte sein können, der seine heilige Perfektion in tausend Fragmente, tausend mögliche Enden zerspringen sah, der jedes noch so kleine Stückchen Leben aufheben und bewahren wollte, während es ihm immer weiter in den Händen zersplitterte.

Besser, du rufst mich an.

Ein wenig mühsam stand ich auf. Rotwein auf leeren Magen. Wie spät war es dort jetzt? Zwei, drei Uhr morgens?

An der Hotelrezeption klangen sie zeitlos munter. Über dem Pazifik würde es dunkel sein. Ich sagte, ich wolle eine Nachricht hinterlassen.

In der Flasche war noch ein Rest Wein. Ich machte trotzdem eine zweite auf.

ACHTER TAG

Ein Schlag. Lautes Wummern. Eine Lärmexplosion im Kopf. Zusammengekrümmt, Blut pochte in den Ohren, das Herz stolperte und stotterte. Ich war gefallen und gelandet, auf dem Boden.

Dem Boden.

Der Boden dehnte sich vor mir, eine endlose Ebene, die Linien der Dielen perspektivisch zusammenlaufend, gescheckt wie von Wolkenschatten über Stoppelfeldern. Alles war im schiefen Winkel, und ich am Boden wie ein gefallter Baum. Mein Kopf wummerte vor Wein und Dehydrierung, und als ich ihn anhob, löste meine Wange sich klebrig vom Holz, wie eine Gratis-CD von einer Zeitschriftenseite. Der Arm, auf dem ich gelegen hatte, war taub, und mein Nacken schmerzte vom ruckhaften Erwachen. Die Küchenuhr stand auf kurz vor halb neun.

Ein Doppelschlag, peng-peng, unglaublich laut in den Ohren. Eine dröhnende Männerstimme ließ sich durch Oskars massive Tür vernehmen. Ich verstand natürlich nichts, doch es lief mir kalt über den Rücken.

Und wieder schlugen schwere Fäuste gegen das Holz, ließen den Türrahmen, die Wände, den Boden und mich erzittern.

Dreimal, viermal. Ich zuckte wie eine Drachenschnur, rappelte mich auf. Um mich her die losen Dielen, die ich aus dem Küchenboden gestemmt hatte, voll roter Flecken. Die Putzfrau! Nein – ich erinnerte mich an ihr Gewicht, diese sperrige Last, die unwillkommene Nähe. Sie war tot. Sie würde immer tot bleiben. Vergangenheit, Gegenwart und Zukunft waren zu dieser unabänderlichen Tatsache geronnen. Langsam tauchten die Einzelheiten des Dramas wieder in meinem Bewusstsein auf.

Eine Männerstimme hinter der Tür.

Polizei.

Ich stellte mir eine behandschuhte Faust an der Tür vor, eine Uniformmütze, Hose mit Bügelfalten, kein Lächeln, das Rauschen und Quaken eines Funkgeräts. Eine klappernde Trage und Blaulicht. Die Nachbarn auf ihrer Türschwelle, mit verschränkten Armen, grimmig, gaffend. Fragen über Fragen.

So leise wie möglich schlich ich durchs Wohnzimmer ans Fenster. Ich hatte in Schuhen geschlafen, und der Boden knarzte unter mir. Wieder hämmerte es an die Wohnungstür.

Keine Polizeiautos auf der Straße. Aber das hier war die Seitenstraße – sie hätten sicher vorne am Haustor gehalten, unter dem Schlafzimmerfenster.

Wieder die Männerstimme, rau, drängend. Die Worte sagten mir nichts, doch es war klar, dass er reinwollte.

Katzenhaft, wie ich hoffte, schlich ich weiter ins Arbeitszimmer, öffnete das Fenster und sah hinaus. Zwei Autos und ein Lieferwagen standen draußen – kein Streifenwagen. Zivilbeamte? Das Fenster der Putzfrau war geschlossen. Dort unten rührte sich nichts.

Ich konnte hinunterklettern. Flüchten. Mich von Oskars Balkon auf den der Putzfrau hangeln, dann auf die Straße springen, wie ich es am Tag zuvor getan hatte. Aber wenn sie die Leiche der Putzfrau gefunden hatten, würden sie in ihrer Wohnung sein – ich würde direkt an ihnen vorbeimüssen. Und wenn es nicht die Polizei war, wer dann? Wütende Verwandte? Oskar? Nein, nicht Oskar, das war nicht Oskars Stimme, und er hatte einen Schlüssel.

Bumm. Bumm. Die Sicherheitskette an der Tür klirrte von den Erschütterungen. Wieder die laute, fordernde Stimme auf der anderen Seite der Tür. Wütend klang der Mann nicht, aber sehr entschieden. Abwimmeln ließ er sich wohl nicht. Würde die Sicherheitskette im Ernstfall halten? Wie viel Muskelmasse gehörte zu dieser Stimme?

»Warten Sie!«, rief ich, und meine Stimme klang brüchig von der plötzlichen Anspannung. Dann, mit mehr Zuversicht: »Warten Sie! Ich komme gleich!«

Wieder zurück im Wohnzimmer, sah ich mir den Boden an. Er zeigte keine Spuren meiner nächtlichen Anwesenheit, keine weiteren Flecken. Aus irgendeinem Grund hatte ich erwartet, wenigstens so etwas wie einen Abdruck zu sehen, als könnte das Holz knittern wie Bettlaken. Zwei Flaschen standen am Boden, die eine leer, die andere fast leer. Ein Glas mit einem Weinrest darin stand neben dem Zettel, den ich unter den Dielen gefunden hatte, und ein paar Zettel mit meiner Handschrift hatten sich noch dazugesellt. Die befleckten Dielen lagen immer noch offen da. Das sah nicht gut aus, doch es gab keine Möglichkeit, es schnell wieder in Ordnung zu bringen. Ich fuhr mir mit den Fingern durchs Haar, schnüffelte vorsichtshalber an meiner Achsel. Alter Schweiß.

Mit vorgelegter Kette öffnete ich die Tür.

Zwei Männer in braunen Overalls standen im Hausflur. Der eine war bullig und hatte das Klopfen übernommen. Er hatte ein Klemmbrett unterm Arm und machte eine ungeduldige Was-dauert-das-denn-so-lange-Geste, als er mein Gesicht im Türspalt sah. Sein Kollege, jünger, schlanker, stand einen Schritt hinter ihm, mit einem Werkzeugkasten in der Hand.

Der Klemmbrettmann sagte etwas, das wie ein Scherz klang, und sah mich abwartend an, mit zwinkernden Augen. Dann wiederholte er das Ganze noch mal langsamer und wartete mit offenem Mund auf meine Antwort.

Der Jüngere trat vor. »Er wissen wollen … ob Sie … gute Schlaf haben«, sagte er. »Sie haben gute Schlaf.« Sein Kollege grinste, wobei seine Augen völlig in einer Zieharmonika aus Falten verschwanden, die von seinen unrasierten Pausbacken hochgeschoben wurden.

»Sicher«, sagte ich vage. »Kann ich Ihnen irgendwie helfen?«

Der mit dem Klemmbrett nickte zur Kette hin und fragte etwas. Er hob das Klemmbrett hoch und klopfte bedeutsam mit der freien Hand drauf. Das Klemmbrett war offenbar wichtig. Ich sagte nichts, sondern musterte die Burschen erst einmal so gründlich, wie es mir mit meinem verschlafenen Hirn möglich war. Ihre Overalls waren sauber, aber abgetragen. Jeder trug ein grünes Logo auf der Brusttasche, ein stilisiertes Haus. Mir kam es sehr unfair vor, so früh am Morgen schon geistig so strapaziert zu werden. Ich wollte die Kerle einfach nur wieder loswerden.

»Wir reinkommen?«, fragte der Jüngere mit dem Werkzeug und den Fremdsprachenkenntnissen. Klemmbrett sah sich nach seinem Kollegen um und grinste ermunternd.

»Ich weiß nicht«, sagte ich und überlegte fieberhaft, ob die kleine Sicherheitskette, die wie ein recht schwacher Verbündeter aussah, einem Schulterstoß wohl standhalten würde. Vielleicht einem von mir, aber Klemmbrett sah aus, als hätte er im Lauf seiner Karriere schon einige Türen eingerannt.

»Weiß Oskar denn Bescheid?«, fragte ich.

Der Planet drehte sich ein Stück weiter, dann wurde eifrig

genickt, zustimmend gebrummt. »Oskar, Oskar.« Klemmbrett langte in seine Brusttasche und zog einen angeknabberten Kuli hervor, mit dem er auf die Formulare tippte, die er mir entgegenstreckte. Mit erwartungsvoller Miene mimte er den Krakel einer Unterschrift.

Sollte Oskar aus der Wohnung geworfen werden? Ich war mir sicher, dass die Wohnung ihm gehörte, sonst hätte er sie wohl kaum so aufwendig renoviert. Aber ich verstand nichts von den Eigentumsgesetzen in meinem eigenen Land, geschweige denn von denen hier in der Fremde. Vielleicht gab es hier Vereinbarungen von undurchschaubarer Komplexität, die das natürliche Recht von Anwohnern einschränkten, tote Katzen zu entsorgen und Messerkämpfe mit der Hausmeisterin auszufechten … Bislang wirkten die beiden Kerle noch gutwillig, sogar entgegenkommend, aber sie konnten sicher schnell ungeduldig werden.

Ich löste die Kette und machte die Tür auf. Sofort wurde mir das Klemmbrett unter die Nase geschoben. Dünne, gelbe Blätter, fotokopierte Vordrucke, mit einem X neben der punktierten Linie am unteren Rand. Ich verstand rein gar nichts. Das Einzige, was ich halbwegs begriff, war das Logo, das gleiche wie auf den Overalls, ein bis auf eine simple Strichzeichnung vereinfachtes Haus.

»Moment«, sagte ich. »Was soll das?«

Die beiden sahen sich unsicher an und zuckten gleichzeitig die Achseln.

»Das kann ich nicht unterschreiben«, sagte ich. »Ich weiß nicht, was das ist. Ich muss erst mit Oskar reden. Ihm gehört die Wohnung.« Klemmbrett hielt mir unbeirrt den Kuli hin. »Moment noch«, sagte ich und hob den Finger. »Ich ruf mal schnell an.« Ich mimte »Telefon« mit ausgestrecktem Daumen und kleinem Finger.

Als ich wieder ins Wohnzimmer kam, traf mich der Anblick der fleckigen, herausgestemmten Dielen, als sähe ich sie zum ersten Mal. Es war, als hätte jemand anders das getan, und ich würde das Desaster erst jetzt entdecken. Doch ein anderer würde vielleicht ausflippen, wenn er das sah, während mir nur Reue und Selbsthass übrig blieb.

Inmitten von Oskars Designermöbeln schloss ich die Augen und hielt sie geschlossen. Vielleicht, dachte ich, würde all das hier einfach verschwinden, und ich würde woanders aufwachen. Aber das Gefühl der Situation blieb mir auch bei geschlossenen Augen erhalten, wie der Reflex von einem Blitzlicht. Ich konnte nicht wacher werden – ich war es schon. Als ich die Augen wieder öffnete, waren mir die Kerle ins Wohnzimmer gefolgt. Sie hatten den Boden gesehen und berieten sich mit leiser Stimme, warfen mir neugierige Blicke zu, in denen aber nichts von Ärger oder Verurteilung mitschwang, höchstens von Wachsamkeit. Wussten sie, dass ich gefährlich war? Wussten sie, dass ich jemanden umgebracht hatte?

Und mir fiel ein, dass ich sie auch umbringen konnte. Dann konnte ich mich wenigstens in Ruhe um den Boden kümmern.

Aber ich hatte ja niemanden umgebracht.

»Ein Missgeschick«, sagte ich und deutete auf den Boden.

Der Jüngere, Bebrillte nickte weise. »Miss-ge-schick«, probierte er das neue Wort stockend aus.

Ich versuchte mich an der mentalen Arithmetik, die mir die momentane Uhrzeit in Los Angeles erschließen würde, doch alles zerfaserte mir im Hirn wie nasser Zellstoff. Die Nummer von Oskars Hotel war nur eine Reihe unsinniger Symbole, und ich musste mehrmals blinzeln, bis sie leserlich wurde. Die Zeit dehnte sich zäh. Ob ich wohl immer noch betrunken war? Anzunehmen.

Eine Stimme mit kalifornischem Akzent nannte den Namen des Hotels. Im Augenblick kam diese Stimme mir vor wie das einzig Reale auf der ganzen Welt. Sie verband mich mit Oskars Zimmer, es piepte durchdringend, klickte und klackte, dann setzte Klaviermusik ein – die Warteschleife. Ich versuchte mir die Worte zurechtzulegen, die ich sagen wollte, mir Oskars Gesicht vorzustellen. Doch alles, was ich sehen konnte, alles, woran ich denken konnte, war seine Wohnung, das genaue Abbild dessen, was Oskar sein wollte, von mir ruiniert und jetzt auch noch von fremden Kerlen okkupiert. Fast kamen mir die Tränen, aber dann brach die Musik mit einem knisternden Geräusch ab.

»Ja?«, sagte Oskar.

»Oskar, ich bin's.«

»Ich weiß.«

»Oskar, hier sind zwei Männer – sie sehen wie Handwerker aus«, sagte ich. »Ich weiß nicht, was sie wollen, offenbar soll ich was unterschreiben.«

»Sie sind früh dran«, sagte Oskar. »Ich hätte nicht gedacht, dass sie schon so bald kommen.«

»Was? Wer sind die denn?«

»Ich hab gestern angerufen«, antwortete Oskar, »aber du bist nicht drangegangen. Das sind Umzugsleute. Sie sind da, um einen Kostenvoranschlag für meinen Auszug zu erstellen.«

Ich schluckte. Mir war, als würgte ich rostige Kugellager hinunter. Meine Lippen waren trocken. Oskar klang sehr ruhig.

»Du willst ausziehen?«

»Ja.«

»Wegen mir?«

»Ja.«

In der Leitung ertönten gedämpfte Geräusche, als wechselte er den Hörer von einer Hand in die andere.

»Ich habe deine Nachricht erhalten«, sagte er. Ich merkte, dass ich eine Weile stumm geblieben war. Weinbenebelte Erinnerungen geisterten mir durch den Kopf. Vage entsann ich mich, eine Nachricht hinterlassen zu haben – nur ihr Inhalt war mir entfallen.

»Wegen des Bodens?«, riet ich.

»Ja«, sagte Oskar. »Ich wusste es schon. Michael hatte so etwas erwähnt. Ada auch.«

»Ada?«

»Die Putzfrau. Ich habe gestern Abend mit ihr gesprochen.« Gestern Abend? Wie war das möglich? Vielleicht war sie doch nicht tot. Hoffnung und Entsetzen stiegen in mir auf, ein Erschrecken wie am Ende eines Horrorfilms, wenn sich zeigt, dass der Killer überlebt hat. Dann fiel mir die Zeitverschiebung wieder ein.

»Ach so, gestern Morgen?« Ich fühlte mich wie von Stolperfallen umgeben.

»Ja doch«, entgegnete Oskar, leicht genervt. »Ich wollte ihr sagen, dass die Umzugsleute kommen, damit Ada sie reinlässt.«

»Verstehe.« Mir drehte sich der Kopf. Das Messer. Das Blut. »Sie hat sich ganz schön aufgeregt wegen des Bodens.«

»Ja«, sagte Oskar, ohne sich anmerken zu lassen, was er davon hielt. »Ist jetzt wohl auch egal, da ich ausziehe.« Ich wünschte, er würde noch etwas hinzufügen, einen Hinweis darauf, was er über die Katze, das Messer wusste. »Sind die Umzugsleute noch da?«, fragte er nur.

Sie waren noch da, beobachteten mich am Telefon, beide mit dem gleichen Ausdruck vorsichtigen Wohlwollens, als wäre ich ein potenziell gefährlicher Fall für die Psychiatrie. Ich fragte mich, wie ich wohl aussah. Wahrscheinlich nicht gut, nach einer Nacht auf dem Boden.

»Ja, sie sind da«, sagte ich.

»Unterschreib das Formular. Lass sie arbeiten, während wir reden. Ich muss dir einiges erzählen.«

Ich ging zu den Leuten hinüber, nahm das Klemmbrett und unterschrieb. Die Nachwirkung der ganzen Trinkerei ließ meine Hand zittern, sodass der Schriftzug krakelig geriet, kaum als mein Name erkennbar, aber das musste reichen. Die Männer lächelten und begannen, irgendwas zu besprechen, wie Statuen, die zum Leben erwacht waren. Unglaublich – Oskar zog aus, wegen mir. Ich ließ mich auf den wohltuend weichen Ledersessel im Wohnzimmer sinken und nahm den Hörer wieder auf.

»Oskar«, versuchte ich die Initiative des Gesprächs an mich zu reißen, »wieso willst du denn ausziehen? Wieso wegen mir?«

»Natürlich wegen dir«, sagte Oskar. »Die Böden sind doch schwer beschädigt, oder?«

»Ja, aber ich bin sicher, das kriegt man wieder hin«, sagte ich eilig. »Ich zahl es auch, wenn du es lieber von einem Fachmann …«

»Nein, nein«, sagte Oskar. »Ich werde sie abschleifen lassen, aber das ist unwichtig. Beschädigt waren sie sowieso schon, wie du vielleicht gesehen hast.«

Ich beschloss, eine meiner Karten auszuspielen. »Ich hab eine Diele rausgenommen, weil ich sehen wollte, ob man sie wenden kann, um einen Schaden am Küchenboden zu kaschieren. Und da war sie auf der Unterseite auch schon beschädigt.« Während ich redete, versuchte ich mir über Oskars Tonfall klar zu werden. Er klang eigenartig, als hielte er etwas zurück. Doch es war nicht der erwartete Zorn, es war irgendetwas anderes.

Auf der anderen Seite der Wohnung maßen die Umzugsleute das Piano aus.

»Du hast also den Zettel dort gefunden«, sagte Oskar. »Laura hatte eine Weinflasche nach mir geworfen …« Ein seltsames Geräusch erklang in der Leitung. Nicht elektronisch – weinte Oskar etwa?

Nein. Er lachte in sich hinein.

»Entschuldige«, sagte er. »Ist schon komisch … Weißt du, Laura und ich haben nämlich beschlossen, es noch mal miteinander zu versuchen. Wir haben die Scheidung abgesagt. Ich ziehe nach Amerika, zu Laura. Ich werde meine Symphonie vollenden und mit Laura leben. Hier gibt es eine Menge Platz.« Sein Tonfall war jetzt unverkennbar – er war glücklich. Aufgeregt, voller Vorfreude. In dem Zustand hatte ich ihn lange nicht mehr vernommen.

Aber es war schwer zu glauben. »Wow, Oskar«, murmelte ich verdattert. »Und was wird aus der Wohnung? Deinem Job? Den Katzen?«

»Die Wohnung wird verkauft. Einige meiner Möbel lasse ich herkommen, die anderen werden erst mal eingelagert. Die Philharmonie wird jemand anderen finden müssen. Sie werden es überleben, ich bin durchaus ersetzbar.« Bescheidenheit – er war wirklich in nie gekannter Stimmung. »Die Katzen …«

»Oskar«, warf ich ein. »Die Katzen – eine der Katzen ist gestorben. Es tut mir leid.«

Schweigen. Dann: »Welche denn?«

»Das weiß ich nicht. Ich hab nie rausgefunden, welche von ihnen welche war. Die mit der weißen Schwanzspitze.«

»Strawinsky«, sagte Oskar feierlich. »Das ist sehr traurig. Tut mir leid, dass du damit belastet wurdest.«

»Das war … keine Last«, sagte ich. Mitleid hatte ich am wenigsten erwartet.

»Wie ist er denn gestorben?«

»Ein Unfall, glaube ich. Ich hab den Klavierdeckel offen gelassen, und irgendwie muss er ihm draufgefallen sein. Ich war nicht dabei. Ich hab ihn tot aufgefunden.« Wieder so ein abgrundtiefes Schweigen. Ich konnte mich nicht bremsen. »Es war nicht meine Schuld. Nur ein Unfall.«

Oskar lachte. »Aber sicher, aber sicher. Wurde der Flügel beschädigt?«

»Nein.«

Eine nachdenkliche Pause. »Wirklich traurig. Armer Strawy. Er war ein lieber Kater. Wie geht's Schossy?«

»Dem ging's gut, als ich ihn zuletzt gesehen habe«, sagte ich, und hoffte, dass mir Nachfragen erspart bleiben würden. »Tut mir echt leid wegen Strawy, es war einfach Pech, ich hab ihn so gefunden, ich konnte da gar nichts mehr tun …« Halt endlich den Mund, du Blödmann.

»Ja, ich weiß«, sagte Oskar. »Ist schon okay. Vielleicht macht es alles einfacher – die Katzen sollten zu Michael, und jetzt muss er nur noch eine nehmen.«

»Und ich?«, fragte ich. »Brauchst du mich hier noch?«

»Nein, nein«, sagte Oskar. »Das Haus ist eigentlich einbruchssicher, und Ada kann sich um die Wohnung kümmern, bis sie leer geräumt und verkauft ist. Michael kommt im Lauf des Tages und holt Schossy ab. Du kannst gleich aufbrechen, wenn du willst. Ist Ada mit den Umzugsleuten hochgekommen? Kann ich sie mal sprechen?«

Ich erstarrte. Natürlich konnte er sie nicht sprechen. Ada war nicht da. Vielleicht war dies der Moment der Wahrheit. Jedes Mal, wenn ich gelogen oder etwas vertuscht hatte, erntete ich dafür nur noch mehr Pech. Offenheit dagegen hatte sich ausgezahlt: Ich hatte Oskar von den Böden, von den Katzen berichtet und war ungeschoren davongekommen.

»Oskar …«

Eine Lärmkaskade ließ mich zusammenfahren, ein gellendes Geklimper, das ich erst nach einer Schrecksekunde zu identifizieren vermochte – als den Flohwalzer, laut und ungestüm aus dem Arbeitszimmer tönend. Einer der Handwerker hatte sich mit beeindruckender Verve, wenn auch nicht viel Talent über das Piano hergemacht.

»Was – was ist da los?«, fragte Oskar abrupt. »Spielt jemand auf dem Klavier?«

»Ähm, ja, einer von den Umzugsleuten.«

»Sag ihm *sofort*, er soll damit aufhören!« Er war immer noch der alte Oskar.

»Hey, aufhören!«, rief ich in Richtung Arbeitszimmer. Die spontane Darbietung brach ab, und Klemmbrett schob mit theatralisch zerknirschter Miene den Kopf durch die Tür.

Oskar schnalzte genervt mit der Zunge, und es klang so brüsk, dass ich erst dachte, er hätte aufgelegt. »Siehst du? Immer wenn ein Fremder in die Wohnung kommt, gibt es Ärger. Vielleicht ist die Wohnung das Problem.«

»Oskar ...« Ich hielt inne, wusste nicht recht, wie ich die Frage formulieren sollte. »Oskar, wenn du hier keinen in der Wohnung brauchst und Michael sich um die Katzen kümmern kann, wieso hast du mich dann überhaupt herkommen lassen?«

Ein Seufzer wurde über den Atlantik geschickt. Bei ihm wird es auch langsam spät, dachte ich. »Zum einen aus dem Grund, den ich dir genannt habe – ich wollte die Wohnung nicht gern so lange unbewohnt lassen. Aber du hast recht, es gab noch eine andere Überlegung. Nach dem letzten Krach mit Laura, als sie mit der Weinflasche nach mir geworfen hat ... Am Ende ging es fast nur noch um die Wohnung, die Wohnung war praktisch der Scheidungsgrund. Ich war wütend auf Laura, weil sie den Boden mutwillig beschädigt hat, aber sie fand, ich übertreibe. Unfälle können doch jedem passieren, meinte sie … Sie fand es falsch von mir, mich so darum zu bemühen, dass die Wohnung perfekt ist. Ich fand, es sei nicht zu viel verlangt, sich vorzusehen, und warf ihr vor, meine Wünsche und mein Eigentum nicht zu respektieren. Diese Meinungsverschiedenheit war ein Hindernis zwischen uns. Laura fand meine Wohnung ungastlich, es sei ein Zeichen, sagte sie, dass ich nicht bereit sei, etwas mit jemandem zu teilen.«

Er verstummte. Der jüngere der Umzugsleute war jetzt dabei, das Sofa auszumessen. Das metallene Maßband fügte den gedämpften Geräuschen der Straße kleine Schnappgeräusche hinzu, wenn es sich auf Knopfdruck wieder einrollte. Unten klingelte eine heranrumpelnde Trambahn.

»Angesichts dieser Probleme«, fuhr Oskar fort, »haben wir uns was einfallen lassen. Einen Test. Da ich ohnehin nach Kalifornien kommen musste, würde ich jemanden einladen, in der Zwischenzeit bei mir zu wohnen. Wenn dieser Jemand die Wohnung beschädigte – besonders die Böden –, dann hatte Laura recht, kein vernünftiger Mensch konnte dort leben und alles in perfektem Zustand belassen. Ich dachte, es käme nur auf die richtige Gebrauchsanweisung an, dann wäre das mit gutem Willen zu schaffen. Laura meinte, ich könnte so viele Anweisungen in der Wohnung hinterlegen, wie ich wollte. Wir mussten nur noch die richtige Person finden, und du warst der ideale Kandidat.«

»Ein Test?«, war alles, was ich sagen konnte.

»Falls etwas mit dem Boden passierte oder sonst wo in der Wohnung, dann hätte Laura recht – die Situation ist unhaltbar, Schaden ist unvermeidlich, und nicht der Verursacher ist schuld, sondern ich«, erklärte Oskar. »Falls aber nichts passierte, dann hätte ich recht – es ist möglich, in der Wohnung zu leben und alles in Ordnung zu halten, so wie es sein soll. Ich hätte ihr bewiesen, dass sogar du es schaffen kannst, und du, mein Freund, bist ein Chaot.«

»Das versteh ich nicht«, sagte ich, obwohl ich es sehr gut verstand. »Ich bin doch kein … *Versuchskaninchen.* Ich mag es nicht, getestet zu werden, ob ich den *Ansprüchen* genüge.« Ich reagierte ärgerlich, ohne den Ärger wirklich zu empfinden, er war eher abstrakt, als hätte ich das Gefühl, es wäre angebracht, dass ich mich aufregte.

»Es war ja kein Test, bei dem man was falsch machen kann«, meinte Oskar begütigend. »Es gab nur zwei mögliche Lösungen, A oder B, und wir wollten einfach sehen, welche zutraf.« Und ich verstand, dass es das perfekte gemeinsame Projekt für Oskar und Laura war – seine Pedanterie, geschickt kombiniert mit ihrem passiv-aggressiven, bewertungsfreien Therapie-Jargon.

»Verdammte Scheiße«, sagte ich. Die ganze Spannung, die sich über Tage in mir angesammelt hatte, wich langsam von mir – der Ozean aus Stress ebbte endlich ab. »Wolltet ihr euch wirklich scheiden lassen? Oder war das nur eine Finte?«

»Nein, glaub mir, das war echt«, erwiderte Oskar freundlich. Zuvor hatte ich einen triumphierenden Unterton aus seiner Stimme herausgehört, etwas Selbstgefälliges und Spöttisches – aber davon war nichts mehr zu merken. »Wir dachten wirklich, es würde passieren, die Papiere hatten wir schon zusammen … doch als Michael mir von dem Fleck erzählte, fingen wir wieder an, normal miteinander zu reden, und nach dem Gespräch mit Ada war dann klar, dass Laura recht gehabt hatte. Vielleicht wird es nicht halten, aber auf jeden Fall versuchen wir es noch mal.«

»Würdest du dir nicht benutzt vorkommen?«, fragte ich. »An meiner Stelle?«

»Ich glaube nicht, dass ich je an deiner Stelle wäre«, entgegnete Oskar mit völliger Selbstsicherheit. »Aber ich bin dir sehr dankbar.«

»Na gut«, sagte ich. »Bitte sehr.« Ich wäre gern wütend auf Oskar gewesen, hätte ihn gern ein bisschen angebrüllt. Aber ich war mir nicht sicher, inwiefern er mich gekränkt hatte, abgesehen von der grundsätzlichen Kränkung, die sein Verhalten darstellte. Immerhin hatte er mich von der Verantwortung für die Böden und die Katzen erlöst – es schien ihm ganz egal zu sein. Genau das war es ja, was mich ärgerte: Ich wollte, dass wir beide wütend wären, uns anbrüllten und die Freundschaft kündigten. Irgendein Schlussstrich war hier vonnöten – doch ich wusste nicht, was ich selber eigentlich von der ganzen Sache hielt.

»Sie ist feindselig«, sagte ich. »Deine Wohnung – man kann sich überhaupt nie richtig entspannen. Ich hab mich hier von Anfang an unwohl gefühlt. Irgendwie hasse ich sie geradezu.«

»Die Wohnung oder mich?«, fragte Oskar. »Ich weiß, dass ich manchmal etwas schwierig im Umgang bin. Daran werde ich noch arbeiten müssen.«

»In L. A.?«

»In L. A. Das ist gar kein so übler Ort, finde ich. Immerhin gibt es hier einiges an Kultur. Und den Ozean. Es tut gut, dem Ozean nah zu sein.« Ich hörte ein verhaltenes Gähnen an der Pazifikküste.

»Kommst du überhaupt noch mal zurück?«, wollte ich wissen. So entspannt Oskar auch klingen mochte, man konnte sich einfach nicht vorstellen, dass er seine geheiligte Wohnung – *ohne Überwachung!* – von Fremden ausräumen lassen würde. Hoffentlich war das nur ein neuer Lebensabschnitt und kein Nervenzusammenbruch.

»Sicher doch«, erwiderte Oskar. »Ich komme in ein oder

zwei Wochen zurück, um alles in die Wege zu leiten. Du brauchst aber nicht so lange zu bleiben.«

»Und was nun?«

»Was nun?« Ich hörte Oskar müde ausatmen. »Nun fährst du nach Hause, wenn du willst.«

Ich erinnerte mich daran, die Fluggesellschaft angerufen zu haben, doch erst jetzt kam es mir vor, als würde ich mich tatsächlich heute noch zum Flughafen begeben.

»Ich glaube, ich kann einen Platz in der Nachmittagsmaschine bekommen«, sagte ich.

»Und ich kann dir ein Taxi kommen lassen«, sagte Oskar. »Ich rufe da an. Passt es dir so gegen zwölf?«

Das ließ mir noch zwei Stunden zum Packen. »Okay«, sagte ich. »Danke.«

»Gut, dann erledige ich das gleich.« Oskar hatte wieder den vertrauten, nüchternen Tonfall. »Leg die Schlüssel auf den Küchentisch. Ruf an, wenn du zu Hause bist. Du solltest uns hier mal irgendwann besuchen kommen.«

»Gern«, sagte ich, unfähig, mir so eine Reise vorzustellen.

»Danke noch mal fürs Wohnungshüten.«

»Keine Ursache«, entgegnete ich matt. »Gut, dann also um die Mittagszeit. Ich ruf dich an.«

»Bis bald«, sagte Oskar.

»Bis bald, Oskar«, antwortete ich, auch wenn das eher unwahrscheinlich war. Ein Moment der Stille dehnte sich zwischen zwei Kontinenten, der letzte Lebensmoment von etwas Unbestimmtem, und dann machte es klick.

Ich packte meine Sachen, zuunterst die ungeöffneten, ungelesenen Bücher. Mein Pass steckte noch in der Innentasche der Jacke, mit dem Bordkarten-Abriss vom Hinflug. Das Packen ging sehr schnell – ich hatte wenig mitgebracht und keine

Souvenirs erworben, nur die Tickets vom Konzert und vom Strip-Club und einen Trambahnfahrplan.

Nach kurzem Überlegen sammelte ich eine Handvoll von Oskars Notizen ein – vom Küchentisch, aus Novacks Buch, von unterm Bett und unterm Boden – und ließ sie in die Tasche gleiten.

Im Kühlschrank waren noch Vorräte – sie würden verderben, wenn ich sie zurückließ, also verdrückte ich ein ungewohnt üppiges Frühstück und warf den Rest weg. Oben auf die Essensreste platzierte ich einen zusammengeknüllten Ball aus den unvollendeten Botschaften, die ich letzte Nacht für Oskar verfasst hatte. Sie hatten jetzt keine Bedeutung mehr. Ich war nicht in der Lage gewesen, die Sache mit der Putzfrau – mit Ada – zu Papier zu bringen. Alles nur nutzlose Erklärungen wegen des Bodens – aber selbst die wirkten hohl, wenn man nicht alles in Betracht zog, was sonst noch passiert war. Das alte Katzenfutter kippte ich noch obendrauf und leerte eine neue Dose ins Schälchen. Dann zog ich die Tüte aus dem Eimer, verknotete sie, trug sie aus der Wohnung und warf sie in den Müllschlucker. Wieder war niemand im Hausflur. Die Stille war geduldig, verständnisvoll.

Die Umzugsleute beendeten ihr Messritual und verabschiedeten sich mit einer Pantomime aus lächelnden Verbeugungen. Oskars Wohnung war nun auf eine Reihe von Dimensionen und geschätzten Gewichtseinheiten reduziert worden, mit Stummelbleistift in ein schwarzes Notizbuch eingetragen. Die Räume wirkten größer ohne die ungebetene Gesellschaft, aber auch irgendwie erledigt, abgehakt. Da ich noch genug Zeit hatte, schob ich die herausgenommenen Dielen wieder an ihren Platz zurück. Die Nägel brauchten nur wenige Schläge mit dem Hammer, um wieder an Ort und Stelle zu gleiten. Eine befriedigende Arbeit, schlicht und konstruktiv, und hinterher sah es nicht schlimmer aus als vorher.

Es war nach elf. Ich ging unter die Dusche und trug dann meine Taschen in den Flur. Noch einmal schlenderte ich durch die Wohnung und rückte dies und jenes zurecht – stellte CDs ins Regal zurück, machte mein Bett, wusch Teller und Weinglas ab, räumte die Spülmaschine aus, nahm das kleine Küchenmesser mit einer Serviette heraus und legte es in die Schublade zurück. Als Höflichkeitsgeste war das alles völlig sinnlos und auch mehr, als ich für Oskar tun wollte, aber die kleinen Handgriffe mussten erledigt werden, und mir war nach einem sauberen Schlussstrich. Nur im Lichte dessen, was Oskar gesagt hatte, nahm das Bemühen, alles so zu hinterlassen, wie ich es vorgefunden hatte, eine unschöne Färbung an. Alles war ja aus einem ganz bestimmten Grunde so perfekt an seinem Platz gewesen. Oskar hatte sich eine Maschine gebaut, die dazu gedacht war, seine Überlegenheit über den Rest der Welt zu beweisen. Er – und vielleicht nur er – konnte sich durch diese Räume bewegen, ohne anzuecken, während niedrigere Existenzformen hier herumkegelten und beschämende Spuren zurückließen. Wie ein Sieb, durch das nur so feinsinnige Wesen wie Oskar hindurchkamen.

Abgesehen vom Boden und dem Sofa und den Pornoheften und den Toten und Vermissten, war die Wohnung wieder in bester Ordnung. Ich nahm einen von Oskars Architekturbänden aus dem Regal und setzte mich damit ins Wohnzimmer. Seiten um Seiten mit neuen Museen, leere weiße Räume in ausdrucksvollen Kästen überall auf der Welt. Das Licht draußen strahlte auf und verdüsterte sich wieder im Rhythmus der Wolken, die an der Sonne im Zenit vorbeizogen. Wie immer rumpelten regelmäßig Trambahnen über die Kreuzung und ließen ab und zu ihr schrilles Klingeln ertönen.

Es schellte an der Tür, und ich zuckte zusammen. Am anderen Ende der Sprechanlage rief jemand: »Taxi.« Ich sagte, ich käme gleich runter.

Zum letzten Mal ging ich meine mentale Checkliste von Dingen durch, die ich hätte vergessen können. Mir fiel ein, dass ich die Balkontür offen gelassen hatte, also ging ich sie schnell noch schließen.

Im Schlafzimmer lag die Katze auf dem Bett. Als ich hereinkam, sah sie auf, rollte sich auf den Rücken und wälzte sich genüsslich. Ich kraulte ihr den Bauch, und sie schnurrte.

»Hallo«, sagte ich. »Schön, dass du wieder da bist.«

Ich schloss die Balkontür und wandte mich noch einmal der Katze zu. Sie sah mich mit selbstzufriedenem Semi-Interesse an.

»Ich geh dann jetzt«, sagte ich. »Michael kommt dich nachher holen. Das mit deinem Kumpel tut mir leid. In der Küche steht was zu futtern für dich.«

Die Katze blinzelte, und als ich den Raum verließ, sprang sie vom Bett und folgte mir in die Küche. Schossy, dachte ich und sah gerührt zu, wie sie – er – sich über das Schüsselchen hermachte, ohne mich noch eines Blickes zu würdigen. »Mach's gut, Schossy«, sagte ich, deponierte die Schlüssel auf dem Küchentisch, warf einen letzten Blick ins Wohnzimmer und ging. Die Tür zog ich fest hinter mir zu.

Die alte Textur der Stadt blieb bald hinter uns zurück, und das Taxi schaukelte eine holprige Schnellstraße entlang, die von verblichenen gelben Wohnblocks gesäumt war. Das Chassis des Wagens quietschte und klapperte, und Jesus schwang nervös am Rückspiegel. Am Himmel bauschten sich riesige, runde schwerelose Wolken.

Ich sah die Wohnblocks vorbeiziehen wie umgeblätterte

Buchseiten. Einer nach dem anderen offenbarten sie mir zufällige Einblicke in das Leben ihrer Bewohner: Wäsche, Satellitenschüsseln, Fahnen, Kinderspielzeug auf Balkons. Die gespiegelte Sonne glitt über die Fassade, blitzte auf den vielen Fenstern, und schon war der Wohnblock verschwunden, auf Nimmerwiedersehen. Ich dachte daran, wie ich Oskars Wohnung zurückgelassen hatte, still und leer, ordentlich, aber versehrt, und fragte mich, wie viele Menschen heute zerstreute Blicke aus Trambahnen und Autos darauf werfen würden. Die Wohnung zuletzt noch aufzuräumen war wie das Wiederaufstellen einer Falle gewesen, wurde mir jetzt bewusst. Oskars psychologisches Experiment, anhand dessen geklärt werden sollte, ob die tölpelhafte, chaotische Menschheit seinen Ansprüchen genügen konnte. Ergebnis: nein. Es war wie ein komplizierter Laborkäfig, mit Einwegtüren und Signaltasten und Böden, die unter Strom gesetzt werden konnten.

Aber ich war nicht der Einzige, der in die Falle gegangen war. Meine Wohnung mit den Schimmelflecken im Bad und den grauen Schmutzrändern um die Lichtschalter kam mir jetzt gar nicht mehr so übel vor. Wenigstens musste ich mich nicht darum kümmern. Sie forderte nichts von mir. Was mich bedrückt hatte, während ich zwischen den magnolienrosa Wänden saß und auf die schlierigen Fenster starrte, war nicht die Wohnung selbst, sondern mein Bild von einer anderen, möglichen Idealwohnung. Die Idee von Perfektion – die Einbildung, dass ich ein besserer Mensch sein könnte, wenn ich eine bessere Behausung hätte. Was das betraf, ähnelte ich Oskar sogar; er dachte so, und er hatte sich seinen Traum erfüllt. Laura hatte recht – indem er sich sein maßgeschneidertes Heim schuf, hatte er alle anderen ausgeschlossen. Die Falle war sauber über ihm zugeschnappt. Er sah sich gezwungen, jemanden zu finden, der ihn aus der eigenen Gefangenschaft erlöste. Doch ich, ich war frei. Ich war immer frei gewesen, aber töricht verliebt in die Vorstellung von Gittern. Ich lebte in Frieden mit meinem Chaos.

Jenseits der Fenster hatte die Stadt sich noch einmal verwandelt und war kaum noch zu sehen. Wir befanden uns auf einem neueren Abschnitt der Schnellstraße, die jetzt wohlig unter den Reifen des Taxis dahinsurrte, um uns her Gewerbegebiete, riesige graue Lagerhallen und Container über Container hinter zitternden Drahtzäunen, Außenposten von amerikanischen Fastfoodketten, in denen das Neonlicht rund um die Uhr brannte und die tief herabgezogenen Dächer kaum von den käferförmigen Autos zu unterscheiden waren, die sich ringsum sonnten. Gigantische Brachflächen, angefüllt mit Abfall und extraterrestrischem Pflanzenwuchs, umgeben von Reklametafeln mit der Verheißung tausender Quadratmeter neuen Wohnraums, die in ein, zwei Jahren fertig werden sollten. Neuer Raum, eine runderneuerte Welt. Braune Berge türmten sich am Horizont auf. Flugzeuge zielten in Richtung Sonne. Die Welt war grenzenlos.

DANKSAGUNG

Dieses Buch wäre nie vollendet worden ohne den Rat und Ansporn meines Agenten, Antony Topping. Clare Smith, meine Lektorin bei Harper*Press*, war eine leidenschaftliche Befürworterin dieses Buches. Fatima Fernandes' mitfühlendes Ohr hat mich ermutigt. Peter Smith steuerte wertvolle Kommentare zur ersten Fassung bei. Hazel Tsoi-Wiles half mir auf vielfache Weise.

Bitte lesen Sie weiter …

Leseprobe aus:

WILL WILES

KEIN LEBEN *ohne* MINIBAR

ROMAN

Aus dem Englischen
von Sabine Lohmann

carl's books

DAS DISPLAY DES Radioweckers zeigte die wenig erbauliche Zahlenfolge 6:12. Keine vier Stunden, nachdem ich ins Bett gegangen war, konnte ich auf einmal nicht mehr schlafen. Es war gestern spät geworden, weil ich noch in der Bar gewesen war. Und diese Frau wiedergetroffen hatte.

Abgesehen von den roten Leuchtziffern – 6:13 – war es stockfinster im Raum. Taghell dagegen stand mir vor Augen, dass ich meine Traumfrau wiedergesehen und sogar mit ihr gesprochen hatte. Mir schien, als wäre mein Gedächtnis jahrelang mit nichts anderem beschäftigt gewesen, als diese Frau aus dem Einerlei des Alltags herauszudestillieren. Unsere erste Begegnung war so bizarr gewesen, dass sie mir im Nachhinein vollkommen irreal erschien; vielleicht aber schmückte ich sie in der Erinnerung auch nur über die Maßen aus, um mir die flirrende Exotik dieser Traumgestalt zu bewahren. Und nun war sie plötzlich wieder leibhaftig aufgetaucht, in vollkommener Übereinstimmung mit ihrer idealisierten Version. Die Amazonenstatur, die blasse Haut, die roten Haare – auch in Fleisch und Blut hatte es noch etwas Unwirkliches an sich, dieses Idealbild einer Frau. Wenige Stunden nach unserem Wiedersehen kam es mir schon wieder wie ein Traum vor. Ein Traum, der mittendrin unterbrochen worden war … von Maurice. Maurice hatte mir alles verdorben.

Noch mal einzunicken schien ohnehin nicht ratsam. In einer Dreiviertelstunde würde der Wecker klingeln, und ich hatte wahrlich keine Lust, gleich am ersten Tag zu verschlafen und ohne Dusche und Frühstück zum Messegelände zu hetzen.

Das Hotelzimmer war gut geheizt, der Teppich weich und warm unter den Füßen. Es war unheimlich still, nur die Klimaanlage summte leise, und irgendetwas schwer Fassbares lag in der Luft, eine elektromagnetische Spannung, wie ein unterschwelliges Echo. Oder war es nur das Vibrieren des Trommelfells nach dem abrupten Aufschrecken aus dem Tiefschlaf? Draußen war es sicher kalt. Ich zog die Gardine auf, konnte aber nicht viel erkennen. Den dumpf orangefarbenen Widerschein der Autobahn unter einem düsteren Himmel, und am Horizont ein Blinken roter Lichter, das vage an eine Ölraffinerie erinnerte. Vielleicht der Flughafen – Radartürme, Funkantennen.

Ich knipste das Licht an. Mokkafarbener Teppich, würfelförmiger schwarzer Sessel, Schreibtisch mit Stuhl aus Chromstahl und Rattan, Flachbildschirm an der Wand und natürlich irgendein fades abstraktes Bild. Alles exakt wie in jedem anderen Hotelzimmer, in dem ich je gewesen war – austauschbar, vertraut, unverbindlich, keinem bestimmten Stil oder kulturellem Umfeld zuzuordnen. Anscheinend wurden die Farben in Hotelzimmern danach ausgesucht, wie sie in künstlichem Licht wirkten, denn die Geschäftsleute, die dort logierten, bekamen die Zimmer kaum je bei Tageslicht zu sehen. Dieses Prinzip galt dann wohl auch für die Kunst an der Wand. Wieder musste ich an die Frau in der Bar denken und daran, was sie über die Bilder gesagt hatte. Das unterschwellige Surren schien mir inzwischen ein bisschen vernehmlicher geworden zu sein – bestimmt war es die Klimaanlage oder die Minibar unter dem Schreibtisch. Es war ein wohltuendes Geräusch, geradezu beruhigend; ich war von hoch entwickelter Technik umgeben, die einzig und allein meiner Bequemlichkeit zu dienen hatte.

Die Dusche war erfrischend und half zumindest, die Müdigkeit zu ignorieren. Ich zog den Way-Inn-Bademantel über, ging ins Zimmer zurück und rubbelte mir mit dem Way-Inn-Handtuch die Haare trocken. Der Fernseher war an, zeigte aber lediglich die Grußformel, die mich bei meiner Ankunft gestern Abend empfangen hatte.

WILLKOMMEN MR. DOUBLE

Darüber prangte das Firmenlogo, ein geschwungenes W im offiziellen Rot. Ein Gruppenfoto von Way-Inn-Angestellten, oder auch Models, die Way-Inn-Angestellte darstellten, lächelte zu mir auf. Darunter waren Zimmerservice- und Pay-TV-Nummern aufgelistet. Die Empfehlung des Tages im Restaurant war gebratener Lachs. Das Wetter für heute und morgen: Nebel und Regen. Temperaturen knapp über null. Ich griff zur Fernbedienung und schaltete auf BBC-News 24.

Der Himmel hatte sich aufgehellt, aber die Aussicht war dadurch nicht besser geworden. Das dicke Lärmschutzglas tauchte die Landschaft in grünliches Aquariumslicht. Milchiger Nebel hüllte alles ein. Mein Zimmer im zweiten Stock blickte auf einen Parkplatz hinaus, dahinter ein Maschendrahtzaun, und hinter dem Zaun ein Baugelände, auf dem etliche Stapel orangefarbener Absperrungen und ein halbes Dutzend weißer Kleinlaster langsam im Matsch versanken. Ganz rechts verlief eine Straße entlang einer künstlich aufgeworfenen, mit kümmerlichem Unkraut bewachsenen Böschung, hinter der man die Lichter der Autobahn sah. Sie spiegelten sich auch in den wassergefüllten Reifenspuren, die all die Fahrzeuge in dem aufgeschürften Gelände hinterlassen hatten; unter dem Matsch wartete die trostlose Ödnis darauf, neu gestaltet zu werden: noch mehr Lampen, noch mehr Parkplätze, noch mehr Fensterfronten.

Manche Leute hätten diese Aussicht wohl deprimierend gefunden. Ich nicht. Was ich der Frau gestern in der Bar gesagt hatte, war die reine Wahrheit: Ich liebe Hotels. Ich liebe es, in einem Hotelzimmer aufzuwachen. Die Anonymität, die Austauschbarkeit, die Tatsache, dass dieses Zimmer praktisch überall sein könnte – gerade das, was andere bedrückt, bereitet mir Freude. Ich liebe Hotels, seit ich zum ersten Mal eines betreten habe.

Ich zog mich an und ließ mich dabei aus reiner Gewohnheit von den Fernsehnachrichten berieseln. Hatte ich sowieso alles schon mal gehört. Katastrophen aus aller Welt, zerquetschte Menschen, wehklagende Frauen irgendwo, wo es heiß war, ein amerikanischer Krankenwagen, kastenförmig, orange-weiß, alles irgendwie zu grell, in dem typisch amerikanischen TV-Stil. Dann wieder vertrautes britisches Bildmaterial, Blumen an einem Straßenschild, Tränen im Blitzlicht, Suche nach Augenzeugen. Die Nachrichtensprecherin blickte auf und schien für einen Sekundenbruchteil überrascht von der Kamera. Das Weltwetter. Eine Liste von Metropolen mit Zahlen daneben, kleine Piktogramme, die Sonne oder Sturm anzeigten, die Welt auf eine Datenreihe reduziert. Ich klappte meinen Laptop auf, und er erwachte zum Leben. Fett gedruckt sprangen die vielen ungelesenen E-Mails ins Auge. Manche für die Allgemeinheit bestimmt – Einladungen, Pressemitteilungen, Rundmails. Andere betrafen nur mich: Flug- und Hotelbuchungen. Weitere Meldungen, permanent auf den neuesten Stand gebracht, erwarteten mich in meinen Feedreadern. Für einen Moment war mir alles gegenwärtig, alles in Reichweite, aber dann fing das WiFi-Symbol an zu flackern, und die Verbindung brach ab. Ich klappte meinen Laptop zu. Der Fernseher war noch an – eine Palme peitschte im Wind, umtost von fliegendem Unrat, und prompt fiel die Kamera aus. Mist. Der Nachrichtensprecher blickte auf, sah mich eindringlich an und nannte mir die Anzahl der Toten. Ich klaubte meine Keycard aus dem Plastikhalter an der Wand, und das Zimmer erlosch.

Mein Spiegelbild, unendlich vervielfacht und zu einem gesichtslosen grauen Nichts aufgelöst an einem fernen, verbogenen Horizont.

Der Aufzug hielt, weich abgefedert. Meine unzähligen Spiegelbilder wandten sich voneinander ab. Die Tür glitt auf und offenbarte die hell erleuchtete Lobby und einen schmerbäuchigen Schnauzbart, der mich anstarrte, als könnte er es nicht fassen, dass ich seinen Aufzug benutzte.

»Sorry«, murmelte ich reflexartig und trat hinaus.

Im Aufzug hatte leise Musik gespielt, so leise, als ob sie gar nicht zum Hören gedacht wäre. Aber wenn man sie nicht hören sollte, wozu sie dann überhaupt spielen? Damit keine Stille aufkam vielleicht, um den Aufzugpassagier vor der Isolation zu bewahren, genau wie die Spiegel ihn mit einem unendlichen Heer an geklonten Gefährten versahen. Ich aber hatte die Musik gehört, und als die Tür aufging, fiel mir plötzlich ein, was es war: *Jumping Jack Flash*, in einer entfetteten Easy-Listening-Instrumentalversion.

Feuchte Polymere hingen in der Luft. Das Hotel war nagelneu, und die Chemikalien, mit denen die Polster und Teppiche imprägniert waren, gasten noch in der Lobby aus. Fabrikfrische Oberflächen strahlten unter Dutzenden von LED-Lampen. Es war ein langer, schlauchartiger Raum, der den Haupteingang mit einem der Innenhöfe verband. Diese Innenhöfe waren als Zen-Gärten gestaltet, ein leeres Viereck aus Bänken um eine nackte Kiesfläche, einem trüben kleinen Tümpel und ein paar kunstvoll angeordneten, runden Steinen, die dunkel und glitschig vom Regen waren. Ich habe schon in mindestens zwanzig Way-Inn-Hotels logiert, aber noch nie irgendwen in diesen Innenhöfen meditieren sehen. Sie dienen nur zum Rauchen. Aber das ist typisch für diese Hotels, alles ist zweckentfremdet – Meditationsgärten, in denen keiner meditiert, Sessel, in denen keiner sitzt, Schubladen, in denen nichts liegt außer einer Bibel, die man nicht liest. Ich frage mich, wer eigentlich diese Schuhputzautomaten benutzt.

Gegenüber von der Rezeption waren Tische auf Böcken aufgestellt, an denen PR-Blondinen ihres Amtes walteten. Leute in Business-Outfits und leise Unterhaltungen füllten den Raum zwischen den PR-Damen und den Hotelangestellten, die mit dem Einchecken der Gäste, Koffertragen, Lächeln, Zettelausteilen und Händeschütteln beschäftigt waren. Hinter der Glaswand zum Restaurant herrschte reger Betrieb. Auf einem Banner über den PR-Tischen stand zu lesen: HIER KONNEN SIE SICH ANMELDEN.

Also gut. Ich schlenderte hinüber, selbstsicher, unerkannt, und fühlte mich wie zu Hause. Diese Momente des ersten Kontakts zwischen mir und dem anvisierten Event sind mir immer ein Genuss. Die Leute wissen noch nicht, wer ich bin, wozu ich hier bin. Ich aber weiß alles über sie.

Die Blondine strahlte mir über einem Laptop und einer Auslage identischer Broschüren entgegen. »Guten Morgen«, sagte ich und hielt ihr meine Visitenkarte hin. »Neil Double.«

Sie nahm die Karte, sah sie sich kurz an und tippte etwas in den Laptop. Obwohl ich ihren Bildschirm nicht sehen konnte, wusste ich genau, was sie vor Augen hatte – mein Foto und die persönlichen Daten, die schon vor einem halben Jahr in ein Online-Formular eingegeben worden waren. »Mr. Double«, sagte sie mit einem leicht spanischen Akzent, und ihr Lächeln war nun ein paar Grad wärmer. »Willkommen bei Meetex.«

Eine weiß kartonierte Zunge wand sich aus dem Drucker, der mit ihrem Laptop verbunden war. Mit routiniertem Griff riss sie die Karte ab, schob sie in eine Plastikhülle mit einem Trageband und reichte sie mir. »Die brauchen Sie, um im Messezentrum rein und raus zu kommen«, erklärte sie. Ich nickte und versuchte durch routinierte Gelassenheit zu vermitteln, dass ich die Prozedur schon oft durchlaufen hatte, allein dieses Jahr sicher schon ein Dutzend Mal. Sie aber redete immer weiter, unerbittlich darauf konditioniert, ihren einprogrammierten Text abzuspulen, nicht anders als der kleine Drucker, der vor ihr stand. »Hängen Sie die Karte am besten um den Hals – wenn Sie einem Aussteller Ihre persönlichen Daten hinterlassen wollen, können sie mit diesem Code hier eingescanned werden.« Ein QR-Code prangte mit dem üblichen kryptisch codierten Quadrat neben meinem Namen und dem meines nicht minder undurchsichtigen Arbeitgebers: NEIL DOUBLE CONVEX.

»Alles klar«, sagte ich.

»Einfach umhängen«, wiederholte sie fürsorglich und zeigte auf das Band, als könnte man diese dottergelbe Scheußlichkeit übersehen, auf der in fortlaufenden schwarzen Lettern METACENTRE METACENTRE METACENTRE stand.

»Alles klar«, sagte ich und stopfte die Karte in meine Jackentasche.

»Die Busse fahren viertelstündlich und halten direkt vor dem Eingang. Und hier noch Ihr Willkommenspräsent.« Sie händigte mir eine der Broschüren aus und strahlte mich an wie eine LED-Lampe.

Ich erwiderte das Lächeln. »Vielen Dank.« Ich meinte es sogar ehrlich. Es kann nie schaden, sich mit dem Personal gutzustellen. Vermutlich würde ich sie nie wiedersehen, aber sicher war sicher. Sie anzubaggern, wäre allerdings Zeitverschwendung – die Damen durften meist ihren Posten nicht verlassen und waren überaus eingespannt. Auch diese hier strahlte bereits den nächsten Kunden an, der hinter mir stand. Obwohl sie einen Stapel hässlich gelber Plastiktaschen zu vergeben hatte, bot sie mir keine an, was mich freute; offensichtlich konnte man mir ansehen, wie wenig Wert ich auf derlei windige Accessoires legte.

Frühstück gab es im Restaurant, das durch eine mobile Glaswand von der Lobby abgetrennt war. Flexible Raumaufteilung, nach Bedarf jederzeit neu konfigurierbar. Das Buffet war üppig mit Backwaren, aufgeschnittenem Obst und Getreideflocken bestückt. Glänzende Edelstahlcontainer schwitzten wie Roboter unter Volldampf. Auf etlichen Flachbildschirmen liefen Nachrichten ohne Ton, mit Untertiteln. Zeitgeschehen-Karaoke. Aus einer Kanne neben den Glaskaraffen mit Orangen-, Grapefruit- und Tomatensaft goss ich mir Kaffee in eine nicht eben großzügige Tasse und lud mir eine Aprikosen-Quarktasche und eine Handvoll Zuckertütchen auf den Teller. Dann begab ich mich auf die Suche nach einem Sitzplatz. Das Restaurant war halb voll, ringsum herrschte lebhafter Betrieb. Wenn ein Hotel mit Gästen aus aller Welt gefüllt ist, die alle an der gleichen Handelsmesse teilnehmen, kann das Frühstück alle möglichen diplomatischen Hürden bereithalten. Ich bin kein geselliger Typ, und beim Frühstück bleibe ich grundsätzlich lieber für mich. Doch so etwas fiel hier nicht weiter auf – das Stimmengewirr verschleierte die Tatsache, dass viele hier allein saßen und in ihre Laptops, Smartphones oder Zeitungen vertieft waren. Am ersten Morgen geht es meist noch ein bisschen steif zu, bevor die Leute sich für zwei, drei Tage anfreunden und spontane Allianzen bilden, so haltbar wie Kaugummiblasen. Trotzdem musste ich auf der Hut sein, dass ich keinen übersah, der mich wiedererkannte. Auf anderen Messen traf ich vielleicht ein-, zweimal im Jahr die gleichen Leute, aber diese hier war anders. Diesen Leuten hier begegne ich dauernd, überall; einige kenne ich allmählich, und schlimmer noch, sie kennen mich. Für meinen Job ist es wichtig, unverbindlich und ungebunden zu bleiben – das verstehen die Leute nicht. Sie sehen sich gern als »Gemeinschaft«, sie genießen es, »Beziehungen« zu pflegen. Keine Gemeinschaft schließt mich mit ein. Doch das kann ich niemandem erklären; besser, ich sage überhaupt nichts. Adam hatte mich angewiesen, mich möglichst unauffällig zu verhalten.

Während ich mich im Raum umsah, musste ich mir doch leicht geniert eingestehen, dass es mir nicht nur darum ging, all den Leuten höflich auszuweichen, sondern auch, die rothaarige Frau wiederzusehen. Aber ich hatte kein Glück. Sie war nicht im Restaurant.

Ich erspähte einen guten Platz – eine Reihe kleiner Tische an einer langen weißen Lederbank, ebenso passend für Gruppen wie für einzelne Gäste. Zwei Leute saßen dort, die ich wiedererkannte, und unsere Bekanntschaft war oberflächlich genug. Die Firma, die Phil hier vertrat, baute Scanner für Barcodes und QR-Codes. Ich hatte mich früher schon mal länger mit ihm unterhalten, um diese Art von Technologie besser verstehen zu lernen. Seine Begleiterin kannte ich nur flüchtig – sie hieß Rosa oder Rhoda, möglicherweise auch Rhonda, und arbeitete als Datenanalystin. Ich setzte mich und nickte ihnen zu – nicht zu freundlich, nicht zu reserviert. Sie lächelten zurück und fuhren mit ihrer leisen Unterhaltung fort. Hatten die etwa was miteinander? Phil war gut fünfzehn Jahre älter als Rosa/Rhonda, und der Trauring saß ihm wie festgeschweißt am Finger, aber das hieß noch gar nichts. Auf Messen scherte man sich nicht groß um Konventionen; es war mehr wie ein Karneval unter Businessleuten, bei dem die üblichen Hemmschwellen herabgesetzt und die gesellschaftlichen Grenzen durchlässig waren. Schlimmstenfalls konnte es da so exzessiv zugehen wie bei triebgestautem Wassergetier, das nur einmal im Leben in eine explosionsartige Verfolgungs- und Fortpflanzungswut gerät. Hinterher hockten die Beteiligten dann matt und satt im Zug oder Flieger heimwärts, und wenn sie die Brieftaschen zückten, dann nicht, um noch mehr Drinks, Austern oder Lapdance zu bezahlen, sondern um die Fotos ihrer Kinder wieder nach außen zu drehen. Was in Vegas, Mailand, Shanghai oder Luton passierte, das blieb auch dort, gut aufgehoben wie die munteren Herrschaften in ihren Way-Inns, Hiltons, Sofitels, wo vorurteilsfreie, gesichtslose Arbeitsbienen ihre Bettwäsche wechselten.

Doch die Körpersprache zwischen Phil und seiner Begleiterin schien meine Vermutung nicht zu bestätigen. Während ich so tat, als blätterte ich in der Infobroschüre, beobachtete ich die beiden aus dem Augenwinkel – und ich bin natürlich sehr geübt darin, Leute unauffällig zu beobachten. Es gab keine verstohlenen Berührungen, keinerlei vielsagendes Lächeln. Sie gingen freundschaftlich locker miteinander um und redeten über Geschäftliches – Datenerfassung, Gesichtsscanner, RFID-Systeme, Technologien zur Auffindung gelöschten Datenmaterials. Nichts davon widersprach dem, was ich bereits von ihnen wusste.

Da ich ohnehin schon das Messeprogramm vor mir liegen hatte, beschloss ich, ihm auch mal ein wenig Aufmerksamkeit zu widmen und mir zu überlegen, was der Tag für mich bereithielt. Einige Punkte auf der Tagesordnung wurden von meinen

Klienten als verpflichtend angesehen – Alltagskost wie »Tagungen in Zeiten des Sparzwangs« und »Aufkommende Bedrohungen für die Messeindustrie«, aber es war auf jeden Fall sinnvoll, ein paar weitere Veranstaltungen zu besuchen, um sich einen besseren Überblick zu verschaffen. Niemand erwartete einen umfassenden Bericht von jeder einzelnen Veranstaltung – es gab drei Messehallen verschiedener Größe im MetaCentre, in denen gleichzeitig Vorträge stattfanden, und dazu noch etliche Nebenveranstaltungen in eigens dafür vorgesehenen Räumlichkeiten des Hotels. Alles, was ich brauchte, war eine Kostprobe, die ein bisschen über das absolute Minimum hinausging. »Fallstrick oder Sprungbrett: Messestandort und Vertragsbindung.« Bindung unbedingt vermeiden, sagte ich mir. »China hautnah: Eventmanagement im Fernen Osten«. Das klang schon verheißungsvoller. Womit ich nicht meine, dass ich erwartete, es interessant zu finden. Ich bin nur als Beobachter hier. Was mich interessiert, ist nicht unbedingt das, was meine Kunden interessant finden. Die Vorträge auf solchen Messen sind nämlich fast immer furchtbar langweilig. Wenn es nicht so wäre, hätte ich keinen Job. Und gerade der langweilige Aspekt dieser Veranstaltungen ist das, was mich daran fasziniert. Ich sauge alles auf wie ein Schwamm, langweilige Hotels, langweilige Frühstücke, langweilige Leute, langweilige Vögeleien, langweilige Vorträge und Produktpräsentationen, und dann … berichte ich. Diese Leute, die um mich herumsitzen, diese Leute, deren Aufgabe es ist, die Messen zu planen und zu organisieren, auf denen ich mein Leben verbringe – wenn sie wüssten, was ich da tue und was ich persönlich von ihrer Tätigkeit halte, wären sie bestimmt nicht sonderlich erfreut.

Ein Büschel Plastikfolie ragte aus einer Fuge an der Unterseite meines Tisches. Er war wohl gerade erst frisch ausgepackt. Chemiedunst stieg von der weißen Lederbank auf, nur leicht überdeckt von den Frühstücksdüften. War es echtes Leder oder Kunstleder? Die Weichheit der Textur, die übergroße Schmiegsamkeit fühlte sich künstlich an, extra dazu entworfen, beste Lederqualität nachzuahmen, ohne sie zu besitzen, aber so genau konnte ich das auch nicht unterscheiden. Neu war es auf jeden Fall. Alles neu für ein neues Hotel. Unzählige identische Stühle und Tische in unzähligen identischen Hotels. Es ist echtes Big Business, all diese Tische und Stühle herzustellen, all die Quadratkilometer an Teppichboden, die da angeboten und gekauft werden – diese Messen besuchte ich natürlich auch. Wenn das Leder echt war, müsste die Ausstattung all der zahllosen Way-Inn-Hotels ein gigantisches Rindersterben bedeuten. Doch ich erinnerte mich, was die Frau über die Bilder in der Bar gesagt hatte, und stellte mir stattdessen eine einzige Riesenhaut von einem einzigen unendlichen Tier vor …

Sie hatte die Bilder fotografiert. Es war spät gewesen, schon nach Mitternacht, und ich hatte noch schnell etwas trinken wollen, bevor ich auf mein Zimmer ging. Einer von der Nachtschicht servierte mir meinen Whisky und ging zurück in die Halle, wo er sich leise mit dem Kollegen an der Rezeption unterhielt. Ich hatte bemerkt, dass ich in der abgedunkelten Bar nicht allein war, ohne mich weiter darum zu kümmern. Was mich aufblicken ließ, war der Blitz ihrer Kamera. Ich konnte gar nicht mehr aufhören, zu ihr hinzuschauen, weil ich wusste, dass ich sie schon einmal gesehen hatte – und viel zu müde für die subtileren Formen der Höflichkeit, ließ ich die Chance verstreichen, sie unbemerkt zu beäugen; sie blickte vom Display ihrer Kamera auf und ertappte mich.

Wir hätten uns schon mal getroffen, sagte ich – na ja, nicht direkt getroffen, aber ich hätte sie schon mal gesehen. Sie erinnerte sich an den Vorfall. Wie hätte sie so etwas vergessen können? Natürlich war ich ihr als bloße Randfigur damals nicht weiter aufgefallen, und ich erwartete auch keine Entschuldigungsfloskel dafür, dass sie mich nicht erkannte; aber ich fand es doch etwas bizarr, dass sie keinerlei Erklärung dafür anbot, was da nun eigentlich passiert war. Dass sie die Sache einfach so auf sich beruhen ließ, brachte das Gespräch auf irgendwie beklemmende Weise zum Stocken, also wechselte ich lieber das Thema und fragte sie, warum sie die Bilder fotografierte.

Bloß so ein Hobby, sagte sie. Die Bilder hingen überall im Hotel – in den Zimmern, im Restaurant, in der Lobby, in der Bar. Und so sei es in jedem Way Inn, lauter Variationen eines abstrakten Musters: netzartig verflochtene, schoko- und kaffeefarbene Wellenlinien und gerundete Formen, einander überschneidende Kreise, Bögen, Tangenten, alles undurchschaubar und auf nichts verweisend. Ich hatte sie noch nie richtig wahrgenommen – sie waren nicht zum Anschauen da, sondern nur dazu, Leerräume zu füllen, ohne abzulenken oder zu stören. Eine Art Pseudokunst, die am besten wirkte, wenn sie schmückte, ohne aufzufallen. Sie sollte nur zeigen, dass jemand sich um die Wände gekümmert hatte, damit der Hotelgast davon unbehelligt blieb. Nun, da sie meinen Blick darauf lenkte, sah ich, dass sie recht hatte – die Bilder waren allgegenwärtig. Wie viele insgesamt? Als sie anfing, es mir vorzurechnen, konnte ich es kaum glauben.

»Tausende«, sagte sie augenzwinkernd, als vertraute sie mir ein pikantes Geheimnis an. »Zehntausende. Das Way Inn hat mehr als fünfhundert Filialen weltweit. Keine hat weniger als hundert Zimmer. In jedem Zimmer hängt mindestens ein Bild. Dazu noch die Gemeinschaftsräume. Bars, Restaurants, Fitnesscenter, Business-Suiten, Konferenzräume, und natürlich die Flure … Es könnten hunderttausend Bilder sein. Wenn nicht noch mehr.«

Ich konnte ihr nachempfinden, wieso sie sich so gern über diese Größenordnungen ausbreitete – es war ja auch schier unfassbar. Wo kamen die Bilder her? Wer malte sie? Für Möbel, Teppiche, Beleuchtungskörper gab es Fabriken – aber für Kunst? Es waren ja keine Drucke; man sah die Pinselstriche auf den Farbflächen. Jedenfalls war es viel zu viel Arbeit für einen einzelnen Maler.

»Es gibt keinen Maler«, sagte sie, »nicht in dem Sinne. Es ist ein industrieller Prozess. Eine riesige Leinwand, die über ein Fließband rollt. Dann wird sie in Stücke geschnitten und gerahmt.«

Sie zeigte mir die anderen Fotos auf ihrem Display, und das rhythmische *Blip-blip-blip* ihrer Memory Card begleitete ihre Ausführungen. Sie war sehr groß, größer als ich mit meinen eins zweiundachtzig, und ihre roten Haare fielen mir fast ins Gesicht, während sie sich in eigenartiger Intimität über mich beugte. Die Bilder schnippten in schneller Reihenfolge vorbei, sehr hell im Halbdunkel der Bar. Immer die gleichen neutralen Farben. Die gleichen verschwommenen Rundungen und Formengebilde. Psychedelische Sepiatöne. Ein einziges riesiges Endlosgemälde, das wie Teigmasse übers Fließband rollte, um in exakte Rechtecke gestanzt, gerahmt und an die zahllosen Wände eines Hotelkonzerns gehängt zu werden … Schon irgendwie trostlos.

»Warum?«, fragte ich. »Warum etwas sammeln, das auf die Weise zustande gekommen ist? Was ist daran so interessant?«

»Nichts. Vom einzelnen Bild her betrachtet überhaupt nichts. Man muss den Gesamtzusammenhang sehen.«

* * *

Als die schöne Unbekannte kurz darauf plötzlich verschwindet, landet Neil auf der Suche nach ihr in einem aberwitzigen Albtraum, der immer bedrohlicher wird, je tiefer er in das auf einmal gar nicht mehr so vertraute Hotel vordringt. Endlose Flure scheinen sich labyrinthisch zu verzweigen, Ausgänge und Feuertreppen führen ins Nichts, hoteleigene Radiowecker erwachen kreischend und fiepend zum Leben, und irgendwann beschleicht Neil der Verdacht, dass es sein Hotelzimmer mit der Nummer 219 mehr als einmal gibt. Dann trifft er auch noch auf den unheimlichen Hilbert, einen Hotelangestellten im Nadelstreifenanzug mit unnatürlich bleicher Haut, der Neil ein verführerisches Angebot macht.